小說

영웅들의 운명과 천기

三國志

① 백운곡 지음

明文堂

《삼국지》와 《주역》을 동시에 읽는다.

헤아릴 수 없었던 《삼국지》의 깊이를
한눈에 알 수 있는 책.
유비·동탁·조조·제갈량…
그리고 당신의 운명이
이 책에 담겨 있다.

머리말

　지금부터 20여 년 전, 그러니까 내가 전주에 있는 시민극장 앞 노상에서 구입한 『육도삼략(六韜三略)』과 『삼국지(三國誌)』를 책장이 다 떨어지도록 읽어본 적이 있다. 그러나 기대에 훨씬 못 미친 결과를 얻고 긴 한숨을 내리쉬어야만 했다. 왜냐하면 몇 차례를 계속 읽어 보았지만 이해하지 못한 부분이 너무 많았기 때문이다. 물론 짧은 한자와 국어 실력 때문이기는 했으나 그보다 더 큰 문제는 삼국시대의 정치·문화·민속, 모든 분야에 걸쳐서 주역 원리(周易原理)가 기본사상으로 돼 있었기 때문에 자연 천성(天星)·팔괘(八卦)·기문둔갑·팔문금쇄진법·풍운조화설 등이 운운되는 것은 너무나 당연한 귀결이었다. 그러나 그 당시 나로서는 오묘하게만 느껴질 뿐 그 깊은 뜻은 헤아려 볼 수가 없었다. 그래서 삼국지를 수십 번이나 읽고 언변사처럼 막힘없이 이야기하는 사람들에게 앞서 말한 팔진도·기문둔갑 등등을 물어보았으나 그 대목에서는 더 이상 말문을 열지 못했다. 그 결과 나는 언젠가 내가 이해하지 못한 부분을 확실히 이해하고 흥취를 더할 수 있는 삼국지 중에 삼국지를 세상에 내놓을 것을 결심한 끝에 오늘에야 그 뜻을 이루게 된 것이다.

　본시 『삼국지』는 소설이기 전에 동양권의 역사이며 세계적인 역사이다. 그렇다면 그 내용을 좀더 깊이 있게 다루어 본다는 것은 또 하나의 역사이며 의무이지 않을까. 시중에는 수십여 가지의 『삼국 지』가 있다. 그러나 어느 것도 추종을 불허할 만한 예리하고 명쾌한 특징을 발견하지 못하고 있는 게 거부할 수 없는 사실이다. 그도 그럴 것이 삼국지를 완벽하게 다루면서 팔진도·기문둔법·변신법 등 등 고차원적인 주역의 원리와 세상에 알려지지 않은 각종 비술(秘術)을 먼저 알아야 하기 때문이다. 하지만 이 세상에서 그러한 비술(秘術)을 알고 있는 사람이 몇이나 되는가?

필자는 본서를 저술하기에 앞서 한 인간으로 돌아가고 싶다. 왜냐하면 너무 개성적이고 독보적이면 어느 누구를 막론하고 인고의 세월을 겪어야만 하기 때문이다. 따라서 본서를 저술하기 전에 몇 번을 망설였는지 모른다.

과연 내가 해낼 수 있을까? 중도에 그만두게 되어 나의 무능함을 한탄하게 될 행동을 자초하지는 않을지? 여러 가지로 고민한 끝에 심혈을 다하다가 거꾸러지더라도 오뚝이처럼 일어날 심경으로 감히 필을 들어보았다.

이 책의 특징 중에 하나는 삼국 그 당시에 실존했던 비법을 오늘에 와서 공개하여 독자 여러분이 늘상 고개를 갸웃거린 의문점을 확실하게 밝혀두었다는 점이다. 뿐만 아니라 지금까지 여러 종류의 삼국지는 너무 방만한 내용 전개로 필요 이상으로 여러 권의 책으로 나와 있기 때문에 앞뒤를 연결할 수 없을 만큼 복잡성이 더했다. 그래서 필자는 두세 권으로 압축하여 역사성과 흥취성을 더 갖게끔 노력하고 있으며 등장 인물을 각각 분석하여 다루었고 그들의 운명을 주역의 원리 등으로 풀어 보았다. 또한 앞으로 나머지 두 권도 계속 쓸 예정이다. 독자 여러분께 당부드리고자 하는 것은 부록에 있는 각종 비술을 인식하고 이해를 돋구는 때는 별문제가 없으나 기기묘묘(奇奇妙妙)하다고 해서 함부로 실연(實演)해서는 아니된다.

그럼 독자제현의 건강과 안녕을 바라면서.

차 례

1. 한민족의 뿌리와 운명

아주 오랜 옛날 음양이 갈라지지 않고 홍몽(洪濛)한 채 오래도록
닫혀 있었다. 하늘과 땅은 어둡고 컴컴하고 혼돈하여 귀신들마저도
구슬피 울어대는 등 참흑(慘黑)이 있을 뿐이었다. 해와 달, 그리고
별들도 잡기(雜氣)에 쌓여 광명을 내지 못하고 질서가 없었다. 바다
란 것도 무계(無界)하여 생물(生物)들의 자취를 찾아볼 수 없었고,
우주는 단지 암흑의 큰덩어리일 뿐이었다. 물과 불은 잠시도 멈추
지 않고 서로 밀고 당기는 상탕(相盪)의 현상을 수백만 년 동안 계
속해 오고 있다. 그때로부터 무수한 세월이 흐른 후에 원천적 하나
님(一大主神)께서 사람의 씨앗(人子)을 내어, 나반(那般)이란 남성과
아만(阿曼)이란 여성을 최초로 결혼시키니, 이 두 사람이 바로 우리
민족의 조상이며, 온 인류의 조상이 된 것이다. 이와같은 행위가 이
루어졌던 곳은 아이사타(阿耳斯陀)이며 최고의 성전(聖典)인『주역(周
易)』에 비록(秘錄)된 바와 같이 모든 만유의 시작과 끝은 동북쪽(始
於艮終於艮)이므로 세계의 발원성지(發源聖地)가 된다.

太古陰陽未分 洪濛久閉 天地沌 鬼神愁慘 日月星辰 堆雜無倫 壤海
渾融 群生無跡 宇宙只是 墨暗大塊 水火相盪不留 利那如是者 數百萬
年矣 人類之祖曰那般 初與阿曼相之處 曰阿耳斯陀 始於艮終於艮
(『규원사화』・『조판기』・『삼성기』・『주역』・『撥圓史話』・肇判記는 『聖
紀』・『周易』 등)

나반과 아만이 하나님의 시킴에 따라 결혼을 하게 되자 비로소 천
계(天界 ; 하늘), 인계(人界 ; 인류), 지계(地界 ; 땅) 등 삼계가 형성되
었다.

아만과 나반이 결혼한 후 무수한 세월이 흘러 열두 나라 아홉 종
족(十二國九族)이 있게 되었다. 이것이 인종 구분의 시작이라 할 수
있다. 열두 나라 아홉 종족이라고 하나 실상은 환인(桓仁)이 다스린
환국(桓國)이란 나라 안에 여러 나라로 형성되었고, 종족도 오족(五
族) 중에서 세분화된 것이다.

특히 인종을 대별한다면 황이(黃夷)라 하여 피부가 누렇고 코는
높지 않으며, 머리카락은 검고, 눈은 평평하고, 눈동자는 검다. 이
종족이 현대의 동양인을 상징한 황인종(黃人種)을 가리킨다. 백이(白
夷)라 하여 피부가 맑으며, 볼과 코가 높고, 머리카락은 잿빛(은발)
이며, 눈은 깊고 눈동자는 푸르러 서양인을 상징한 백인종을 지적
한다. 현이(玄夷)는 피부는 검고 입술이 앞으로 나왔으며 코는 낮고
짧으며 넓다. 이마는 앞뒤로 경사졌고 곱슬머리이다. 이들은 흑인
종을 가리키고 아프리카 열대적인(熱帶赤人)을 대표한 적이(赤夷),
풍족(風族) 등 주오족(主五族) 이외에도 황이족에서 분파된 양이(陽
夷), 우이(于夷), 방이(方夷), 견이(畎夷) 등이 있다.

色族如黃部之人皮膚積黃鼻不類高髮黎靑黑, 白部之人皮膚晳類高鼻

隆髮如灰 赤部之人皮膚銹銅色鼻低而端廣顙從傾髮捲縮貌類
籃部之人一云風族又棕色其皮膚暗褐色猶黃部之人也

　　이들의 인종들은 오늘의 우주 세계를 형성하고 있다. 음양오행(陰陽五行)이란 대원리로 본다면 황인종은 토(土), 백인종은 쇠(金), 흑인종은 물(水), 적색 인종은 불(火), 풍색 인종(검푸르며 약간 황색)은 나무(木)에 해당된다.

　　한민족의 대국인 환나라는 파내류(波奈留) 산(천산 산맥의 동쪽에 위치한 산) 아래서 천해(바이칼 호) 동쪽까지 남북으로 5만 리, 동서 이만 리에 해당한 광활한 영토인 지금의 태평양 일부까지도 포함돼 있었다.

　　환나라 1세 임금인 안파견(安巴堅)은 만방의 백성들로 하여금 무궁화(桓花)가 무성히 피어 있는 꽃동산에서 장엄하게 임금으로 추대되었다. 이때가 바로 기원전 7199년에 해당되며 존속 기간은 3301년이었고, 환나라의 마지막 왕인 지위리(智爲里)는 아들 환웅(桓雄)을 불러 삼천 명의 무리와 우주의 신비한 이치를 밝힐 수 있는 천부경(天符經)과 천부인(天符印)을 하사하여 나라를 건설하도록 명하니, 부왕의 뜻에 따라 환웅은 신시(紳市)란 곳에 도읍을 정하고 나라 이름을 배달이라 하였다. 이로써 배달 나라는 18대에 걸쳐 1565년간이나 존속하였다. 배달 나라가 존속하는 동안 문명이 극도로 발전하였고 특히 환웅 5세인 태우의(太虞義)에게는 열두 아들이 있었는데 그 중 큰아들 다의발(多儀發)은 환웅 6세 임금이 되었고 막내아들 복희(伏義)는 어려서부터 두뇌가 명석하고 깨달음이 많았다. 그러던 어느 날 삼신산(三神山)에 올라 제사를 지내고 난 후에 천하(天河)란 곳에서 주역(周易)의 모체라고 할 수 있는 괘도(卦圖)를 얻었다.

그 괘도의 구성은 세 번 끊어지고(☷) 세번은 이어져(☰) 그 위치를 바꾸어 가며 구성하고 조직하니 미래사나 과거사를 훤히 알 수 있는 오묘한 이치가 끝이 없었다. 따라서 팔괘(八卦)는 여기에서부터 시작되었고 환나라의 역(易)이라 할 수 있는 환역(桓易 ; 환나라에 있던 역이란 뜻. 주역의 모체이기도 함. 태우의 환웅 5세 임금으로 중국인들이 창조신이며 조상이라고 한 복희씨의 아버지)과 환역의 모체인 천부경 등을 바탕으로 이루어진 팔괘법(八卦法)은 훗날 하나라, 은나라, 주나라로도 전파돼 주역(周易)의 모체가 되었다. 주나라는 단국 25대 임금 솔나(率那) 29년에 은(殷)나라 임금 주(紂)가 방탕하여 백성이 도탄에 빠지는 등 나라 운명이 바람 앞에 등불과 같았으므로 주나라 무왕(武王 ; 다른 자료에는 문왕으로 되어 있기도.하다)이 정벌하여 명실상부한 주나라를 건설하였다.

그리하여 단군 29대 마휴(摩休) 임금 때에는 주나라로부터 공물(貢物)을 받기도 했고 단군 32대 추밀(鄒密) 6년에는 주나라에서 망명온 호선(胡先)을 받아주는 등 실로 종주 국가로서의 위력을 갖추고 있었다. 이처럼 주나라는 우리 민족과는 불가분의 긴밀한 관계로 인하여 복희씨가 만든 팔괘도법을 응용하여 삶의 기초를 삼았고 문왕은 복희씨의 선천팔괘도(先天八卦圖)를 바탕으로 소위 후천팔괘도(後天八卦圖)를 만들어 주역을 좀더 명확한 이론으로 밝혔다.

정치, 사회, 문화, 모든 분야에 주역이 응용돼 주나라의 국가 이념과 같았다. 그러한 역사적 실증은 위수(渭水)란 강가를 가면 강태공(姜太公)을 만날 수 있다고 한 예언(豫言)도 주역팔괘(周易八卦)에 의해서였다. 인간의 생로병사는 물론 전쟁의 승패 등을 미리 알아보는 등은 극히 당연한 것으로 여겨질 정도였다(『조대기』, 『환국본기』, 『삼성기』 상·하, 『진역유기』, 『신시본기』 등을 참고 문헌으로 함).

환나라에서부터 시작된 팔괘도법(八卦圖法)은 하나라·은나라·주나라를 걸쳐 내려오는 동안 여러 갈래로 이념이 체계화되고 발전해 오다가 춘추시대에는 공자(孔子)가 『십익(十翼)』이란 책을 저술하여 주역에 증보하여 현세에까지 전해 내려오고 있다.

천하통일의 대업을 성취하고 불로장생의 묘약을 찾았던 진시 황제(즉위 37년 7월에 죽음)도 자신의 독단을 반대한 선비들을 흙구덩이에 생매장을 하고 갖가지 책자를 불태워 버렸지만(焚書坑儒) 오직 인간들의 운명을 예언할 수 있는 역서(易書)와 농서(農書)만은 보존토록 하였다. 왜냐하면 역서는 수천년 동안에 걸쳐 내려오는 과정에서 없어서는 안될 정도로 중요시해 왔고 통일천하를 경영하는 데도 역서(易書)에 밝은 음양오행가(陰陽五行家), 방사(方士), 군사(軍師) 등의 예언이 확신을 갖도록 적중했기 때문이다.

그리하여 진시 황제는 천하통일이 성취될 수 있었던 천도적 신비(天道的神秘)는 동서남북 중 북쪽을 상징한 현무(玄武), 즉 수덕(水德)에 의한 것이라고 하여 수의 색깔을 대표한 검정색을 입게 했고, 백성들에게는 물론이거니와 관속들까지 입도록 복제를 모두 바꾸어 버렸다. 불로장생을 바라던 진시 황제도 60환갑을 넘기지 못하고 50세 7월에 죽게 되자 항우(項羽)와 유방(劉邦)의 싸움은 더욱 심해졌다.

이러한 혼란기에 음양오행설은 필연적으로 존재하여 항우가 불의 색깔인 적색기를 세우고 싸우면 유방은 불을 꺼버릴 수 있다는 검정 색깔의 기를 앞세우기도 했고, 하늘의 별자리를 상징한 12숙(十二宿)이나 28숙(二十八宿) 육십갑자의 근본인 천간지지(天干地支)를 이용한 전술전략을 세우기도 했다.

이러한 운명학적 삶은 삼국시대에도 계속돼 비설비록(秘說秘錄)들이 그 역사를 생생하게 실증해 주고 있다. 따라서 천도(天道)・인도 (人道)・지도(地道), 즉 우주 삼라만상의 오묘한 뜻이 담긴 주역의 학문을 어느 누구도 거역할 수 없으며 인간들의 삶 그 자체가 음양 오행 상생상극(相生相克 ; 상생과 상극, 오행설에서 금(金)・목(木)・수 (水)・화(火)・토(土)의 운행이 서로 조화되는 관계와 조화될 수 없는 관계 를 이른다)의 대원칙에서 벗어나지 못했다.

천하통일의 대업을 성취하고자 중국 대륙을 종횡무진한 군웅할거 들도 음양오행에 의한 상생상극의 대원리에서 벗어나지 못하고 한 낱 인간으로서의 최선을 다했을 뿐이다. 그래서 풍운조화의 도인이 기도 한 제갈공명 선생은 아무리 유비가 통일의 대업을 이루고자 하 여도 결국은 이루지 못하고 사마염(司馬炎)이란 사람이 이루게 될 것이라고 예언한 바 있었다. 역시 그의 예언대로 사마염이 통일을 성취하였다. 이러한 역사적 사실만 보아도 천도에 의한 인간의 삶 은 어느 누구도 거역할 수 없는 천명인 것이다.

2. 천리를 악용한 황건적

음양오행(陰陽五行)을 이대오도(二大五道)라고도 하는데 음양은 하늘(天)·땅(地)·해(日)·달(月)을 지적하고 오행은 목·화·토·금·수(木火土金水) 등을 지적하는 것으로 우주 삼라만상의 근본을 이루고 있다. 이를 인간의 신체에 비유하면, 상체는 하늘이 되고 하체는 땅이 되는 것이다. 자연에 비유한다면, 나무가 인체에서는 모발이 되고, 불에 해당한 것은 심장·눈과 같고, 흙은 피부와 같으며, 쇠붙이는 뼈와 관절이 되고, 물은 정력·수분·피 등과 같은 것이다. 따라서 우리가 흔히 인간은 곧 작은 우주와 같다고 하는 것도 결코 무리가 아니다. 이처럼 우주를 형성한 다섯 가지 요체나 인간을 형성한 다섯 가지(五行) 요체가 동일한 천도적 원리가 이러하므로 우주가 윤회하는 가운데서도 목·화·토(木·火·土) 등이 지배하는 때가 있고 어느 때에는 금기나 수기가 지배하게 된다.

천도가 이러하므로 한 나라를 건설하거나 천하통일을 성취하고자 하는 때에도 오행 중 어떠한 기운이 우주상에 지배하고 있느냐에 따라 인간들은 그 기운의 가운데에서 지배될 수밖에 없다. 그러므로 이러한 회천의 운기를 미리 알고 있는 사람을 일반적으로 도사·방사(方士)·군사(軍師)·선사(仙師)·술사(術士) 등으로 부르고 있다. 저 유명한 진시 황제도 수기(水氣)에 의해서 천하통일의 대업을 성취했으므로 수기를 상징한 검정색으로 모든 복제를 바꾸기도 했고, 수기가 쇠퇴하기 시작하자 불사장수하기를 바랐던 진시 황제도 황천객이 되고 말았다. 그렇게 천하를 뒤흔들었던 대야망도 쇠퇴하기 시작했고 도도히 밀려오는 화천대기(火天大氣)에 의해서 별명이 적재(赤帝)라고 하는 유방(劉邦)이 진나라를 치고 한(漢)나라를 창업하여 화기천국(火氣天國)을 이루게 된 것이다.

그러나 천도는 항시 화기만 존재하는 게 아니라는 윤회법칙에 따라 유방이 세운 한 나라도 서서히 무너지기 시작하여 급기야는·살육이 판을 치는 혼란기를 맞이하게 된다. 전한(前漢)의 먼 인척인 유수(劉秀)는 일대혁명을 일으켜 나약하고 부패한 왕망(王莽)을 무너뜨리고 광무제(光武帝)로 등극하여 많은 제도를 개혁하여 보국안민(補國安民)에 최선을 다했다. 어느 누가 추종을 부러워할 만큼 새로운 세대를 창흥한 것이다.

그리하여 그 당시 사람들은 태평시대를 다시 가져왔다고 하여 중개(重開)라고까지 극찬을 했다. 하지만 회천(回天)의 운기는 돌고 돌아 화기(火氣)가 쇠약함에 따라 한나라도 쇠퇴일로로 치닫고 있었다. 특히 고사(高士)로 잘 알려진 좌자(左慈) 같은 이는 한나라는 필시 화기(火氣)가 쇠퇴하고, 다음으로는 황천기(黃天氣), 즉 흙을 상징한 운기가 천체에 도래했으므로 황천정기(黃天精氣) 시대가 올 것이라고 예언하기도 했다. 마침 좌자의 예언은 적중하여 한나라는 점점 존재 가치를 잃어가고 말았다. 좌자가 예언한 바와 같이 한나라는 석양에 물들어 있는 불그스레한 태양과 같은 형상이었고 회천의 토기(土氣)를 받은 군웅들은 너나 할 것 없이 중원 대륙을 종횡무진하면서 저 유명했던 삼국시대(三國時代)의 회천의 큰 문을 두들기기 시작했다.

원래 음양오행설에 화기는 곧 토기를 낳게 한다고 하여 그 말을 화생토(火生土)라고 표기한다. 그러므로 좌자 역시 이러한 원리를 인용하여 예언했을 것이다. 진시 황제는 수기를 상징하여 검정색을 택했었으나 유방 시대에는 붉은 색을 선호하였고, 한나라 말엽에는 흙의 색깔인 황색을 매우 중요시할 수밖에 없었다. 그리하여 소위 황색 전쟁이 일어나는데 그게 바로 황건적의 난이다.

누런 두건을 쓴 황건적들은 중원 대륙을 혼란의 도가니로 몰아넣고 지칠 대로 지쳐버린 조정을 더욱 곤경에 빠지게 했다.

어린 소년시절부터 영특한 장각(張角)은 나이가 더 할수록 막연하기는 했으나 가슴 속에 대야망을 품고 글 공부에 여념이 없었다. 명산대천을 돌아다니며 많은 견문도 쌓았으나 과거를 볼 때마다 낙방하다보니 인간으로서는 풀지 못한 또 하나의 신비체(神秘體), 즉 운명이란 것이 존재한다는 것을 스스로 실감하는 계기가 되기도 했다. 장각은 넉넉한 집안 살림이 아니었기 때문에 두 동생 장보(張宝), 장양(張梁)과 약초 등을 캐며 겨우겨우 생계를 꾸려가고 있는 처지였다.

장각은 여느때와 같이 아침 밥을 일찍 먹고는 깊은 산속에서 약초를 캐고 있었다. 자신도 모르게 험난한 깊은 계곡까지 들어오고 보니 시간이 흐를수록 두려운 생각이 점점 들기 시작하여 울창한 나무숲을 헤치며 빠른 걸음으로 내려오고 있을 때였다. 온 산골짜기가 떠내려 갈 정도로 우렁찬 목소리로 "장각아, 장각아" 하고 그를 불러

대는 소리가 있었다. 장각은 엉겁결에 "예~엣" 하는 대답과 동시에 뒤를 돌아보았다.

바로 그곳에 하늘을 찌를 듯한 높은 괴암절벽을 등지고 나는 듯 다가온 백발도사가 태양보다도 빛나는 눈과 앵두같이 붉은 홍안에 수척이나 된 지팡이를 들고 홀연히 장각 앞에 나타났다. 장각은 당황한 모습으로 도사에게 엎드려 큰절을 올리고 무릎을 꿇고 머리를 숙였다.

그러자 도사는 큰기침을 하며 지팡이 끝으로 장각을 허공에 부웅 띄운 후에 땅 위에 바로 세웠다. 장각은 도사가 거처한 동굴로 따라가면서도 뭔가 심상치 않다는 생각이 들었다. 동굴 밑으로 수십 척이나 내려가보니 동굴 천장에서 떨어지는 물방울 소리는 장각의 마음을 더욱 불안하게 만들었다. 한참동안을 동굴 속으로 들어가보니 인간 세상에서는 도저히 볼 수 없는 파란 물줄기가 도인과 장각의 모습을 비추어 주고 있었다. 보기만 해도 신기한 그 물줄기는 도인이 주문을 외우자 갑자기 붉은 불기둥으로 변하는 것이 아닌가. 이 모든 것이 신비하게 느껴진 장각은 마음 속으로 나도 이러한 동굴 속에서 도를 닦아 많은 사람의 존경을 받는 큰 도인이 될 수 없을까? 생각하며 한참동안 정신없이 앉아 있었다.

백발도인은 "앗" 소리와 함께 굴 옆에 있는 큰 바위 속에다 마치 세인들이 물속에 손을 넣듯이 푹 집어 넣더니 서광이 빛나는 책 세 권을 꺼내었다. 그리고 장각에게 다음과 같이 일렀다.

"이 책은 하늘에서 내려준 천서(天書)로서 하늘의 심오한 뜻을 비록(秘錄)해 놓은 『태평요술(太平要術)』이란 책이다. 너는 이 책을 밤낮으로 부지런히 읽어 심오한 뜻을 헤아린 후에 세상을 구하는 데 혼신을 다하라. 그렇게 되면 세상 사람들은 너를 스승으로 존경하게 될 것이다. 다만 요사한 마음으로 탐욕을 하게 되면 몸이 먼저 황천객이 될 것이다."

장각은 도인이 하는 말을 가슴 속에 새기며 천서를 받아들고 집으로 돌아왔다. 모든 일을 내팽개치고 오로지 천서를 해득하는 데 혼신을 다했다.

한편 어지러운 세상을 계도하고자 낭야(琅琊)란 곳에서 천도비수(天道秘數)를 헤아리며 수도를 하고 있는 간길(干吉)이란 도사가 사람들의 병을 고쳐주며 민심을 얻고 있었다. 특히 간길 도사는 수부(水符)란 일종의 부적을 써서 병을 고치는 등 그 효념은 신비할 정도였다. 간길 도사가 이처럼 유명해져 사람들의 존경을 받게 되자 장각은 마음 속으로 그 도사를 동경하고 있었다. 그리하여 간길도사를 찾아가 사정 끝에 장각 자신을 비롯한 장보, 장양 등 두 동생까지도 제자가 되어 여러 가지 술법을 익히며 도술을 연마하는 데 열과 성을 다했다.

그러한 결과 스승인 간길 도사보다도 더 각광을 받게 되었다. 세 사람은 하산을 하여 각 지방을 돌아다니며 각종 질병을 치료해 주는 등 놀라운 활동을 하고 있었다. 소문은 꼬리를 물고 물어 장각을 모르는 사람이 없었고 그를 따르는 무리만도 수십만이 되는 등 그야말로 장각에게로 민심이 쏠리고 있었다. 날이 갈수록 위세가 당당해진 장각은 마치 일국의 천자나 봉후와 같은 모습으로 점점 변해가고 있었다.

그런가 하면 속세의 사람들 중에는 황천기(黃天氣)를 받는 사람이 장각이므로 장차 장각의 시대가 올 것이라고 말하는 등 믿기 어려울 만큼 장각에 대한 소문과 기대가 변해가고 있어 조정 중신들까지도 걱정하는 사례가 비일비재하게 되었다. 날로 위세가 당당해진 장각은 역사의 흐름이며, 회천의 운기라고 스스로 지극히 당연하게 생각하는 등 야망으로 불탔다. 그래서 민심을 그에게로 이끌어 혼란한 조정을 무너뜨리고 천하통일을 성취해야겠다는 생각을 하면서도, 다른 한편으로는 푸른 하늘은 이미 죽은 지 오래고 마땅히 누런 황천기(黃天氣)가 일기 시작하는데 그 시운이 바로 갑자년에 될 것이며, 황천기의 시운은 바로 그의 것이며, 그로 인해서 천하는 태평하리(蒼天已死 黃天當立 歲在甲子 天下大吉)라는 노래를 퍼뜨렸다.

한나라 조정은 그 운기가 다했고 이제는 장각이 세상을 지배하는 시운이 도래하는데 그 시기가 갑자년이 될 것이란 내용은 한마디로 조정에 도전장을 던진 것이나 다름없었다. 걷잡을 수 없는 대야망에 불타고 있던 장각은 하늘의 힘이 자신을 돕고 있다는 인상을 사람들에게 심어주기 위해서 흙을 상징한 누런 색깔의 두건을 장각 자신은 물론 따르는 무리들에게까지도 쓰게 하였다. 장각이 산속에서 한번 내려오게 되면 누런 두건을 쓴 무리만도 수십 리에 달하여 군왕보다도 더 위세가 있어 보였다.

때는 갑자년(甲子年), 장각은 천기가 자신을 돕고 있다고 믿고 자신을 따르는 수십만의 무리들을 사병화하여 지위체계를 정립하였는데 음양오행설에 따라 구분하였다. 장각은 하늘을 상징한다 하여 천공장군(天公將軍)으로, 바로 아래 동생인 장보는 땅을 상징한 지공장군(地公將軍)으로, 막내동생 장양은 인간 세상을 상징한 인공장군(人公將軍)으로 정하였다. 장각은 또다른 존칭으로 대현량사(大賢良師)라고 부르기도 했다.

음양오행설에서 갑자년이란 것은 모든 구태의연한 구각을 벗고 새로운 기운이 시작되는 것으로 육십 년 만에 단 한번씩 돌아오는 것이다. 이러한 천리를 잘 알고 있는 장각은 갑자년을 기화로 연호까지 정했는데 역시 황천기를 자신이 받았음을 과시하기 위해서 황천태평(黃天太平)이라고 정했다. 누런 두건을 쓴 수십만의 무리가 조정을 향해서 치닫자 처음에는 백성들까지도 합세하여 엄청난 규모로 커져 가고 있었다.

이렇게 되자 세상 민심은 장각에게로 쏠려 혼란만 거듭하고 있는 조정을 비판하는 사람도 있었다. 국가의 존립위기까지 거론할 만큼 무서운 속도로 번져가고 있었다. 당황한 조정에서는 관군을 파견하여 대항했지만 바람 앞의 추풍 낙엽처럼 패전에 패전만 계속할 뿐 그 어느 누구도 그들을 막을 수가 없었다. 관군과 대적할 때마다 승리의 북소리를 울리기는 했지만 아무 두려움도 없는 그들은 고삐가 풀린 망아지처럼 자제보다는 방탕으로 변해가고 있었다. 갑자년 이전까지만 하더라도 무려 5백여 명의 호걸들을 특선하여 문무를 겸비하도록 수련도 시켰으나 날이 가면 갈수록 분파가 심해져 어느덧 도적떼들로 전락돼 버렸다.

이때 조정에서는 극심한 혼란이 있어 임금은 허수아비나 다름없었고 소위 내시들의 집단인 십상시(十常侍)들은 온갖 짓을 다하고 있었지만 그 누구도 말 한마디 할 수 없는 무력한 조정이 되고 말았다. 심지어 십상시 우두머리인 장양(張讓)은 천자까지도 아버지(阿父)라고 부를 만큼 조정이 거꾸로 되어가고 있었다. 장각은 이러한 틈을 이용하여 자신의 심복인 마원의(馬元義)를 시켜 조정의 십상시를 만나도록 했다. 마원의는 자신에게 목숨까지도 불사한 심복 당주(唐州)에게 반역모의가 담긴 밀서(密書)를 주면서 십상시 중에 하나인 봉서(封諝)를 만나도록 했다. 그러나 공교롭게도 밀서를 가지고 가던 당주는 마음이 변해 그 밀서를 천자에게 바쳐 후한 상을 받는 등 실로 놀라운 대접을 받게 된다. 처음 취지와는 달리 역적모

의가 드러나자 조정에서는 대장군하진(大將軍何進)에게 명하여 황건
적을 소탕하도록 하고 지방관청에도 특별명령을 내려 황건적을 막
도록 했다. 모든 것이 백일하에 드러나자 조직을 재정비한 장각은
밀려오는 관군을 여지 없이 쓰러트리는 등 그 기세가 충천하고 있
었다.

3. 잠자는 용

누상촌(楼桑村)이란 곳에서 스물네 살인 나이에도 불구하고 낮에
는 돗자리를 엮고 밤이면 글을 읽는 것으로 세월을 보내고 있는 유
비를 불러놓고 그의 어머니께서 조용한 어조로 말씀하셨다.

"유비야, 너에게 내가 바라는 소원이 있는데 내 소원을 들어주겠
느냐?"

유비는 자세를 바르게 고쳐 앉고서 어머니 얼굴을 쳐다보았다.

"네, 어머님. 무엇이고 말씀해 주십시오. 비록 불초소자가 힘은 없
지만 어머님께서 시키시는 일이라면 무엇이고 해 보겠습니다."

어머니는 유비를 한참동안 주시한 연후에 입가에 미소를 지으면
서 말을 이었다.

"내 나이가 이미 칠십이 넘는 고령이다. 그러니 산다고 해야 얼마
나 더 살 수 있겠느냐? 그래서 죽기 전에 이 세상에서 가장 비싸다
는 극상차(克上茶)가 마시고 싶구나."

사실 어머니의 이같은 부탁은 전혀 생각 못했던 것은 아니다. 왜

냐하면 언제부터인가 어머님이 좋아한다는 극상차를 사려고 남모르게 상당한 돈을 모으고 있기 때문이었다. 하지만 가격에 비하면 만분의 일도 못된 작은 돈이라서 엄두도 내지 못하고 있던 터였다. 하지만 유비는 어머니의 간곡한 부탁인지라

"네, 어머님 염려마십시오. 소자가 구해 올리겠습니다."

라고 어머니의 부탁을 받아들였다. 물론 유비로서는 어머니께서 자신을 시험해 보려고 어려운 부탁을 하는 것임을 전혀 이해하지 못하고 있었다. 극상차에 관한 이야기가 끝이 나자 어머니께서는 다시 유비를 바라보며 말씀하였다.

"애, 유비야, 네가 짜다만 돗자리가 있지?"

"예, 밖에 있습니다."

"그 짜다둔 돗자리를 가지고 오너라."

아무 영문도 모른 채 유비는 짜다만 돗자리 틀을 가져와서는 어머니 앞에 갖다 놓았다. 그러자 어머니께서는 자리에서 일어서더니 벽장 속에서 먼지가 뽀얗게 앉은 보따리 하나를 꺼내셨다. 유비는 어머니의 모습만 지켜볼 뿐 아무 말도 할 수 없었다. 어머니께서 보따리를 풀자마자 그 속에 보검이 들어 있었다. 어머니는 그 보검을 쑥 빼들고는 쓱 하는 소리와 함께 앞에 놓여 있는 돗자리를 한순간에 베어 버렸다. 당황한 유비가 떨리는 목소리로 물었다.

"아! 어머니, 왜 그러십니까?"

"유비야, 염려마라, 나도 생각이 있느니라."

방 안은 잠시 침묵이 감돌았다. 그러자 어머니께서는 조용히 칼을 칼집에 넣으시면서 유비에게 말씀하셨다.

"유비야, 사내 대장부가 산간 벽지에서 돗자리나 짜면서 세월만 보내서야 되겠느냐? 당장 길을 떠나야 한다. 그리고 이 보검에 대

한 내력과 우리 가문에 대해서 이야기 해 주마. 본시 이 보검은 대
대로 내려오는 가보이자 보검이니라. 그리고 우리 가문은 중산정왕
유승(中山靖王劉勝)의 후예로 한나라의 임금이었던 경재대왕(景帝大
王)의 원손(遠孫)으로 지금은 비록 때를 만나지 못하여 돗자리나 짜
고 있으나 앞으로는 유씨 문중의 왕도를 되찾아야 한다. 어젯밤 꿈
속에서 너의 손을 잡고 산골짜기를 가고 있을 때 거치른 황야에 지
축을 뒤흔드는 전쟁이 일어나 아비규환의 참상이 일고 있더구나. 그
런데 유비 네가 이 어미 손을 뿌리치며 전쟁터로 나가야 한다고 간
청하더구나. 그러나 내가 허락하지 않고 있었는데 갑자기 뇌성번개
가 일기 시작하면서 선왕인 경재대왕이 나타나더니 '유비 어미는
듣거라, 네가 왜 유비의 손을 놓지 않고 있느냐? 세상이 너무 어지
러워 유비가 나서야 하느니라.' 하시며 나를 책망하기까지 했느니
라."

　여기까지 어머니의 이야기를 듣고 난 유비는 어머니께서 왜 길을
떠나야 한다고 하는지 그 이유를 실감할 수 있었다.

　유비는 그날로 집을 나와 야망의 첫걸음을 내딛기 시작했다. 명
분상 극상차를 구하러 집을 나왔지만 그밖에는 뚜렷한 목적도 없
었다. 대황하(大黃河)의 물줄기를 따라 남으로 남으로 발걸음을 재
촉했다. 산간벽지에서 살다가 막상 넘실대는 황하의 물줄기와 광대
무비한 들판을 바라보니 감회가 새로웠고 사물을 보는 시야가 넓어
짐은 당연했다. 밤낮을 가리지 않고 며칠간을 걸어 보았으나 어느
누구 하나 유비를 아는 척하는 사람이 없어 유비 자신이 우물 안의
개구리였음을 더욱 실감했다.

　그러던 어느 날 산모퉁이를 걸어가고 있을 때 머리통만한 돌이 굴
러오는 것과 때를 같이하여 북소리가 울려 퍼지며 우레와 같은 함성

이 들려왔다.

"야, 이놈아! 거기에 서있지 못할까?"

유비는 몸을 움츠리며 실눈으로 주위를 살피고 있었다. 그때 긴 창검을 든 관군들이 유비를 향하여 달려오고 있었다. 눈 깜박 할 사이에 유비 코앞에 달려온 관군들은 며칠씩이나 수염을 깎지 않았는지 험상궂은 모습들이었다. 말없이 그들의 눈초리만 바라보고 있자 관군 하나가 멱살을 휘어잡았다.

"네 이놈, 황건적이 아니냐?"

라고 묻고 다짜고짜 목을 조여들어와 숨쉬기가 불편했다. 그러자 유비 등에 차고 있던 보검을 관군 하나가 뽑더니 칼날에서 빛나고 있는 서광을 보고 놀라워했다.

"아! 이건 보검 아니냐? 정말 신기한데!"

우두머리로 보이는 관군 하나가 지금까지 유비의 멱살을 잡고 있던 관군에게 그만 놔주라며 유비를 한참동안 바라보더니 말했다.

"야! 이놈 귀 하나 크다, 마치 당나귀 귀 같지 않은가!"

유비는 비아냥거리는 관군에게 정중한 어조로 자신을 소개하고 보검에 대한 내력도 소상하게 말해 주었다. 관군은 유비에게 요즘은 황건적이 사방에서 날뛰므로 조심하지 않으면 생명이 위태롭다며 유비를 놓아주었다. 처음으로 들어본 황건적들의 잔인무도한 행동에 대해서 유비는 마음 속으로 언젠가는 내 손으로 황건적 놈들을 잡아야지 하고 나름대로 생각을 가져보기도 했다. 관군에게서 풀려난 유비는 날이 어두워져 어느 촌가에서 하룻밤을 머무르게 되었다. 저녁밥을 먹고 상을 물리자 집주인은 요즘 황건적 도적떼들 때문에 온 나라가 발칵 뒤집혀 민심이 흉흉하다고 원망스러운 푸념을 토했다. 그러자 유비가 말했다.

"관군들이 있는데 황건적들이 무슨 힘을 쓸 수가 있을까요?"

그러자 집주인은 머리를 살래살래 흔들며 호들갑을 떨었다.

"모르는 소리, 관군들은 나태할 대로 나태해졌고, 조정은 썩을 대로 썩어 내시들이 판을 치고 있어요. 누가 그 엄청난 황건적들을 때려잡는단 말이오? 아마 황건적을 평정하는 사람이 이 나라의 천자가 될 것이오."

유비의 뇌리에서 누가 황건적을 평정하고 천하를 얻는단 말인가? 만에 하나 내가 그 일을 할 수 없을까, 하는 생각이 채 가시기도 전에 와장창창 하는 소리와 함께 무엇인가 구름떼처럼 몰려오고 있는 느낌이었다. 순간 유비는 몸을 날려 뒤창문으로 빠져나가 지붕 용마루를 의지하여 숨어 있었다. 잠시 후 횃불을 든 황건적들은 주인부부를 마당 가운데 꿇어 앉혀 놓고 오만 욕설을 하며 물건을 내놓으라며 소리쳤다. 생전 처음으로 황건적들을 직접 목격한 유비는 집주인이 당한 고초를 생각하면 지붕 위에서 뛰어내려 그들과 싸움을 해 보고픈 생각도 있었으나 수적으로 보아 그런 행동은 무모한 짓이라 생각하곤 터져나오는 울분을 참고 있었다. 집안 이곳저곳을 샅샅이 뒤져본 도적들은 옥수수 몇 됫박까지도 훔쳐갔다. 별재물이 없다는 것을 알게 되자 도적떼들은 주인내외를 몇번 발길로 차서 쓰러트려 놓고는 유유히 사라져 버렸다. 유비는 몸을 날려 마당으로 내려와 주인부부를 방으로 옮겼다. 주인내외는 긴 한숨을 내리쉬었다.

"아휴, 이놈의 세상, 언제나 도적들 없는 세상을 살아갈지……."

유비는 주인부부에게 용기가 부족하여 그들을 막지 못했음을 공손히 사과했다. 주인은 고개를 살래살래 흔들어댔다.

"그것은 잘못된 생각입니다. 세상 이곳저곳을 날뛰는 게 그 도적

놈들인데 그들 몇 명 해치웠다고 해서 무슨 소용이 있단 말이오. 다만 나라를 구하고 백성을 사랑하는 큰 지혜가 필요하지요. 그러니 귀공도 심신을 보다 크게 세워 나라의 기틀을 잡는데 최선을 다하시오.”

날이 밝아지자 눈부신 아침 햇살은 유유히 흐르는 황하의 늠름한 물줄기를 더욱 빛내고 있었다. 따스한 아침 햇살을 등지고 강가를 거닐고 있을 때 노인 한 사람이 유비를 쳐다보더니 뭔가 느껴지는지 고개를 끄덕이며 혼잣말을 했다.

“참, 그 사람 귀골이다, 귀골이여. 앞으로 범상한 인물이 되겠구만.”

유비는 이러한 말을 수없이 들어온 터라 별 신경도 쓰지 않고 노인에게 물었다.

“노인장, 이 근방에 서울에서 극상차며 온갖 진귀한 물건들을 싣고 온 배가 정박하고 있는 곳이 어디입니까?”

유비의 이와 같은 물음에 노인은 놀란 기색을 했다. 왜냐하면 유비의 겉모습으로 보아 진기한 물건을 사고파는 사람같이 보이지 않았기 때문이다. 그러면서도 관상학적으로 보아 비범한 인물처럼 느껴져 배가 정박한 곳을 자세하게 가르쳐 주었다. 유비는 설레이는 마음으로 부리나케 그곳까지 달려갔다. 그곳에는 말로만 듣던 그야말로 세상에서 보기 드문 진귀한 물건들이 또 다른 세상을 이룬 듯했다. 우글거리는 장사치의 틈을 뚫고 이곳저곳을 누비고 다닐 때였다.

장사치 치고는 제법 돈푼께나 있게 보인 거상 앞에 유비 자신이 찾고 있던 그 극상차가 놓여 있었다. 유비는 미소를 지으며 극상차를 팔고 있던 장사꾼에게 자기가 그것을 사겠다고 했다. 그런데 장사꾼은 유비의 말을 들은 척도 하지 않고 눈을 휘둥그레 뜨고는 유비의 행색만 살펴보고 있었다. 아마 그 비싼 극상차를 살 것 같지 않은 행색으로 느껴진 모양이었다.

유비가 다시 물었다. 그러자 장사꾼이 대답했다.

"아니, 자네가 이 비싼 극상차를 사려고? 이 극상차로 말할 것 같으면 낙양(洛陽)에서만 생산되는 것으로 여간 귀족이 아니면 맛도 못 봐. 그런데 자네가 산단 말이여?"

유비로서는 기분이 언짢았지만 어머니에게 드릴 물건을 사는데 기쁜 마음으로 사야 한다는 생각에서 얼굴에 미소를 지으며 장사꾼 앞에 돈주머니를 꺼내 보이며 극상차를 사겠다고 공손히 말했다. 장사꾼은 유비가 내놓은 돈주머니를 두서너 번 들어 보고서는 고개를 살래살래 흔들었다.

"안돼, 어림 없어. 그 돈으로는 극상차 값 절반도 못 돼. 어서 가 봐."

아주 냉정한 태도였다. 유비는 통사정을 하며 눈물까지 흘렸다. 얼마간 시간이 흐르자 장사꾼이 말했다.

"자네가 내놓은 돈은 찻값의 절반에도 미치지 못하지만 효심이 지극하기에 자네에게 이 차를 주겠네. 자, 어서 받어."

순간 유비는 자신도 모르게 차통을 가슴에 끌어 안고 장사꾼에게 고맙다며 굵은 눈물을 흘렸다.

극상차를 가슴 속에 품고 황하 강가에 있는 작은 마을에서 하룻밤을 묵기로 했다. 극상차를 구했다는 기쁨이 너무나 커서 밤이 깊은데도 잠을 이룰 수가 없었다.

그런데 유비가 거처하는 방문을 퉁퉁 두들기면서

"여보세요, 여보세요. 어서 일어나요. 불이 났어요."

유비는 옷을 주섬주섬 입고 쏜살같이 밖으로 나갔다. 저쪽에서 타오르는 불빛은 유비의 얼굴이 화끈거릴 정도로 붉은 불기둥이 치솟고 있었으며 또 다른 편에서는 황건적이 나타났다는 비명소리가 들려 왔다.

황건적이란 말에 분노가 치솟았으나 이내 그들로 인한 난장판을 어떻게 수습할 엄두를 내지 못하고 마음만 탈 뿐이었다. 품 속에 극상차를 품고 있었기 때문에 만에 하나 황건적들에게 빼앗기는 날에는 십년 공부 도로아미타불이란 생각에서 일단 그곳을 빠져나와 십여 리를 걷고 있었다. 밤이슬을 맞으며 피신을 했기 때문에 몸은 파김치나 다름이 없었다.

어느덧 아침 햇살은 동쪽 하늘을 비추기 시작했고 목적없이 무작정 걷고 있을 때 평상시에 존경해 오던 공자의 사당이 작은 마을 어귀에서 보이자 지친 몸인데도 갑자기 힘이 솟는 듯했다.

공자 영정 앞에 공손히 절을 하고 꿇어 앉았다. 아 칠백여 년 전에 생존했던 성인으로 난세를 치세로 이끌었던 분이 아닌가. 존경과 흠모에 사로잡혀 있던 유비는 자신도 모르게 자리에서 벌떡 일어나 두 손을 허공에 번쩍 들고 합장하면서 큰 소리로 외쳐댔다.

"아 ! 성인이여, 나에게 이 난세를 다스릴 수 있는 용기와 지혜를 주옵소서."

그리고 사배를 올렸다. 억수같이 쏟아지는 눈물을 감당하지 못하고 있을 때 우당탕하는 소리와 함께 머리에 누런 두건을 쓴 험상궂은 사나이가 비호처럼 달려들어 느닷없이 유비의 목덜미를 움켜잡고 소리쳤다.

"이놈아, 젖비린내 나는 놈아, 이리 따라와."

그 사나이가 그를 음침한 곳으로 끌고 갔다. 그곳에는 우두머리

같이 보이는 황건적이 좌우에 부하들의 호위를 받으며 그럴싸하게
앉아 있었다. 그는 유비를 위아래로 훑어보았다.

"이놈이 공자의 영전에서 용기와 지혜를 달라고 지껄인 놈이란
말인가?"

그러자 곁에 있던 졸개 황건적이 "예"하고 재빠르게 대답했다. 그
들은 유비의 행동거지 하나하나를 숨어서 살펴보고 있었던 것이다.

나중에 안 사실이지만 그는 황건적 중에서도 네번째 서열로 있던
마원의였고 또 다른 사람은 감홍(甘洪)이란 자였다. 이들은 자신들
부하 수백여 명이 지켜보는 가운데서 유비의 아래턱을 칼 끝으로 쿡
쿡 찌르며 물었다.

"너는 대관절 어디 사는 놈이기에 용기와 지혜를 달라고 헛소리
를 해, 건방진 놈아."

순간적 상황으로 본다면 생사의 결판이라도 내고 싶었지만 무모
한 짓임을 잘 아는 유비는 공손한 말로 침착하게 대답했다.

"예, 저는 탁현 누상촌이란 곳에서 돗자리를 짜며 생계를 꾸려가
는 유비입니다."

그러자 마원의는 곁에 있는 부하에게 유비를 짐꾼으로 쓰도록 하
라고 명령을 내리며 유비에게 말했다.

"이놈아, 오늘 너의 일진이 좋은 날이다. 자칫 했으면 네놈 모가
지는 진작 댕그랑 했어. 그러나 너의 생김새가 죽이기는 너무 아까
워 짐꾼으로 쓰는 거여. 알기나 혀."

유비는 기가 막혔다. 하지만 어쩔 수 없었다. 황건적을 피하기 위
해서 갖은 고생을 다했는데 이제는 오히려 황건적의 포로가 돼 짐을
지고 가다니, 유비는 며칠간이나 밥을 먹어보지 못했기 때문에 짐
을 지고 따라가는 모습이 마치 병든 말이 태산준령을 넘어가는 것처

럼 힘겨웠다.

해가 지고 어둠이 깔리자 황건적들은 산기슭에 있는 허름한 절간에서 쉬어가기로 했다. 유비는 허기가 지고 배가 고파 식은땀을 흘리면서도 황건적의 무리와 행동을 같이한다는 게 제일 치욕적인 것으로 생각되어 생사의 위험을 무릅쓰고라도 도망갈 기회를 보고 있었다.

절간 이곳저곳을 다니며 구경을 하다 보니 법당 안에서 혼자 앉아 불경을 외우고 있는 노스님을 볼 수 있었다. 비록 기진맥진한 몸이지만 불상에 절을 올리고 합장을 한 채 눈을 지그시 감고 있을 때, 누군가가 자신을 쳐다보는 느낌이 들어 조용히 눈을 떠보았다.

그러자 지금껏 불경을 드리고 있던 노스님이 묵묵히 그를 쳐다보고 있다가 고개를 끄덕이며 유비에게

"귀공은 혹시 누상촌 소년 천자 유비가 아닙니까?"

하고 질문하며 상세히 이야기 하라는 눈짓을 했다.

"예, 스님 맞습니다. 그런데 스님께서는 저를·어떻게 알아보시는지요?"

"십여 년 전에 서당방에서 하룻밤을 유하면서 귀공의 관상을 보고 장차 천자가 될 재목으로 판단돼 즉석에서 소년천자라고 했던 적이 있었지요."

유비도 기억이 되살아났다.

"예, 맞습니다. 저도 생각납니다."

노스님이 다시 물었다.

"귀공께서 어쩌다 저 못된 황건적의 무리가 되었소?"

의아스러운 눈빛으로 묻는 스님에게 유비는 나지막한 목소리로 말했다.

"공교롭게도 포로가 돼 생명을 연명하고 있습니다."

스님은 알았다는 듯이 고개를 끄덕이며 마지막으로 유비에게 부디 자중자애하라고 부탁했다.

스님과 얘기를 나누고 있는데 황건적 서너 놈이 달려왔다.

"쥐새끼 같은 놈, 중놈하고 무슨 수작을 부리고 있어. 어서 이리 따라와."

라며 유비의 엉덩이를 걷어찼다. 하룻밤을 절간에서 자는 동안 도적들의 소굴에서 탈출하려고 몇번이고 망설였지만 도저히 그 틈을 내지 못했는데 어느덧 날이 밝아왔다.

아침 일찍부터 행군을 시작한 도적들은 수많은 산능선을 넘고넘어 어느 산골짜기에서 짐을 풀었다. 비록 초저녁이지만 그 동안 도적질해 온 닭·개·소·돼지·양 등을 잡아 포식을 하고 있었다.

술이 거나해지고 밤이 깊어지자 아까부터 유비를 유심히 주시하고 있던 이주범이가 유비에게로 다가와 극상차를 품고 있던 앞가슴을 칼 끝으로 가볍게 쿡쿡 누르고 나더니 눈을 부릅뜨며 소리쳤다.

"이놈아, 너 거기에 감추는 물건이 뭐냐? 어서 이리 내봐 봐."

순간 유비는 가슴이 철렁했다. 그렇지 않아도 마음 졸이며 목숨보다도 더 소중하게 생각해 오던 극상차를 빼앗긴다는 생각에 여간 불안한 게 아니었다. 그러나 이주범이가 별짓을 다한다 해도 유비로서는 당할 수밖에 없는 속수무책의 상황이었다. 유비는 어쩔 수 없이 이주범이 앞에 극상차를 내놓았다. 그러자 이주범은 미친 듯이 극상차 한움큼을 쥐고 냄새를 맡아보았다.

"와, 이것이 바로 천하에 명품 극상차가 아닌가?"

이주범의 방자한 모습을 보고만 있던 유비로서는 울분이 터져나와 불알이라도 물어뜯고 싶은 심정이었으나 전번에 만났던 스님의 자중자애해야 한다는 말이 생각이 나 꾹 참고 있었다.

　이주범은 마치 극상차가 제 것인 것 마냥 주섬주섬 싸 가지고 애들과 함께 숙소로 가버렸다.

　유비로서는 죽고 싶은 심정뿐이었다. 얼마 전에는 보검을 마원의란 놈에게 빼앗기더니 이제는 극상차마저 빼앗겼으니 허탈할 수밖에 없었다. 그러니 마음속으로 어떠한 일이 있어도 이 도적들의 소굴에서 탈출해야 한다고 다짐하고 있는데 정탐꾼 하나가 달려오더니 수다스럽게 한참동안 이야기했다.

　"두목님, 두목님. 큰일이 났어요. 북쪽 저산 너머에서 우리를 잡으러 온 관군들이 진을 치고 있어요."

　이 말을 듣고 도적들은 긴장하는 모습들이었고, 유비는 오늘밤이야말로 무슨 일이 일어나더라도 그 틈을 타서 도망을 가야겠다고 마음을 더욱 굳게 다졌다.

　취기가 더해지자 곯아 떨어진 도적들이 많아졌고 사위는 점점 고요해져 갔다. 두 손을 얹고 실눈으로 주위의 동태를 보자 도망칠 수 있다는 자신이 생겼다. 살그머니 몸을 일으켜 소피를 보러 가는 모양 살금살금 걸어 나왔다. 식은땀을 흘릴 정도로 긴장된 순간이었다. 만약 들키기라도 하면 파리 목숨보다 더 쉽게 죽을 텐데 다행스럽게 그들의 소굴에서 빠져나온 유비는 안도의 한숨을 길게 내리쉬며 몇 발짝을 걷고 있을 때였다.

　갑자기 숲속에서 긴 창검을 든 황건적들이 뛰어나와 앞을 가로막았다.

　"이놈아, 어디로 도망을 쳐. 얼마 전 새로 들어온 짐꾼놈 아니야. 괘씸한 놈, 우리가 이곳까지 매복하고 있는지는 몰랐지? 어리석은 놈, 에이 미친 놈."

유비는 한참을 그대로 서있다가 임기응변으로 측간에 가는 길인
데 왜들 그러느냐고 했지만 그들은 유비의 말을 들을 필요도 없다는
듯이 순식간에 포승줄로 꽁꽁 묶어 버렸다. 그리고는 개 끌 듯이 끌
고 가 두목 마원의 앞에 꿇어 앉혔다. 마원의는 도망친 것을 잡아
왔다는 부하의 말에 칼을 쑥 뽑더니 이런 놈은 당장 죽여 없애 버려
야 한다며 칼을 내리치려는 순간 곁에 있던 이주범이 말렸다.

"형님, 참으십시오. 이런 파리 새끼 하나 죽여 뭣 합니까."

그러자 못이긴 체 들었던 칼을 내리고서는 뇌성 같은 소리로 외
쳤다.

"미꾸라지 같은 놈, 어디로 도망을 쳐. 이미 세상은 우리 것인
데."

유비는 지금까지 수없는 수모와 굴욕을 당해 왔지만 지금처럼 긴
장된 순간은 없었다. 한편에서는 죽여 버려야 한다고 주장하고, 또
다른 한편에서는 생김새가 괜찮으니 살려두었다가 심부름꾼으로 쓰
자느니 말들이 구구했다.

마원의는 한참을 멍하게 생각하고 있더니 꼼짝 못하게 더욱 꽁꽁
묶어 동굴 속에 처넣어 버리라고 명령했다. 그렇지 않아도 묶여 있
어 개 취급을 당한 처지였는데 다시 꽁꽁 묶은 채 암흑 같은 지하동
굴에 가두어 버리는 거였다. 마음 속으로는 호랑이에게 물려가도
정신만 차리면 살 수 있다는 속담을 되씹고 곱씹으며 탈출할 생각만
을 하고 있지만 도통 탈출할 가능성이라곤 조금도 보이지 않았다.

무심코 동굴 천장을 향하여 한숨만 내리쉬고 있을 때였다. 어둠
속에서 뭣인가 번쩍거리는 게 눈에 띄었다. 숨을 죽여가면서 자세
히 살펴보니 작은 비수 하나가 밧줄에 매달려 내려오고 있는 게 아
닌가. 빨리 피하라는 신호라고 느낀 유비는 흔들리며 내려오는 비

수가 자신을 위함이라 생각하고 몸을 겨우겨우 일으켜 입으로 그 비수를 물어당겼다. 그리고 비수를 등뒤로 돌려 어렵게 밧줄을 풀어 동굴 밖으로 걸어나왔다.

그 동굴 밖에는 며칠 전에 절간에서 뵌 적이 있는 노스님이 기다리고 있었다. 그리고는 유비를 끌다시피하여 무사히 도적들의 소굴을 빠져나오게 도와주었고 스님과 친분이 두터운 어느 민가에서 휴식을 취할 수 있게 해주었다.

스님의 은혜에 감동한 유비가 스님에게 큰절을 올리려고 하자 스님이 자리에서 일어나더니 말했다.

"귀공은 하늘에서 낸 미래의 천자이신데 노승이 그 정도 수고를 한 게 뭐가 그리 대단합니까? 어서 앉으시고 나의 부탁이나 하나 들어 주시오."

그러자 밖으로 나가 백마 한 필과 백옥 같은 소녀를 데리고 왔다.

"이 백마를 타고 이 소녀와 같이 떠나십시오. 이 소녀는 부용이란 이름으로 한때 성주였던 아버지가 황건적으로부터 습격을 받아 세상을 떠나자 소승이 구출을 했던 것입니다. 그러니 조금도 염려마시고 같이 떠나 주시오."

유비는 생명의 은인인 노스님의 부탁을 저버릴 수가 없어 같이 떠나갈 것을 허락했다. 부용이란 소녀는 소복차림을 하고 있었지만 절세미인에다가 학풍까지 풍겨 누가 봐도 호감이 가는 여성이었다. 백마 위에 나란히 타고 보니 인마가 일체하는 모습이었다. 스님께 목례를 올린 후에 북쪽을 향하여 달려갔다. 부용이는 상황이 급박한 만큼 체면 따위를 생각할 겨를도 없이 유비 등에 피어오른 앞가슴을 바싹 붙이고 두 손으로는 유비의 중장한 허리를 힘껏 껴안고 얼굴은 유비의 등에 묻고 마치 이인일합(二人一合)한 모습으로 힘껏 달렸다.

그때 "저놈 잡아라"하고 외쳐대며 난데없이 황건적들이 추격해오고 있었다. 어쩌나 순간적으로 물밀듯이 닥쳐오던지 독 안에 든 쥐꼴이 되고 말았다. 비록 끝을 볼 수 없는 광활한 숲속을 달리고 있으나 그 달리는 곳이 어디인가 생각할 틈도 없이 그야말로 목숨이 일각에 달려 있었다. 결국 유비는 지금까지 참아온 울분을 한순간에 터뜨리기라도 하듯이 처음으로 황건적들과 직접 결투를 했다. 유비가 무기로 쓰고 있는 것은 칼도 창도 아닌 긴 몽둥이 하나였다. 그러나 순식간에 황건적 칠팔 명을 쓰러뜨려 의기가 충천해 있었다. 미친 듯이 달려드는 황건적들도 유비의 봉검술에 깜짝 놀라 주춤했다.

더욱이 두목 마원의 뒤를 바람처럼 쫓아오면서

"마원의 이놈아! 내 창을 받아라."

라고 외쳐대는 사람이 있었다. 그 소리가 얼마나 큰지 작은 산이 울릴 정도였다. 그 엄청난 소리는 비교가 안될 정도로 악명높은 황건적을 추풍낙엽처럼 쓰러뜨렸다. 순식간에 황건적들의 공동묘지가 되다시피한 숲속은 피가 냇물을 이루고 죽은 시체가 산을 이룰 정도로 아비규환의 참상이 되고 말았다.

그렇다면 용맹무쌍한 저 사나이는 누구인가? 얼마 전에 황건적에 새로 들어온 장비란 사람이다. 힘이 장사인 그는 한때 황소 다섯 마리를 단숨에 쓰러뜨린 장사 중에 장사이다. 장비는 황건적에 들어오기 전에 한때 부용 아버지를 도와 싸운 적이 있었으나 부용 아버지가 세상을 떠나자 뿔뿔이 흩어져 목숨이라도 연명하고자 황건적들과 행동을 같이했다.

　그러던 어느 날 평소에 알고 지내던 산해란 스님으로부터 유비와
부용 아씨를 구하라는 간곡한 부탁을 받은 바가 있었기 때문에 황건
적을 불시에 쓰러뜨린 것이다. 마원의와 몇 남지 않은 잔당들은 부
리나케 도망을 쳐버렸고 영문을 모른 유비는 장비에게로 다가가 생
명을 구해줘 감사하다는 인사를 했다.

　"생명을 구해 주셔서 감사합니다. 어떻게 은혜를 갚아야 할지요."
　그러자 장비가 말했다.

　"나보다는 산해 스님에게 감사를 드리세요."

　"산해 스님이라니오?"

　"전번에 지하동굴에서 귀공을 구해준 분을 모르십니까?"

　그때서야 유비는 노스님을 얘기한다는 것을 깨달았다.

　"아! 그 노스님이 산해(山海)란 법호를 가지셨군요."

　자신의 이름이 장비라는 것을 스스로 밝히고 산해 스님의 부탁으
로 유비와 부용 아씨도 구하게 되었으며 지하동굴에서 비수를 넣어
준 것도 산해 스님이 시킨 일이라고 소상하게 설명해 주었다. 장비
는 등에서 검정 보자기를 꺼내 유비에게 건네주며 어서 풀어보라고
했다. 유비는 무심코 풀어보고 놀라지 않을 수 없었다. 목숨보다도
더 소중히 생각했던 보검과 극상차가 아닌가. 어느덧 유비의 눈가
에는 감격의 눈물이 흠뻑 고여 흘러내리고 있었다. 그리고 장비의
손을 덥석 잡았다.

　"장공 고맙소, 이게 어찌 된 일입니까?"

　"유공, 이 또한 산해 스님의 덕입니다. 산해 스님으로부터 딱한
사정을 듣고 이주범과 결투 끝에 빼앗아 왔습니다."

　유비는 보검을 앞에 놓고 경건한 묵념을 하고 나서 보검을 두 손
으로 들어 올려 장비에게 선물하였다.

"장공, 내 마음을 전하는 것이니 기꺼이 받아 주십시오."

"그게 무슨 말씀이시오. 전 싫습니다. 그 귀중한 보검을 내가 어떻게."

장비는 내심 갖고 싶었지만 사양한 듯 보였다. 금방 장비의 마음을 꿰뚫어본 유비가 다시 권했다.

"장공, 그러지 마시고 어서 받아 주십시오."

장비는 두꺼비 같은 손으로 보검을 덥석 잡았다.

"유공, 고맙습니다. 이 보검을 세상에서 가장 의로운 신검이 되도록 하겠습니다."

직선적이며 단순한 장비는 아까부터 부용 아씨를 유심히 보고 있었다. 장비는 유비에게 대뜸 이야기했다.

"유공, 저 부용 아씨는 제가 데리고 가겠습니다. 허락하시겠지요."

유비는 장비의 마음을 잘 아는지라 즉석에서 허락했다.

"생명의 의인(義人)에게 뭘 주저하겠습니까. 그렇게 하시지요."

이렇게 해서 장비는 성 안으로 들어가 사방으로 흩어졌던 군졸들을 규합하여 황건적을 막는 데 힘썼고 유비는 말을 몰아 그렇게도 그리워하던 누상촌 고향으로 돌아왔다.

유비 어머니께서는 아들이 무사히 돌아오기를 천지신명께 기도 올리고 있었다. 그 모습을 본 유비는 자신을 위해서 어머님이 얼마나 많은 노력을 하고 있었던가를 생각하고 눈물이 핑돌기까지 했다. 유비는 어머니께 그 동안 산해 스님과 장비란 의인을 만나 집에까지 돌아올 수 있었음을 소상하게 말해 주었다.

이로부터 세월은 사오 년이 흘렀으나 아직까지 조정은 십상시들의 농간에서 벗어나지 못했고 황건적들은 중원 대륙을 마음대로 날 뛰고 있었다. 유주태수(幽州太守) 유언(劉焉)은 황건적과 싸울 수 있 는 용맹스러운 의혈남아(義血男兒)를 모집한다는 방을 부쳤다. 이때 유비·장비·관우장은 망해가는 나라를 구하는 데 몸을 던지기로 하고 유비 집 후원에서 소위 도원결의(桃園結義)를 하여 제일 큰형으 로는 유비가, 그 다음으로는 관우장, 장비 순으로 구국을 위한 의형 제를 맺었다. 원래 나이순으로 따지면 당연히 관운장이 장형이었지 만 유비가 왕손이고 세상사람들은 유비의 관상을 보고 왕재(王材)라 고 극찬했기 때문에 나이를 초월해서 형제 순위가 결정되었다. 그 리하여 유비가 장형, 관운장은 주형(主兄), 장비는 아우로 된 것 이다.

형제가 된 세 사람은 방을 부쳐 용기백배한 의병을 모집하고 또다 른 한편으로는 유비는 쌍고검(雙股釖)을, 관운장은 무려 팔십 근이 나 된 청룡언월도(靑龍偃月刀)를, 그리고 무적의 역사로 알려진 장비 는 장팔사모(丈八蛇矛)란 긴 창을 만들었다. 그러니까 혼신의 정신을 바쳐 만든 무기이자 하나의 천통신기(天通神機)였다. 갖은 어려움 속 에서도 오백 명이란 의병까지 모집한 그야말로 천군만마가 모여든 것보다도 더 당당한 군대였다.

4. 도술을 격파한 삼혈

몇 년 전부터 세상을 공포와 혼란의 도가니로 휘몰아가고 있는 황
건적들이 『주역(周易)』에 비록되어 있는 삼원오행설(三元五行說)에
의하여 장각은 천공, 장보는 지공, 장양은 인공 장군으로 적도들의
체계를 정했듯이 도원결의를 한 유비, 관운장, 장비도 삼원오행설
에 비유한다면 천계를 상징한 사람은 유비, 지계를 상징한 사람은
관운장, 인계를 상징한 사람은 장비에 해당된다. 이를 인체에 비유
한다면 상체·중완·하체와 같다.

　이와같은 원리를 알고 도원결의를 했는지, 모르는 체했는지는 단
언할 수 없으나 분명한 것은 어느 시대, 어느 나라에서도 삼원이란
대원칙을 벗어나 삶을 영위할 수 없다는 점이다. 다만, 인간들이 모
르고 지나칠 뿐이다. 아무튼 천(天)·지(地)·인(人)을 상징하는 세
사람은 오백여 명의 의병을 이끌고 대흥산에 진을 치고 온갖 잔악
행위를 하고 있던 황건적 오망이란 큰도적떼들과 사활을 건 혈전을
하기 위해서 관군을 이끌고 있는 교위추정(校尉鄒靖)과 합세하여 연

합전선을 펴 진군의 북을 울렸다. 처음으로 진군을 했지만 그 위세
는 하늘을 찌를 듯했다. 하지만 오만이란 도적떼들과 그것도 의병
이 대부분인 상황에서는 엄청난 힘의 차이가 있을 수밖에 없었다.
이러한 상황을 안 적장 정지원은 코웃음을 치고 껄껄대며 말했다.
　"야! 젖비린내가 물씬 나는 유비놈아. 여기가 어디인 줄 알고 감
히 도전을 내는 거냐?"
　이렇게 큰소리치는 정지원을 보고 유비는 말발굽이 보이지 않을
정도로 말을 몰아 정지원에게 덤볐다. 정지원의 부하들은 벌떼처럼
정지원을 에워싸고 유비를 향하여 창검을 들이댔다. 유비는 쌍고검
을 휘둘러 달려드는 황건적들을 무수히 쓰러트리고 있었지만 싸움
은 유비에게 불리하게 전개돼 가고 있었다. 수적으로 우세한 정지
원은 큰소리를 치며 유비와 불꽃 튀기는 싸움을 하고 있었다. 아무
리 비호같은 유비지만 몇백 대 일이란 싸움에는 한계가 있었다. 땀
으로 옷이 흠뻑 젖고 눈을 제대로 뜰 수 없도록 땀을 흘리며 있는
힘을 다했지만 도망마저 칠 수 없을 정도로 진퇴양난에 빠진 급박한
상황이었다. 그 사이 어디선가 장비와 관운장이 질풍노도처럼 달
려와 정지원의 머리통을 단숨에 날려 땅바닥에 붉은 피를 쏟으며
떨어지고 말았다. 이러한 기회를 얻어 유비가 이끈 군대는 일기 당
천한 기세로 적들을 휩쓸고 대승리를 거두었다. 오백여 명이란 보
잘것 없는 군대로 오만이란 막강한 도적떼를 쓰러트린 것은 생각만
해도 신기했다.
　그러나 승전의 기쁨을 나눌 겨를도 없이 청주란 곳으로 계속 진군
을 시작해야만 했다. 막상 청주에 당도하고 보니 청주성은 이미 황
건적들에 의해 겹겹으로 포위된 상태였다. 도적떼들은 대흥산에서
겨우 오백여 군사를 데리고 오만이란 도적들을 분쇄했다는 유비가

이끈 군대를 보자 벌떼처럼 죽기살기로 달려들었다.

유비, 관운장, 장비가 용감무쌍하게 싸우고 있었으나 죽여도 죽여도 계속해서 달려드는 그들의 인해전술에는 수적으로 도저히 대항할 수 없는 지경이었다. 유비는 하는 수 없이 수십 리 밖으로 퇴각을 하여 겨우 목숨만을 건질 수 있었다.

그러나 관군과 합세하여 전열을 가다듬은 그들은 밤을 틈타서 일시적으로 맹공을 하여 두번째로 대승을 거두었다. 이날 승전 축하연에는 관군과 의병이 서로 어울려 즐기는 자리였다. 그곳에서 유비가 십 년 전에 스승으로 모셨던 노식(盧植) 선생께서 중랑장(中郞將)이 돼 광종이란 곳에서 장각과 격전을 하고 있다는 사실을 관군대장을 통해서 들을 수 있었다.

날이 밝자 유비는 관운장과 장비와 타협 끝에 말을 몰아 은사 노식 선생을 찾아갔다. 사제지간의 인사가 끝나자 유비는 노식 선생을 돕고자 부리나케 달려 왔노라고 했다. 그러자 노식 선생은 간곡한 말투로 유비에게 말씀하셨다.

"나를 돕겠다고 불원천리 이곳까지 온 것은 고마우나 나보다 영천(穎川)이란 곳에서 황보숭과 주전(朱雋) 장군이 장보, 장양 무리와 고전을 하고 있으니 빨리 영천으로 가서 그들을 도와주게나."

유비는 스승의 말을 거역하면 안된다는 생각에 영천을 향하여 말머리를 돌렸다. 의병 오백여 명에 일천 명의 관군을 이끌고 영천에 당도하여 보기드문 화공법(火攻法)으로 황건적의 무리 수천 명을 죽이는 대승리를 거두었고 불타오른 전쟁터에서 유명한 조조(曹操)를 만나게 되었다. 유비는 대승을 거두었으나 그 공로를 관군에게 돌렸다. 그러자 장비는 화를 발칵내면서 불만을 토로하는 것이다.

"싸움은 우리가 이겼는데 모든 공은 관군놈들한테 돌려 버리다니, 제기랄."

유비는 장비를 설득시켜 관운장과 의병을 이끌고 고향으로 달렸다. 사오 일간 말을 달려오는 동안에도 수없이 싸움을 되풀이하면서 전진에 전진을 거듭했다. 그런데 험악한 산모퉁이를 달리고 있을 때였다.

"와아" 하는 함성과 함께 순식간에 황건적들이 앞뒤좌우할 것 없이 의병들의 행군을 가로막았다. 도적들의 누런 깃발에는 '대현량사(大賢良師) 천공장군'이라고 씌어져 있는 것으로 보아 황건적 중에서도 음양오행설에 의하여 도술을 잘 부린다는 총대장 장각이 이끄는 무리임이 틀림없는 것이었다. 유비, 관운장, 장비 등은 북소리를 울리며 천지가 진동하는 전의로 그들과 맞부딪쳐 싸우기 시작했다. 단숨에 승전을 하였으나 그때도 역시 관군 중에서도 난폭자로 이름이 나있는 동탁(董卓)에게 가려 빛을 보지 못했다. 화가 머리 끝까지 오른 장비는 장팔사모를 휘두르며 동탁이란 놈을 자기 손으로 죽여야 한다며 동탁에게로 다가갔다.

그러자 유비가 나는 듯 말을 몰아 장비의 앞을 막았다. 장비는 분통이 터질 듯하다며 버티었다. 그렇지만 유비는 갖가지 말로 가까스로 장비를 설득시킬 수 있었다.

유비의 일행은 갖은 어려움에도 불구하고 넘실대는 황하를 건널 수 있었다. 황하는 육칠 년 전에 극상차를 구하려고 왔던 바로 그곳이었다. 황하의 거대한 물결은 그때나 지금이나 변함없이 유유히 흐르고 고금동색(古今同色)임을 자랑하듯 그 자태를 드러내고 있었다. 유비는 마음속으로 모든 것을 버리고 나이 많으신 어머님을 모시며 단순하고 소박한 촌부로 살아갈까 하는 생각을 가져보기도 했다. 일행이 어느 산골짜기를 가고 있을 때 관군 하나가 유비 앞에 엎드려 급한 목소리로 아뢰었다.

영천이란 곳에서 주전 장군이 황건적과 싸우고 있는데 매우 불리한 전세라고 원군을 요청해 주십사 하는 주전 장군 명을 받아 왔다는 것이다.

말을 듣고 있던 장비가 유비에게 말했다.

"형님, 가지 맙시다. 전번 싸움에서도 우리가 승리했으나 그 공은 한결같이 주전 장군이 차지했지 않습니까? 더욱이 주전 장군은 목숨을 걸고 싸운 우리를 못마땅하게 생각하는 눈치였지 않습니까. 그런데 무슨 염치로 구원을 요청해요. 미친 소리 말라고 해요."

장비 이야기가 맞다는 것은 잘 알고 있는 유비지만 대를 위하여 소를 희생하는 것도 나라를 위한 충정이 아니겠느냐며 장비 마음을 돌려 영천으로 행군을 시작했다.

영천에 당도해 보니 전세는 이미 황건적들의 승리로 굳어져 있었다. 세 사람은 목숨을 초개처럼 던질 각오로 싸우기 시작했다. 군사를 이끌고 공격을 하자 부적장으로 무술이 뛰어나다는 고승이란 놈이 번개처럼 말을 몰아 오고 있었다. 순간 유비는 장비에게 그자를 맡으라고 소리쳤다. 그러자 장비는 "예, 형님" 하는 소리와 함께 장팔사모를 불끈 휘어잡고 말을 몰아치며 고승과 불꽃 튀는 혈전을 벌였다. 두 사람은 창검이 수십수백 번을 마주치며 "쨍그랑 쨍" 하는 날카로운 소리를 내면서 싸우고 있었다. 고승의 무예가 뛰어난 것은 사실이지만 힘에는 장비와 견줄 수가 없었다. 그러나 시간이 갈수록 고승이 지쳤다. 결국은 달아나려고 말머리를 돌리려는 순간이었다. "으아악" 하는 소리와 함께 고승의 등짝에 장비의 장팔사모가 꽂혔고 말 아래로 내동댕이쳐지는 것이었다. 순간 그 기회를 놓치지 않고 유비가 "전원돌격"이라는 명을 내리자 겁에 질린 황건적은 도망을 쳤고 삽시간에 황건적들의 머리통이 여기저기로 떨어지고 내뒹굴어져 아수라장이 되었고 전세는 완전히 유비쪽이 유리하게 변했다.

그런데 적의 두 번째 두목인 지공장군 장보가 마상에서 육갑육정(六甲六丁), 팔괘신장(八卦神將) 운운하며 주문을 외웠다. 그리고 머리를 산발한 채 칼을 입에 물고 하늘을 쳐다보고 있자 갑자기 난데없는 회오리 바람이 불고 하늘의 어느덧 먹구름이 일기 시작했다. 그리고 뇌성번개가 치면서 장대 같은 폭우가 쏟아지기 시작했다.

유비는 예기치 못한 적장 도술에 속수무책이었고 급기야는 도망을 칠 수밖에 없었다. 그러자 장보는 미친 듯이 웃어대며 유비를 마치 어린아이가 싸움터에 나온 것처럼 비꼬아댔다. 겨우 목숨만을 구하여 도망을 쳤지만 그 도술에 상대할 만한 또다른 도술이 없었으며 그렇다고 힘으로 대항할 수 없는 처지라서 여간 고민이 아니었다. 유비가 곤경에 빠졌다는 소식을 들은 주전 장군은 장보의 도술을 격파할 수 있는 비법을 유비에게 가르쳐 주기 위해서 스스로 유비를 만나러 왔다. 뜻밖에 찾아온 주전 장군을 보자 유비로서는 매우 궁금하여 주전 장군에게 물었다.

"장군께서 여기까지 웬일이십니까? 손수 여기까지 오시다니요."

"어제의 싸움에서 장보가 도술을 부려 귀공이 피했다는 말을 듣고 그 무서운 도술을 격파할 수 있는 비법을 가르쳐 주고자 왔네."

주전 장군의 말에 유비는 더욱 궁금하고 이해하기가 힘들었다. 왜냐하면 도술을 격파할 수 있는 비법이 있다면 공명심에 불타 있는 자신이 직접하지 않고 왜 나에게 가르쳐 준다고 할까? 시간이 흐를수록 궁금증만 더해간 유비는 주전 장군에게 물었다.

"장군께서 어떤 비법을 갖고 계시는지요?"

그러자 주전 장군은 긴 수염을 몇번 가다듬은 후 말하였다.

"내일 싸움에서는 장보가 도술을 부릴 때 개·양·돼지 피를 적 군들에게 뿌리시오. 그러면 도술이 걸리지 않아 장보는 놀라 달아 날 것이오."

유비는 비법이라고 해서 신기하고 거창스러운 것으로 예감했는데 기껏해야 그 흔한 개·양·돼지 피 등을 활용하라는 시답잖은 것이 었다. 또한 공명심이 유별나게 많은 자신이 하지 않고 왜 나에게 가 르쳐 줄까, 하는 의문이 사라지지 않는 거였다.

"그러시면 장군께서는 왜 그 비법을 직접 사용하지 않으시고 저 에게 가르쳐 주시는지요?"

"모든 세상 이치가 음양오행에 의해서 움직여지고 있어요. 우리 가 살아가고 있는 이 시대에도 화덕(火德)이니, 토덕(土德)이니, 운 운하면서 살아가고 있지 않아요. 그러니 장보가 도술을 부리는 데 도 육갑육정, 팔괘신장 운운하며 주문을 외운 것도 그 뿌리는 음양 오행설에 의한 것이지요. 말하자면 그러한 신장들에게 풍운조화를 간청하는 것이지요. 그러나 그러한 풍운조화를 간청하는 것이나 격 파하는 것을 아무나 쉽게 할 수 없다는 사실, 말하자면 타고나야만 가능할 뿐이지요. 만약 그렇지 못한 사람이 도술을 잘못 걸었다가 죽게 되는 경우가 종종 있어 바로 이런 점에서 나보다 강한 하늘의 천기(天氣)를 타고난 귀공이 가능하다는 것입니다. 그러니 내일 내 가 시키는 대로 개·양·돼지 피를 뿌려 보십시오. 특히 개·양· 돼지는 화기(火氣)를 도와주는 성질의 것으로서 개를 상징한 술(戌) 자는 비를 막는 작용을 하고 돼지와 양은 해미반합(亥未半合)이라 하 여 화기를 도와주는 격이지요. 이러한 원리가 있지만 아무나 그 비법을 쓴다고 해서 가능한 게 아니란 것이 또 하나의 비법이지요. 아무튼 내일 전투에서 그 비법을 한번 시도해 보도록 하시오."

주전 장군은 떠나갔고 유비는 부하들을 시켜 개·양·돼지 피를 모아 오도록 명령을 내렸다.

날이 밝아오자 유비는 장보의 진을 향하여 말을 달렸다. 그러자 장보도 비린내 나는 유비놈이 또 싸움을 걸어오다니 괘씸한 놈 같으니라고 하면서 가소롭다는 듯한 표정을 지었다. 그때 장비는 장팔사모를 휘두르면서 장보를 향하여 달렸다. 그 순간 유비가 외쳐 댔다.

"앗! 저게 저놈의 또 요술을."

장보가 마상에서 어제와 똑같은 주문을 외우며 요술을 걸자 바람이 일어 주먹만한 돌멩이와 뽀얀 연기가 아군 쪽으로 날아 오고 있었다. 유비는 바로 이때다 싶어 후퇴명령을 내려 적군을 산 아래로 유인했다. 유비의 작전을 알 리가 없는 적군들은 퇴각하는 유비의 군사들을 뒤쫓아오고 있었다. 이때 산상에서 개·양·돼지 피를 퍼부었다. 그러자 적들은 이게 웬 피가 쏟아지는지 궁금해 하면서 허둥댔다. 머리와 얼굴, 옷 등에 피를 뒤집어쓴 그 모습은 지옥에서 피를 빨아 먹는 흡혈귀처럼 흉칙했다. 그런가 하면 주전 장군 말대로 장보가 부린 도술은 격파돼 바람이 자고 날아오던 돌멩이도 멈추었고 날씨도 밝아져 상냥한 빛을 내고 있었다. 장보의 도력을 신주 단지처럼 믿어왔던 황건적들은 겁을 먹고 도망치는 데 여념이 없었고 관운장과 장비는 장보의 도술이 격파되는 것을 보자 일기당천한 기세로 그들을 추격했다. 어느 때보다도 관운장의 용맹격전은 하늘을 찌를 듯한 기세로 청룡도를 휘몰아치며 장보를 뒤쫓고 있었다. 수십 리를 쫓고 쫓기는 추격은 계속되었고 앞서거니 뒷서거니 마상난전을 펴는 순간 관운장의 청룡도가 공중으로 번쩍 하면서 장보의 창과 쩽하고 부딪쳐서 불꽃을 튕겼다. 몇번의 위기를 모면한 장보는 격전을 벌이기보다는 몸을 말 등에 바짝 붙이고 도망가는 데 급급한 꼴이었다. 관운장은 청천벽력과 같은 큰소리를 냈다.

"야! 이놈아, 장보야. 내 칼을 받아라. 야앗!"

그 순간 관운장의 청룡도는 장보의 뒤통수를 여지 없이 내리쳤다. 그러자 수박을 갈라 놓은 듯 장보의 머리통은 두 조각이 나 붉은 피를 쏟으며 땅으로 떨어지고 말았다.

한편 황보순은 양성(陽城) 싸움에서 인공장군 장량을, 곡양(曲陽) 싸움에서는 천공장군 장각을 죽이는 등 실로 엄청난 전공을 세웠다. 천·인·지 세 장군을 잃은 황건적들은 마치 하늘도 잃고 땅도 잃었으며 인심마저 잃은 상태라서 아무런 힘도 쓰지 못한 채 사방으로 흩어지고 말았다. 그렇다고 황건적이 완전히 소탕된 것은 아니고 그후에도 십여 년이란 긴 세월 동안 잔재했으며, 한때에는 지구상에서 가장 예의가 밝아 소위 동방예의지국(東方禮儀之國)이라 불리는 고구려까지 침입했으므로 그들이 얼마나 큰 도적의 무리였는가를 실증해 주고도 남는다. 장각이 약초를 캐러 가서 도사로부터 천서(天書)를 받아 하늘의 신비로움을 깨달아 많은 사람을 도와 주자 그를 따르는 백성들이 수십만이나 된 것도 인간의 힘으로는 도저히 불가능하고 눈에 보이지 않는 회천지기(回天之氣)가 존재했을 것이다. 만약 도사(道師)의 가르침대로 큰 욕심 없이 보국안민(輔國安民)을 꾀했다면 역사에 빛나는 만인의 스승이 되었을지도 모른다. 따라서, 장각은 만인을 거느리고 가르치는 스승은 될망정 왕재로서의 천운을 타고나지 못했던 것이다. 그러므로 아무리 인간이 천운을 타고 그 천운에 따라 삶을 영위한다 해도 직접적으로 그 운명을

관리하는 것은 자기 자신이다. 다만 그 천운을 자신에게 아전인수
격으로 잘못 판단하면 황건적의 괴수 장각과 같은 대착오 속에 삶을
망쳐 버릴 것이다.

5. 손견의 죽음을 예언한 괴랑

한때 주전 장군이 황건적의 무리 한충(韓忠)의 목을 벤 후 창 끝에 매달아 적들에게 보이자 적장 조홍(趙弘), 손중(孫仲) 등이 생사를 무릅쓰고 맹수처럼 덤벼들었다. 그러자 주전 장군은 백전노장답게 사력을 다했지만 젊은 두 장수의 뛰어난 무예는 당할 수가 없어 도 망칠 수밖에 없었다. 어느덧 황건적의 무리에 포위된 주전 장군은 죽음이 눈앞에 닥친 위급한 상황에 빠져 금방이라도 목이 댕그랑하 고 달아날 지경이었다. 주전 장군이 거느린 군사들은 가을에 붉게 물든 낙엽이 바람에 떨어지듯 비명소리와 함께 죽고 죽어 그 시체가 쌓이고 쌓여 창검을 제대로 휘두를 수 없는 참혹한 지경이었다. 그 런데 산야라도 주위 삼킬 듯한 당당한 기세로 말을 몰아오고 있는 장사가 있었다. 그 장사는 번개처럼 빠른 창검을 휘둘러서는 마침 내 적장 조홍의 목을 허공에 날려 버렸다. 이처럼 뛰어난 무예로 주 전 장군을 구하고 유비를 도와 마지막 남은 적장 손중을 베게 한 장 사는 보기드문 기인상(奇人相)으로 이마의 넓이가 평야와 같고, 입술

은 무지개가 뜬 듯 오색이 빛났으며 눈썹은 천기(天氣)를 받은 듯
하늘로 치솟아 일견 비범한 인물임을 알 수 있었다. 그가 바로 병법
대가로 유명한 손자(孫子)의 후예 손견(孫堅)이었다. 손견은 여태껏
여러 전쟁터를 돌아다니며 무명용장(無名勇將)으로 지냈다.

훗날 장사(長沙) 고을 태수(太守)로 있을 때 그는 밤이 깊어지면
우국충정하는 마음 때문에 밤잠을 이루지 못하고 있었다. 이때 병
졸 하나가 그에게 아뢰었다.

"장군님, 장군님. 저-저-저기 우물 속에서 오색이 빛나고 있어
요."

손견은 깜짝 놀라 오색빛의 무지개가 우물 속에 있다는 애기를 듣
고 이상하다는 느낌이 들어 곧장 우물가로 가 보았다. 과연 우물 안
에는 오색이 빛나는 무지개가 서려 있지 않은가. 횃불을 들어 우물
안을 살펴보니 수척이나 되는 깊은 샘 밑바닥에서부터 무지개가 연
결돼 있었다. 곧장 병사에게 그 우물 안을 내려가 보도록 명했다.
병사 하나가 밧줄을 타고 오색 무지개를 헤치며 조심스레 내려가고
있었다. 어느 정도 다 내려간 병사는 우물 맨 밑바닥을 조심스레 밟
으려는 순간 "으악! 으으" 하고 다 죽어가는 비명을 질렀다. 거기
에는 궁녀로 보이는 여자 시체 하나가 둥둥 떠 있었기 때문이었다.
온몸은 백옥같이 희었지만 퉁퉁 불어버린 시체의 뉴우 사무친 원한
이라도 있는 듯 소 눈깔처럼 눈을 치뜨고 병사를 노려보고 있었다.
당황한 병사는 죽기 아니면 살기란 각오로 시체를 밧줄에 매달아 우
물 밖으로 나왔다.

결국 그 병사는 식은땀을 흘리며 졸도하고 말았다. 손견은 시신
에 매달려 있는 비단 주머니를 풀어 보도록 하였다. 비단 주머니 안
에는 정교하게 만들어진 나전칠기로 된 작은 상자 하나가 자물쇠에

■ 독자안내

1. 궁금한 운세에 관해서(단 평생운과 1년운은 제외).
2. 생활운세 통신상담 : 통신망을 통해서 모든 운세를 볼 수 있음.
3. 역학통신 및 개인지도.
4. 지체장애인 역학무료지도. 안정된 직업인화.
5. 지체장애인을 돕고자 하시는 분은 연락바람.
6. 이름에 관한 모든 것.
7. 본 학회 회원이 되려면 일정한 구성요건을 갖추어야 함.

※ 선착순에 한함.

보내실 곳 : 서울시 도봉구 수유 5동 502-1
전화 및 팩스 : 904-3375

잠겨 있었다. 손견을 비롯한 여러 병사들은 궁금하기 이를 데 없었다. 여러 병사를 동원하여 드디어 상자를 열었다. 그러자 주위에 있던 신하 하나가 외쳤다.

"앗! 이것은 옥새(玉璽)가 아닌가?"

그렇게 되자 손견은 놀라움과 함께 숱한 생각에 사로잡혔다.

'아! 이것은 정녕 하늘이 나를 돕고 있구나.'

라고 생각하면서 옥새를 자세히 살펴보고 있었다.

옥새 뒷면에는 수명우천 기수영창(受命于天 旣壽永昌)이란 여덟 자가 새겨 있었다. 손견은 고사에 능통한 정보(程普)에게 뜻을 물었다.

정보는 옥새를 한참 주시하고 나서

"이 옥새는 진시 황제 때 만들어진 것으로 이사(李斯)라는 신하가 새긴 글귀인데, 진시 황제 이십팔 년에 동정호(洞庭湖)를 건너가다가 갑자기 풍랑이 일어 생명마저 위험할 지경에 놓이자 부득이 이 옥새를 호수에 던져 버렸는데 신기하게도 풍랑이 그쳐서 무사히 호수를 건넜다고 합니다. 그러한 일이 있고 나서 세상에서는 어느 누구를 막론하고 그 옥새를 수중에 넣은 사람이 나라를 물려받는다 하여 전국옥새(傳國玉璽)라고 부르기도 했습니다. 그러니 장군께서 이 옥새를 갖게 됐으므로 나라를 얻는 것이나 다름없지요. 그러므로 장군께서는 군사를 일으켜 일을 도모해야 할 것으로 생각됩니다."

참으로 놀라운 밀설(密說)이며, 자칫 하다가는 반역죄를 면키 어려운 이야기들이 오고가고 있었다. 원래 야망이 큰 손견에게는 마치 활활 타오른 활화산에 화약을 더한 거나 다름이 없었다.

그리하여 손견은 금방이라도 온 천하를 자신의 손아귀에 넣을 듯한 자신감에 빠져 있었다. 이튿날 야망의 대장정을 위해서 군사를

거느리고 강동으로 가기 위해서 맹주인 원소(猿所)를 찾아가서는 몸
이 아파서 이곳을 떠나려고 한다며 고개를 조아려 아뢰었다. 그러
자 원소가 코웃음을 치면서 큰 소리로 손견을 꾸짖었다.

"이놈! 너는 어찌하여 나를 속이려고 하는가? 옥새를 발견했으
면 당연히 맹주인 나에게 바쳐야 하지 않는가?"

손견은 원소의 예리한 질책에 깜짝 놀라면서 태연한 체했다.

"아니 옥새라니요. 그게 무슨 말씀입니까?"

원소는 다 알고 있다는 듯이 목소리를 낮추었다.

"장군이 그토록 계속 나를 희롱한다면 사람을 보여드리지."

그러면서 고개를 움직이며 뭣인가 보이라는 명을 내리자 어젯밤
에 옥새를 본 손견의 군졸 하나를 손견 앞에 데리고 나왔다. 화가
치민 손견이 쓱 하는 소리와 함께 칼을 뽑아 그 병사를 내리치려고
할 찰나 원소도 비호처럼 칼을 뽑아 들고서 뇌성벽력 같은 호령을
쳤다.

"손견 이놈, 감히 여기가 어디인 줄 알고 함부로 졸검을 뽑는고.
만약 저 병사의 털끝 하나만 건드려도 내가 용서치 않을 게다."

상황이 이렇게 전개되자 원소의 좌우에는 안량(顔良), 문추(文醜)
등이, 그리고 손견의 좌우에는 정보, 황개(黃蓋) 등이 만약을 대비
해서 창검을 움켜지고 있었다. 일촉즉발의 위기에서 제신들은 몸을
떨면서도 맹수인 원소를 설득시켜 다소간에 오해를 풀게 해서 뺏던
칼을 도로 집어넣게 했다.

그러나 원소는 손견이 옥새를 갖고 있지 않음을 증명하겠는지에
대해서 일방적으로 손견에게 따져 물었다. 그러자 손견은 천지신명
을 두고 맹세하건대 추호도 옥새를 가진 사실이 없으며 더욱이 반역
을 꾀하는 대죄를 범하지 않았다고 눈물까지 흘렸다. 원소는 마음

이 풀린 듯 안으로 들어가 버렸다. 날이 밝자 원소는 형주(荊州)에 있는 유표(劉表)에게 손견을 체포하라고 밀명을 내렸다. 유표는 수하장수 괴월(蒯越) 채모(蔡瑁)에게 일만 명의 군사를 이끌고 손견이 가는 길목을 잠복하게 하고 자신은 뒤에서 수비를 하고 있었다.

이러한 사실을 전혀 눈치채지 못한 손견은 옥새가 수중에 들어왔다는 기쁨에 들떠 몸동작도 나는 듯했다. 그런데 어느 산모퉁이를 돌아가고 있을 때였다. 거의 산모퉁이를 벗어나려는 순간 천하무적으로 알려진 괴월이 길을 가로막으며

"네 이놈 옥새를 내놓을 테냐, 아니면 하나밖에 없는 네 목숨을 내놓을 테냐, 둘 중 하나를 선택하라."

라고 외치며 손견에게 덤벼들었다. 그래도 손견은 전혀 자세를 흐트리지 않고 코웃음을 치며 황개를 시켜 저 못된 놈을 베어 없애라고 명을 내렸다. 황개와 괴월이 혈전을 벌였으나 괴월은 황개의 적수가 되지 못했다. 그러자 옆에서 보고 있던 채모가 달려와서 괴월과 협공했다. 역시 황개를 당해내지 못하여 싸움은 황개 쪽으로 승리가 거의 굳혀지고 있을 때 요란한 함성과 함께 유표가 물밀듯이 달려오고 있었다. 갑자기 손견이 소리쳤다.

"이놈 유표야, 오늘이 바로 너의 제삿날이다. 어서 덤벼라."

그러자 유표는 단숨에 손견에게로 다가가 손견을 내리쳤다. 순간 손견은 몸을 비호같이 날려 유표의 등을 힘껏 내리쳤다. 백전노장인 유표 역시 제비처럼 날쌘 동작으로 휙하고 돌아서며 손견의 투구를 허공에 날려 버렸다. 겁을 먹은 손견은 황개, 한당, 정보 등과 도망을 쳐서 처참한 모습으로 강동으로 돌아왔다. 옥새까지도 빼앗겨 버린 기진맥진한 상태였고 참을 수 없는 허탈감에 빠져 있었다.

그러던 어느 날, 원소의 동생 원술(猿術)이 형인 원소를 배반하고

손견에게 밀서를 보내왔다.

"지난번 옥새를 빼앗게 한 것도 모두가 우리 형놈 원소가 한 짓이었소. 그 형놈이란 작자가 유표와 협공하여 곡창이라고 부르는 기주(冀州)를 점령했고, 앞으로는 그 여세를 몰아 강동까지 칠 계획이오. 따라서 이러한 틈을 타 손 장군께서는 용기백배하여 유표란 놈을 단숨에 쳐부숴 형주 땅을 빼앗기 바라오. 내 뜻을 손 장군이 받아만 준다면 나 역시 생사를 걸고 싸우겠소."

밀서를 본 손견은 기회야말로 바로 지금이라며 자신도 모르게 무릎을 내리쳤다. 지난번 옥새 문제로 유표에 대한 원한이 가슴 속에서 이글거리고 있던 때이므로 즉석에서 황개, 정보, 한당, 세 장사를 불러 의견을 물어보았다. 그러자 정보가 밀서를 읽어보고 아뢰었다.

"장군님, 이 밀서를 믿으면 아니됩니다. 원술은 본시 재주는 출중하나 대도(大道)를 가는 인물이 못돼 간사하기가 그지 없습니다. 어찌 그런 놈을 믿고 진군의 북을 울린단 말이오."

그래도 손견은 막무가내로 딱 잘라 말했다.

"아니오, 장군. 나는 원술의 밀고를 믿고 안 믿고간에 그 따위는 마음에도 없소. 다만 원수만 갚으면 되는 것입니다."

그 결심은 대단했다. 손견이 군사를 재정비하여 진군을 며칠 남겨두고 있을 때 형주 땅의 유표는 그러한 사실을 알고 급히 참모들을 불러들여 의견을 들어보았다.

괴량이 유표에게 아뢰었다.

"장군, 걱정하지 마시오. 황조(黃祖)로 하여금 선봉장을 삼고, 장군께서는 형주와 양양을 수비한다면 감히 쳐들어 오지 못할 것이오."

유표는 괴량의 주장이 당연하다 믿고 요소요소에 군사를 배치했다.

한편 손견은 큰아들 손책과 진군의 북을 울렸다. 안개가 뿌우연 양자강에 오백여 척의 배를 띄운 손견은 자신의 명령이 있을 때만 배를 움직여야 한다는 특명을 내렸다. 황조는 손견의 전술이라도 아는 듯 강변의 요소요소에 군사를 매복케 해 그야말로 철통같은 임전태세를 취하고 있었다. 시간이 갈수록 긴장감은 고조되었고 손견의 명에 따라 오백여 척의 배가 서서히 움직이기 시작했다. 칠흑같은 밤인지라 손견의 군사들은 뱃전에 횃불을 희미하게 밝혀 놓고 손견의 명령에 따라 몸을 숨기고서 앞뒤로 배만 움직였다. 요란한 물소리를 내며 손견이 이끄는 배가 움직이자 일제히 화살을 쏟아부었다. 밤낮 삼 일 동안 수륙(水陸)간의 싸움은 지속돼 마침내 황조가 이끄는 병사들은 화살이 바닥이 나고 말았다. 삼 일 동안 수도 없이 쏟아부었으나 손견이 이끄는 병사들은 단 한 명도 죽지 않고 활촉만 산더미처럼 꽂혀 있어 황조는 당황하지 않을 수 없었다. 더욱이 황조의 군사들의 화살이 바닥났음을 알고 손견의 군사들은 일제히 승리를 외쳐댔다. 화살만 해도 수백만 개에 수십 척이나 돼 손견의 지혜전술은 다시 한 번 과시된 셈이었다. 손견은 지칠 대로 지쳐버린 황조의 병사들을 향하여 총공격을 시작했다. 그러자 기진맥진한 황조의 병사들은 혼비백산하여 도망치는 데 급급했다. 손견은 정보, 황개, 한당 등과 육지로 올라가 황조의 잔당을 뒤쫓았다. 마침내 황조는 번성(樊城)을 버리고 등성이란 곳으로 쫓겨가야만 했다.

낮이 밝자 황조는 장호(張虎), 진생(陳生) 등 두 장사를 이끌고 생사를 건 마지막 반격을 시작했다.

"야! 손견아, 이놈아. 야한 수법으로 나를 희롱하다니 네놈은 내 칼에 죽음을 각오하라. 종실의 혈족인 유표 장군을 치려고 하다니."

라고 외쳐대자 손견도 칼을 뽑아 한당과 함께 혈전을 시작했다.

이곳저곳에서 비명이 터져 나왔고 창자가 터진 병사, 두 다리 두 팔을 잃고 피를 쏟고 있는 병사들이 부지기수였다. 한당과 장호가 용호상박을 하고 있을 때, 손견의 아들 손책이 시위를 당겨 살기가 등등한 진생을 쓰러뜨렸다. 겁을 먹은 장호가 도망치려고 말머리를 돌리려는 순간 한당이 비호처럼 달려와 번개처럼 칼을 휘둘러 장호의 목을 베어 버렸다. 땅에 떨어진 장호의 머리통이 말발굽에 밟혀 팍 하는 소리를 내며 깨졌다. 차마 눈뜨고는 볼 수 없는 형상이었다. 장호, 진생, 두 장수가 쓰러지자 손견의 군사들은 사기가 충천했다. 황조는 손책에게 쫓겨 겨우 목숨만 지탱했고 병사들의 사기는 짓밟힌 잡초처럼 맥이 쭉 빠진 상태였다. 혈전을 했던 온 산야에는 붉은 비단을 깔아 놓은 것처럼 피바다를 이루었고 시체가 산처럼 쌓여 있었다.

황조가 대패를 했다는 보고를 받은 유표는 얼굴색이 창백해지며 두 주먹을 불끈 쥔 채 이를 부득부득 갈았다. 그리고는 괴량, 채모 등과 상의했다. 그가 상황이 위급하니 이제는 원소를 돕는 길 이외에 다른 묘책이 없다고 했다. 그러자 채모가 그것은 결코 묘책이 아닌 기깅 하책이니, 졸책이 된다고 반대하고 나섰다.

"적손 손견이 이미 우리가 있는 성곽 근처까지 와 있는데 생사를 걸고 원소에게 의탁한 꼴이 된단 말이오. 그러느니 소장이 목숨을 걸고서라도 싸우겠으니 그렇게 명하여 주십시오."

유표는 채모의 주장을 받아들여 군사를 이끌고 싸우도록 허락했다.

그러나 괴량의 의견은 또 달랐다.

"원소와 같이 손견을 쳐부셔야 가당합니다. 그러니 제발 채모 장군의 출진을 거두어 주시옵소서."

그래도 유표는 채모에게 일만여 명의 군사를 주어 양양성으로 진출하도록 재차 명을 내렸다. 사기 백배한 채모는 현산(峴山)이란 곳에서 군진을 폈다. 하지만 일만여 명의 군사도 적군에게 포위를 당하여 두 손을 높이 들어 굴복하는 자가 많았으며 위계 질서는 말이 아니었다. 한마디로 전략전술이 뛰어난 손견에게 당한 것이다. 창검 한 번 제대로 휘두르지 못하고 대패하고 만 것이다. 비참한 패장의 모습으로 돌아온 채모는 군령에 따라 처형을 받아야 했지만 유표가 죽도록 사랑하는 애첩의 오빠란 점을 감안하여 용서해 주기로 했다.

한편 양양성에서는 포위를 하여 총공격을 한 손견과 이를 결사적으로 사수하려는 성곽 안에 있는 군사들 사이에 밤낮 닷새 동안이나 일진일퇴의 난전에 난전(亂戰)을 거듭하고 있었다. 그런데 난데없이 지축을 뒤흔든 악풍이 일기 시작하더니 병사들의 모자가 벗겨지면서 〈천하무적 손견 장군〉이라고 씌어진 깃발이 와찌끈 소리를 내며 중심이 뚝 부러져 버렸다. 이것을 본 한당은 내심 걱정을 하며 손견에게 아뢰었다.

"장군, 소장이 생각하기론 흉조(凶兆)로 판단되오니 퇴군을 하는 게 어떨까요."

손견은 몹시 못마땅한 듯이 한당에게 말했다.

"아니 그게 무슨 망언이오. 싸움은 이미 우리가 다 이겼는데 철군을 하다니 돌았소!"

감정이 북받친 듯 가래침을 땅바닥에 내뱉으며 한당을 노려보고 있었다. 그리고는 한당이 들으란 듯이 병사들에게 명령했다.

"모든 군사들은 듣거라. 싸움은 이미 우리가 이기고 있다. 하지만 완전무결한 대승을 위해서 최후의 결전을 하라."

이와같은 손견의 행동에 천기(天機)를 알고 있는 한당으로서는 머리 위에 태산덩어리를 이고 있는 것과 같이 답답하고 무거웠다.

한편 전날밤 무너져가는 양양성을 사수하고 있던 괴량은 밤하늘을 바라보다가 별 하나가 떨어지는 것을 보고는 외쳤다.

'앗! 저럴 수가 적장 손견이 죽다니.'

천기를 헤아리고 있는 사람은 다름 아닌 지장 괴량이었다.

날이 밝자 괴량은 유표를 찾아가 아뢰었다.

"소장이 어젯밤 궁여지책으로 막연히 밤하늘을 바라보고 천문(天文)을 헤아려본즉 장성(將星) 하나가 손견이 있는 머리 위로 떨어진 것을 보았습니다. 그러니 시간을 지체하지 말고 원소에게 사람을 보내 구원을 청한다면 이 전쟁은 구사일생으로 우리가 승리할 것입니다."

그러나 유표는 가소롭다는 듯이 괴량의 천문비설(天文秘說)을 가로챘다.

"하나마나한 얘기 아니오. 지금 사방으로 포위돼 있는데 무슨 재주로 철통 같은 포위망을 뚫고 구원을 청한단 말이오."

그리자 곁에서 시큰껏 듣고만 있던 건장여공(建將呂公)이 자신이 생명을 걸고 다녀오겠다고 자신만만한 태도로 말하고는 유표의 입만 바라보고 있었다. 그러자 괴량이 여공에게 포위망을 뚫고 나갈 묘책을 설명해 주었다.

"우선 군마 오백 필과 궁술이 뛰어난 병사를 선발하여 포위를 하고 있는 적병들에게 무차별 시위를 당기면 허술한 틈을 타 현산으로 가시오. 그러면 적병들이 쫓아 올 것이오. 이때에 군마를 두 패로 나누어 한 패는 산에 숨어 있다가 준비한 돌과 활을 쏟아 부어 접전을 시작하시오. 그 적병들 뒤에서는 내가 공격하리다. 이렇게만 하면 원소에게 갈 수 있을 것이오."

여공은 괴량의 묘책에 따라 군마를 거느리고 동문을 나왔다. 이때 손견은 혼자서 내일의 작전을 세우고 있던 중이었다. 갑자기 밖에서 난데없는 함성과 함께 군마 소리가 요란하게 들려와 사오십 명의 병사를 거느리고 밖으로 나와 시끄러운 연유를 물었다. 이때 병사 하나가 숨이 막히게 달려와

"장군님, 크-큰일 났습니다. 적들이 포위망을 뚫고 달아나고 있습니다."

손견은 순간 전날에 흉조인 퇴군을 간청한 한당의 말이 귓전을 울렸다. 그리고 병사의 말이 끝나기도 전에

"뭐-뭣이, 괘씸한 놈들, 감히 도망을 쳐."

라고 소리치면서 말을 몰아 어느덧 여공이 타고간 말을 뒤쫓을 수 있었다.

"이 미련한 여공아! 너는 이미 독 안에 든 쥐새끼인데 어디로 가려고 하는가. 자아, 이 칼을 받아라."

그러나 여공은 손견의 칼을 이리저리 피하며 계속 달렸다. 그것은 하나의 유인이었으며 결코 대항할 힘이 없어서가 아니었다. 함정임을 전혀 눈치채지 못한 손견은 사력을 다하여 여공을 추격하고 있었다. 그때 갑자기 바위와 화살이 비오듯 쏟아져 내려 더 이상 여공을 추격할 수 없었다. 손견은 머리와 온몸이 피투성이가 된 채로 말머리를 돌려 후퇴하려고 했지만 이미 때는 늦어 진퇴양난에 빠지고 말았다. 그런가 하면 저 멀리서는 지장 괴량이 쫓아오며 외쳤다.

"이놈 손견아! 너는 이미 시체나 다름없다. 어서 내 칼을 받아라."

괴량이 미처 손견에게 다가오기도 전에 손견은 머리에 집채 만한 돌을 맞고 그 자리에서 즉사하고 말았다. 여공은 손견의 머리통을 잘라 말에 매달고 양양성을 포위하고 있던 손견의 병사들을 향하여 손견이 죽었음을 보여주자 황조, 괴월, 채모 등이 북소리를 울리며 물밀듯 달려오고 있었다. 아버지가 여공에 의해서 비참하게 죽었다는 비보를 들은 손견의 아들 손책은 정보와 함께 혈전을 한 끝에 여공을 죽이고 말았다.

아무튼 천문을 잘 헤아린 괴량의 지혜로 죽음에 직면한 함정에서 빠져나와 산천초목도 떨었다는 손견을 죽이고 대승을 거두었음은 실로 신비한 승리였다. 손견 역시 한당의 예언을 믿고 순리에 따랐다면 승리는 하지 못했을망정, 또한 일국의 제왕은 되지 못했을망정 서른일곱 살이란 젊은 나이에 죽지는 않았을지도 모른다. 다만 천도(天道)가 손견의 죽음을 나타내고 장성(將星)이 떨어졌다면 인간의 미력으로는 막아낼 수 없는 천명일 것이다. 천문·지리를 알고 있던 한당의 예언을 믿고 철군을 하여 그 자리를 피했다면 죽음은 다소 연장되었을 것이다.

6. 동탁의 죽음을 예언한 청의도인

붉은 피가 철철 흐르고 있는 장온(張溫)의 머리통이 동탁 앞에 놓여지자 동탁은 미친 듯이 '으하하' 웃어대며 투박한 손으로 돼지 갈빗대 하나를 쭉 찢어 입안에 넣고 질근질근 씹으며, 술 한 잔을 홀짝 마셔 버렸다. 이러한 동탁의 방탕하고 포악한 행동을 보고 있는 문무백관들은 꿀먹은 벙어리가 된 채 오돌오돌 떨고 있을 수밖에 없었다. 왜냐하면 자칫 잘못하다가는 장온처럼 머리통이 소반 위에 놓이기 때문이다. 날이 갈수록 동탁의 잔인성이 더한 것도 맞수나 다름없었던 손견의 죽음 때문이다. 그러므로 손견의 아들 손책에게는 자신을 아버지(尙父)라고 부르도록 협박을 가했으며, 동생인 동민(董旻)을 좌장군으로 삼아 병권을 장악했고, 조카인 동황(董晃)에게는 시중(侍中)이란 높은 벼슬을 주어 문무백관을 자신의 손아귀에 넣고 모든 권력을 마음대로 휘둘렀다.

그리고 시끄럽다는 핑계로 이백여 리 떨어진 경관이 뛰어난 산중턱에 궁궐보다 호화찬란한 저택을 짓고 몇 백 명의 미녀들과 마시고 즐기는 음탕한 짓을 하루가 멀다 하고 있었다. 허구한 날 발가벗긴 미녀들 속에서 세월을 보내는 것이 진시 황제의 아방궁을 연상케 했다. 그보다 더욱 불행한 것은 지위 고하를 막론하고 동탁에게 바른말을 할 수 없었던 살벌하고 소름끼치는 동탁의 악행을 속수무책으로 보고만 있어야 하는 점이었다.

오직 마음 속으로 동탁을 죽여야 한다는 생각을 갖고 있는 사람이라면 사도 왕윤(司徒王允)이었다. 날이 갈수록 왕윤은 동탁을 없애 버려야 한다는 비장한 각오가 점점 굳어지고 있었다. 그리고는 어느날 밤인가 밤잠을 이루지 못하고 혼잣말을 중얼거렸다. 그놈 동탁을 죽여야 하는데 나 혼자 어찌 한단 말인가. 그런데 어려서부터 주워다 길렀던 초선(貂蟬)이가 왕윤 앞에 살포시 앉으며

"주인님 무슨 고민이라도 있으신지요? 소저에게 털어 놓을 수는 없는지요? 밖에서 들으니 악명높은 동탁을 죽여야 한다고 푸념하시는데 소저가 그 일을 도와 드릴 수는 없는지요? 다 죽어가는 저를 이처럼 처녀의 몸이 되도록 길러 주셔서 마음 속으로 그 은혜에 보답해야겠다는 것을 잊지 않고 있습니다."

왕윤은 초선의 말에 힘을 얻어 지금껏 동탁의 악행을 들려주고 그를 죽여야만 이 나라가 편안할 수 있다는 것을 털어놓았다. 그 결과 초선은 생명을 걸고라도 주인님을 돕겠다고 나섰다. 왕윤은 반딧불같이 보이는 초선을 바라보며

"경우에 따라선 생명보다도 더 귀중한 순결도……."

하고 말끝을 흐리자 왕윤의 마음을 꿰뚫어본 초선이 말했다.

"주인님 염려마셔요. 그러니까 미인계(美人計)를 쓰신다 이 말씀이 아니신지요?"

왕윤은 고개를 끄덕끄덕 하며 그 방법을 일러 주었다.

초선은 왕윤이 시키는 대로 동탁과 동탁의 양아들 여포(呂布) 사이를 오고가며 특출난 미모와 능변으로 두 사람의 마음을 사로잡았다. 두 사람의 마음 속에서는 어느덧 초선이를 자기 것으로 만들고자 하는 욕구와 갈등이 시작되었고, 이를 눈치챈 초선은 동탁에게는 몸을, 여포에게는 마음을 주는(董肉呂心之計) 것으로 서로간에 복수의 검을 갈게 했다.

초선이가 양아버지 동탁과 동침하는 것을 직접 목격한 여포는 마음 속으로 양아버지고 뭣이고간에 초선을 내것으로 하려면 아버지를 꼭 죽여야 한다고 마음먹었다.

동탁과 여포가 원수지간으로 변해가자 왕윤은 뜻을 같이한 손서(孫瑞)와 밀계를 꾸며 가짜 칙사로 하여금 동탁에게 여쭙게 했다.

"천자께서 동 장군에게 양위를 한다 하시오니 곧 입궐하라는 분부이십니다."

동탁은 천자보다 더한 권력을 휘두르면서 내심 천자가 자신에게 양위를 하지 않고는 못 배길 것이라고 생각하고 있었기 때문에 칙사의 말을 듣고는 큰 소리로 외쳤다.

"여봐라, 내가 곧 궁중으로 갈 것이니 행군의 준비를 서두르거라, 그리고 초선이를 불러 들여라."

초선이 동탁 앞에 나타나자마자 그녀에게 물었다.

"내가 천자가 되기 위해서 궁중으로 들어간다. 그러므로 장차 너를 왕비로 또는 후궁으로 삼을까 하는데 너의 의향은 어떠냐?"

초선은 마음 속으로 모든 것이 뜻대로 되어가고 있음을 알고 미소를 지으며

"모든 것은 서방님인 동태사(董太師)님 뜻대로 따르겠습니다."
라고 조롱한 어조로 말을 끝맺은 다음 얇은 옷자락을 들추며 부풀

대로 부풀어 있는 싱싱한 앞가슴을 동탁에게 기대어 따뜻한 체온으
로 동탁의 마음을 다시 한 번 사로잡았다.

동탁을 호위하는 수레만도 수백여 대와 수천 명의 호위 군사를
이끌고 궁궐을 향하여 출발했다. 천자의 행차보다도 더 호화찬란했
고 그 위세 역시 천자보다도 몇 갑절 더했다. 동탁이 백여 리쯤 가
고 있을 때 갑자기 동탁의 몸이 한쪽으로 쏠렸다. 몹시 놀라며 웬
일이냐고 소리쳤다.

그러자 수레꾼 하나가 다 죽어가는 모습으로

"황공하옵니다. 실은 소인놈 잘못으로 그만 수레바퀴가 무너져
버렸습니다."

동탁은 수레꾼의 말이 끝나기가 무섭게 칼을 뽑아 수레꾼의 머리
통을 땅바닥에 내동댕이쳤다. 그러자 몸통은 마치 고목이 쓰러지듯
퍽 소리를 내며 넘어졌고 주위는 숨소리 하나 들리지 않을 정도
였다. 수레바퀴를 고쳐 육십여 리쯤 왔을 때 또다시 수레바퀴 하나
가 툭하고 부러지면서 동탁의 몸이 옆으로 고꾸라져 보기에도 망신
스러웠다.

동탁은 불쾌하다는 생각에서 이숙(李肅)을 불러 물어보았다. 그러
나 이숙 역시 왕윤과 한통속이었고 동탁을 죽이기로 결심했기 때문
에 꿈보다 해몽이 좋다는 식으로 동탁을 설득시켰다. 수레바퀴가
부러진 것은 묵은 것이 가고 새것으로 바꾸어진다는(去交新) 뜻이므
로 참으로 대길상이라고 말했다. 따라서 태사는 천자의 지위에 오
를 것이라고도 했다.

이숙의 말을 듣고 동탁은 미소를 지으며 길을 재촉하여 하룻밤을
장안 근처에서 자고 날이 밝자 일찍부터 행군을 시작하여 이십 리쯤
을 왔을 때였다. 이게 웬일인가? 청명하던 하늘이 암흑천지로 변

하여 바람이 일어 작은 돌과 흙이 날아 동탁의 얼굴을 스치기도 하는 거였다. 동탁은 수레 안에서 이숙을 불러 그 까닭을 물었다. 이숙은 하늘에는 음기(陰氣)와 양기(陽氣)가 존재하는 것으로, 붉은 구름이 있는 것은 하늘의 위세를 나타내고, 천둥소리는 음양기(陰陽氣)가 상합하는 것이며, 바람은 새로운 시대를 의미하고 있어 이는 필시 태사가 불연간 천자의 지위에 오를 징조라고 했다.

생각해 보면 동탁의 궁궐행을 막고 있다는 것을 잘 알고 있는 이숙이지만 무지한 동탁은 그 뜻을 알 까닭이 없었다. 동탁은 얼굴에 미소를 지으며 장안에 들어섰다. 길거리에는 끝이 보이지 않을 정도로 백성들이 엎드려 있었고 동탁의 기세에 감히 어느 한 사람도 기침 소리 한번 제대로 낼 수 없을 정도로 위세가 막강하다는 것을 누구도 부인할 수 없었다. 또한 경우에 따라서는 동탁의 말은 곧 법이요, 하늘이라고 여겨지고 있었다.

그런데 저 멀리서 동탁을 비웃는 노랫소리가 들려오고 있었다.

천리초하청청 십일상부득생(千里草何靑靑 十日上不得生)

동탁이 이숙에게 그 연유를 물었다.

"예 태사님. 저 노랫소리는 현왕실인 유씨(劉氏)가 망하고 동씨(董氏)가 새로운 왕조를 일으킬 것이란 뜻으로 결국 동태사께서 천자가 될 것이란 의미지요."

이숙의 말을 듣자 무식한 동탁은 미소를 띄우며 고개를 끄덕끄덕하였다. 이숙은 내심 동탁을 비웃고 있었다.

그도 그럴 것이 '천리초하청청'이란 동탁의 무도한 권력이 언제까지 계속될 수는 없다는 의미였고 '십일상부득상'이란 머지않아 삶을 오래 지탱하지 못할 것이란 뜻으로 죽음을 의미하는 거였다. 동탁이 조금만 유식했더라면 죽음을 면키 어려운 노래였기 때문이다.

파자(破字 ; 글자를 분리하여 뜻을 전하는 따위)에도 일가견이 있는 이숙이 좀더 구체적으로 풀이해 보니 천리초(千里草)는 동자(董字, 艹+千+里)를 말하고, 십일상(十日上)은 탁자(卓;上+日+十)를 말하며, 그 밖에는 부수적(수식어 내지 형용사)으로 붙여졌음을 다시 한 번 깨닫게 되었다.

이숙의 말을 듣고 기분이 좋은 동탁은 잠시 행군을 멈추고 이숙과 여포를 불러 술잔을 나누며, 이번에 그가 천자의 지위에 오르게 되면 큰 벼슬을 내리겠노라고 다짐했다. 이 말을 들은 이숙과 여포는 서로를 바라보며

"예, 태사님. 소인들은 황송할 따름입니다."

라는 말을 뇌까렸다. 다시 행군을 시작하여 십여 리쯤 오고 있을 때 머리에는 흑두건을 쓰고 도포는 푸른색을 한 노인이 흰 천에 헝겊을 동여매고 그 헝겊에 날카로운 필체로 입구(口)자 둘이 상하로 씌어져 있는 깃발을 든 채 겁도 없이 동탁이 타고간 수레 앞을 가로질러 큰기침을 하고는 지나갔다.

화가 난 동탁이 이숙에게 소리쳤다.

"어떤 놈이 감히 내 수레 앞을 지나가느냐."

그러자 이숙은 별것 아닌 것마냥 대답했다.

"예, 태사님. 미친 점쟁이나 되는가 봐요. 괘념치 마시고 어서 가시지요."

그러나 정작 놀라는 사람은 동탁보다도 이숙이었다. 언젠가 장안에 하늘의 운기를 잘 헤아린 청의도인(靑衣道人)이 있다는 것을 잘 알기 때문이다. 그런데 아까 거지 행색을 하고 지나간 사람이 청의도인이란 것을 직감할 수 있었다.

왜냐하면 헝겊에 입구(口)자 둘을 쓴 것은 여포(呂布)를 조심하라

는 뜻이고, 헝겊을 매단 까닭은 베포(布)자를 의미한 것이라는 것을 알기 때문이었다.

이숙은 천도를 헤아리고 있는 청의도인이 야속하다는 생각도 들었지만 또다른 한편으로는 자신들이 동탁을 죽이려고 행군을 하고 있음을 꿰뚫어본 신통력(神通力)에 감탄하기도 했다. 드디어 동탁을 태운 수레가 궁궐문의 하나인 북액문(北掖門)에 당도하였다. 죽음의 문턱임을 알 까닭이 없는 동탁은 머지않아 천자가 된다는 대야망에 불타고 있었다. 본시 북액문을 들어갈 때면 군사를 거느리지 못하고 창검, 기타 어떤 무기도 가지고 갈 수가 없다는 것을 잘 알고 있는 동탁이 수레에서 내려 죽음의 문턱인 북액문을 서서히 걸어들어가고 있었다. 그런데 그 문 안에는 왕윤을 비롯한 만조백관들이 기라성처럼 서 있었고 요소요소에 창검을 든 무장들이 서있었다. 동탁은 이상하다 싶어 이숙을 불러 무사들이 왜 창검을 휘어잡고 있는건가, 하고 물었다. 동탁의 이 말이 끝나기도 전에 왕윤이 큰 소리로 저 역적놈을 잡지 않고 무사들은 뭘 하는가, 하고 소리쳤다. 그러자 무사들 백여 명이 일시에 동탁을 향하여 창검을 휘둘러댔다.

어느덧 동탁의 몸은 벌집이 되었고 다 죽어가는 소리로 울부짖었다.

"여포, 내 아들. 이 아비가 죽어가는데 어디에 있느냐?"

그러자 여포가 뛰어나오면서 우렁찬 소리로,

"동탁이, 이 역적놈. 네가 어떻게 내 아버지란 말이냐. 이 죽일놈 동탁아, 이제 마지막으로 내 칼을 받아라."

하고 동탁의 몸을 두동강이 내고 말았다. 이로써 천자가 되겠다고 야망을 불태우던 동탁은 끝내 피비린내나는 죽음으로 사라지고 말았다. 동탁의 몸뚱어리에서 흘러내리는 붉은 피는 북액문을 흥건히 물들였고, 여포와 왕윤, 이숙 등은 죽음의 살기가 채 가시기도 전에 미오성으로 격진하여 동탁의 아우 좌장군 동민(董旻), 조카 시중 동황 등 그 이하 친인척을 죽이고 그 동안 동탁에게 욕정의 제물로 순결을 빼앗기고 눈물로 얼룩진 미녀 수백 명을 놓아주었으며, 진귀한 물건들을 숨겨놓은 곳간 문을 열어 백성들에게 나누어 주었는데, 황금덩어리가 수십만 근에 백은금만도 무려 수만 근이나 돼 다시 한번 동탁의 잔인무도에 대해서 경악했다.

장안의 백성들은 동탁이 죽었다는 소식에 울분이 한꺼번에 터져 나와 연일 잔치 분위기가 되어 새로운 태평시절이 온 듯 싶었다. 이로써 동탁의 일문은 수렁이에 빠진 늙고 병든 말이 살려달라고 아우성치는 격이 되고 말았다. 천하를 다스리고자 하는 동탁이었다면 수레바퀴가 두 번이나 부서졌고 하늘에서 뇌성번개가 이는 기이한 현상을 지혜스럽게 대처했어야 할 것이다. 특히 청의도인의 암시적 예언에서 여포를 조심하라는 지적이 있었음에도 무지(無知)로 말미암아 그냥 스쳤던 것 때문에 결정적인 죽음의 문턱을 넘어섰는지도 모른다. 그러므로 동탁 역시 천도비설(天道秘說)을 알았다면 그의 운명은 달라질 수가 있는 또 하나의 비수(秘數)가 존재했을지도 모른다.

여포는 동탁의 일문을 죽이고 곧바로 초선을 찾아 갔지만 추선은 자신이 왜 동탁과 여포를 흠모했는지를 유서에 남겨 놓고 썰렁한 시체로 변해 있었다. 여포는 차가운 시체를 부둥켜 안고 오열을 토해내고 있었다.

7. 왕립의 위진천기비예(委晋天氣秘豫)

　이각(李傕)과 곽사(郭汜)는 어느덧 천자인 헌제(獻帝)를 허수아비로 무력화시키고 날로 그 힘이 막강해져 모든 왕실의 권력을 장악하고 있었으나 감히 어느 누구도 이 두 사람의 비행이나 폭정에 대한 얘기를 할 수 없는 지경에 이르렀다. 이각은 대사마(大司馬)로, 곽사(郭汜)는 대장군(大將軍)이란 대권까지 맡고 있어 마치 범에게 날개를 달아준 격이 되고 말았다. 사실 그러한 벼슬도 자신들이 헌제와 만조백관들을 협박해서 얻은 것이기 때문에 아무도 그들을 정상적으로 보고 있지 않았다. 두 사람의 횡포가 날로 더해가고 있을 때, 백성들은 삶의 의욕마저도 잃고 고향을 떠나가는가 하면, 초근목피(草根木皮)로 겨우겨우 목숨을 연명해 나가고 있어 온 나라는 황폐하여 가고 민심은 천박할 수밖에 없었다. 이때에 조조(曹操)는 산동성에서 황건적의 잔당들을 섬멸한 공로로 건덕장군비정후(建德將軍費亭候)로 승차돼 그야말로 승승가도를 달리고 있었고, 민심은 자연 조조에게로 쏠리고 있었다. 이각과 곽사의 비행을 보다 못한 태위양표(太尉楊彪)가 은밀히 헌제를 배알하여 이렇게 간청했다.

"폐하, 얼마 전 공훈을 빛낸 바 있는 조조가 지금 산동성에서 이십만이란 대군을 이끌고 있으므로 그로 하여금 이각과 곽사를 제거케 한다면 나라를 바로잡을 수 있을 것입니다."

헌제는 목이 메어 말했다.

"양공, 정말 고맙소. 나라를 위해서 직언을 하시다니. 그런데 조조에게 힘을 구한다면 지략이 있어야지 않소."

"그점은 염려마십시오. 폐하께서 결심만 하신다면 소신이 생명을 걸고 하겠습니다."

헌제로부터 밀명을 받은 양표는 이각의 부인이나 곽사의 부인이 질투가 심하다는 소문을 익히 알고 있는지라 자신의 부인과 타협 끝에 이각과 곽사 사이를 이간질하기로 했다. 양표 부인은 곽사의 부인을 찾아가서 미끼를 놓았다.

"풍문인지는 모르지만 요사이에 곽 장군께서 이사마 부인과 보통 사이가 아니라는데 부인께서도 알고 계시는지요. 아무튼 부인께서도 유념하셔야겠습니다."

이 말을 듣고 있던 곽사 부인은 눈알을 뒤집어까고 분노했다.

그후 몇 일이 지나 남편의 행동을 유심히 보아 오고 있던 차에 우연히도 이각의 집에서 곽사를 초대한다는 전갈이 와서 의관을 정리하고 문을 나선 곽사에게 부인이 말했다.

"여보, 요즘 항간에 이각이 당신을 죽이고 세도를 혼자 잡으려고 한다는데 당신은 모르시고 계시는지요. 그러하오니 오늘은 가시지 않는 게 좋을 것 같습니다. 만에 하나 음식에 독약이라도 넣는 날에는……."

곽사는 부인의 말에 기분이 상했다.

"부인, 그것은 부인이 잘못들은 게요. 이각은 절대 그럴 사람이 아니오. 내 속히 갔다오리다."

그러자 부인이 죽기 살기로 말렸다. 그렇게 옥신각신하다 보니 시간이 늦어 끝내 가지 못하고 말았다. 이튿날 이각은 곽사에게 많은 음식을 보내왔다. 질투와 분노에 불타고 있던 부인은 무슨 술수가 없을까 하고 마음 속에 독기를 끓이고 있다가, 아! 바로 이거다라고 생각하고 음식에 독약을 넣어 상을 차려 놓았다. 그리고는 곽사가 막 음식을 먹으려 하자 극구말리며 말했다.

"그쪽 집 음식인데 시험을 해봐야지요."

그리고는 고기 한덩어리를 뜰앞에서 놀고 있던 개에게 던져 주었다. 단숨에 먹어치운 개가 얼마 있다가 피를 토하고 죽어 버렸다.

그 광경을 보고 있던 곽사는 두 손을 부들부들 떨었다.

"이 개같은 놈, 나를 죽이려고 하다니 괘씸한……."

일이 이렇게 되자 날이 갈수록 곽사는 이각을 의심할 수밖에 없었고, 자연 이각이 하는 일마다 반대하고 나섰다. 그러던 어느 날 이각의 권유에 못 이겨 이각 집에서 술을 마시고 집으로 돌아왔다. 거나하게 취한 곽사를 본 부인이 큰 소리로 말했다.

"전번에도 음식에 독약을 넣어 개가 즉사했는데 그놈이 준 술을 마시다니 이제 큰일났어요. 두고 보세요."

그런데 이상하게도 곽사가 잠자리에 들려고 옷을 벗자마자 복통이 일었다. 순간 곽사는 자신도 모르게 부인이 했던 말이 귓전에 메아리쳤다.

'음식에 독약을 넣었던 그놈과 술을 마시다니.'

곽사 부인은 남편에게 똥물을 들게 하고 뱃속에 있던 음식을 모조리 토하게 했다.

속이 편안해진 곽사는 이각을 더 의심했고 의심의 도가 넘어 분노가 솟구치기 시작했다. 그리고는 이각이란 놈이 나를 죽이기 전에 내가 먼저 이각 이놈을 죽여야겠다고 생각했다. 자리에 누워 있자니 이각이 군사를 거느리고 쫓아올 것만 같아 도저히 가만 있을 수가 없어 그날 밤으로 군사를 일으켜 이각을 향하여 진군했다. 그러나 이각의 무리 역시 만만치 않아 온 장안은 한순간에 전쟁터로 변해가고 있었다. 이각은 조카와 함께 주도권을 잡기 위해서 천자와 황후를 후재문(後宰門)을 통하여 인질로 잡아 두었다. 이러한 사실을 안 곽사는 천자를 빼앗겼다는 생각에 분통이 치밀어올라 시간이 흐를수록 불안해졌다. 더욱이 이각의 군사에게 밀려 피눈물을 머금고 후퇴를 해야만 했다. 곽사는 이판사판이라는 생각에서 궁궐로 말을 몰아 환관이며 궁녀들을 닥치는 대로 죽이고 궁궐을 불바다로 만들어 버렸다. 헌제와 왕후는 자오성에 붙잡혀 물 한모금 밥 한술도 먹어보지 못하고 지내는 동안, 그 참상은 차마 눈뜨고 볼 수 없는 처절한 지경이었다. 갖은 수모를 당하고 있던 헌제가 참다 못해 이각을 향하여 소리쳤다.

"이 역적놈아!"

그러자 곁에 있던 양표가 아주 작은 어조로 간청했다.

"폐하, 이 순간은 어떠한 수모도 인내로 겪어야 합니다."

이렇게 눈물로 간청하자 헌제도 눈물을 주루룩 흘리며 양표의 간청을 받아들였다. 천자의 눈물이 채 가시기도 전에 곽사의 군사가 벌떼처럼 달려와 이각의 군사와 싸움을 시작했다. 이각은 이각대로, 곽사는 곽사대로 서로 천자는 자기 것이라며 혈전을 벌이고 있었다. 이것을 보고 있던 천자가 혼잣말을 뇌까렸다.

'아! 천지신명이여, 앞에는 호랑이떼가 으르렁거리고 뒤에서는 이

리떼가 잡아 먹으려고 하니 어찌 한단 말이오.'

이각과 곽사가 혈전을 벌이고 있을 때, 별안간 양표가 달려오면서 외쳤다.

"두 분께서는 지금이라도 싸움을 중지하시지요. 이것은 어명이오. 만약에 이 어명을 어기는 날에는 두 분은 역적으로 몰려 극형을 면키 어려울 것이오."

어명이란 말에 싸움은 잠시 중단된 듯했으나 갑자기 곽사가 양표에게 소리쳤다.

"이놈아, 무조건 싸우지 말란 말이냐? 네까짓 놈이 무얼 알길래 이래라 저래라 하는 게냐? 자아, 내 칼이나 받아라."

하는 소리와 함께 양표를 내리치는 순간, 중랑장양밀(中郞將梁密)이 극구 말렸다.

이각에게 잡혀 있는 헌제는 비통함마저도 제대로 표현할 수 없을 정도로 괴로웠다. 그러한 모습을 본 시중 양기(侍中楊琦)가 헌제에게 은밀하게 모사꾼으로 유명한 가후(賈詡)가 지금은 이각의 편에 있지만 충성심이 강하여 폐하의 밀명을 저버리지는 않을 것이라고 했다.

마침내 양기의 주선으로 헌제에게 예를 올리고 헌제의 밀담을 듣고 나서

"폐하, 저를 믿고 조금만 기다려 주시오."

하고 주위를 살피며 밖으로 나가버린 후 얼마 있다가, 이각이 헌제 앞으로 칼을 찬 채 뚜벅뚜벅 걸어오고 있었다. 헌제는 마음 속으로 이제야말로 자기의 생명이 다한 것이라 느끼고 얼굴색이 파랗게 질렸다. 이각은 헌제에게 허리 한번 굽히지 않고 곽사놈이 그를 역적으로 몰아 죽인 후 모든 실권을 장악한 다음 천자의 자리까지 찬탈

하려고 하기 때문에 자신이 죽음을 무릅쓰고 싸우고 있다며 은근히 협박을 하고 있었다. 스스로 자신의 위력을 과시한 이각이 나가자, 헌제는 궁여지책으로 이각과 동향인 황포역을 불러 이각과 곽사가 무모한 싸움을 그만두고 화해하도록 어명을 내렸다. 그러나 두 사람의 양보가 없어 화해를 성사시키지 못했다. 며칠을 두고 싸움은 계속되었지만 막상막하일 뿐 승패가 나지 않았다.

많은 군사와 물자의 소모로 지칠대로 지쳐 있는 두 사람은 언제부터인가 마음속으로 화해를 했으면 하는 생각이 있었으나 궁궐까지 불타버린 어마어마한 뒷수습이 겁이 나 서로 눈치만 보고 있던 차에 협서 지방에서 장제(張濟)란 장수가 수많은 군사를 거느리고 와서 이각과 곽사에게 싸움을 중지할 것을 종용하고 나섰다. 그리고 만약 그래도 싸움을 계속한다면 실력으로 대항하겠다며 큰소리를 쳤다. 이각과 곽사는 장제의 막강한 군사력에 어찌할 수가 없어 못 이긴 체 그의 제안을 받아들였다. 헌제는 장제의 공로를 생각해서 표기 장군(驃騎將軍)으로 벼슬을 높여 주었다.

표기 장군이 된 장제는 헌제에게 장안은 이미 황폐하므로 홍농(弘農)으로 성도(城都)를 옮겨야 한다면서 혼신을 다하여 간청했다. 장제의 주장이 옳다고 느낀 헌제는 황야를 바라보고는 자신도 모르게 눈물을 주르륵 쏟으며 피곤한 몸을 어가 한구석에 기댄 채 노곤을 재촉했다. 비록 명색이 천자라곤 하지만 하얀 살갗이 보이고 두 눈은 퉁퉁 부어 있었고 가슴은 천 갈래 만 갈래 찢어져 마치 고기를 난도질하여 소금을 뿌려 놓은 천자(千剌)와 같았다. 황후는 천자의 무릎을 벤 채 목이 메어 훌쩍대고 있어 천자의 가슴을 더욱 아프게 하고 있었다.

이각과 곽사는 천자의 일행이 몰래 빠져 나간 것을 알고 계속 추격해 오고 있어 천자와 황후의 생명은 바람 앞에 등불 같았다. 그래서 헌제는 모든 것을 단념한 채 오직 천운만을 바라보았을 뿐 속수무책의 상태였다. 저편에서는 이각과 곽사가 이끄는 군마의 소리가 점점 가까워져 헌제는 더욱 불안초조해져 이젠 눈만 감으면 죽은 시체나 다름없었다. 바로 이때 황야를 가로질러 달려오는 수천명의 군마가 진격해온 이각과 곽사의 진격을 맞아 싸우고 헌제의 어가를 호위하고 나섰다. 헌제로서는 하늘에서 내려준 천군(天軍)과 같은 구원군이었다.

헌제는 감격에 겨워 있었다. 산천초목이 흔들릴 정도의 당당한 기세로 나타난 장수는 바로 양봉(楊奉)이었다. 양봉은 헌제의 위급을 구하고자 군사를 은밀한 곳에 집결해 두었다가 적기에 진군한 것이다. 양봉은 헌제에게 예를 올렸고, 헌제는 감격스러워 양봉의 두 손을 꼭 붙잡고 또다시 눈시울을 적시고 말았다. 양봉에게 이삼십 리 밖으로 퇴각을 한 곽사는 분통이 터져 이를 갈았다.

'양봉이란 놈을 내 손으로 죽여야지. 그런데 이 내 꼴이 뭐야.'

양봉의 호위를 받으며 다시 행차를 시작한 헌제는 얼마 전에 양봉에게 대패했던 곽사의 공격을 받자 서황(徐晃)이 대항했지만, 워낙 적은 군사인지라 곽사의 군사들에게 포위되고 말았다. 더욱이 이각은 곽사에게 지금 우리가 싸우는 것은 백해무익한 것이므로 관군을 먼저 치자고 제의하자, 지칠 대로 지쳐버린 곽사도 못 이긴 체 동의했다. 그리고 힘을 합하여 관군을 맹렬하게 추격했다. 관군은 또 한차례 위급한 상황에 처했고 궁여지책(窮如之策)으로 산적이나 다름없는 백파수 한섬(白波帥韓暹)과 이락(李樂), 호재(胡才) 등 세 호걸과 그들이 거느리고 있던 부하들까지를 어명으로 불러들였다. 이들은 방탕호걸로 아주 위험한 인물이었지만 워낙 위급한 상황이라 울며

겨자 먹기식으로 쓸 수밖에 없었다. 관군은 양봉, 동승(董丞) 등과 합세하여 먼저 곽사를 치기로 했다.

때는 추운 겨울이라서 병사들은 대개가 얼어죽고 배가 고파 죽는 등 그 참상은 대단했고, 한숨과 눈물을 흘리며 싸늘한 황하를 건너야만 했다. 배라고 해야 고작 천자와 몇 명에 지나지 않는 신하들을 태울 수밖에 없는 작은 목선이어서 스스로 물속에 빠져 죽기도 했고 뱃전을 붙잡으며 살려달라고 아우성치는 사람은 이락이 죽여 수중고혼이 되도록 했다.

천자의 위세는 잊은 지가 이미 오래 되었고, 심산유곡에서 겨우 연명한 헌제는 무식하고 방탕한 이락에게 정북 장군(征北將軍)이란 엄청난 직책을 주었는데 본성이 서서히 드러나고 있어 심한 경우에는 신하들의 뺨을 치기도 하고 발로 차기도 하며, 천자에게 자신의 부하에게도 벼슬을 주어야 한다고 협박을 하기도 했다. 그런데 태복 한융(太僕韓融)은 능변으로 이각과 곽사를 설득하여 군사를 거두게 했다. 그리고 양봉과 동승은 무도한 이락이 없는 틈을 타서 수하의 군사를 거느리고 낙양으로 가고 있었다. 이러한 사실을 뒤늦게 안 이락이 군사를 거느리고 성난 맹호처럼 달려와 헌제의 어가를 가로막고 소리쳤다.

"이 미친 놈들아, 정복 장군인 나를 버리고 어디로 도망을 쳐, 대신 이 창을 받아."

어가를 금방이라도 박살낼 것만 같은 기세였다.

이러한 광경을 보고만 있던 서황이 칼을 쑥 뽑고 이락에게 대항했다.

"이 못된 놈아, 내 칼을 받아라."

서황은 참아오던 울분을 한순간에 쏟으며 얏! 하는 소리와 함께 이락의 목을 날려 버렸다. 헌제의 일행은 생사의 고비를 수없이 넘긴 끝에 낙양에 도착했다. 이미 황폐하여 잡초만 무성한 낙양의 모습은 마치 헌제의 어려운 처지를 대변해 주는 듯하여 보는 이로 하여금 눈물로 옷깃을 여미게 했다.

헌제는 폐허가 된 도읍지를 새롭게 건설한다는 의미에서 연호(年號)를 건양(建陽)이라 개칭하고, 초근목피로 목숨을 연명하면서 최선을 다했지만 인간의 힘으로는 한계가 있었다. 신하들도 국가의 재정이 없어 월급은커녕 신발도 신지 못하고 맨발이었다. 그야말로 형식과 체면 따위는 생각할 겨를도 없는 처참한 삶이었으며 살아있는 것을 감지덕지로 생각해야만 했다.

나라의 꼴이 이렇게 되자 생각다 못한 양표가 헌제 앞에 나가 의견을 내놓았다.

"지금 산동성에 있는 조조가 천군만마를 거느리고 있으며 많은 재물을 축적해 놓고 있다 하오니 낙양으로 오게 해서 황실을 보조토록 하는 것이 상책이라 생각됩니다."

양표의 간청을 들은 헌제는 즉석에서 조조를 불러 오게끔 어명을 내렸다. 어명을 받은 칙사는 조조가 있는 산동성을 향하여 달렸고 조조 역시 한실의 부흥을 위해 힘을 써야 한다는 마음을 갖고 있었기 때문에 칙사를 후히 맞이하였다.

한편 낙양에서는 이각과 곽사가 다시 왕실을 쳐부수고자 군사를 모집한다는 소문이 퍼져 더욱 불안해 하고 있었고 나약할 대로 나약해 버린 왕실은 이각과 곽사가 쳐들어 올 경우 막아낼 힘이 없어 할 수 없이 야음을 틈타 산동성을 향하여 피신의 길을 재촉해야만 했다. 칠흑같이 어두운 밤이지만 도피를 하기 때문에 횃불 하나 없었다. 이때 천하를 진동하는 군마 소리가 점점 가까워지고 있었다.

'아! 이제는 끝장이구나, 아마도 이각과 곽사의 무리가 쳐들어 오고 있는 게 아닐까?'

일행은 속수무책으로 몸을 움츠린 채 모든 것이 마지막이라는 것 뿐 더 이상 다른 것을 생각할 여유가 없었다. 그러한 사이에 일기 당천한 군마들은 어가를 에워쌌다. 그런데 이게 웬일인가. 한 병사 가 헌제 앞에 넙죽 예를 올리는 것이었다. 당황한 헌제는 멍하게 앉 아 있을 뿐 말이 없었다. 드디어 엎드려 있는 병사가 아뢰었다.

"폐하, 소신 이제야 당도하여 문안 드립니다."

그는 얼마 전 조조에게 구원을 갔던 칙사였다. 헌제와 대신들은 어찌나 반가웠던지 눈물을 흘리며 무슨 기쁜 소식을 가져 왔을 거라 는 기대감에 부풀어 있었다. 드디어 칙사가 입을 열었다.

"폐하, 힘을 내소서. 폐하의 부름을 받아 조조의 대군이 이리로 오 고 있습니다. 다만 화급을 다투기에 소신과 몇 천의 군사가 먼저 왔 습니다. 그리고 이각과 곽사의 무리를 치겠다고 하후돈(夏候惇) 장 군이 오만이란 대군을 이끌고 이리로 오고 있습니다."

얼마 후 하후돈 장군이 명장 허저(許褚), 전위(典韋)들과 함께 헌 제 앞에 엎드려 문안을 올렸다. 헌제는 그들의 손목 하나하나를 잡 아 격려하였다.

"우리 한나라의 존망은 그대들에게 있소. 아무튼 고맙소, 고마 워."

바람 앞의 등불과 같은 신세를 면치 못하던 헌제는 갑자기 몇만 이란 대군과 명장을 얻어, 이제는 이각과 곽사가 공격을 해온다 해 도 결전을 불사할 각오로 어가를 다시 낙양으로 돌렸다. 군사력이 예전처럼 빈약한 줄로만 안 이각과 곽사는 이번이야말로 절호의 기 회다 싶어 결사적으로 도전을 해오고 있었다. 하후돈과 조홍(曹洪)

이 그들을 맞아 싸우고 있을 때, 조조의 대군이 헌제의 알현을 뒤로 미룬 채 물밀듯 이각과 곽사의 무리들을 무차별 공격하여 순식간에 일만여 명을 물리치는 대승을 거두었다. 지금껏 추격만 당해오던 관군으로서는 비록 조조군에 의해서 승전을 했지만 기적 같은 전과로 생각할 수밖에 없었다. 그렇지 않아도 예전에 황건적과 싸움에서 대승을 거두어 그 공로로 벼슬이 높아졌던 조조가 또다시 승리를 하게 돼 온 백성들은 조조를 보려고 구름처럼 밀려 왔는데, 그 행렬이 수십 리가 돼 조조의 명성은 하늘높이 치솟았다.

헌제를 배알한 조조는 타고난 능변이었다.

"소신은 일찍부터 국은(國恩)을 입은지라, 목숨을 걸고 충성을 다할 것입니다."

헌제에게 겸손한 태도까지 보이자, 헌제는 매우 흡족해 하며 치하했다.

"조 장군, 정말 고맙소. 국난이 심하여 풍전등화(風前燈火)나 다름없는 위급함을 구해준 그 공로 잊지 않겠소."

조조는 흡족한 마음으로 물러나와 가슴을 열며 긴 한숨을 내리쉬었다.

불시에 대패를 한 이각과 곽사는 조조에게 총공격을 해오고 있었다. 힘이 천하장사로 알려진 이각의 조카 이섬과 이별(李別) 등이 조조를 향하여 달려왔다.

"조조야, 이놈. 너는 내 손에 죽으리라. 야앗!"

이섬이 휘두른 창이 조조의 어깨를 스쳐가자 조조가 허저에게

"뭘 하는 게야!"

하고 소리치자 허저가 비호같이 몸을 날려 이섬의 목을 단칼에 날려버렸다. 그리고 겁을 먹고 도망을 치던 이별의 뒤통수를 내리쳐 그

자리에서 죽여 버렸다. 적병들은 어찌나 겁이 나는지 발이 떨어지
지 않아 도망도 치지 못하고 추풍낙엽처럼 죽어만 가 조조의 기세가
하늘을 찌를 듯 치솟았다. 하늘이 조조를 도운 듯 그 기세가 등등하
나 양봉과 한섬은 은근히 불만스러웠다.

왜냐하면 조조의 간교함을 어느 누구보다 잘 알고 있기 때문
이다. 이러한 질투와는 달리 조조가 이끄는 군사들에 의해서 이각
과 곽사가 쥐구멍을 찾지 못하고 있다는 소문이 세상에 알려졌고 백
성들은 영명(英名)한 조조라고 격찬하여 날이 갈수록 조조의 명성은
하늘 높이 치솟았다. 불만이 더욱 고조된 양봉과 한섬은 마침내 밤
을 이용하여 성 안에 있던 휘하의 군사들을 거느리고 어디론가 잠적
해 버렸다. 뒤늦게 이 사실을 칙사 동소(董昭)를 통해서 알게 된 조
조는

"이놈들 제 마음대로 군사를 움직여, 죽일 놈들."
하고 푸념을 하고 나서 칙사인 동소를 위해서 큰 잔치를 베풀어 동
소에게 환심을 샀다. 마음이 흡족해진 동소는 조정의 내막 하나하
나를 소상하게 털어놓고 조조에게 상의했다.

"조 장군, 지금 낙양은 인적·물적으로 보아 한실(漢室)로 부흥하
기가 매우 힘듭니다. 그러니 장군께서 눈부신 개혁(改革)으로 서울
을 풍요로운 허창(許昌)으로 옮겨 웅기(雄氣)를 펴시는 게 가당하리
라 믿습니다."

조조도 동소의 말이 옳다고 생각했다.

"내가 만약 대업을 성취하면 그대에게 높은 벼슬을 내리겠소. 그
러니 앞으로 많은 고견을 설파해 주시오."

조조는 짧은 시간에도 불구하고 막중한 대사를 위한 흉금을 털어
놓을 수 있었다.

이 무렵 낙양에 있는 궁성에서는 보통 사람으로는 도저히 상상할 수 없는 천명비리(天命秘理)를 측량하고 있는 기인(奇人)이 한나라의 앞날을 내다보고 긴 한숨을 내리쉬고 있었다. 그것은 한나라의 운명은 이미 쇠퇴했고 수십년 후에는 위(魏)나라나 진(晉)나라의 인물을 통해 천하통일이 이루어질 것이란 천도를 예측하고 있었기 때문이다. 이러한 비수(秘數)를 헤아리고 있는 인물은 시중태사 왕립(侍中太事王立)이다. 정치가이며 음양오행가(陰陽五行家)인 그는 천문·지리를 잘 보기로 이름이 알려졌다. 왕립은 초라한 궁성 안에서 푸른 하늘을 바라보며 천도라고 하는 28숙(二十八宿 ; 천체에 있는 스물여덟 개의 별)을 살피며 고개를 좌우로 돌려가며 무엇인가에 심취된 모습이었다. 그러한 왕립의 모습을 주의 깊게 보고 있던 왕실의 종친인 유예(劉艾)가 다가왔다.

"대감, 뭘 그다지 유심히 살피고 계십니까?"

그러자 왕립은 잠에서 깨어난 듯,

"응, 난 누구시라고? 저 별들의 움직임을 살펴보니 금성(金星)이 토성(土星)을 침범하고 있고, 화성(火星)이 역행하고 있어 천문(天門 ; 하늘의 문 서북쪽)에서 금성과 만나 새로운 현기(玄機 ; 하늘의 조직이나 움직임)를 나타내고 있소. 이는 필시 새로운 통일천하가 형성되고 새로운 천자가 나타날 천상(天象)이오. 그러므로 한나라는 천수(天壽)가 다 되었고 앞으로는 위나라나 진나라가 통일대업을 성취할 것이오."

사실 왕립의 천측예지(天測豫智)가 틀림없다면 실로 엄청난 변화이며 사람의 힘으로는 이미 정해진 천명을 아무도 막아낼 수가 없다. 왕립의 이러한 예언이 돌고돌아 조조에게까지 전해지자 조조는 왕립에게 사람을 보냈다.

"하늘은 심오(深奧)하여 사람의 능력으로는 명료하게 헤아리지 못하는데 왕공은 어찌하여 그 경솔한 예지를 할 수 있단 말이오. 더욱이 천기누설(天機漏洩)은 인해(人害)를 가져올 수도 있다는데……."

조조의 이와 같은 말은 다소 협박적이고 위협적이었다.

갑자기 조급해진 조조는 참모 순욱(筍彧)을 급히 불러 왕립의 예언에 대해서 의견을 묻자, 순욱은 그도 얼마 전에 그의 천명지설(天命之說)을 들은 바 있다고 했다. 따라서 며칠을 두고 생각해 본 결과, 그 예언은 틀림없다고 판단되며 천명을 누가 받느냐에 따라 세사(世事)가 달라질 수 있다고 말했다. 조조는 한나라의 운기가 이제는 끝났다는 순욱의 말이 끝나기도 전에 그렇다면 음양오행상 한나라는 어느 기(氣)에 해당하는지를 물었다.

"조 장군께서도 아시다시피 진시 황제 때에는 수기(水氣)에 해당했고, 한나라는 화기(火氣)에 해당합니다. 그런데 한나라를 보이지 않게 지탱하고 있는 화기가 수명이 다하므로 이는 곧 한실(漢室)의 수명이 다 되었음을 의미한 것이지요. 그러므로 세상만유(世上萬有)가 음양오행의 순환법칙에 있다면, 앞으로는 황건적들이 말하는 토기(土氣)가 도래할 것입니다. 천도(天道)가 이러하므로 앞으로 어느 누가 통일의 대업을 성취하든지간에 토기가 강한 곳으로 도읍을 옮겨야 할 것입니다."

조조는 순욱이 말한 음양오행설이 이해가 긴 듯 야망에 기득 한 눈초리로 물었다.

"그렇다면 토기가 강한 곳이 어디인가?"

"바로 허창(許昌)입니다."

"뭐, 허창?"

"그러합니다."

눈이 휘둥그레진 조조는 순욱의 말을 듣고 밤새도록 골똘히 생각한 끝에 며칠 후 천자를 만났다. 그리고 천자께 아뢰었다.

"신이 살펴보건대 낙양은 이미 폐허황초(廢墟荒草)하여 부흥하기가 어렵다고 판단됩니다. 그러니 옥토이며 교통이 원활한 허창으로 천도함이 가당하리라 생각되오니 윤허하여 주옵소서."

헌제는 조조의 위세로 보아 다른 명분을 내세울 수가 없어 만조백관을 불러놓고 허창으로 천도할 것을 윤허하고 말았다. 조조는 모든 것이 자신의 뜻대로 되어가자 너무도 흐뭇했다.

낙양을 떠나 헌제와 함께 허창을 향하여 이십여 리를 가고 있을때, 갑자기 질풍노도와 같은 함성을 지르며 달려오고 있는 군사들이 있어 헌제를 비롯 조조 이하 만조백관들은 어리둥절할 수밖에, 그런데 이에 무슨 날벼락인가, 나는 새도 잡는다는 조조를 조롱하는 거였다.

"조조야, 이놈아. 천하에 둘도 없는 역적이 바로 조조 네놈이다."

조조는 갑자기 당한 일이라 욕설한 장수가 가까이 다가오기만을 기다리고 있었다. 음 어떤 놈인지는 모르겠지만 다된 밥에 코를 빠뜨리다니, 이놈을 그대로 두지 않을 것이다고 생각했다. 조조가 이러한 생각을 채 끝내기도 전에 폭언을 하며 달려오던 두 장수가 조조 앞에 우뚝 멈추고 호령했다.

"이놈 역적 조조야, 나를 모르겠는가?"

그 두 장수는 한때 군사를 거느리고 어디론가 잠적해 버린 양봉과 한섬이었다. 뿐만 아니라 명장으로 이름난 서황(徐晃)도 끼여 있어 결코 만만치 않은 장수들이었다. 조조는 타고난 재빠른 몸놀림으로 두 장사를 향해 몸을 달리면서 허저에게 소리쳤다.

"허 장군은 보고만 있을 거요?"

이 소리를 들은 허저가 서황을 향하여 맹수처럼 달려들었다. 두 장수는 다같이 비웃을 수 없는 명장들이었다. 하지만 허저는 당대 의 범쾌라고 할 정도로 힘이 장사인 데다가 제비처럼 빠른 몸놀림은 ░░ 누구도 따를 자가 없었다. 두 장수는 창검을 휘두르며 한순간 ░간을 보는 이로 하여금 몸을 움츠리게 하는 멋진 싸움을 하고 있 었다. 용호상박임을 그대로 보여주고 있어 조조는 감탄을 했다.

'아! 과연 명장들이구만, 명장들이야. 훌륭해, 정말 훌륭해.'

머리털 하나만큼의 실수도 하지 않고 막상막하의 무예를 보이고 있었는데 조조가 갑자기 후퇴의 북을 울렸다. 영문을 모른 병사들 은 물밀듯 물러가고 허저도 타의반 자의반에 싸움을 멈추고 조조에 게로 다가와 물었다.

"별안간 후퇴의 북을 울리시다니 웬일이십니까?"

조조는 태연하게 허저와 제신(諸臣)들을 불러놓고 갑자기 퇴군령 을 내리는 것이었다. 그러나 적군인 서황 장군을 얻기 위한 큰 양보 가 아닌가?

"나는 서황과 같은 명장을 우리편으로 만들고 싶소. 그러나 누가 그 장수를 설복할 수 있을지?"

그러자 형군종사 만총(行軍從事滿寵)이 한때 친구였던 그를 설복시 켜 보겠다고 나섰다. 조조가 미소를 지으며 고개를 끄덕였다. 만총 은 어두운 밤을 이용하여 변복차림으로 서황의 진지로 숨어들어 어 렵게 서황을 만날 수 있었다. 서황은 만총을 보고 깜짝 놀라며 적지 까지 웬일로 왔는지를 물었다.

"친구를 위해서 지옥인들 못 오겠는가. 하하하."

그리고는 만총은 때를 놓칠세라 자신이 위험을 무릅쓰고 적지까 지 오게 된 뜻을 털어놓았다. 서황은 칼을 쓱 뽑으며

"만총, 내가 사정하지, 어서 나가게. 나를 어떻게 보고 그런 말을 하는가? 개도 주인을 물지 않는 법인데 ……."

그래도 만총은 의연한 자세로 서황을 누그러뜨리고는 다시 입을 열었다.

"서공, 앞으로 천하대세는 조조에게 있지 않겠는가? 아니면 양봉, 한섬에게 있는가? 생각해 보게, 서공과 천하를 도모하고자 싸움도 중지하고 나를 보낸 조조가 아무럼 양봉과 한섬에 비유된단 말인가?"

두 사람이 밤이 깊도록 실랑이를 벌인 끝에 마침내 서황은 만총의 권유를 받아들이기로 결심했다. 모사에 능한 만총이 서황에게 말했다.

"서공, 이왕지사면 떠나는 길에 양봉과 한섬을 죽여 머리통을 가지고 가는 게 어떻겠소? 강요는 아니오."

만총의 이러한 권유에 서황은 펄쩍 뛰며 거절했다.

"내가 천하를 도모하고자 조조한테로 갈 수는 있겠지만 어찌하여 한솥밥을 먹은 상사를 죽인단 말이오. 나는 절대 못하겠소."

만총 역시 서황의 의로운 마음에 더 이상 강요할 수 없음을 알고 몸만 빠져 가기로 하고는 서황이 거느린 병사 수십 명과 조조의 진지를 향하여 말을 달렸다. 이 소식을 듣고 양봉이 맹렬하게 추격해 오고 있었다. 두 사람이 이끄는 군사들은 양봉이 휘두른 칼에 하나하나 죽어갔고 시체를 짓밟으면서 달려온 양봉은 미친 듯이 큰소리로 외쳤다.

"이 역적놈들아, 감히 탈출을 해. 목이 백 개라도 살아남지 못할 것이다."

서황과 만총은 숨쉴 사이도 없이 달렸지만 벌떼처럼 달려오는 양봉의 군사들에게는 어찌할 도리가 없어 이젠 생명마저도 경각에 달려 있었다.

"이놈, 서황. 내 검을 받아라."

양봉은 소리치며 서황을 향해서 검을 휙 집어던졌다. 몸이 빠른 서황이 말잔등에서 옆구리로 찰싹 달라붙는 순간, 단검이 말 잔등에 꽂히자 말이 옆 개울로 푹하고 쓰러져 버렸다. 순간 서황은 몸을 날려 수십 척이나 되는 나뭇가지에 마치 표범이 날기라도 하듯이 살포시 앉았다.

양봉이 서황을 향해 달리면서

"저놈 잡아라."

하고 소리치며 달려오고 있을 때였다. 갑자기 나타난 조조가 양봉의 앞을 가로막았다.

"이 못된 놈아, 내가 너를 죽여 주겠다."

당황한 양봉이 후퇴하려고 말머리를 돌렸지만 이미 독 안에 든 쥐꼴이 되어 최후의 발악을 하였다. 그런데 뒤이어 한섬이 달려와 조조군과 싸움을 하는 난전(亂戰)을 벌였다. 이 순간을 틈타 겨우 목숨만 지탱한 채 양봉은 도망을 칠 수 있었고, 조조는 자신의 뜻대로 서황이 아군으로 오게 되자, 그에게 대장군무령후(大將軍武靈候)라는 높은 벼슬을 내렸으며 수하군사에게도 갖가지 벼슬을 내려 모든 대권을 장악한 절대게기를 구축했다

허수아비나 다름없는 천자 헌제는 또다시 수모와 능멸을 당하는 처지가 되고 말았다. 그래서 세상 사람들은 이제 한나라의 운명은 이미 조조에게 달려 있다고 술렁이기 시작했다. 조조가 행차를 하는 날에는 천자의 행차보다도 몇 백 배의 더 많은 군사를 거느렸고 각종 장식은 금은빛으로 호화롭게 꾸미는 등 위세를 과시하여 그야

말로 나는 새를 잡는다기보다는 나는 범도 한손으로 잡을 정도
였다. 조조가 이와같은 위력적 혁신을 하게 된 동기는 평소에도 천
하대권을 노리고 있던 차에 왕립과 순욱이 예언한 천도비설(天道秘
說)을 믿어 그 운기를 받은 사람이 바로 자신이라고 착각했기 때문
이다. 그러한 까닭에 토기(土氣)가 강한 허창(許昌)에 호화스러운 새
궁궐을 짓고 종묘성조를 모셔 명실상부한 새로운 나라를 건설하고
있었다. 이미 만조백관을 자신의 수족이 될 만한 사람으로 갈아치
웠으나 뿌리가 깊은 원로들에게는 열후(列候)로 승차시켜 외지로 내
보내 승차무실(昇次無實)하게 만들어 버렸다. 조조가 이와같은 과감
성과 생사를 걸고 대권을 장악할 수 있었음은 마음 속에 또하나의
하늘처럼 믿는 왕립의 심오한 새 예견을 확신했기 때문이었을 것
이다.

8. 조조의 관상과 팔괘도의 군진법

조조가 한때 미관말직인 궁을 지키는 문지기로 있을 때였다. 거대한 궁궐 담벼락 밑에서 긴 창을 든 채 초라한 모습을 감추지 못하고 있을 때, 관상대가(觀相大家) 허자장(許子將)이 발걸음을 멈추고

"어허! 그대의 이름이 뭣인고?"

라고 물었다.

"조조(曹操)라고 합니다."

"음, 그래 참으로 괴이하도다. 이처럼 말단 궁지기가 장차 세상을 놀랍게 할 대신이 될 수 있다니(治世能臣). 하지만 세상이 어지러워지면 어지러워질수록 간사한 신하로 변할(亂世奸雄) 괴상(怪相)이로다."

이러한 자장의 관상론을 들은 조조는 백년 서생이나 건달패에 불과한 자신이 치세의 능신이요, 간신이라는 말을 듣는 것은 실로 감격의 순간이었다.

왜냐하면 충신이든 간신이든간에 자신의 이름 석 자가 온 세상에

알려질 수 있는 높은 자리에 위치한 벼슬아치가 되는 것만이 일생의 최고의 소망이었기 때문이다. 과연 허자장의 관상예언은 신비로울 정도로 딱 들어맞아 그때로부터 십 년이란 세월이 흐르는 동안 어느 누구도 흉내낼 수 없을 만큼 눈부신 출세가도를 달려 지금은 중원천지를 손아귀에 넣는 막강무비한 승상이 돼 이제는 천하통일의 대업과 천자의 자리까지 넘보고 있는 게 아닌가? 더욱이 승상이라곤 하지만 실지 권력은 천자보다도 몇 백 배 더하지 않은가. 그러나 나이는 아직도 사십의 장년기, 참으로 출세치고는 천하제일이라고 해도 과언이 아니었다. 이처럼 빠른 출세를 할 수 있었던 까닭은 타고난 운명이 존재하고 있었고 천성을 발휘할 수 있는 시운(時運)을 잘 만났기 때문이다.

이러한 천덕(天德)과 시덕(時德)에 의해서 모사량장(謀士良將)들이 모여들어 조조가 출세가도를 달리는 데 융단을 깔아준 또 하나의 견인차 역할을 할 것이다. 특히 어떠한 난제도 임기응변으로 풀어나간 조조 자신과 왕재를 보필할 수 있는(王在之才) 재목으로 손꼽히는 순욱(筍彧)과 같은 경사(經士)를 둔 것은 천군만마(千軍萬馬)의 힘을 능가할 수 있었다.

그런데 나는 새도 떨어뜨린다는 조조에게 또 그의 부하 장수들에게 밥만 축내는 식충(食虫)이들이라고 신랄한 독설을 퍼붓는 소위 독설학인 예형(毒舌學人禰衡)이 망신을 주자 화가 난 조조는 예형을 죽일 속셈으로 칙사란 미명하에 유표에게 보내 죽게 했다. 전쟁의 명분도 찾고 예형도 원대로 죽게 되자 칙사를 죽였다는 또 하나의 굴레를 씌워 유표를 쳐부숴야 한다고 주장한 조조에게 순욱이 반대하고 나섰다.

"지금도 원소와의 싸움이 계속되고 있고 서주에서는 현인으로 알려진 유비가 물샐틈 없는 방비를 하고 있는데 유표를 치는 것은 천만부당합니다. 그러니 우선 원소놈부터 치고 난 다음에 유비를 치고, 맨 마지막으로 유표를 치는 게 순서이며 시운(時運)이라 생각됩니다."

조조는 순욱의 주장이 옳다고 믿고 시운에 맞추어 싸워 나가기로 마음을 정했다. 한편 조조가 모든 권세를 장악하고 천자의 자리까지 넘겨보게 되자 유비는 어쩔 수 없이 허도를 떠나갔지만, 조조가 대란(大亂)으로 대권을 잡기 전에 제거하여 천자에게 명실상부한 대권을 돌려주려는 계획을 하고 있었다. 이때 차기장군 동승(車騎將軍 董承), 공부시랑 왕자복(工部侍郎王子服), 장수교위 중집(長水校尉种 輯), 의랑 오석(議郎吳碩), 소신장군 오자란(昭信將軍吳子蘭) 등이 적극 가담하고 있었다. 그러나 조조의 막강한 힘에 비하면 실현 가능성이 아주 빈약한 처지일 수밖에 없었다. 더욱이 동승은 병이 들어 자리에 누워 있었기에 이렇다할 만한 진척을 보이지 못하고 있었다. 그러자 천자인 헌제는 당대 명의인 길평 태의(吉平太醫)를 보내 치료해 주도록 어명을 내렸다. 명의이기 전에 천문비설에도 능한 길평은 동승을 보자 그의 마음을 꿰뚫어보고 며칠을 두고 눈치만 보아오던 터였는데 동승이 진찰을 마치고 일어선 길평의 두 손을 꼭 잡으며 눈물을 주르륵 흘리며 마음에 품고 있던 조조 암살음모를 털어놓았다.

길평은 이미 동승의 마음을 훤히 내다보고 있는지라 동승을 바라보며 말했다.

"생사가 달려있는 이 중대한 일을 그 어찌 말로 다하겠습니까? 아무튼 염려마십시오. 나에게도 계책이 있습니다."

이러한 밀담이 오고가고 있을 때 밖에서

"대감마님, 대감마님."

하는 소리에 깜짝놀라 서로의 입을 막음과 동시에 숨을 죽인 채 멍하니 앉아 있었다. 종이 다가와 지금 사랑채에는 왕자복, 종집, 오자란 등 네 사람이 찾아왔다는 전갈이었다. 동승이 급급한 걸음으로 사랑채에 와 있는 왕자복 등을 만났다. 왕자복이 성급한 목소리로

"대감, 우리의 대사가 성취될 수 있는 시운이 다가온 듯 싶습니다."

동승은 눈을 번쩍이며 그 연유를 물었다. 그러자 왕자복이 나지막한 소리로 말했다.

"지금 유표가 원소와 합세하여 오십만 대군을 이끌고 서량(西凉)에 마등(馬騰), 병주(屛州)에 한수(韓遂) 등과 칠십만이란 대군으로 구름처럼 쳐들어오고 있습니다. 그래서 급해진 조조는 허도에 있는 군사들을 전장으로 출병했기 때문에 성안은 텅텅 비어 있고 더욱이 술에 만취돼 정신이 혼미한 지경이라고 합니다. 그러니 우리의 심복부하 수백 명만 거느리고 가서 승상부를 습격한다면 조조를 사로잡기란 누워서 떡 먹기보다 더 쉽습니다."

동승은 바로 이때다 싶어 보검을 들고 부하들과 함께 승상부로 달려갔다. 때마침 조조는 후원에 술상을 벌여 놓고 있었기에 절호의 기회였다. 동승은 죽기 아니면 살기(生死之心)로 조조의 술좌석으로 뛰어들어 외쳤다.

"이놈 조조야, 천하에 역적놈아. 오늘이야말로 너를 베기 위해서 새사의 보검을 들었노라."

갑자기 당한 조조는 으악! 소리를 지르며 그 자리에서 피를 토한 채 쓰러져 버렸다. 정신없이 칼을 휘두른 동승이 소리를 내며 깜짝

놀라 자리에서 벌떡 일어났다. 이것은 꿈이었다. 실로 꿈치고는 엄청난 꿈인 것이다. 그래서 눈알을 휘둥거리며 좌우를 살펴보니 태의 길평만이 앉아 있어 순간 가슴이 철렁했다.

"그래서 길평의 심중도 헤아릴 속셈으로 내가 꿈을 꾸었나보오."

그러자 길평이 나지막한 소리로 얘기했다.

"대감께서 평소에 가졌던 마음이 잠꼬대로 나타난 것을 보니 이제는 내가 목숨을 걸고 대감을 도와 드릴 때가 된 것 같습니다."

동승은 길평이 돕겠다는 말에 감격의 눈시울을 적시며 길평에게 물었다.

"내가 태의의 말씀을 믿어도 되는지요."

길평은 엄숙한 어조로 대답했다.

"대감께서는 이 늙은이의 목숨이 끊어질 때까지 믿어도 됩니다. 그러니 아무 염려마십시오."

동승은 그때서야 길평의 참뜻을 이해하고 자신이 갖고 있던 헌제가 준 밀조(密詔)를 보이며 또다시 눈시울을 적셨다. 그리고는 조용한 말로 유비와 마등이 가버리고 난 이후 너무 쓸쓸하여 병이 나 자리에 누워 있었노라고 그 동안의 심경을 털어놓았다. 길평은 미소를 지으며 위로했다.

"대감, 추호도 염려마세요. 조조의 목숨은 제 손에 달려 있습니다."

동승은 길평이 뜻밖에 토해낸 말에 의아스러운 표정을 지으며 무슨 묘책이라도 있는지에 관해 물었다. 길평은 숨소리를 죽여가며 대답했다.

"이 늙은이는 천자도 조조도 자주 대하는 의사가 아닙니까? 본시 의사란 산 사람의 목숨을 다루는 것 아닙니까?"

그때서야 동승은 무의식중에 무릎을 탁쳤다.

"아참! 그렇군요. 하지만 조조는 신병이 없지 않습니까?"

"천만에 대감께서는 잘 모르십니다. 조조는 오래 전부터 고질적으로 두통을 앓고 있어 꽤나 괴로워하고 있지요. 그러므로 언젠가는 이 늙은이를 부르게 될 것입니다. 그때 독약 한 봉지만 탕제 속에 넣게 되면 감쪽같이 죽일 수가 있는데 무슨 군사가 필요하겠습니까?"

길평의 입에서 독약이란 말이 서슴없이 쏟아져 나오자 동승이 길평의 입을 손으로 가로막으며 한참동안 시선을 마주한 채 멍하게 숨을 죽이고 있다가 생사를 같이한다는 밀약(密約)을 이심전심으로 굳게 맺었다. 길평이 자리를 뜨고 별이 반짝이는 밤하늘을 바라보며 후원을 산책하면서 혼잣말을 했다.

'아! 그래 길평이의 말이 옳아. 그의 말대로 조조가 먹는 탕제에다 독약을 넣어 죽여야지, 꼭 죽여야 해.'

이렇게 중얼대고 있을 때, 바로 옆에 있는 장미꽃 나무가 흔들리고 인기척 소리가 들려왔다. 깜짝 놀라 주위를 자세하게 살펴보니 아니! 이게 웬 날벼락인가? 용모와 몸매가 뛰어나 자신의 애첩으로 삼은 지 얼마되지 않은 운영(雲英)이란 계집과 종놈인 진경동(秦慶童)이가 발가벗은 채로 한 몸이 돼 즐기고 있었다. 분통이 터진 동승은 이랫것들을 시켜 사내종 진경동은 볼기를 쳐서 나무에 매달게 하고 운영은 창고에 가두어 버렸다. 그런데 진경동은 밤 사이에 가까스로 결박을 풀고 홧김에 조조에게 달려가, 동승 대감과 길평이 탕제에 독약을 넣어 조조를 독살하려는 밀약을 했다고 고발을 하고 말았다.

다음날 조조는 시치미를 딱 떼고는 길평을 불러들여 두통을 치료하게 했다. 평시와 꼭같은 모습으로 어젯밤부터 두통이 심하여 성신이 매우 혼미하다고 은근히 엄살을 부렸다.

"이놈의 두통인가 한통인가 하는 고질병이 나을 수 있는 명약을 지어 주시오."

길평은 의연한 자세로 대답했다.

"그렇지 않아도 신약(神藥)을 지어 가지고 왔습니다. 이 약 한 첩이면 두통쯤은 거뜬히 나을 겁니다."

길평은 곧바로 약을 달여 조조에게 바쳤다. 그러나 약사발을 받아든 조조는 약을 마실 생각은 하지도 않고 준엄한 모습을 취하며 길평에게 묻는 거였다.

"이 약은 내가 전에 먹던 약과는 빛깔이 다르니 웬 일입니까?"

그러자 길평이 재빠르게 대답했다.

"예, 이번에는 신약을 더 첨가했으니 빛깔도 다를 수밖에 없지요."

길평의 말이 끝나기도 전에 조조가 눈알을 부라리며 큰소리를 쳤다.

"거짓말 마라, 이것은 신약이 아니라 바로 독약이야, 독약."

조조의 얼굴이 연시 청백 색깔을 띠면서 점점 험상궂게 일그러지고 있었다. 길평은 독약이라는 말에 몸이 오싹했다. 그리고는 영악한 사람이구나, 하는 생각을 하면서도 겉으로는 태연한 척했다.

"아니오, 승상 이 늙은이가 어찌 독약을 올릴 수가 있단 말이오?"

조조는 격분했다.

"그렇다면 네놈이 이 약을 먼저 마셔 보아라."

길평은 등짝에 식은땀을 흘리며 아무 말도 하지 못하고 멍하게 조조를 바라보고 있었다. 조조는 자리에서 벌떡 일어나 약사발을 뜰 앞에 내동댕이치고 나서 큰 소리로 명령했다.

"여봐라, 이 못된 놈을 당장 결박하라."

즉석에서 결박을 당한 길평은 후원으로 끌려가 무참하게 매를 맞아 그의 몸에서는 피가 흘러내리고 있었다. 그런데 조조는 길평의 머리통을 밟고 얼굴을 채찍으로 내리치며 누구의 사주를 받고 그를 독살하려고 했는가를 실토만 한다면 목숨만은 살려주겠다고 했다. 주리를 틀고 인두로 등짝을 지져도 실토를 하지 않고 혼자 한 짓이라고 막무가내였다. 조조가 험악한 모습을 했다.

"너는 한낱 의원에 불과한데 네놈이 나를 죽여 무슨 이해관계가 있단 말이냐. 어서 사주한 놈의 이름을 대라. 어서!"

더욱더 고문의 강도가 가해졌다.

"하하하 이놈아 웃기는 소리하지 마라, 나라를 위해 너 같은 역적놈 하나 죽이는데 무슨 계획이 필요하단 말이냐? 어서 날 죽여라."

길평이 실토를 하지 않고 큰 소리를 치자 조조가 무슨 생각에서인지 길평을 옥에 가두라고 이르고는 안으로 들어간 후 얼마 있다가 갑작스레 문무백관들을 모아놓고 잔치를 베풀었다. 그리고는 다시 길평을 잔칫상 앞에 끌어내 오도록 했다. 피를 흘리는 길평의 모습은 참혹했다.

"저놈이 나를 녹살하려고 했던 못된 늙은이나."

그리고는 저 늙은이와 계략을 꾀한 놈은 지위고하를 막론하고 죽여 없앨 거라고 했다. 조조의 이와같은 말에 좌중에 있는 문무백관들은 숨소리를 죽여 가며 긴장된 모습들이었다. 모든 것이 조조의 말 한마디에 달려 있기 때문이다. 진즉부터 조조를 죽여야 된다고 주장해 온 왕자복, 오자란, 오석, 중집 등은 그야말로 간담이 서늘

해질 수밖에 없었다. 조조는 태연한 자세로 연회석을 두루 살핀 후 호령했다.

"자아, 여러분 저 늙은이가 어떤 놈들과 짜고 나를 죽이려고 했는지 이놈의 입을 통해서 알아 봅시다. 옥졸들은 뭘 하고 있는고? 어서 더 세게 내리쳐라, 그리고 정신을 차리게끔 찬물을 퍼부어라."

시간이 흐를수록 긴장감은 더해가고 길평은 초죽음이 된 상태였다. 그래도 입을 열지 않은 길평은 조조를 원망의 눈초리로 가끔씩 바라보고 있었다. 그런가 하면 느닷없이 조조 얼굴에 가래침을 내뱉으며 소리쳤다.

"이놈 조조야, 너 같은 역적 놈을 내 손으로 죽이지 못한 게 한스럽구나."

얼굴이 붉어진 조조는 와들와들 떨고 있는 왕자복을 가리켰다.

"그대들과 동승이 한통속이 돼 음모를 꾀했다는 게 사실인가?"

"저희들은 동승 대감과는 전혀 상의한 바가 없소."

조조는 심히 못마땅한 표정을 지으며 큰 소리로 외쳤다.

"여봐라, 그놈을 당장 이리 끌고 오도록 하라."

잠시 후 조조 앞에 끌려 나온 사람은 다름 아닌 동승 대감의 종놈 진경동이었다. 진경동은 옆눈질로 좌우를 살피다가 왕자복을 보자 깜짝 놀라는 기색을 하고 몸을 움츠렸다. 그러자 왕자복이 소리쳤다.

"이놈아! 네놈이 어디서 무엇을 얻어 들었길래 모함을 하느냐."

진경동은 몹시 불안한 모습으로 말했다.

"대감께서 여러 사람이 모여 흰 비단에 글씨를 쓴 적이 있지 않소?"

조조는 순간을 놓칠세라 길평에게 호통쳤다.

"나를 죽이려고 한 원흉이 어디 있느냐? 어서 대답하지 못할까?"

그런데도 길평은 막무가내였고 도리어 조조에게 호령이었다.

"이 더러운 놈아, 어서 나를 죽여라."

약이 오른 조조는 부하들에게 길평의 열 손가락을 잘라 버리도록 명령했다. 열 손가락이 잘린 채 선혈이 낭자한 길평은 조조에게 조금도 굴하지 않고 욕설을 퍼부었다.

"이 역적놈아, 내 혀가 있는 한 너에게 욕설을 얼마든지 할 수 있다. 이 짐승만도 못한 만고에 역적놈아."

화가 머리 끝까지 치민 조조는 길평의 혓바닥을 단칼에 잘라 버리라고 부하에게 명령했다.

"잠깐! 내가 마지막으로 하고자 하는 말이 있다. 그러니 잠시만 결박을 풀어다오."

조조는 내심 길평이 마음을 바꾼 것은 아닌가 하고 결박을 풀어주라 명령했다.

결박이 풀린 길평은 숙연한 자세로 말했다.

"신이 나라를 위하여 역적 조조놈을 없애지 못하고 억울하게도 죽어야만 하니 이 또한 인간의 힘으로는 어찌할 바 없는 천운(天運)인가 보노라. 따라서 나는 천운에 의하여 승천하리라."

말을 마친 길평은 물가사의한 힘을 쏟아 비호처럼 날쌘 몸놀림으로 기둥받침돌에 머리를 부딪혀 장엄한 죽음을 고했다. 너무나 순식간에 일어난 일이라서 조조 역시 속수무책이었다. 격분한 조조는 진경동을 데리고 오도록 하여 동승을 험상궂게 쳐다보았다.

"대감, 저놈을 알고 계시겠지요?"

왕자복으로서는 어처구니 없는 말에 어찌할 바를 모르며 조조에게 그러한 사실이 전혀 없었다고 결백을 주장했다. 하지만 조조 마음은 이내 왕자복 숨통에 칼집을 낼 것을 정하고 있었다. 그리하여 마침내 왕자복, 오자란, 중집, 오석 등 네 사람 모두를 칠흑과 같은 감방에 하옥시키고 말았다. 그리고는 마지막으로 동승에게 물었다.

"대감께서는 어찌하여 내가 베푼 연회석에 나오질 않았소?"

순간 동승은 마음 속으로는 아차! 하면서도 겉으로는 태연한 척했다.

"저는 몸이 아파서 하루이틀 하지 않습니까?"

"대감께서 너무 심혈을 다하여 국사를 걱정하다 보니 병이 난 것 같소."

동승은 초대의 겸손을 떨며 대답했다.

"뭘 그러한 말씀을, 일국에 충신으로 당연한 것뿐이지요."

시간이 흐를수록 큰기침을 하고 방자해진 조조가 결심한 듯이 말했다.

"동 대감, 길평이란 놈이 저지른 역적모의를 알고 계십니까?"

"아니, 그게 무슨 말씀이오."

"대감께서 그렇게 시치미를 떼신다면 하는 수가 없지요."

조조의 명에 동승 대감 앞에 끌려나온 길평의 몰골은 동승 대감을 깜짝 놀라게 할 수밖에 없었다. 조조는 길평을 가리키며 말했다.

"저 못된 놈이 왕자복, 중집, 오석 등 일당과 합세하여 나를 독살하려고 했소. 그래서 그 네놈들을 하옥했으나 아직 그 원흉놈은 잡지 못했소."

동승은 참으로 난감하고 등골이 오싹하여 숨이 막힐 지경이었다.

"저놈은 내 애첩과 후원에서 놀아나다 나에게 들켜 도망친 놈입니다."

　고개를 들지 못하고 있는 진경동을 가리키면서 조조가 말했다.

　"저 사람은 음란패륜아가 아니라 대감의 음모를 알려준 공로자요. 그러니 대감은 말을 삼가하시오."

　"여봐라! 이 영감탱이를 당장 포박하라."

　이리하여 동승은 불시에 포박을 당하고 조조는 이에 만족하지 않고 동승의 집안을 샅샅이 뒤져 헌제의 밀서를 찾아 냈고 밀계의 연락장도 찾아내고 말았다. 조조는 차제에 못된 무리들의 뿌리를 뽑아야 한다는 생각에서 동승의 일가친척들을 모두 잡아 들이게 하고 심복 순욱을 불러 이번 기회에 헌제를 폐위시키고 유덕한 사람을 새 임금으로 세우는 게 어떻겠느냐고 상의를 했다. 그러나 순욱은 고개를 살래살래 흔들어 반대하고 나섰다.

　"그것만은 아니됩니다. 승상께서 온 나라에 그 이름이 영명함은 사실이나 그것은 위로 천자를 모시는 까닭에 기인한 것입니다. 그런데 천자를 지금 폐위함은 절대 부당합니다."

　"음, 과연 그렇소. 그러면 역적놈들의 무리는 어떻게 처단하면 좋겠소."

　그러자 순욱이 대답했다.

　"승상께서 헌제를 폐위하는 것보다는 역적들의 가문을 이번 기회에 후환이 없도록 뿌리를 뽑아 버리는 게 급선무라 생각됩니다."

　그렇지 않아도 명분만을 찾던 조조는 순욱의 말대로 동승을 위시한 왕자복, 중집, 오자란, 오석 등에 관계된 친인척을 참형하여 그 수가 무려 팔백여 명이나 되었다. 팔백여 명의 참형의 피바람 속에서 단 한사람이 죽음을 잠시 면한 경우에는 헌제가 사랑한 동귀비(董貴妃)였다. 잠시나마 생명을 연장할 수 있었던 것중에 결정적인

이유는 임신한 지가 일곱 달이 돼 배가 남산만 했기 때문이었다. 하지만 조조는 뿌리를 뽑는 김에 단 한 명도 남김없이 뽑아야 한다고 결심하고 헌제를 찾아갔다. 궁중으로 들어간 조조는 후원에서 헌제와 동귀비가 같이 있는 것을 보고 더욱더 결심을 굳혔다.

"저년을 죽여야 해, 지금 죽이지 못하면 화근을 남기게 될 거야."

헌제 앞에 선 조조는 당돌한 모습으로 말했다.

"폐하, 폐하께서는 동승이 역적의 괴수임을 알고 계시는지요?"

조조의 말에 가슴이 철렁한 헌제는 자리에서 벌떡 일어섰다.

"아니, 국구께서 모반을. 그게 무슨 말씀이시오?"

조조는 헌제를 비웃기라도 하듯 가슴 속에서 밀서를 내놓았다.

"이렇게 밀서까지 동승에게 준 임금이 누구입니까? 바로 폐하가 아니시오."

헌제는 대답을 하지 못한 채 오돌오돌 떨고 있을 수밖에 없는 난처한 입장이었다. 조조는 헌제의 허락이나 의향을 묵살한 채 부하에게 동승의 딸년 저 계집의 목을 단칼에 베라고 소리쳤다. 그러자 헌제는

"잠깐, 조 승상, 죽이고 살리는 것은 당신 의향에 있지만 이 계집은 임신한 지가 반년이 넘어 머지않아 새 생명을 출산할 사람이오. 그런데도 굳이 죽여야 한단 말이오?"

흐느끼고 있는 귀비의 몸부림과 헌제의 통사정에도 조조는 눈을 위아래로 굴리며 헌제와 귀비를 당장 죽일 것만 같은 살기로 바라보고 있더니 한참 후에 입을 열었다.

"그러면 내가 편히 죽는 비법을 가르쳐 주리라."

라고 말하며 난데 없는 광목 한 필을 휙던져 주고는 목을 맬 것을 강요했다. 기가 막힌 동귀비는 살려달라고 애원하면서 오열을 토했

지만 냉혈자(冷血者)가 돼 버린 조조는 어서 죽으라는 눈빛으로 귀비를 계속 주시하고 있었다. 사경(死境)에서 몸부림을 쳤지만 헌제마저도 자신의 생명을 구할 수가 없다는 것을 안 귀비는 죽음을 각오하고는 사랑하는 남편이자 천자인 헌제에게 큰절을 올린 후 광목에 목을 매 자결을 하고 말았다.

앓던 이를 뽑아버렸다는 생각에 조조 마음은 시원했다. 자신의 대야망을 보다 튼튼히 하기 위해서 어림군(御林軍)을 맡아 궁중 호위까지 장악하고, 어느 누구를 막론하고 궁중의 출입은 자신의 허락을 받도록 했다. 뿐만 아니라 조홍(曹洪)으로 하여금 궁중 대소사를 총괄케하여 헌제를 허수아비 임금으로 무력화시키는데 수단과 방법을 가리지 않았다. 동승의 무리를 숙정했으나 조조의 마음은 시원하지 않았다. 왜냐하면 천자가 되기 위해서는 장애가 되는 세 사람을 제거하지 않고는 어렵다고 판단했기 때문이다.

조조는 마음 속으로 그놈들을 꼭 없애겠다는 야망을 불태웠다. 오직 이 세 사람들, 서주에 있는 유현덕 그리고 서량(西涼)의 마등(馬騰), 그들 이외도 하북의 원소, 그중 인걸(人傑)인 유현덕을 먼저 없애야겠다고 다짐했다. 대야망에 불타고 있는 조조가 순욱을 불러 자신의 생각을 이야기 했으나 순욱이 부당함을 강조하여 결정을 못 내리고 있을 때 곽가가 들어오자 함께 의논했다.

"지금 당장 유비놈을 쳐부숴야 하는데 치는 동안 얄팍하기 그지 없는 원소놈이 틈을 타 공격해 오지는 않을지? 그러니 공의 생각을 말씀해 주시오."

"지금 원소의 군사들은 장수와 병졸간에 내분이 심하여 하루에만도 몇 명의 병졸들이 죽어나가지요. 그러니 우리를 어찌 공격해 올 수 있단 말이오. 또한 유비는 인걸이라고 하나 아직 군사력은 그다지 강하지 못합니다. 따라서 유비를 선공하게 되면 승전하는 것은 당연하질 않겠소."

조조는 곽가의 주장에 용기를 얻어 이십만 대군으로 유비가 있는 서주로 진격하기 시작했다. 이러한 소식을 들은 손건은 곧바로 유비에게 사실을 알려 왔다. 그러자 유비가 손건에게 부탁했다.

"우리의 군사력은 아직은 약세인 게 사실이오. 그러니 조조의 이십만 대군과 싸우려면 원소에게 구원을 청하는 길밖에 없소. 그러하니 손 장군이 그 소임을 맡아 주시오."

유비의 친서를 갖고 하북의 원소를 찾아 갔으나 원소의 얼굴은 근심에 싸여서 예전의 모습 같지 않았다. 답답하게 여긴 손건이 원소에게 묻자 자신이 애지중지한 다섯째 아들이 오늘내일 하는 사경에 있다는 것이다. 손건은 원소의 우울한 태도를 바꾸어 보려고 온갖 노력을 하고 유비의 친서의 뜻이 무엇인지를 소상하게 말해 주었으나 원소는 아들 병에만 집착한 모습이었다. 그리하여 위급함과 천하대세를 잡을 수 있다는 뜻에서 원소에게 지금 조조가 이십만 대군으로 서주를 공격해오고 있다고 말했다. 그러니 우리가 이번 기회에 허도를 공략하기만 한다면 천하를 무난하게 얻을 수 있다고 했다.

손건의 이와같은 위급 기회설도 원소는 별흥미거리가 될 수 없다는 태도였고 모든 것을 체념한 모습이었다. 원소의 이와같은 태도를 못마땅하게 여긴 수하장수 전풍(田豊)과 많은 병사들이 원소에게 아뢰었다.

"아드님의 병환은 천리(天理)에 따라 얻은 것이오니 의사에게 맡기고 장군께서는 천하를 도모하심이 곧 세상 이치가 아니겠습니까?"

그래도 원소는 고개를 살래살래 흔들며 손건에게 말했다.

"손 장군, 미안하오. 유비 장군에게 이 말만은 꼭 전하시오. 조조를 당해내지 못했을 경우 내게로 오면 그때에는 필히 도와 주겠노라고 말이오."

손건은 절호의 기회에도 원소가 전의(戰意)마저 상실하여 대적할 생각을 갖지 않자 아쉬움과 허탈감을 안고 발걸음을 돌리며 한숨을 길게 내리쉬었다.

'아! 이번 기회야말로 승리의 기회인데 이 또한 사람의 힘으로는 어찌할 수 없구나. 아마도 원소 장군이 전의를 상실한 것도 천운(天運)이겠지?'

손건으로부터 원소의 보고를 들은 유비는 실망하는 기색을 감추지 못하고 있었다.

"큰일났군요. 원소 장군의 응원이 없다면 어떻게 조조의 이십만 대군을 막을 수 있단 말이오."

그러자 장비가 당돌한 태도로 말문을 막았다.

"형님 너무 염려마십시오. 조조놈이 이십만 대군이라고 하나 원로를 행군한 군사인지라 몹시 지쳐 있을 게 아닙니까? 다 죽은 송장과 마찬가지이므로 며칠간은 공격을 해오지 않고 푹 쉴 것입니다. 그러니 우리가 선공을 하면 되지 않겠습니까. 그러므로 이십만이면 어떻고 백만이면 어떻습니까? 사병이나 마찬가지인데요."

유비는 장비의 주장이 일리가 있다고 보고 먼저 선공할 것을 결심했다.

이 무렵 조조가 이십만이란 대군으로 소래성을 향하여 오고 있을 때 갑자기 광풍이 몰아쳐 깃대 하나가 우투둥하는 소리를 내며 부러져 버렸다. 상황판단이 유별나게 민감한 조조는 당장 행군을 멈추게 하고 천문지리에 밝은 순욱에게 그 이유를 물었다.

"광풍이 동남쪽이고 부러진 기 색깔이 진홍색이었으므로 이는 주역 (周易)의 원리에 응합된 것으로 팔괘도(八卦圖)에 따라 정북쪽에는 물을 상징한 감(☵; 坎), 북동쪽에는 산을 상징한 간(☶; 艮), 정동쪽에는 우레를 상징한 진(☳; 震), 동남쪽에는 바람을 상징한 손 (☴; 巽), 정남쪽에는 불을 상징한 리(☲; 离), 남서쪽에는 땅을 상징한 곤(☷; 坤), 정서쪽에는 호수를 상징한 태(☱; 兌), 서북쪽에는 하늘을 상징한 건(☰; 乾)이 각각 위치하고 있는데, 이중 바람이라고 부르는 방향인 동남풍이 부는 것은 우리에겐 신생거(新生去)상입니다. 아울러 이미 우주 삼라만상이 이러함을 대별한 주역에서 풍방(風方)이라고 밝히고 있는데 금일 동남풍이 불어오는 것은 하늘의 순리라 판단되며 병법 중의 하나인 천상편(天象篇)에도 이와같은 현상은 적군이 밤에 기습을 해온다고 비록(秘錄)돼 있습니다."

조조는 순욱의 이와같은 이야기에 감동하였다.

"그렇다면 하늘이 나에게 일러준 하나의 천심이 아니겠소. 그러니 모든 병사들은 야습에 대비하라. 만약 이 중대한 군령을 어기면 살아남지 못하리라."

조조의 이와같은 군령의 비상한 결의 때문에 누구 하나 반문하지 않았다. 그리고 순욱을 불러 야습에 대비한 군진(軍陣)의 묘안을 묻고 하늘이 이미 비상(秘象)함을 나타냈으므로 우주자연 이치에 부합하도록 군진을 펴는 게 가당하리라는 순욱의 의견은 다음과 같았다.

다시 말하면 구성진법(九星陣法)이나 팔괘도법(八卦圖法)을 펴야 한다는 것이다. 조조는 순욱의 주장대로 팔괘도 일태극(一太極)을 상징한 군진(軍陣)으로 전동쪽에는 장요(張遼), 정서쪽에는 허저(許褚), 정남쪽에는 우금(于禁), 정북쪽에는 이전(李典), 동남쪽에는 서황(徐晃), 남서쪽에는 악진(樂進), 동북쪽에는 하후돈(夏候惇), 서북쪽에는 하후연(夏候淵) 등을 팔괘에 상응한 팔방에 배치하고, 중심부에는 일태극을 상응케 한 나머지 병사들을 있게 하였다.

조조의 이와같은 군진을 전혀 알아차리지 못한 유비는 장비와 더불어 야습공격을 개시했다. 그러자 팔방에 잠복하고 있던 조조의 이십만 대군이 천지가 진동하는 함성과 함께 홍수처럼 공격해 오고 있었다. 전황이 이렇게 되자 아무리 뛰어난 명장인 유비와 장비도 무참하게 당할 수밖에 없었다. 그런가 하면 저편에서는 유비놈과 장비놈을 잡으라고 외쳐대며 서황과 악진이 달려오고 있어 생명이 경각에 달렸다. 곤경에 빠져있는 유비와 장비는 소패성을 향하여 말머리를 돌렸지만 쏟아지는 화살과 가로막는 창검에 어찌할 바를 모르고 다시 하비성으로 도망을 치려고 말머리를 바꾸었지만 역시 퇴로를 뚫지 못하고 진퇴양난에 빠져 처참한 신세가 되고 말았다. 장비는 사력을 다한 끝에 겨우겨우 혈로를 뚫어 망탄산(忙碭山)으로 도망을 칠 수 있었고 유비는 퇴군의 북을 울리지도 못하고 죽음의 포위망에서 구사일생으로 살아나 소패성으로 도망을 쳤다.

그러나 소패성은 이미 조조의 수중에 들어가 있어 몸 하나 의지할 곳이 없어 다시 하비성으로 달아나다 보니 온 산야는 조조의 군사들로 덮여 개미떼가 득실거리는 듯했다. 그래서 유비는 이젠 도망칠 곳마저도 없는 신세가 되고 말았다. 온몸은 땀과 상처당한 부위에서 흐르는 피로 범벅돼 있었고 말 잔등도 홍건했다. 사활을 건 유비는 처참한 모습으로 하는 수 없이 원소가 있는 청주(淸州)를 향하여 말채찍을 가했다.

불행 중 다행으로 원소가 있는 관문까지 도착했다. 패장의 모습으로 원소를 찾은 유비로서는 신세가 말이 아니었으나 지금은 체면 따위를 생각하기보다는 목숨이 더 중요하다고 생각했다. 원소는 유비를 보자 깜짝 놀라며 손수 맞이하면서 아직은 때가 아니니 시운(時運)이 돌아올 때까지 이곳에서 머물러야 한다고 신신당부까지 했다.

"장군, 고맙소. 이 은혜 절대로 잊지 않겠습니다."

유비는 이렇게 말하고는 터져나오는 눈물을 주체하지 못하고 끝내 눈물을 보이고 말았다.

한편 조조는 순욱의 팔괘도진법으로 대성공을 거두고 소패성을 완전히 장악하고 일시 투항을 해온 진대부(陳大夫), 진등(陳登)의 부자로 하여금 흩어진 민심을 수습케하고 일대 혁신을 가하여 자신의 힘을 은근히 과시했다. 그리고 투항해온 유비 군사들을 이용하여 하비성 문을 열게 한 후 관운장을 무차별 공격했다. 천하명장 관운장이지만 하늘을 찌를 듯한 기세로 덤벼드는 조조의 이십만 대군을 막아낼 수 없어 곤경에 빠지고 말았다. 결국 장노의 설득에 의해서 투항할 수밖에 없었다. 관운장이 투항을 전제로 한 조건은 장차 풀리는 날까지는 포로이지 결코 항복은 아니며 유비 형님의 생사가 확인되면 바로 떠나갈 것, 그리고 유비 형님의 두 부인은 물론이고 이하 가족들도 무사히 보호해 줄 것 등이었다. 일기당천한 모습으로 허도로 돌아온 조조는 마음속으로 열 개의 사과 중 일곱 개는 이미 따먹었으니 앞으로 세 개만 더 따먹는다면 천하는 자기 것이고 천자의 자리 역시 자기의 것이 되고 말 것이란 생각에 잠겨 혼자만의 미소를 지었다. 그리고는 팔괘도진법을 주장하여 대승을 하게 한 순욱을 불러 대작을 하면서 또다시 천하대계론을 펴 만족스런 파안대소를 짓곤 했다.

9. 우길 도인(于吉道人)과 손책의 죽음

유비는 패장의 신세로 시운을 기다리며 하는 일 없이 무료하게 지내고 있었다. 그러던 어느 날, 유표를 만나러 간다는 말을 남기고 원소 곁을 떠나가고 말았다. 유비가 나타나지 않자 원소는 유비를 신랄하게 비난했다.

"유비, 이놈 너는 내가 치리라. 은혜를 배은으로 갚다니."

노발대발한 원소의 소리를 듣고 달려온 곽가가 원소에게 말했다.

"유비 따위는 지금 별신경 쓸 만한 존재가 아닙니다. 그러니 유비보다는 조조를 먼저 없애야 합니다."

곽가의 말을 듣고 난 원소는 마음 같아서는 조조를 먼저 쳐부셔 박살을 내고 싶었지만 막강한 조조의 군사력 때문에 그럴 수도 없었다. 이럴 때에는 유표의 힘을 빌린다면 가능할지도 모른다. 그런가 하면 오나라 손책이 요즘 정병강국(精兵强國)으로 새로운 득세국(得勢國)으로 떠오르고 있다는데 그쪽으로 구원을? 원소는 생각 끝에 진진(陳震)에게 밀서를 주어 손책에게로 밀파했다.

손책은 비록 이십칠 세의 젊은 나이지만 광활한 옥토인 절강성을 점유하고 예술 문화가 발달하고 민심이 후덕하여 그야말로 태평성대를 이루고 있었다. 이처럼 손책의 세력이 하루가 무섭게 번성하자 속이 타고 있는 사람은 조조였다.

'아마도 손책이란 놈이 무슨 일을 내지. 힘이 너무 강해졌어. 아니야, 나에 비하면 쇠약할 수밖에. 하지만 나이는 아직 이십대. 지난날 나와 비슷하지 않은가. 미리 제거를 해야 해.'

조조는 비상한 묘책을 착안했다. 만에 하나 손책이 자신에게 반기를 드는 날에는 죽도 밥도 아니 된다는 생각 끝에 조인의 딸을 손책의 아우 손광(孫匡)과 정략혼인(政略婚姻)시켜 손책의 막강한 힘이 자신에게로 밀려옴을 미리 막았다. 그러나 영특한 손책은 조조보다 한수 위였기 때문에 기회만 있으면 조조를 쳐부술 생각을 하고 있었다.

그러던 어느 날, 오군의 태수 허공(許貢)이란 자가 지금 손책이 조조를 음해하려고 한다는 밀서를 부하에게 주어 전달하려다가 붙잡혀 왔다.

밀서를 본 손책은 혈기충천한 분노를 이기지 못해 허공이란 자를 단칼에 없애 버렸다. 그리고는 일가친척마저도 닥치는 대로 난자하여 처참함이 천지를 뒤흔들었다. 허공이 손책에 의해 죽었다는 소식을 들은 그의 식객(食客)들은 허공의 원수를 갚기로 맹세한 후 기회만 노리고 있었는데, 마침 손책이 군사를 이끌고 서산(西山)이란 곳에서 사냥을 하고 있음을 알고 숲속으로 잠입했다. 그리고는 손책이 사냥하고 있는 바로 근처까지 숨어들어 호시탐탐 기회만을 노리고 있었다. 그때 손책이 쫓고 있던 사슴 한 마리가 그들이 숨어 있는 곳까지 쫓겨왔다. 무심코 사슴만 추격하다가 그들을 본 손책이 소리쳤다.

"네놈들은 누구냐? 감히 내 사냥터까지 오다니."

그러자 식객 하나가 재빠르게 임시응변했다.

"예, 우리들은 한당의 수하 명사들로 사냥을 하고 있는 중입니다."

손책이 한당이란 말에 철석같이 믿고 대수롭지 않게 생각하곤 뒤돌아선 순간이었다. 식객 하나가 손책의 허벅지를 예리한 창으로 찔러댔다. 손책은 본능적으로 칼을 뽑으려고 했지만 칼이 잘 뽑아지지 않았고 그 순간 바로 코앞에서 화살 하나가 그의 볼에 여지 없이 꽂혔다. 어느덧 손책은 살기가 등등하여 몸을 말 잔등에 바싹 붙이고는 볼에 꽂힌 화살을 뽑아 숲속에 숨어 있던 식객을 향하여 획 던졌다. 비명소리와 함께 그 식객이 쓰러졌고 나머지 식객들은 손책에게 창검을 휘둘렀다.

"이놈 손책, 네가 어찌 허태수를 죽일 수가 있단 말이냐."

손책이 피투성이가 된 채로 싸우고 있을 때 정보가 군사 십여 명을 거느리고 와서 식객들을 단숨에 해치웠다.

온몸이 피로 범벅된 흉몰을 하고 본성으로 돌아온 손책은 즉시 천하명의로 이름난 화타(華陀)를 불러들여 응급치료를 받았고 한달 후에서야 상처가 아물었다. 날이 갈수록 조조에 대한 적개심에 불탄 손책은 조조와 일전을 불사할 비장한 각오를 하고 있던 차에 그동안 조조에게 볼모로 잡혀 있던 장굉(張紘)이 밀서를 보내왔다. 밀서의 내용은 이러했다.

'조조는 손 장군을 몹시 두려워하고 있는 눈치이나 오직 단 한 사람만이 손 장군을 우습게 생각하고 있습니다. 그놈이 바로 곽가입니다.'

밀서를 읽고 난 손책이 화가 머리끝까지 올라서 갑옷으로 갈아입고 출전준비를 하자 장소(張昭)가 달려와 길을 가로막았다.

"장군, 참으시오. 화타가 말하기를 상처가 완쾌하려면 상당한 휴양이 더 필요하다고 합니다. 그런데 어찌 성급하게 이러시오. 부디 진정하시오."

그때 마침 원소가 보낸 진진이 사자로 왔다는 보고가 들어왔다. 노기를 억누르고 진진을 만나자, 진진이 원소의 밀서를 건네주면서 말했다.

"조조를 칠 수 있는 영웅호걸은 오직 원소 장군과 손책 장군뿐인 것으로 믿사옵니다. 부디 통촉하옵소서."

밀서에도 역시 원소와 손책이 합세만 한다면 조조 하나쯤이야 별 문제가 없다는 내용이었다. 손책은 야망의 가슴을 펴고 하늘을 우러러보았다.

'오! 천지신명이시여! 드디어 절호의 기회가 왔소이다. 조조가 황천길을 가야 할 시기가 말입니다.'

파안대소를 짓던 손책은 진진을 대접한다는 명분으로 큰 잔치를 베풀었다.

수십 척이나 되는 높은 정자에서 진수성찬에 흥을 돋우는 많은 사람들은 시간이 흐를수록 노랫가락이 성황을 이루었고, 손책 역시 미녀들 틈에서 마음껏 즐기고 있었다. 그런데 수하장수들이 누각 난간으로 모여 아래를 향하여 경의를 표하는 게 아닌가? 그런가 하면 누각 아래로 내려가는 부하들도 적지 않았다. 영문을 모른 손책이 부하에게 주연을 즐기다 말고 왜들 저러느냐고 묻자 부하는 민망스럽다는 태도로 다름이 아니라 우길선인(于吉仙人)이란 도인이 누각 아랫길로 가고 있으므로 존경과 흠모하는 뜻에서 그렇다고 설명했다.

부하의 말이 끝나기가 무섭게 손책이 벌떡 일어서서 누각 난간으로 가 아래쪽 길을 내려다보니 백발이 성성한 도인 한 사람이 긴 지팡이를 짚고 길 한가운데서 여러 사람으로부터 인사를 받고 있었다. 그 중에는 자신의 심복 장수까지도 땅바닥에 엎드려 조아리고 있었다. 손책은 어딘가 모르게 시기와 질투심이 발동하여 소리쳤다.

"어떤 요망한 늙은이가 소란을 피우는고? 어서 저 흰돼지 같은 늙은이를 이리 잡아오라!"

그러자 수하 장수들이 깜짝 놀라 말했다.

"저 어른께서는 우길이란 신선으로 동방(東方)에 사시는 분인데 가끔 세상에 나타나서 백성들의 병을 고쳐주고 부작을 그려 주면서 소원을 이루게 하고 있습니다. 이러한 까닭에 백성들이 그분을 신선처럼 추앙하고 있지요. 따라서 만약 저분을 잡아오게 한다면 백성들의 원한을 면키 어려울 것입니다."

화가 더욱 치민 손책이 소리쳤다.

"어리석은 놈아, 잔말말고 어서 저 영감을 잡아들여. 내 명을 거역할 셈인가."

손책의 추상같은 분노와 명령에 부하 장수들은 서로 눈을 깜박이며 마지못해 우길 도인을 손책 앞에 붙들어 왔다. 그러자 손책이 도인에게 호통을 쳤다.

"너 같은 미치광이가 감히 사악한 도로 민심을 현혹하려 드느냐."

얼굴이 시퍼렇게 달아오른 손책의 두서없는 호통에도 아랑곳 하지 않고 우길 도인이 답했다.

"빈도(貧道)가 백성을 이롭게 한 적은 있어도 혹세무민한 적은 절대 없소이다.”

“주둥아리 닥쳐, 이놈의 늙은이야. 네 놈이 백성들을 현혹하여 재물을 탈취하지 않고 무엇을 먹고 사느냐? 무위도식하며 도를 운운한 너를 내가 죽여 주리라. 여봐라, 누가 저놈의 목을 베겠는고?”

손책은 주위 장수들을 쳐다보면서 큰소리 쳤지만 누구 하나 우길 도인의 목을 베겠다고 선뜻 나선 자가 없었다. 장소(張昭)가 손책에게로 다가와 조용한 목소리로 말했다.

“저 어른께서는 강동에서 은거해 온 지도 수십 여 년이 됩니다. 그러나 티끌만한 죄도 범하지 않았으며 오히려 뭇사람의 스승으로 또는 은인으로 추앙과 존경을 받고 있습니다. 그런데 왜 죽이려 하는지요?”

“장소는 말을 삼가하시오. 요망한 늙은이 하나를 죽이는 데 파리나 개새끼 하나 죽이는 것과 뭐가 다르오. 그리고 뭐가 그렇게 두렵단 말이오. 제장들이 정 죽일 수 없다면 내가 죽이겠소. 그러니 오늘은 옥에 처넣어 주시오.”

잔칫자리에서 그러한 소동이 일어나니 자연 흥취가 깨져 각자 거처로 돌아가 버렸다.

뒤늦게 손책의 어머니가 그 소식을 듣고 부리나케 달려와 손책을 나무랐다.

“책아, 듣거라. 네가 어찌하여 우길 도인을 그다지도 박대하느냐? 그분으로 말할 것 같으면 모든 사람들이 경모하는 지존이시다. 배고픈 사람에게는 밥을 먹도록 해주고, 고통받는 병자에게는 완쾌를, 그리고 답답한 중생들에게는 속시원한 앞날을 예언해 준 선인이시다. 그런 분을 해치게 되면 큰 재앙이 있는 법이란다. 제발 이 어미의 말을 듣거라.”

어머니의 이와같은 간청도 무시하고 그는 투박한 어조로 대구했다.

"그 놈이 요술인가, 마술인가 하는 것으로 인심을 현혹시키니 마땅히 죽여 없애야지요. 그러니 어머니께서는 걱정 마십시오. 내가 처리하겠습니다."

날이 밝아 오자 손책은 우길 도인을 끌어 오도록 했다. 그런데 우길 도인은 이상하게도 목에 칼을 차지 않고 있는 모습이었다.

이상스럽게 생각한 손책이 옥리에게 물으니 존경하는 도인에게 그럴 수가 없었노라고 몸을 움츠리고 대답했다. 손책은 옥리의 말이 떨어지기가 무섭게 옥리의 목을 날려 버렸다. 상황이 이렇게 되자 장소를 비롯한 여러 장수들이 우길 도인을 살리고자 손책에게 장문의 진정서를 올렸다. 손책은 진정서를 읽자마자 관계된 장수들을 불렀다.

"그대들이 사서(史書) 한두 권을 읽었다면 역사를 알고 있을 텐데 어찌 이러한 진정서를 올렸소? 우선 내 이야기를 들으시오. 옛날 장진(張津)이란 사람도 사교를 숭상하면서 붉은 수건으로 머리를 동여매고 거문고나 두들기면서 조석분향(朝夕焚香) 하는 등 한때에는 도사란 추앙까지 받았소. 그러나 결국 오랑캐들 손에 암살당했소. 따라서 우길이란 늙은이도 그런 속물이 아니겠는가? 그러므로 마땅히 죽여야 하오."

손책의 행동이 일시적인 분노를 넘어서서 살기가 등등한 것을 지켜본 여범(呂範)이 손책에게 필히 우길 도인을 죽이려면 대의명분도 세울 겸 도력을 시험해 본 연후에 죽이자고 했다.

"우길 도인이야말로 풍운조화를 부린다는 것은 이미 세상에 잘 알려져 있습니다. 그러니 차제에 시험해 보시지요. 마침 몇 달째 비가 오지 않아 백성들의 목이 말라 있습니다. 비도 내릴 겸 도술의 신비함도 구경할 겸 일거양득 아니겠습니까? 그리하여 도력으로 비가 오게 되면 용서하면 되지요."

"그렇다면 한번 해볼 만하지. 여봐라 우길 도인인가 하는 놈을 제단 앞에 끌어 오도록 하라."

손책의 씻을 수 없는 방자함과 불손함에도 자세를 조금도 바꾸지 않는 우길 도인은 제단 앞에 합장한 자세로 상체를 구부려 사배를 올린 후 꿇어 앉았다.

문무백관들은 물론 병졸까지 무려 수천 명이 도술의 진수를 보려고 마음을 졸이며 구경을 하고 있었다. 한참동안을 묵좌하고 있던 우길 도인이 준엄한 어조로 말했다.

"비록 내가 풍운조화를 일으켜 백성들의 목마름을 해결할지라도 내 자신의 죽음만은 면할 수가 없을 것이오."

그러자 수천에 가까운 구경꾼들이 이구동성으로 지껄였다.

"만약 비만 오게 되면 손 장군도 승복할 게 아니오?"

무수한 군중들의 안타까운 말에도 우길 도인은 고개를 살래살래 흔들었다.

"내가 비가 오게끔 도력을 다한다 해도 손책은 승복하지 않을 것이고 그로 인하여 나는 죽을 수밖에 없소. 다만 이러한 것도 나의 운명이자 천명인 것을 누가 거역한단 말이오. 기필코 인명은 재천이오. 그러니 그대들은 슬픔을 거두고 나를 냉정히 보내주오."

이러한 동안 손책이 나타나 지금 시각이 사시(四時 ; 오전 9~11시)이므로 적어도 오시(午時 ; 11~1시)까지 비를 내리게 하지 못할 경우 그를 이 제단 앞에서 태워 죽이리라 했다. 우길 도인은 얼굴에 미소를 지으며 다시 합장을 한 후 주문을 외우기 시작했다.

"아! 구천에 있는 사자들이여, 사방에 있는 용문(龍門)이여, 별을 다스린 태을(太乙)이여, 내 소원을 받아들여 즉시 변화가 있게 하소서. 천지간에 기름진 단비를 내려주옵소서."

九天使者 受命太上 四海龍門 受令太乙
即地變化 天地油然 急急如律令

가뭄이 계속되고 있는 때라 내리쬐는 태양빛은 찬란한 눈빛을 내며 반짝이고 있었다. 큰 향로에서는 구름처럼 연기가 피어오르고 있었고 시간이 갈수록 구경꾼들은 초조와 긴장이 더해가고 있었다.

더욱더 손책이 일방적으로 정해준 오시가 거의 다 돼 가도 비가 내릴 징조는 조금도 보이지 않았다.

구경꾼들은 우길 도인이 거짓 도인이라는 말을 하기도 하고 손책 장군이 사람 잘 본 것이란 등 말들이 많았다. 드디어 오시를 알리는 북소리가 둥둥둥 하고 울려퍼졌다. 비는 오지 않았다. 수천 명의 구경꾼들은 아쉬움과 허탈감에 싸여 긴 한숨을 쉬기도 하고, 우길 도인에게 욕설까지 퍼붓기도 했다. 살육의 명분을 찾은 손책은 기다렸다는 듯이 말했다.

"모든 군중들은 들으라. 도사니, 신선이니, 은사니, 걸사니 하는 것이 모두 거짓말이 아니고 무엇이란 말인가? 그러니 헛된 생각일랑 말고 울고 있는 사람은 당장 눈물을 멈추고 저 늙은이가 어떻게 죽어가는가를 구경들 하라. 여봐라, 어서 늙은이를 장작더미 위에 놓고 불을 싸질러라, 어서."

형리에 의해서 장작더미에 올려진 우길 도인은 아무 말 없이 합장을 한 모습 그대로 앉아 있었다. 형리가 차마 불을 지르지 못하고 멈칫거리자, 손책이 눈을 부라렸다.

"이놈, 뭘 그렇게 꾸물거리고 있느냐, 어서 불을 질러라."

형리는 소맷자락으로 눈물을 훔치면서 마지못해 불을 당겼다.

순식간에 집채더미만한 불꽃이 시커먼 연기를 내며 하늘로 치솟았고 이글거리는 불꽃 가운데 화신처럼 앉아 있는 우길 도인의 모습은 불가사이한 현신(現神)같이 보였다.

바로 이때 얼마 전까지만 해도 쨍쨍 내리쬐던 햇볕이 별안간 싸늘하게 식어 갔고, 검은 구름이 일고 뇌성번개가 천지를 뒤흔들었다. 그리고 그렇게도 바랐던 비가 장대같이 쏟아져 내렸다. 억수로 퍼붓는 비가 내리자 장작더미의 불기둥도 순식간에 꺼져 버렸다. 한순간에 내린 비였으나 어찌나 줄기차게 쏟아졌던지 개천이 범람하여 일부 백성들은 가재도구를 옮기고 피난처를 찾는 소란을 피우기도 했다. 오시가 넘어 미시(未時)가 다 지날 무렵 불 속에서 죽는 줄로만 알았던 우길 도인이 큰소리로 뇌사수명(雷師受命) 운운하며 주문을 외쳐대자 금시 비가 개이고 장작더미 불도 완전하게 꺼졌으며 갑자기 햇빛도 나기 시작하였다. 문무백관과 군중들은 "와~아" 소리치면서 흙탕물에도 불구하고 엎드려 우길 도인에게 경의와 감탄을 보냈다.

그러한 광경을 목격한 손책은 내심 못마땅하여 큰소리로 비가 오는 것이나 그치는 것은 하늘의 뜻이지 결코 저 늙은이의 도술(道術) 때문은 아니라고 비웃어댔다. 체면이 말이 아닌 손책은 칼을 쓱 뽑아들고는 위협적으로 명을 내렸다.

"저 영감을 당장 죽여라."

수천 명이나 된 군중이지만 누구 하나 선뜻 나선 사람이 없어 손책의 입장을 더욱 난처하게 만들었다. 화가 치민 손책이 손수 우길 도인의 목을 베고 말았다.

수천 명의 군중들은 살벌한 손책의 만행에 침묵만 지키고 있을 뿐 누구 하나 입을 열지 않았다. 끝내 손책의 칼에 죽고만 우길 도인의 시신마저도 손책에 대한 두려움 때문에 그대로 방치할 수밖에 없었다. 태양도 원망스럽다는 듯이 붉게 석양을 물들였고 밤이 깊어지자 군중들은 해산되고 적막만 있을 뿐이었다.

자시가 지나 축시가 될 무렵, 갑자기 비바람이 일기 시작하더니 겨우 아침에야 멈추었다. 그런데 이게 웬일인가, 우길 도인의 시신이 없어져 버린 것 아닌가. 시신을 지키고 있던 병사 하나가 그러한 사실을 손책에게 알리자 그를 나무라고 병사의 목을 단칼에 베어 버렸다. 그리고 칼을 칼집에 넣은 순간 손책은 "으윽! 악" 하고 소리쳤다. 죽은 줄로만 안 우길 도인이 백발을 휘날리며 우뚝 서 있었기 때문이다. 당황한 손책은 재빠르게 칼을 뽑으려고 칼자루를 힘껏 쥐어 뽑는 순간 혼절하여 그만 땅에 쓰러져 버렸다. 온갖 응급치료를 받고서 해가 질 무렵에 겨우 깨어났지만 손책의 정신은 예전 같지 않았고 잠꼬대하듯이 혼자 중얼대며 아무나 보고 웃어댔다.

아들이 이상해졌다는 소식을 듣고 손책의 어머니가 달려왔다.

"책아, 전날에 내가 뭐라고 했느냐. 백성들이 그토록 존경한 우길 도인을 해하면 후환이 있을 거라고 했지 않느냐. 어찌하여 이 어미의 간청을 저버리고 이 모양이란 말이냐. 아휴! 이제는 어미 말을 듣거라. 지금이라도 우길 도인에게 사죄하는 뜻으로 목욕재계하고 제단 앞에서 참회의 기도를 드려라."

어머니의 이같은 권유에도 손책은 고개를 살래살래 흔들어댔다.

"소자가 아버지의 뜻에 따라 전쟁터를 종횡무진하면서 무수한 사람을 죽였지만 화를 입지 않았는데 요사스러운 늙은이 하나 죽여 백성들의 화근을 뽑았는데 내가 뭘 잘못했단 말이오?"

"우길 도인은 요물도 아니며 그렇다고 혹세무민한 술사도 아니고 오직 신선이시다. 그러므로 어서 기도를 올려라."

"저는 오나라의 국왕입니다. 고로 나를 감히 누가 해친단 말이오."

노모는 철없는 손책을 설득하지 못하고 손책을 대신해서 참회의 기도를 올리기 시작했다. 심혈을 다하여 불철주야 정성을 쏟았으나 손책의 정신은 더욱 혼미해져 갔고, 밤이면 음산한 바람이 일어 마치 흉가의 느낌이 되어갔다.

밤만 되면 등골이 오싹하는 무서운 그림자가 나타나기도 하고, 우길 도인이 손책 앞에 나타나 "으핫하하" 하고 파안대소를 짓기가 일쑤였다. 그럴 때마다 분노와 겁을 먹은 손책은 칼을 휘둘러 우길 도인을 힘껏 내리쳤으나 그때마다 죄없는 병졸의 목만 달아나고 말았다. 날이 갈수록 물에 빠진 쥐새끼 모양으로 수척해진 손책을 측은하게 생각한 노모가 아들의 쾌차를 바라는 기도를 옥청관(玉淸觀)에서 드리면서 무슨 영감(靈感)에서인지 손책에게 다시 간청했다.

"어머니가 옥청관 부처님께 지성으로 빌 테니 네가 사죄하는 마음으로 절 한 번만 해다오. 그러면 너의 병이 쾌차될 수 있을 게다."

조금도 누그러진 기색이 없는 손책은 신경질조로 대꾸했다.

"아버님 제삿날도 아닌데 부처에게 무슨 헛절을 한단 말이오. 그 것은 하나의 우상이지요."

그래도 노모께서는 조석으로 손책을 쫓아다니며 매달리기도 하고 꾸짖기도 한 끝에 겨우 손책의 마음을 돌렸다. 하지만 손책은 마지 못해 고개를 끄덕거렸지 진심은 아니었다. 손책은 어머니가 시키는 대로 분향한 연후에 절을 올렸다. 그런데 타오르고 있던 향 연기가 구름처럼 둥실둥실 뭉쳐 떠도는 괴이한 현상이 일더니 갑자기 우길 도인의 현신이 나타나 미소를 짓는 것이었다. 기겁을 한 손책이 칼을 뽑아 획하고 우길 도인의 현신을 향하여 찔렀으나 곁에 있던 신하 하나가 억하는 소리와 함께 피를 토하고 쓰러졌을 뿐이다. 그런데도 우길 도인의 현신은 향 연기 속에 태연한 자세로 앉아 있었다. 손책은 부리나케 옥청관을 빠져 나왔다. 그런데 바로 코 앞에서 우길 도인이 우뚝 서 있지 않는가. 겁에 질린 손책은 주위를 돌아보며 요망한 괴물을 왜 잡지 않느냐고 소리를 질러댔다. 손책이 가는 곳마다 우길 도인이 나타나자 옥청관을 헐어버리도록 명을 내렸다.

옥청관의 기와장을 뜯고 있었던 병졸들이 으악하는 소리와 함께 공중으로 뜸과 동시에 우길 도인이 지붕을 뚫고 하늘로 솟았다.

그리고는 금세 사라져 버렸다. 울화통이 터진 손책은 옥청관에 불을 지르도록 명했다. 불꽃이 하늘로 치솟아 사방이 광명천지였으나 그 가운데서도 우길 도인이 나타나 손책을 더욱 놀라게 하여 이젠 모든 사람이 우길 도인의 공포증에 걸렸고 식은땀을 흘리고 기절하기가 일쑤인 손책은 마침내 대소변을 가리지 못할 지경에까지 이르고 말았다.

미치광이가 돼 버린 손책이 신하들의 도움으로 겨우 몸을 일으켜 자신의 얼굴을 거울 속에 비춰 보고 있는데 우길 도인이 거울 속에 나타나서 말했다.

"이놈, 네놈이 나를 칼로 목을 베어 죽였지. 목숨이 열 개라도 살아남지 못하리라."

겁에 질린 손책은 재차 피를 토하고 그 자리에 쓰러지고 말았다.

노모와 신하들은 온갖 정성을 다하여 손책을 구하려고 했지만 혼은 나가버렸고 육체만 남아 있는 손책은 이미 죽음밖에 다른 도리가 없었다. 사경을 헤맨 손책이 노모가 준 물을 겨우겨우 받아 넘기며 어머님께 말했다.

"나는 이제서야 인간의 도리를 조금이나마 알 것 같소. 그리고 인간은 누구에게나 운명이란 것이 존재하고 내 수명 역시 그 운명에 따라 다 되었음을 알았소."

손책의 마지막 가는 모습은 그야말로 불쌍하고 가엾기가 그지 없었다. 후회의 눈물로 베개를 흠뻑 적시며 명신 장소와 동생 손권에게 유언을 남겼다.

"나는 천운이 다하여 죽게 되었다. 너희들이 천하통일의 유업을 성취하라."

그리고는 어머니의 손을 잡았다.

"어머니, 이 불효자를 용서하십시오. 소자가 진즉 어머니의 말을 들었다면 이렇게 마음 아프게 죽지는 않을 텐데 ……."

그리고는 조용히 눈을 감았다.

그때의 손책의 나이는 겨우 스물일곱이었고 그 나라의 새로운 주인공이 된 동생 손권은 열아홉이었다. 손책은 용맹과 지혜가 뛰어났지만 모든 사물을 아전인수격으로 보아왔고 자신의 뜻과 맞지 않다고 무조건 부정해버린 인물이었음을 역사가 실증하고 있다.

10. 원소의 패망과 저수의 예언

열아홉 살밖에 안 된 오나라 임금 손권이 조조와 국교를 맺고 욱일승천(旭日昇天)한 기세로 치닫자 은근히 불안해진 원소는 마음이 조급하여 뜻밖에 전군에게 출전명령을 내리고 말았다. 원소의 군령이 내리자 기주·청주·병주·유주 등지에 머무르고 있던 군사들이 합세하여 칠십만 대군으로 관도(官渡)를 공격하도록 했고 원소 자신도 군사를 이끌고 출전하려고 할 때 중신 전풍(田豊)이 원소에게 말했다.

"장군, 성 안을 비워두고 밖으로만 승전을 꾀한다면 기필코 불리하여 횡액을 자초하게 될 것입니다. 그러므로 관도에 있는 군사를 불러들여 내실을 기하는 것이 상책이라 사료됩니다."

그러자 전부터 전풍과 사이가 좋지 않던 봉기(逢紀)가 큰 소리로 전풍 장군의 말을 가로챘다.

"진군을 앞둔 원 장군에게 무슨 망언을 그리하시오. 마치 주공인 원 장군께서 패전이라도 하기를 바라는 것 아니오."

그렇지 않아도 봉기 이야기에 언짢게 생각하고 있던 원소가 봉기
의 부추기는 아첨을 듣고, 전풍에게 눈알을 부라리며 나무랐다.

"적군을 향해서 말발굽을 재촉할 장수가 무슨 그런 망발을 한단
말인가? 여봐라 저 못된 놈을 당장 하옥하라. 내가 돌아오면 처단
하리라."

갑자기 죄인의 몸이 된 전풍은 눈물을 흘렸다.

"장군, 지금 이러시면 아니 되옵니다. 천하를 다스린 영웅이 어찌
이다지도 무모하십니까? 저를 풀어 주옵소서. 장군을 도와 싸우겠
습니다. 장군!"

전풍은 오열을 토해 냈지만 원소는 눈도 거들떠보지 않고 출전하
고 말았다. 군사를 이끌고 양무(陽武) 땅에 도착하여 지형을 살피고
있을 때 모사 저수(沮受)가 간청하였다.

"소신이 살펴본 바 조조는 군비가 부족하여 속전속결할 태세입
니다. 하지만 우리는 군비가 비교적 넉넉하므로 장기전을 펴는 게
묘책이라고 생각됩니다. 그런데 하필이면 천군만마를 일시에 일으
키려 하시는지요?"

저수의 논리정연한 간청에도 원소는 전풍이나 저수네놈들은 한결
같이 불길한 소리로 그를 괴롭히려 한다고 생각되었다.

"여봐라! 이 못난 저수를 당장 옥에 처넣어라, 어서."

전풍에 이어서 느닷없이 죄수의 몸이 된 저수는 하늘을 보고 통곡
하며 원소에 대한 미래의 운명을 생각하지 않을 수 없었다. 두 사람
을 옥에 가둔 원소는 칠십만이란 막강한 대군을 총지휘하며 관도를
향하여 질주하기 시작했다. 마치 온 산천을 개미떼가 뒤덮은 듯했
고 질주한 그들은 새도 잡을 듯한 살기충천한 기세로 휘몰아치고 있
었다. 조조는 원소가 쳐들어온다는 전갈을 듣고 깜짝 놀랐다.

"뭐라고? 원소란 놈이 칠십만 대군으로 나를 치러 온다고? 여 봐라! 모든 중신들은 모여라. 화급을 다투어라. 어서들 모여라. "

중신들이 모두 모이자 제일 먼저 순유가 입을 열었다.

"우리 군사들은 천하가 아는 바와 같이 용맹과 기백이 천하 제일 로 정예되어 있습니다. 속전속결만이 명전이 될 것입니다."

조조 역시 오래 전부터 그런 구상을 하고 있는 터라 순유의 주장 을 받아들여 전군에게 총출동 명령을 내렸다.

한편 원소는 금포옥대(錦袍玉帶)에 찬란한 갑옷을 입고 장합(張郃), 고람(高覽), 한맹(韓猛), 순우경(淳于瓊) 등의 호위를 받으며 깃 발을 높이 들어 조조의 진지를 향하여 물밀듯이 밀려오고 있었다. 조조 역시 질세라 하후돈, 허저, 장료, 서황, 이전 등 기라성 같은 맹장들의 호위를 받으며 일기당천한 모습으로 말채찍을 후려갈기면 서 원소를 향하여 달려왔다.

"내가 일찍이 천자에게 주청을 하여 그대를 대장으로 삼아 오늘 과 같은 영화를 누리게 해 주었는데 이제 와서는 나를 공략하려 하다니, 내가 너를 기필코 베리라."

원소 역시 큰 소리로 조조를 비웃었다.

"조조 네놈은 승상이란 미명하에 온갖 노략질을 다하고 있는 도 적이 아니냐. 나라를 좀먹는 역적놈아! 내 손으로 목을 베어 내 말 안장에 매달고 저 넓은 황야를 달릴 것이다."

화가 점점 치민 조조가 장료에게 명했다.

"저놈을 당장 혼쭐 내라"

명이 떨어지자 쏜살같이 원소를 향하여 쫓아나가자 원소의 맹장 장합이 비호같이 가로막으며 장료를 맞아 싸웠다. 두 장수의 싸움 은 한마디로 불꽃튀기는 막상막하의 보기 드문 결전이었다. 창검이 부딪치며 목숨을 건 싸움이 계속되었으나 좀체로 승부가 나질 않자 조조의 진영에서는 허저가 가세하였고, 원소의 진영에서는 고람이 가세하여 네 마리의 호랑이가 싸우는 것처럼 치열하였지만 결판이 나지 않았다. 임기응변에 능한 조조가 하후돈과 조홍에게 삼천의 군사로 일시에 맹공하라고 명령을 내렸다.

때마침 이러한 동태를 알아차린 심배(審配)가 화살 부대와 철포 부대에게 동시에 진격하도록 명령을 내리자 조조의 군진을 향하여 화살과 철포를 비오듯 쏘아댔다. 생각지 못한 기습을 받은 조조의 군사들은 아무리 천하 제일의 정예화된 병사들이라도 속수무책일 수밖에 없었다. 다급해진 조조는 어쩔 수 없이 후퇴의 북을 울려야만 했다. 쫓기고 쫓는 숨막히는 추격전이 계속되다가 날이 저물자 일단 추격을 멈추었다.

원소는 의기양양한 모습으로 앞으로의 전술전략을 구상하고자 의견을 모았다. 그중 병법에 뛰어난 심배의 의견이 받아들여졌다.

"앞으로는 군사 십만으로 관도를 수비케 하고 나머지 군사는 작은 토산을 쌓아올려 그 안에서 조조군을 내려다보며 활을 쏘게 한다면 조조는 참패하고 말 것이오."

그날부터 육십만 군사로 올망졸망한 토산을 무수하게 쌓아올렸다. 싸움은 또 계속되었으나 조조는 또다시 참패를 면하지 않을 수가 없었다. 그도 그럴 것이 토산안에서 마구 쏘아대는 화살을 갖가지 방법으로 막아내 보았으나 역시 불가항력이었기 때문이다. 계속되는 패전에 패전만 거듭하자 조조는 당황했고 군사들은 사기마저 떨어져 말이 아니었다. 급히 참모들을 불러모아 묘책을 강구하고 있을 때 모사 유엽(劉曄)이, 적들이 쓰고 있는 토산을 분쇄하는 것이 가장 급선무인데 그것들을 분쇄하기 위해서는 발석차(發石車)

를 만들어 대응해야 한다고 발언했다. 그렇다면 발석차는 누가 만드느냐의 문제에 접하자 유엽의 마을에 있는 대장간 노인이 전부터 만들어 쓰고 있기 때문에 대장간 노인에게 책임을 주어 필요한 수량을 만들도록 하기로 했다.

"발석차로 말할 것 같으면 철통 속에 화약을 넣고 불을 당기면 아이 머리통만한 돌이 번개처럼 날아가지요. 굉장한 위력을 지닌 무기입니다. 대장간 노인을 불러 오겠습니다."

의기양양한 유엽의 말에 조조가 급히 대장간 노인을 불러오게 하여 후한 상을 주면서 발석차를 빨리 만들도록 명을 내렸다. 많은 병사들이 대장간 노인을 거들면서 수일 동안 꽤나 많은 양을 만들었다. 발석차를 원소의 진지를 향해서 쏘아댔다.

'웬 불덩이와 돌이 같이 날아올까? 그야말로 번개라고 한 벽력차(霹靂車)가 아닌가, 아! 신기하고 무섭도다, 혹시 귀신도깨비는 아닌가.'

아닌 밤중에 홍두깨한테 얻어 맞은 식으로 불시에 무참하게 당한 원소는 그 두터운 토산을 여지없이 분쇄한 발석차의 위력에 놀라지 않을 수 없었고 군사들은 아예 활을 쏠 마음도 먹지 않고 쥐구멍만 찾고 있어 한심할 지경이었다.

전황이 이렇게 되자 심배가 불철주야 생각해 낸 게 두더지 작전법으로 땅굴을 파서 적진으로 은밀히 침투하는 방법이었다. 심배는 한때 이러한 전법으로 대승을 거둔 경험이 있어 더욱 자신감을 갖고 있었다. 이삼만여 명으로 강물 밑으로 통로를 뚫어 적진으로 접근해 가고 있었다. 그러나 통로에서 파낸 흙더미가 불어나자 조조의 눈에 띄게 되었다. 조조는 참모들을 모아놓고 원소가 쓰고 있는 전법은 케케묵은 낡아빠진 전전전법(前前戰法)이므로 그 따위 전법에

는 굴을 파고 들어오는 근처에 늪지를 만들어 물을 가득 채워 두
었다가 필요할 때 일시에 물꼬를 터버리면 그만이라는 작전을 세
웠다.

조조는 이번에도 유엽의 주장대로 진지 주위에 큼직한 늪지를 파
서 그곳에 물을 가득 채워 두었다가 적들이 그 늪지 밑으로 파고 들
어오기만을 기다리고 있었다. 그러나 이번에는 원소가 조조의 그러
한 술책을 알아차리고 굴을 파는 일을 중단시키고 말았다. 양 진영
에서 이런저런 전법을 사용한 동안 세월은 흘러 어느덧 가을로 접어
들었다. 싸움이 장기전으로 접어들게 되자 두 진영에서는 군수품이
모자라 아우성이었다. 싸움은 결판이 나지 않고 군비가 떨어져 어
려움을 당하자 조조는 관도를 버리고 허도로 돌아갈 생각을 하고 있
었다. 하지만 대군을 거느리고 다시 허도로 돌아가는 것도 후퇴한
것이나 같기 때문에 성큼 내키지 않아 허도로 밀사를 급파해 모사
순욱의 의견을 들어보기로 했다. 조조가 내심 초조하게 순욱의 묘
책을 기다리고 있을 때 드디어 순욱에게서 답서가 왔다.

"승상, 나의 의견은 이러합니다. 지금 원소가 모든 군사를 거느리
고 관도로 출전을 했기 때문에 그 많은 대군을 막아 내기란 어렵습
니다. 그렇지만 다급한 것은 우리쪽보다 원소입니다. 왜냐하면 군
수품이 딸리기 때문이지요. 따라서 승상께서는 요소요소만 단단히
수비하십시오. 원소의 진영에서는 필연코 내분이 일어나 힘이 극도
로 소멸될 것입니다. 그러니 때를 기다려 주십시오."

순욱의 답신은 현지에 와 있는 조조보다도 더 자세히 관찰한 것처
럼 극명하게 제시되어 있어 감탄을 자아냈다. 조조는 순욱의 의견
대로 관도를 끝까지 사수하기로 결심했다.

그러던 어느 날 서황의 부장인 사환(史渙)이 순찰중에 원소의 밀

정꾼 세작(細作)이란 사람을 잡아다 엄한 문초를 한 결과 원소가 군수품에 몹시 곤란을 당하고 있어 .한맹 장군이 야음을 틈타 양곡 수백 섬을 실어 오기로 했다는 자백을 받아냈다. 서황이 조조에게 이러한 사실을 보고해 오자 조조는 미소를 지으며 기뻐했다. 그리고는 서황에게 이천 명의 병사를 이끌고 가 군수품을 뺏어오도록 명령했다. 그리고 허저나 장료에게는 군사 오천 명을 거느리고 가서 뒤편에서 호위하게 했다.

이날 밤 서황은 한맹이 오고 있는 중간 지점에 잠복하고 있었다. 영문을 전혀 모른 한맹은 밤이 깊어지자 수백 수레의 군수품을 싣고 긴 행렬로 오고 있었다. 드디어 한맹과 군수품을 실은 행렬이 서황의 군사들이 숨어 있는 지점을 막 통과했다. 그 순간 서황은 함성을 지르며 기습을 가했다.

어둠 속에서 창검이 번쩍이며 순식간에 몰아닥친 서황의 군사들에 의해서 적들의 말과 병사들의 몸뚱이와 머리통은 여지없이 부서지고 수레는 어느덧 불바다로 변해 버렸다. 불꽃은 하늘 높이 치솟았고 살려달라는 적군들의 비명은 생지옥을 방불케했다. 한맹과 살아남은 병사들은 혼비백산이었다.

비보를 받은 원소가 노발대발하면서 장합과 고람, 두 장수로 하여금 달려가 싸우라는 엄명을 내렸다. 두 장수가 군사들을 이끌고 부리나케 달려갔지만 수백 수레에 해당한 군수품은 이미 시커먼 잿더미로 변해 있었고 쓰러져 있는 군사들은 시체 지옥을 이루고 있는 비참한 모습이었다. 장합과 고람은 분함을 참다 못해 사력을 다하여 서황의 군사들을 추격하다가 오히려 적장 허저와 장료가 진격을 해왔기에 사면초가에 빠지고 말았다. 숨막히는 생사의 혈전 끝에 겨우 도망을 쳤지만 많은 병사들이 죽고 살아있는 병사들은 수십 명밖에 되지 않았다. 원소는 시퍼런 칼을 뽑아들고 책임을 다하지 못한 한맹을 당장 목을 쳐야한다고 야단이었다. 심배가 간청했다.

"군량미와 양초 등 군수품을 기습당한 원인 중의 하나가 수행하는 병사가 적은 데 큰 원인이 있다고 생각된바 한맹 장군을 용서해 주고 지금이라도 많은 양곡창고가 있는 오소에 보내 적의 기습을 막아내야 합니다."

원소도 다소 걱정이 되던 차에 심배의 주장을 받아들여 심배에게 오소 창고를 지키게 하고 대장 순우경(淳于瓊), 계원진(桂元進), 한거자(韓莒子), 여위황, 조예(趙叡) 등으로 하여금 주위를 지키게 하는 등 군량미 사수를 명했다.

그러나 대장 순우경은 술을 잘 마시는 데다가 부하들을 혹사하여 불만이 고조되고 있었다. 마침내 조조의 진에서는 군량미가 떨어져 병사들이 쓰러지고 굶어죽는 등 처참한 상황이 일어나기 시작했다. 다급해진 조조는 허도에 있는 순욱에게 군량미를 보내달라는 편지와 함께 급사를 보냈다. 그러나 공교롭게도 편지를 가지고 가던 급사가 원소의 부하 허유에게 붙잡히고 말았다. 허유는 고향이 조조와 같다는 이유 때문에 원소에게 푸대접을 받아오던 터라 마음 속으로 생각했다.

'아! 이번이야말로 하늘이 나에게 준 기회로 알고 공을 세워 광명을 가져야지.'

그리고 나서 급사를 원소에게로 데리고 가 보고를 하는 척하면서 자기에게 병사 오천만 내준다면 큰 공을 세우고 돌아오겠다고 했다. 원소는 의아스럽다는 듯이 군사 오천으로 어떻게 공을 세우고 돌아온다는 건지 말해 보라고 했다.

"예, 장군님. 조조가 대군을 거느리고 관도에 있는 관계로 지금 허도는 무주공산(無主空山)처럼 텅 비어 있습니다. 그러므로 제가 오천의 군사로 허도를 친다면 당장 함몰시키고 말 것입니다."

"이 어리석은 놈아, 잠자코나 있어. 네 말처럼 그렇게 쉬운 일이라면 왜 우리가 이런 고통을 당하고 있단 말이냐?"

"장군, 아닙니다. 적의 군량미 사정이 그토록 궁박하다면 허도에서는 이미 군량미가 출발했을 것입니다. 그러므로 많은 병사들이 군량미 수레를 수행하기 위해서 허도를 떠났을 게 뻔합니다. 그러니 허도는 비어 있을 게 확실합니다."

"네놈은 하나만 알고 둘은 모르고 있지 않느냐. 조조의 편지는 진짜가 아니고 우릴 속이려는 가짜 종이 쪽지야, 이 어리석은 놈아."

원소는 조조의 편지가 가짜라고 단정해 버린 이상 간청을 할 수 없었다.

허유는 한참을 묵묵히 서 있다가 마지막으로 간청했다.

"장군님, 저는 본시 조조와 고향이 같은지라 조조의 필적을 잘 알고 있습니다. 맹세컨대 위필은 절대 아닙니다. 만약 이렇게 좋은 시기에 결단을 내리지 않으시면 장차 큰 화가 될 것입니다."

그때 마침 심배의 글이 전령을 통해서 올라왔는데 그 내용 중에는 허유가 기주에 있을 때 많은 백성들을 괴롭혔다는 지적도 있었다.

원소는 눈알을 부라리며 책망했다.

"이놈아! 기주에서의 네놈 비행이 하늘을 찌르는데 네놈 따위를 어떻게 믿고 군사를 내준단 말이냐. 너의 비행으로 본다면 당장 능지처참을 해야겠지만 이번만 용서해 줄 테니 어서 썩 물러가라. 어서 이 칼로 네놈 목을 치기 전에."

허유는 호된 책망을 듣고 물러나면서 분에 못이겨 복수심에 불탔다. 그는 심복 몇 사람을 데리고 원소의 진영을 빠져나와 조조의 진영을 향해 말머리를 돌렸다. 생사를 건 탈출을 위해 비장한 각오로 있는 힘을 다하여 달리고 있을 때 숲에서 잠복하고 있던 병사들이 어떤 놈이냐고 물으며 창검으로 가로막았다.

"나는 조 승상과는 죽마고우인 남양(南陽)의 허유라고 한다."

잠자리에 들려고 하던 조조는 병사 하나가 달려와 허유라는 사람이 찾아왔다고 전하자 깜짝 놀라며 빨리 불러오도록 했다.

잠시후 허유가 들어오자 조조가 반갑게 맞이했다. 조조가 허유의 손을 와락 잡으면서 반가워하자, 허유는 한술 더 떠서 엎드려 정중하게 절을 올렸다.

그러자 조조가 더 이상의 추태는 보이지 말라고 하면서 이 깊은 밤중에 찾아온 연유를 물었다. 허유가 심각한 표정으로 대답했다.

"나는 박복하여 주인을 잘못 만나 죽을 고생만 하다가 이 모양일세. 초저녁에 원소에게 충고를 하다가 죄를 받아 할 수 없이 자네에게 투항을 하러 온 걸세."

"우리가 서로 만나는 것만 해도 얼마나 반가운 일인가. 그런데 자네가 나를 돕겠다니 이 또한 금상첨화가 아니겠나? 특히 자네는 원소를 잘 아는지라 그놈을 쳐부술 수 있는 계교도 알고 있겠지. 말해 보게."

한참을 천장만 보고 있던 허유가 조조에게 지금 군량미가 얼마나 남았는지를 물었다.

"아마도 한 일 년쯤은 먹고도 남았을 걸세."

"에잇! 일 년, 그럴까?"

"허유, 자네가 내 말을 못 믿는 눈치구먼. 일년까지는 몰라도 반년은 충분할 걸세."

조조의 이 말이 떨어지기가 무섭게 허유가 나가려는 태도를 보이며 말했다.

"나는 자네를 하늘같이 믿고 찾아왔는데 공은 나를 불신하다니 그만 가야겠네."

조조가 허유의 소맷자락을 잡았다.

"이 사람아 지금 한 말은 농담일세, 농담. 너무 기분 나빠 말게나. 사실 남은 군량미는 석 달쯤 겨우 먹을걸세."

"하하하, 이 사람아, 세상 사람들이 조조 자네를 일컬어 간웅(奸雄)이라고 하는 말이 틀림없구먼."

"군의 기밀이란 누구에게나 함부로 말하지 않는 것을 누구보다도 자네가 더 잘 알 게 아닌가. 솔직히 이 달 먹을 군량미도 될까말까 하다네."

"거짓말 말게나. 군량미는 이미 바닥이 나 병사들이 말을 잡아먹기도 하고 초근목피로 연명하고 그것도 여의치 못해 황천객이 된 병사가 어디 하나 둘인가."

조조는 당황한 모습으로 그 사정을 어떻게 알았는지 물었다. 얼굴이 붉어지고 초조한 모습을 보고 있던 허유는 갑자기 자신만만한 태도를 보이더니 품속에서 편지를 꺼내보였다. 재차 당황한 조조는 그것을 어디서 났는지를 물었다.

"조 승상께서 순욱에게 보낸 밀사를 내가 붙잡게 된 것이오."

조조는 고마움에 감동하여 허유의 손을 꼭잡고 사과했다.

"자네는 나를 믿고 찾아왔는데 나는 본의 아니게 거짓말을 해서 미안하네. 하지만 군사 기밀이란 점을 잊지 말게나. 아무튼 고마우이. 원소를 칠 계교가 있다면 가르쳐 주게나."

시간이 흐를수록 허유는 어깨를 으쓱거려 가며 얘기했다.

"여기서 사십여 리쯤 되는 곳에 오소라는 요충지가 있는데 그곳에는 전군이 먹을 군량미 창고가 있어 장수 순우경이 지킨다고는 하나 그 장수는 술을 잘 마시는 데다가 부하들까지 혹사시키는 까닭에 늘상 내분이 일어 사실상 수비가 엉망이므로 이러한 틈을 타 공격을 하면 반드시 승리할 걸세. 수비하고 있는 군사들을 쳐부수고 창고에 가득 차 있는 군량미를 탈취해 오면 군량미 걱정은 하지 않아도 될 게 아닌가."

허유의 계책을 다 듣고 난 조조가 물었다.

"그렇다면 그곳까지 가는 데는 적로인데 어떻게 갈 수 있단 말인가?"

"경계가 심하므로 보통사람으로는 사실상 곤란하지. 허나 정예화된 오천의 군사를 선발하여 원소의 부장인 장기장군(莊奇將軍)의 군사인 것처럼 변장시켜야지. 그리고 검문을 받게 될 경우에는 군량미를 지키기 위해서 현지로 가는 중이라고 하면 무사히 통과할걸세. 물론 심야를 틈타야겠지. 이런 전법으로 싸움이 시작되면 군량미 창고에 불을 지르고 퇴로를 끊어버리면 원소의 군사들은 사흘이 채 못 가서 굶어죽고 말걸세."

조조는 허유에게 후한 대접을 한 연후에 군사 오천으로 오소를 공략하라는 군령을 내렸다.

그러자 장료가 걱정스러운 눈초리로 아뢰었다.

"승상 원소가 허유를 보내 거짓 계략을 쓰는지도 알 수 없는데 어찌하려고 군사까지 출동하려고 하시는지요?"

조조는 빙그레 웃었다.

"그것은 염려마시오. 정병은 내가 직접 통솔할 것이오. 허유가 나를 찾아온 것은 하늘이 나를 도와주신 것이오. 만약 허유를 의심하여 기회를 놓친다면 천심(天心)은 나를 돌보지 않을 것이외다."

장료는 조조의 성품이 과단즉결(果斷即決)에 능하다는 것을 알고 있으면서도 다시 한번 입을 열었다.

"만약 승상께서 출전을 하시게 되면 이곳 진중이 허술할 텐데 그에 대한 방비는 생각해 놓으셨는지요?"

"그러한 대비책을 세우지 않을 나로 아시오. 순유, 가후, 조홍 등은 허유와 이곳에 같이 있게 하고 하후돈, 하후연, 조인, 이전 등은 후방을 철통같이 지키도록 명을 내려 놓았소. 그리고 나는 귀장(장료를 말함)과 허저를 앞세우고 서황, 우금을 뒤따르도록 할 것이오."

이와같은 조조의 계책은 바로 시행돼 야음을 틈타 원소의 젖줄기라 할 수 있는 군량미 창고가 있는 오소를 향하여 행군을 시작했다.

한편 원소의 진영에서는 전날에 원소에게 충간을 하다가 옥중의 몸이 된 저수가 원소의 폭정에도 불구하고 원소가 무사하기만을 기다리며 위국충정에 밤잠을 못이루고 답답한 심경을 달래고 있었다. 이때 문득 밤하늘을 바라보며 깜짝놀라지 않을 수 없었다. 저수는 본시 천문 지리, 주역 팔괘에 능하여 반짝이는 별을 보고 미래사를 예언하는 능력을 지녔기 때문이다. 따라서 저수가 천문을 본다는 것은 그만큼 중요한 의미가 있어 무심코 간과할 수는 없었다.

'아! 저럴 수가 태백성(太白星)이 천도 이십팔숙(天道二十八宿)의 하나인 두우성(斗雨星)을 침범하다니. 횡조로다, 대횡조. 불원간 병란(兵亂)이 일어 원소 장군이 황천길을 가다니 참으로 기이한 현상이로다.'

걱정이 태산 같은 저수는 옥리를 통하여 원소를 만나게 해주기를 청했다.

그때 마침 술을 마시고 있던 원소가 저수를 불러들여 만나게 되었다. 원소는 퉁명스럽게 물었다.

"죄인된 몸으로 무슨 할 말이 있는지? 말해보시오."

저수는 원소 앞에 두 무릎을 꿇고 앉았다.

"소장이 밤하늘을 살펴 천문을 보니 오늘밤 사이에 반드시 적의 기습이 있을 것으로 판단됩니다. 그리고 적은 군량미가 있는 오소를 침범 약탈할 게 분명합니다. 그러하오니 군사를 요소요소에 매복케 하여 역습을 감행하게 되면 대승의 북소리를 듣게 될 것입니다."

원소는 저수의 말이 무모하고 불쾌하다는 표정이었다.

"죄인된 몸이 뭘 알아 떠벌이는가, 뭐 별이 어쩌구저쩌구 천문이 어쩌구저쩌구 병란이 있을 거라고? 감히 이 원소를 누가 야습을 한단 말인고? 전쟁에서 이기고 지는 것은 당연히 노력에 달려 있지. 천도 운운하는 따위의 혹세무민된 소리를 해, 어서 썩 꺼져 버려, 어서."

그런데도 저수는 굴욕을 참고 계속 이어 말했다.

"원 장군, 어찌 천도를 저버리고 미물인 인간이 살아간단 말이오. 소장의 말을 부디 통촉하옵소서."

원소는 귀찮다는 모습으로 옥리에게 명령했다.

"여봐라, 이 죄인의 목에 왜 칼을 재우시 않았는고?"

옥리가 오돌오돌 떨면서 말했다.

"예, 저수 어른이 …… 너무 안쓰러워서 ……."

형리의 말이 끝나기도 전에 형리의 목이 원소의 장검에 베어져 머리통이 땅바닥에 떨어져 붉은 피가 솟고 있었다. 이러한 소식을 뒤늦게 알게 된 저수는 아! 원 장군이 파멸을 자초하는 징조로다.

이몸이 죽어 어느 산야에 뒹굴게 될 것인가? 죽으면 한줌의 흙인 것을 저수는 원소의 패망은 물론이고 자신의 죽음을 이미 예지(豫知)하고 있어 삶을 체념하고 오직 천운에 순응해야 한다는 비장한 각오를 하고 있었다.

한편 조조는 정병 오천을 거느리고 원소의 진지 근처까지 당도했다. 적의 관문을 통과하려 하자 적병들이 창검으로 가로막았다.

"이게 웬 군사들이오?"

"우리는 원소 장군의 명에 따라 오소에 있는 군량미를 수비하러 가는 장기 장군의 부하입니다."

원소의 병사들은 자기네 병사들이 쓰고 있는 기, 복장 등이 같음을 확인하고 별의심 없이 통과시켰다.

첫 관문이 통과되자 다음 관문은 더 쉽게 통과해 오소에 도착한 시각이 사경(四更 ; 밤 0~3시 사이)이었다. 오소의 수비대장 순우경은 운명의 시각이 닥쳐오는 줄도 모르고 여느때와 같이 그 지방에 사는 미녀들을 불러다놓고 술을 마신 후 삼경(三更 ; 밤 11~1시)쯤에 곯아떨어졌다가 물을 먹으려고 일어서는 순간, 밖에서 천지를 뒤흔들어 대는 함성과 함께 불기둥이 솟는 것을 보았다. 문을 박차고 나가보니 온 천지가 이미 불바다요, 하늘마저도 붉어져 마치 하나의 불덩이같이 보이기도 했다.

겁에 질린 순우경은 공포 속에서 아무도 없느냐고 소리질러 부하 장수들을 불렀지만 대답을 들을 만한 상황이 못되었다. 불속에서 살려달라는 병사들의 비명이 들려왔으나 어느 누구도 그들을 구해낼 처지가 되지 못하여 자신이 도망만 쳐도 큰 행운이었다. 순우경은 사력을 다해 싸웠지만 방어 전선 한번 구축해보지 못하고 무너지고 말았다. 병사들은 대부분 다 죽고 혼비백산 도망치기도 하고 조조에게 투항하는 등 그 참상은 이루 말할 수 없었다. 미친 맹수처럼 좌충우돌하며 고전을 하고 있던 순우경은 물밀듯이 밀려 오는 조조 병사들에 의해 결박을 당하고 말았다. 무장 계원진은 행방이 묘연했고 조계는 도망을 치다가 적군의 칼에 맞아 피를 토하고 처참하게 죽고 말았다.

조조는 단숨에 승전을 거두고 순우경의 코와 귀를 베어 원소에게로 보냈다. 원소는 잠을 자다말고 북쪽 오소의 하늘로 화염이 치솟는 것을 보고 급히 일어나 소리쳤다.

"여봐라, 아무도 없느냐?"

이때 한 병사가 뛰어와 오소에 있는 군량미가 전소했고 병사들도 다 타 죽고 몇 명 남지 않았다고 전했다. 원소는 얼굴색이 청백색으로 변했다.

"뭐, 뭣이 군량미가 다 타고 조계가 전사하는 등 군사들이 거의 타죽고 조조놈에게 투항을 해. 여봐라, 모든 중신들은 급히 모여라. 어서 무엇들 하는 겐가."

당황한 모습으로 중신들을 불러모아 놓고 사후대책을 논하자 장합이 간청했다.

"원 장군, 소장으로 하여금 오소를 구하도록 출전의 군령을 내려주옵소서."

그러자 이번에는 곽도가 나섰다.

"원 장군, 그건 아니됩니다. 불에 타버린 오소를 구하기보다는 차라리 조조의 본진인 관도를 쳐서 귀로를 끊어버리는 게 상책입니다."

장합이 원소에게 말했다.

"조조놈은 워낙 꾀가 많은 놈이라서 이러한 때일수록 관도의 수비는 물샐틈 없이 할 것이오. 더욱이 오소는 곡창이므로 우리의 젖줄인데 이를 조조에게 그대로 넘겨준 채 뺏지 않는다면 앞으로 뭘 먹고 살아간단 말이오.”

갑론을박만 있고 결론이 나지 않자 원소가 큰 소리로 말했다.

“나의 계책은 이미 정해져 있으니 그만들 하라. 장합과 고람은 오천의 군사를 거느리고 관도를 치고, 오소는 장기와 일만의 병사를 거느리고 가 구하도록 하겠소.”

장기 장군이 일만의 병사들을 거느리고 오소를 향하여 달리고 있을 때 순우경의 수하 패잔 병사들이 여기저기에서 모여들었다. 깃대를 보니 아군과 같아 의심하지 않고 기존병사들과 합류하도록 했다.

그러나 실상은 순우경의 군사들이 아니라 그들을 전몰시켰던 조조가 장기 장군이 일만 군사를 거느리고 온다는 정보를 미리 듣고 적군으로 변장을 시켜 놓고 순우경의 휘하 병사들이라고 속인 것이다. 적의 병사들과 합한 병사 중에는 장료와 허저 등 천하의 병장들도 포함돼 있었다.

조조는 그러한 음전법(陰戰法)을 세워 놓고 자신은 이삼백 명의 부하를 거느리고 적장 장기와 일전을 하기 위해서 비장한 각오로 진군을 시작했다. 장기의 군사들이 조조인 줄을 알아차리지 못하고 물었다.

“너는 누구냐, 이곳은 장기 장군의 진영이다.”

조조는 시치미를 딱 떼고 대답했다.

“장기 장군을 영접하려는 길이오.”

그때, 마침 장기가 순찰을 멈추고 아군인 줄 알고 조조 일행을 맞이하려고 앞으로 걸어나올 때 비호같이 달려오는 장수가 장기의 목을 번개처럼 날려 버렸다.

조조는 또 다른 계책으로 원소에게 사람을 보내 장기가 올린 승전 보인 것처럼 속여 우선 원소를 안심시켰다.

"원 장군, 안심하십시오. 소장은 적군을 완전하게 섬멸시켜 버렸 습니다."

원소는 조조가 꾸민 가짜 승전보인 줄도 모르고 크게 기뻐하면서 안심을 한 채 오소에는 더 이상 군사를 보내지 않고 오직 관도에만 전력을 쏟고 있었다. 하지만 원소는 자신이 얼마나 비참한 운명에 처해 있는지를 깨달아야만 했다. 그것은 일만의 군사를 거느리고 관도로 출전했던 장합과 고람이 일만 명이라는 대군에도 불구하고 조조의 맹장인 조홍, 하후돈 등과 혈전을 벌인 끝에 무참하게 패전 을 하고 도망을 쳐왔기 때문이다. 겨우 목숨을 부지한 채 본진으로 돌아왔다. 두 장수가 대패를 해 겨우 목숨만 부지했다는 보고를 받 은 원소는 너무도 기가 차 하늘만 멍하게 바라보고만 있었다. 그런 데 이게 무슨 패가망신인가?

오소에 수비대장으로 갔던 순우경이 코와 귀가 잘려 선혈이 낭자 한 채로 수레에 실려오고 있질 않는가. 더욱이 장기 장군이 대승 했다는 승전보를 받았는데 시간이 흐를수록 아연실색 기가 막힐 노 릇이었다. 원소가 반미친 모습으로 순우경에게 지껄였다.

"네놈은 어쩌다 이 모양이 되었는고? 오소가 그렇게 쉽게 적에 게 짓밟혔단 말인가?"

원소의 말이 끝나자 곁에 있던 병사 하나가 입을 열었다.

"대장께서는 술을 먹고 곯아 떨어졌는데 그만 적의 야습을 받았 습죠."

화가 치민 원소가 칼을 번쩍 휘둘러 순우경의 목을 단숨에 베어

버렸다. 땅바닥에 떨어진 순우경의 머리통이 원소를 원망이라도 하
듯 눈을 두어번 깜박이다 피를 원소의 얼굴에 튕겨 분에 차있는 원
소를 당황케 했다. 이런 광경을 보고 있던 병사들은 공포에 질려 부
들부들 떨고 있었다. 그 가운데에서도 곽도는 내심으로 걱정이
었다. 장합과 고람의 이번 패전은 나의 잘못된 계책 때문이었다고
고자질이라도 하는 날에는 그도 끝장이라는 생각에 몹시나 두려
웠다. 이러한 곽도는 먼저 선수쳐서 목숨을 건져야겠다고 생각
했다. 그래서 장합과 고람이 크게 패한 모양인데 지금 생각해 보면
그들은 평소에 조조와 밀계가 있어 스스로 져준 것이라고 원소에게
고했다. 원소는 곽도의 말이 사실인 줄로 믿고 얼굴색이 창백해
졌다.

"무엇이, 그 못된 놈들이 조조와 내통을 하다니. 그게 사실이라면
그놈들이 돌아오기만 하면 능지처참을 하리라."

곽도는 내심 자신의 거짓이 맞아떨어져 가고 있음을 깨닫고 즐거
워하는 모습이었다. 원소는 즉석에서 고람과 장합이 빨리 오도록
급사를 보냈다. 그런가 하면 곽도는 곽도대로 고람과 장합에게 원
소의 급사보다 먼저 밀사를 보내 지금 원소 장군이 그대들을 죽이려
고 하니 어떠한 일이 있어도 당분간 돌아오지 말라고 했다.

두 장수는 뜻밖의 비보에 깜짝 놀라면서도 곽도를 다소 의심하고
있던 차에 원소가 보낸 급사가 당도하였다. 두 장군께서는 군사를
즉시 거두어 돌아오라는 급보였다. 고람은 산천이 떠내려 갈 정도
로 큰소리를 치면서 노기가 충천하여 즉석에서 급사의 목을 치고 말
았다.

장합이 깜짝 놀랐다.

"장군, 왜 이러십니까?"

고람은 숨을 거칠게 내리쉬었다.

"원소가 남의 아첨하는 소리만 귀담아 듣고 우리 같은 충신을 죽이려고 하질 않소. 그런 배은망덕한 놈을 어떻게 섬긴단 말이오. 이러한 원소는 머지않아 멸망하고 말 것이오. 반면 조조의 천국이 되고 말 것이오. 그러니 우리도 이번 기회에 조조에게 항복하여 버립시다."

고람의 이야기를 듣고 장합이 고개를 끄덕였다.

"오늘에야 말하지만 나도 예전부터 그런 생각을 하고 있었소."

두 장수는 군사를 이끌고 조조에게로 가 항복하고 말았다. 조조는 뜻밖에 두 장수를 얻은 데 대한 기쁨을 감추지 못하고 있었다. 하후돈이 조조에게 은밀히 말했다.

"승상, 그들은 중요한 인물이 못 되오니 이점 유념하기 바랍니다."

그러나 조조는 의심할 여지가 없다는 듯이 고개를 내저었다.

"내가 그들을 믿고 은혜로 참견한다면 그들의 마음속에 있는 적대감은 사라질 것이고 내 사람이 될 것이오. 그러니 하 장군은 너무 염려마시오."

이 말을 마친 조조가 두 장수를 불러 장합에게는 편장군동정후(偏將軍東亭侯)에, 고람은 편장군동래후(偏將軍東萊侯)로 각각 책봉하였다. 한편 원소는 얼마 전 모사 허유를 잃고 이제는 장기, 장합, 고람 등 세 장수를 잃었으며, 오소에 있던 군량미까지 잿더미가 되었고 적들의 점령지가 돼버려 사실상 패망의 그림자에 덮여 있었다.

한편 조조의 진영에서는 승리를 굳혀 일기당천한 새로운 계책을 논하고 있었는데 허유가 조조에게 비장한 각오를 말했다.

"이번 기회야 말로 원소놈을 없애 버리고 천하통일의 대업을 성취해야 할 때입니다. 그러니 승상이자 내 친구인 자네가 결단을 내려야만 하오."

조조는 허유의 주장이 가당하다고 믿고 전군에게 출전명령을 내렸다.

이러한 조조의 성급한 결단에 순욱이 반대하고 나섰지만 이미 군령이 떨어졌다고 말을 듣지 않자 새로운 계책을 써야 한다고 주장하고 나섰다.

"이번 싸움이야말로 속전속결이 상책이므로 군사들을 세 파로 분산하여야 하는데, 그러기 위해선 여양(黎陽), 업도(業都), 산조(酸棗) 등지로 공격을 하는 듯하다가 원소의 본진에 달하게 되면 사력을 다한 맹공을 한다면 능히 승전을 할 것입니다."

조조는 순욱의 주장에 따라 아군이 원소를 치려고 여양, 업도, 산도 등 세 곳으로 협공해 오고 있다는 소문을 은연중에 퍼뜨렸다. 그러한 소문이 눈덩이처럼 불어나기를 내심 바라고 있었다.

원소는 그러한 소문이 사실인 것으로 믿고 이번이야말로 조조를 물리칠 수 있는 절호의 기회다 싶어 참모들을 모아 놓고 대책을 논했다. 대장 원상(袁尚)은 오만의 병사로 여양을, 신명(辛明)은 오만으로 업도를 사수하도록 하고 산도방면은 별도의 계책을 세웠다.

여러 갈래로 군사를 분산하여 싸우다보니 자연 본진은 유명무실한 빈껍데기 성이 되고 말았다. 방비가 허술할 수밖에 없는 전황에서 조조는 모든 것이 자신의 계책대로 진척되어 가고 있음을 알고 조용한 미소를 띠었다.

드디어 결전의 날이 다가왔다. 완벽한 준비 속에 때만 기다리고 있던 조조가 진군의 북소리와 함께 원소의 본진을 무차별 진격했으므로 함성 때문에 천지가 진동하고 산야가 허물어질 듯했으며 위세가 하늘을 찌를 듯했다. 불시에 생각지 못했던 맹공격을 당한 원소는 미처 손쓸 사이도 없이 비참한 몰골로 당해야만 했다. 병사들은 맹수처럼 덤벼드는 조조의 군사들에 의해 목이 달아나고 팔다리가 잘리는 등 차마 눈뜨고는 볼 수 없는 처참한 지경이었다. 시간이 흐를수록 원소의 병사들은 시체로 산을 이루었고 조조에게 투항하여 제대로 싸우지도 못하고 생지옥을 이루고 있었다. 원소는 갑옷마저도 걸치지 못하고 잠옷바람으로 숨막히는 도망을 치고 있었다.

그러나 누구 하나 원소의 호위를 하는 병사도 없이 외롭게 질주를 하고 있을 때 아들 원담(袁譚)이 뒤를 따라오고 있었다.

그런데 이게 웬일인가. 장료, 허저, 서황, 우금 등 사호(四虎)라고 불리는 맹장들이 추격을 해오고 있지 않은가. 한때 팔십만 대군을 이끌었던 원소의 목숨이 바람 앞에 등불이 되고 만 것이다. 하지만 백전노장인 원소는 어느 산모퉁이에서 그들을 따돌리고 겨우 목숨은 건졌다.

날이 밝아 눈부신 태양이 떠오르자, 원소는 겨우 살아남은 병사 팔백여 명만을 데리고 원담과 황하를 무사히 건널 수 있었다. 한편 상상 외로 대승을 거둔 조조는 많은 무기와 금·은·곡식 등을 노획하였는데 원소가 그대로 놓고 간 금·은·구리 등이 수백 근이나 되었다. 그러나 원소의 모든 것이 조조 자신을 비웃는 듯하여 흥분했다. 좌중에 있던 중신들은 원소와 내통한 중신들을 밝혀 능지처참을 해야 한다고 소리쳤다. 그러나 조조는 뜻밖에도 흥분을 가라앉히고 조용한 어조로 말했다.

"원소놈이 한때 팔십만 대군으로 온 천하를 뒤덮었을 때에는 나 역시 적대감이 하늘을 찌를 듯 강했소. 그러니 지금 그대들의 심정이야 오죽하겠는가. 그러나 매사에 강자가 참아야 하는 법, 그 어찌 악의로만 처신한단 말이오. 그래서 나는 원소와 내통하는 역신들까지도 불문에 부치고 이 기밀문서가 역사에 오명을 남기지 않도록 불태워 버리겠소."

조조의 이와같은 관용은 모든 만조백관들에게 감동을 주었다.

조조는 승전의 대축연을 베풀어 마음껏 마시고 즐기라고 축사까지 했젠. 잔치가 한참 무르익어 가고 있을 때, 언젠가 원소에게 충간을 하다가 하옥돼 죄인의 몸으로 병란이 있을 것을 예언했던 저수가 묶인 채로 조조 앞에 끌려 나왔다. 조조는 저수의 인품과 미래를 예지할 줄 아는 지장임을 잘 알고 있는 터라 손수 계단 아래까지 내려와 저수의 손을 잡으며 반겼다. 그러나 저수는 반가워하지 않고 고개를 살래살래 흔들며 오히려 조조를 향해서 큰소리를 쳤다.

"나에게 항복이란 있을 수 없소. 그러니 어서 내 목을 쳐서 저 넓은 산야의 까마귀 밥이 되게 하시오."

"아아! 그것은 아니 되오. 원소는 우매해서 충신을 몰라 봤지만 나는 그렇지를 않소. 우리 이제부터라도 천하대업을 논해 봅시다."

그래도 저수는 고개만 흔들어댔다. 그후에도 조조는 저수의 마음을 돌리려고 갖은 회유책을 써 봤지만 이렇다 할 성과를 이루지 못하고 있던 어느 날, 저수가 원소를 찾아가려고 도망을 치다가 병사들에 의해서 잡혀왔다. 그때에도 조조는 저수를 용서해 주고 설득을 했으나 성과를 얻지 못하자 아쉽지만 저수를 죽이려고 결심했다. 그리고는 최후로 시퍼런 칼을 목에 대고 위협했으나 오히려 저수는 당당하게 대꾸했다.

"내가 스스로 주인을 찾아가는데 무슨 부끄러움이 있고 죄가 된

단 말아오. 죄가 되거들랑 나를 당장 죽이소서."

끝내 저수는 조조의 마음에 아쉬움을 남기고 죽고 말았다.

막상 저수가 죽자 조조는 끝까지 설득하지 못한 자신의 경솔함을 자책하고 눈물까지 흘리며 성대한 장례를 치러주고, 충렬 저수군지묘(忠烈沮受君之墓)란 묘비를 세워 뭇사람들의 귀감이 되도록 했다.

조조가 승전의 기쁨을 만끽하고 있을 때, 원소는 초라한 패잔병 팔백여 명을 거느리고 여양까지 도망하여 추격을 피하여 겨우 한숨을 돌릴 수 있었다.

시체더미 속에서 겨우겨우 살아남은 병사들은 거의가 병신이 되었고 수하 장수의 생사도 알지 못하여 허탈과 비참한 마음에 속수무책 하늘만 바라보고 있었다. 또한 통곡 소리가 들려 와 연유를 묻고 원소 자신의 부하 병사들의 가족들이 전사 소식을 듣고 너나 할것없이 울분을 토해내고 있음을 알고 가슴이 찢어지는 듯했다. 칼로 가슴을 갈기갈기 찢어버린다 해도 사라지지 않을 울분 때문에 원소는 멍하게 하늘만 쳐다보고 있었다. 부하들이 여기저기에서 흐느끼고 있을 때 부하 장수인 장의거(莊義渠)가 병사 천여 명을 거느리고 와서 비참한 원소에게 작은 용기나마 줄 수 있었다. 이리하여 천팔백여 명의 군사를 거느리고 기주로 행군을 시작할 무렵, 대장 봉기가 달려왔다. 원소는 봉기를 보자마자 말했다.

"선풍의 말을 듣지 않았기 때문에 이 모양 이 꼴이 되었소. 그러니 어서 돌아가 전풍을 방면해 주어야겠소."

봉기는 평상시에도 전풍과 사이가 좋지 않았던지라 원소에게 거짓말을 했다.

"원 장군께서는 그렇게 생각하고 계시지만 소문에 의하면 전풍은 우리가 패전했다는 말을 듣고 손뼉을 치며 크게 기뻐했다고 합니다. 그러니까 원 장군께서 패하여 몰골이 말이 아닌 것도 자기 말을 듣지 않았기 때문이라고 비꼬는 것이지요."

그 말에 단순하기 짝없는 원소인지라 그를 죽여 없애겠다는 앙심을 품었다. 하지만 실상 전풍은 원소가 패했다는 소식을 접하고는 슬픔을 감추지 못하고 밥 한톨 입에 넣지 않고 오열을 토하며 몸부림치고 있었다.

이와같은 전풍의 모습에 감복한 옥사장이 전풍을 위로했다.

"전 장군님, 슬퍼하지 마십시오. 원소 장군님께서는 전 장군님의 충간을 절실히 깨달았을 겁니다. 그리하여 앞으로는 크게 중용할 것입니다."

"아니오. 충신의 말을 듣고 간신의 아첨을 간파할 수 있었던 장군이라면 이번에는 어찌하여 참패를 했겠소. 나는 이미 죽음을 피할 수 없는 운명에 처해 있소."

그날 해가 지고 어둠이 시작될 무렵, 원소가 돌아왔다. 봉기의 아첨만 신주단지처럼 믿고 있던 원소는 당장 전풍을 끌어내도록 소리를 쳤다. 잠시후 명석 위에 묶인 채로 꿇어앉은 전풍이 이미 자신의 죽음을 알았는지 이렇게 말했다.

"대장부가 이 세상에서 주인을 잘못 만나 이제 불귀의 객으로 돌아가니 누구를 원망하랴."

그리고는 갑자기 일어서자마자 계단 아래로 저돌적으로 달려가 돌기둥에 머리를 부딪쳐 처참하게 죽어 버렸다.

원소는 패전의 자책감에서인지, 아니면 새로운 재기의 전법을 구상하는지 두문불출한 채 허송세월만 보냈다. 더욱이 몸이 쇠약해져 한 나라의 장수로서의 위력도 점점 잃어가고 있었다. 나약할 대로 나약해져 삶의 의욕마저도 상실하고 있던 원소에게 후처 유 부인이

후사를 미리미리 정해놔야 여러 성에 있는 관민이 합심일체가 돼 국
가가 튼튼하리라고 아뢰고는 원소의 생각이 어떠한지 물었다.

그러나 유 부인의 이 간언 역시 원소를 위한 조언이 아니라 자신
을 위한 하나의 계책이었다. 그것은 원소의 슬하에는 원담(袁譚),
원희(袁熙), 원상(袁尙) 등 아들 셋이 있었는데, 그중 원담, 원희는
전실 소생이고, 원상은 자신이 낳았기 때문에 원상을 후계자로 옹
립하고자 하는 속셈이었다.

관습대로 한다면 충주에 있는 장자 원담이나 유주에 있는 원희 둘
중에서 뽑아야 한다. 요즘 같은 난국에서는 총명하고 지혜스러운
원상이 적임이나 후처 소생이란 딱지 때문에 고민하고 있던 원소는
심배, 봉기, 신평(辛評), 곽도 등을 불러 후계자 문제를 본격적으로
거론하기 시작했다. 이 자리에서 원소는 심각한 표정으로 오늘의
모임은 그의 후계자를 정하고자 하는 것임을 밝혔다.

"오늘의 모임은 매우 중요한 일이니만큼 여러분께서는 사심 없는
거론을 해주시오. 내가 생각하기론 마땅히 장자 담이 후계자가 돼
야 하나 성격이 너무 잔인무도하여 걱정이 되고, 희는 너무 소심하
여 대사를 받을 만한 큰 그릇이 못되므로 차라리 상으로 정하는 게
어떻겠소."

그러자 곽도가 조금은 불쾌한 모습으로 반론을 제기했다.

"장군, 그것은 아니되오. 예로부터 형을 제쳐두고 아우가 후계자
가 된 경우 태평한 꼴을 보지 못했고 골육상잔만 있어 왔소이다. 뿐
만 아니라 날로 강성해진 조조로부터 수시로 침공을 당하고 있는 상
황하에 두서없는 후사 결정으로 내분을 촉발한다면 이는 또다른 국
난을 면키 어려울 것이외다."

곽도의 이와같은 반대 주장에 다른 중신들도 동의한 눈치라서 결

정을 내리지 못하고 있을 때, 장자인 원담이 청주에서 오만의 군사를 거느리고 왔고, 둘째아들 원희가 유주에서 육만의 군사를 거느리고 와서는 관도에서 패전한 아버지 원수를 갚겠다고 나섰다.

패전후 쓸쓸하기 이를 데 없는 원소는 흡족하여 충신 명현 재사모사가 어쩌고 저쩌고 해도 나의 정기(精氣)를 받은 한 핏줄이 제일임을 새삼 만끽하면서 오랜만에 미소를 지어 보였다. 두 아들의 원군에 힘입어 후계자 선정 문제는 뒤로 미루고 그들과 힘을 합세하여 원수 조조를 쳐부셔야 한다는 복수심을 키우고 있었다.

그런가 하면 조조는 이번이야말로 원소를 뿌리째 뽑아 재생불능의 멸망으로 만들어 버려야 한다고 장담하면서 황하 상류 쪽에서 머물러 있었다.

그러던 어느 날 토인(土人)이라고 한 무리들이 찾아 왔는데 이들은 모두가 백발노인들이었으나 힘이 장사였고 풍채가 보통사람들과는 달라 보였다.

조조가 깜짝 놀라며 원로로 보이는 사람에게 물었다.

"노인장은 금년에 춘추가 어떻게 되십니까?"

"예, 저는 금년에 백네 살이며 이분들은 백두세 살이고 기타는 팔구십 정도지요."

"참, 복도 많으신 분들이군요. 오늘 여러분의 만수무강을 바라는 뜻에서 잔치를 열어 음식을 대접하겠소."

조조는 그들에게 음식을 권했다.

"이 사람은 본시 노인들을 존경하고 가까이 하고자 하는 사람이오."

그들은 조조의 친절에 기뻐하며 조조에게 지금으로부터 오십여년 전 환제(桓帝)가 즉위하고 있을 때 요동 사람인 은규(殷旭)라는 유명한 천문·지리 예언자가 우리 마을에 와서 예언하기를 하늘을 우러러 천도(天道)를 살펴보니 '황성(黃星 ; 황도 12궁 중에 하나)이 나타나 진인(眞人)이 양패지간(梁沛之間)에 있게 될 징조로다'라고 예언했다고 말했다. 그후 원소가 권세를 잡아 악정이 계속돼 백성들은 도탄에 빠졌고 세상 인심은 흉흉하여 죽지 못해 연명하고 있는지가 어언 오십 년이란 세월이 흘렀고 오늘에야 비로소 조 승상이 우뚝 나타났노라고도 했다. 그리고 그 옛날 은규가 말한 진인이 바로 조 승상이 아니고 누구겠느냐, 이러한 뜻에서 승상을 뵙고자 했던 것이라고 했다.

조조는 자신이 꼭 듣고 싶었던 이야기를 노인들로부터 듣자 기쁨을 감추지 못하고 그들을 후히 대접한 후 군사들을 시켜 거처하는 곳까지 정중하게 모시라고 했다.

그리고는 전군에게 엄명을 내려, 농작물을 해하는 자, 민간의 가축을 해하는 자, 부녀자를 희롱한 자, 술을 마시고 행패를 부리는 자는 지위 고하를 막론하고 참한다는 일종의 사회 윤리강령을 발표했다.

이러한 조조의 엄명이 내리자 군사들은 한결같이 두려워했고, 백성들은 조조에 대한 격찬을 아끼지 않았으며 마치 천하의 민심이 조조에게로 쏠린 듯했다. 그러다 보니 자연 원소에 대한 백성들의 원성은 심해져 원소의 기밀이나 비행 등을 조조에게 알려주는 기이한 현상이 일기도 했다.

그러던 어느 날, 한 백성이 헐레벌떡 달려와 원소가 조 승상에게 원수를 갚으려고 기주·청주·유주·명주에 산재한 군사 오십만 명을 재정비해 지금 창정(倉亭)으로 오고 있음을 알렸다. 조조는 즉시 출동 명령을 내려 창정 근처에서 잠복하도록 했다. 그러자 눈치

를 챈 원소가 세 아들과 조카까지 데리고 나와 조조에게 큰소리로
외쳤다.

"이놈 조조야, 오늘이야말로 네놈을 죽이리라. 어서 나와 내 칼
을 받아라."

조조도 수하 장수들을 거느리고 나타나 원소에게 외쳐댔다.

"원소 네놈은 가을에 떨어진 낙엽과 같은 존재인데 어찌하여 항
복을 하지 않고 내 칼이 네놈 목을 벨 때까지 있는고, 어서 항복을
하라."

원소는 대로하면서, 간신배 조조놈을 물리칠 용장은 없느냐고 물
었다. 원소의 말이 끝나기가 무섭게 셋째아들 원상이 쌍검을 휘두
르며 조조를 향해 질주했다. 조조는 새파란 원소의 셋째아들 원상
이와 대결을 벌이기 위해 비호같이 말을 몰아 쨍그랑 하는 소리와
함께 원상을 맞아 싸웠다.

두 장수들은 시간이 흐를수록 아슬아슬한 순간을 넘기며 싸우고
있는데, 서황의 무장 사환의 창이 원상의 쌍검을 부러뜨려 버렸다.
겁에 질린 원상은 도망을 쳤고, 사환은 계속 추격을 하고 있었는데
영특한 원상은 비호같이 달리면서도 화살을 빼어 몸을 낮추며 재빠
르게 돌림과 동시에 시위를 당겼다. 그러자 바싹 추격해오고 있던
사환은 미처 피할 사이도 없이 왼쪽 눈에 화살을 맞고 비명소리와
함께 말에서 곤두박질치고 말았다. 그리하여 원소의 진지에서는 산
천이 무너지는 듯한 함성과 박수가 터져나왔고 수많은 군사가 벌떼
처럼 일시에 맹공을 해오는 바람에 조조군은 미처 제대로 싸워 보지
도 못한 채 고전을 하고 있었다. 싸움은 며칠을 두고 계속되었으나
조조는 연패를 당하여 군사들의 사기마저 떨어지고 있었다.

초조해진 조조는 대장 정욱을 불러 묘책을 듣기로 했다. 조조의

물음에 정욱이 이러한 전세와 지형에서는 십면매복지계(十面埋伏之
計)가 현책이라고 했다.

"십면매복지계란 무엇이오?"

"황하를 뒤로 두고 군사를 십면으로 매복해 놓고 적들을 강가까
지 유인한 후 일대 결전을 하는 것으로, 아군은 뒤에 강이 있어 일
견 진퇴양난 같지만 강이 뒤에 있기 때문에 물러서면 죽는다는 생각
에 사력을 다할 것입니다. 그러니까 일종에 배수진법(背水陣法)이 되
는 것이지요."

조조는 즉시 영을 내려 강변 좌측에는 하후돈, 장료, 이전, 악진,
하후연을, 우측에는 조홍, 장합, 서황, 우금, 고람 등을, 그리고
중군에는 허저를 각각 있게 하는 등 군사를 십면으로 매복 임전토록
했다. 하지만 원소의 진영에서는 이미 그러한 전법을 알고 있는 터
라 좀체로 움직이지를 않았다.

초조해진 조조는 밤을 이용하여 적진을 공략하라는 명령을 내
렸다. 먼저 허저가 야습을 감행했으나 적장 오채의 군사들이 일제
히 포위를 하는 통에 허저를 비롯한 병사들은 독 안에 든 쥐새끼꼴
이 되고 말았다. 허저는 좌충우돌하는 난전을 펴 겨우 혈로를 뚫고
도망칠 수 있었다. 허저의 병사들을 추격해 온 원소의 군사들에게
원소가 외쳐댔다.

"적들은 우리를 유인하기 위해서 배수진을 쳐놓았으니 너무 깊숙
이 들어가지 마라."

그러나 목숨을 건 난전 속에 원소의 외침이 지켜질 리가 없었다.
어느덧 조조가 쳐놓은 배수진에 깊숙이 빠져든 원소의 병사들은 이
미 돌이킬 수 없는 지옥의 경계선을 넘고 말았다. 그러한 광경을 본
원소는 발을 동동 구르며 조급해했으나 속수무책이었다. 조조는 이

때를 놓칠세라 총공격령을 내렸다.

명령이 떨어지자 십면(열 방향)에 매복하고 있던 군사들이 일제히 몰려들어 맹공을 퍼부었다. 불시에 반격을 당한 원소의 병사들은 추풍낙엽처럼 무수히 쓰러져 도저히 더 이상 대적을 할 수가 없어 후퇴를 해야만 했다. 하지만 퇴군하는 것마저도 사방팔방 십면에서 공격해오는 적들 때문에 퇴로를 뚫을 수도 없었다.

원소는 목숨을 건 혈전을 거듭하고 있었으나 마치 일엽편주가 망망대해에서 강풍을 만나 침몰 직전에 처한 급한 위기와 같았다. 원소의 병사 삼십만 대군이 비참하게 죽어가는 비명소리만 들릴 뿐 반전할 기회가 전혀 보이지 않자, 원소는 궁여지책으로 세 아들과 도망을 치고 있었는데 난데없이 악전과 우금이 추격해 왔다. 그런데 이건 또 무슨 날벼락인가. 서황과 이전이 퇴로를 가로막으며 창검을 사 부자에게 들이대며 단숨에 죽이려고 달려들었다. 사 부자는 혈전을 편 끝에 목숨은 붙어 있었으나 둘째아들 원희와 뒤따라오던 고간이 큰 상처를 입었다. 그런가 하면 식은땀을 흘리며 싸우던 원소가 눈알이 뒤집히면서 의식마저 잃어 어느덧 산송장 신세가 되고 말았다. 원담은 의식불명인 아버지 원소를 업고 아우들과 수십 리를 가서야 겨우 적의 공격을 피할 수 있었다.

그때 군사들을 재정비하여 보니 삼십만이란 대군 중 살아남은 병사들은 겨우 일만, 그것도 창검에 손발이 잘려 나가고 귀·코 등을 잘린 병사들이 대부분이었다. 겨우 정신을 차린 원소가 초라한 병사들을 바라보았다.

"평생을 전장터에서 살아온 내가 오늘과 같은 이 비참한 패전은 일찍이 없었는데 이게 무슨 망신이란 말인가?"

동녘 하늘을 원망의 눈초리로 바라보며 탄식과 오열을 하고 있는 원소의 모습은 처절하다 못해 불쌍할 지경이었다. 그런가 하면 뒤따르던 원상이 원소에게로 다가와 아버지를 위로했다.

"아버님, 왜 이러십니까? 입에서 피가 흐르고 있지 않습니까?"

그 소리에 원담과 원희가 깜짝 놀란 모습으로 달려왔다. 원소는 노령에 밤을 새워가며 싸운 데다가 계속되는 패전으로 심신이 과로했기 때문에 운명의 시간이 점점 가까워지고 있었다. 세 아들은 원소를 풀밭에 눕히고 응급치료를 해보았으나 별차도를 보지 못했다. 세 아들은 당황할 수밖에 없었다. 그러한 아들들의 모습을 보고 있던 원소가 입을 열었다.

"애들아 너무 걱정들 마라. 나는 아직도 무엇이든지 할 수 있다."

원소의 말이 끝나기가 무섭게 선발대로 가던 병사 하나가 되돌아왔다.

"장군님, 장군님! 큰일이 났어요, 큰일이. 조조 군사들이 퇴로마저 막아 버리고 전방에서 습격을 해오고 있습니다."

참으로 위급한 상황이었다. 조조 군사들이 사방 요소요소에 잠복해 있었고 퇴로마저 우글거리는 맹호의 무리처럼 지키고 있어 어떻게 해야 할지 엄두가 나지 않았다.

원담은 의식이 깜박거리는 반송장이나 다름없는 원소를 등에 업고 두 동생들과 생사를 건 탈출을 시도했다. 원소는 마치 소금에 절인 무잎처럼 축 늘어졌다.

"아! 괴롭다. 더 이상 업혀갈 수 없을 성싶다. 어서 여기에 내려다오."

싸늘한 새벽 밤하늘엔 원소의 한가닥 남은 생명의 불꽃이 꺼져가는 듯 적막만 감돌고 있었다. 세 아들의 눈가에는 어느덧 찬 이슬이 맺혀 있었고, 수하 병사들은 말없이 그 광경만 바라보고 있었다.

원소가 겨우 입을 열었다.

"너희들은 듣거라. 사람이 죽고사는 것은 천명이자 운명이다. 그러므로 나 역시 그 한계를 벗어날 수가 없는 듯싶다. 너희들은 어서 본국으로 돌아가 남은 군사를 재정비하여 조조를 공격하여 이 애비의 철천지 원수를 갚아다오."

원소는 이 말을 끝내자마자 검은 피를 토하며 사시나무 떨듯이 손발을 떨면서 발버둥치다가 갑자기 멈춤과 동시에 숨을 거두고 말았다. 세 아들은 대성통곡으로 임종을 고했다. 하지만 계속 울고 있을 수만은 없었다. 적들이 원소의 죽음을 아는 날에는 맹공의 여지가 없기 때문이었다. 일단 원소의 죽음은 극비에 부치고 유해를 기주성으로 밀송하고 나서 지금 주군께서는 중병이므로 아무도 만나지 않는다는 헛소문을 퍼뜨려 놓았다. 그리고는 막내아들 원상을 주축으로 새로운 군사력을 보강하여 조조에게 대항하려는 힘을 쌓아 나아갔다.

언젠가 충신 저수가 옥중에서 밤하늘을 보고 병란을 예언했고 그 병란으로 원소가 죽게 될 것이라고 단언했는데 원소가 충신이자 천문·지리에 능한 저수의 예언과 전술전략을 귀담아 들었다면 운명은 달라졌을지도 모른다. 또한 그 비참한 몰골로 객사하지는 않았을 것이다. 더욱이 후계자가 정해지지 않은 상태에서 원소가 죽어버리자 삼형제간에 골육상잔이 계속돼 원문(袁門)은 극도로 쇠약해져 결국 큰아들 원담은 조홍에게, 그리고 원희, 원상은 요동 태수 공손장(公孫瘴)에게 개죽음을 당하고 말았다. 많은 충신과 장수들은 조조 군사에게 죽어 갔고 살아남은 병사들은 조조에게 항복하는 등 회생불능의 처참한 꼴이 되고 말았다. 이로써 하북상 일대를 호령하던 원소의 힘은 어디론가 사라지고 백골이 진퇴한 파문의 관 속에서 막을 내리고 말았다.

11. 쫓기는 유비

일정하게 거처할 곳마저도 없어 하는 수 없이 유표에게 몸을 의탁하고 시운만 기다리고 있던 유비는 그나마도 사악한 채모(蔡瑁)의 모함에 신야(新野)란 변방으로 본의 아니게 쫓겨나야만 했다. 비록 변방으로 쫓겨나 있지만 백성들로부터는 선정에 대한 격찬이 일어 민심은 차츰차츰 유비에게로 쏠리고 있었다. 그러자 유비를 따르겠다는 젊은 병사들이 모여들어 나날이 세력이 뻗어나가고 있었다. 이를 못마땅히 여기고 있던 채모가 유비를 암살하려는 엄청난 음모를 꿈꾸었다. 기회만 있으면 유비란 놈을 감쪽같이 해치고 말겠다고 노리고 있을 때, 유비의 본처 감 부인(甘夫人)이 옥동자를 낳은 경사를 맞이했다.

이 아이가 바로 먼 훗날 유비의 후계자가 되는데, 출산하던 날, 한마리의 학(鶴)이 백운을 타고 내려와 울어대며 북두칠성을 삼키는 꿈을 꾼 것이다. 본시 북두칠성이란 천체에 산재한 스물여덟 개 별중(28宿)에서 북쪽에 상존한 일곱 개 별(斗女虛危室壁星)로, 이 칠성을 다스린 천신(天神)은 현무(玄武)라는 대신이 통솔하며, 현무 대신은 인간계에서 말하는 무관과 상통한다. 일곱 개의 별은 천도에 따라 각각 다른 형태를 갖고 있으나 한결같이 인간들에게 복을 내려주는 길성(吉星)이다.

그래서 인간들은 각자의 소원을 이 칠이란 별에 의존하고 있다. 이처럼 신성한 별을 보았다 하여 아이의 애명을 아두(阿斗)라 했고 본명은 유선(劉禪)이라 했다. 한편 아기의 아버지인 유비는 채모의 암살을 피하기 위하여 인간의 힘으로는 뛰어넘을 수 없는 천애절벽, 단계(檀溪)란 큰 계곡을 흉마(凶馬)라고 불리는 적로로 뛰어넘어 구사일생으로 남장(南漳)이란 곳에 피신하게 되었다.

어느덧 해는 서산에 지고 지칠 대로 지친 몸은 땀으로 뒤범벅된 상태였다. 자신의 처지가 너무도 초라하다고 생각한 유비의 나이가 어언 마흔일곱, 반백도 못 살 텐데 지금의 꼴은 마치 몸 하나 붙일 곳 없이 떠도는 방랑자가 아닌가, 언제나 이 신세를 면할는지 생각하면서 하룻밤을 산기슭에서 뜬눈으로 밤을 새운 유비는 힘차게 떠오르고 있는 동녘 하늘을 바라보면서 울적한 마음을 스스로 위안했다.

'아! 인생사 만고(萬苦)는 만약(萬藥)의 어머니라 했는데, 어찌하여 좋은 길사만 있겠는가?'

이러한 위안을 하고 있을 때 목동 하나가 피리를 불어대며 큰 황소를 타고 다가오고 있었다. 목동은 유비 앞을 무심코 지나가려다가 멈추었다.

"장군님, 혹시 황건적을 토벌했던 유비 장군님이 아니신지요?"

"이런 산간 벽촌에서 내 이름을 어떻게 아느냐?"

목동은 몹시 반가워하는 표정이었다.

"그럼 유비 장군님이 틀림없으시군요. 저의 사부님께서 늘상 유비 장군님의 말씀을 많이 하시고 계시지요. 팔이 길고 귀가 아주 큰 당대의 영웅호걸이라 하셨습니다."

"너의 사부가 어느 분이길래 나에 대해서 알고 계신단 말이냐?'

"저의 사부님의 존함은 사마휘(司馬徽)이시며, 자는 덕조(德操), 고향은 영주(潁州)입니다. 또한 도명은 수경(水鏡)이라고 합니다. 친구가 많으시지만 특히 양양(襄陽)의 방덕공과 방통,이 두 분과는 각별한 사이지요."

"음, 알겠다. 그러면 너의 사부는 어디에서 사시느냐?"

"저 숲속 약간 보이는 곳이지요."

"아, 그래. 참 잊을 뻔했구나. 방덕공과 방통이란 이름은 처음 들어본 이름인데 어떤 분들이냐?"

"그분들은 숙질간이온데 영웅호걸들에 대해 이야기하곤 하지요. 그런가 하면 거문고를 뜯으며 차를 들면서 호연지기도 즐기지요."

"너의 말을 듣고 보니 나도 한번 만나뵙고 싶구나. 네가 나를 좀 사부님께 안내해 주지 않겠느냐?"

목동은 기다렸다는 듯이 반가운 표정으로

"가시지요. 아마 우리 사부님께서도 기뻐하실 겁니다."
라고 걸음을 재촉해 갔다.

목동을 따라 숲을 걷다보니 청아한 초당에서 거문고 소리가 들려오고 새들의 노랫소리가 기분을 더욱 상쾌히 해주고 있었다. 유비는 말에서 내려 정중한 자세로 기다리고 있었다. 목동이 안으로 들어가고 거문고 소리가 멈추고 나서 잠시 후 백발노인이 문을 열고 목동이 가리키고 있는 손가락을 향하여 고개를 끄덕였다. 목동이 유비에게로 다가와 안내했다.

"저분이 바로 소신의 사부이십니다."

유비가 앞으로 걸어나가며 허리를 굽혀 조심스레 경의를 표했다. 동자가 유비를 가리키면서 말했다.

"사부님, 이분이 유비 장군입니다."

동자의 말이 끝나자 노인이 유비의 손을 덥석 잡았다.

"오! 유 장군, 어찌 이 누추한 곳까지……."

"사부님을 뵙고자 왔습니다."

"자아, 어서 저리로 듭시다."

안으로 들어온 유비는 수경 도인께 큰절로 인사를 했다. 수경 도인이 유비를 살펴 보았다.

"유 장군, 옷이 흠뻑 젖었으니 어찌된 일이십니까?"

"예, 제가 진퇴양난에서 구사일생으로 살아 왔습니다."

유비는 채모에게 암살당할 뻔했던 사실을 일일이 들려주었다.

"이 모두가 소신이 부덕한 탓이겠지요. 더욱이 시운(時運)이 불리하여 어찌하겠습니까?"

수경 도인은 지금껏 부드러웠던 모습을 준엄한 태도로 바꾸고는 곧바로 말을 이었다.

"아니오. 내가 보기에는 시운이 불리해서 그런 것도 아니고, 더구나 부덕해서 그런 건 절대 아니오. 다만 유 장군을 보필할 인재를 얻지 못한 데 있소."

수경 도인의 지적은 단호하고도 준엄하여 유비의 얼굴이 화끈거렸다.

"소신이 부덕하지만 인재는 많다고 생각합니다. 왜냐하면 문관에는 손건, 미축, 간옹, 무장에는 관운장, 장비, 조운 등은 천하에 둘도 없는 인재이기 때문입니다. 이러한 까닭에 항시 든든하고 믿음

직하지요. 그들의 충성은 천하 제일이지요."

수경 도인은 하얀 수염을 쓸어내리면서 말을 이었다.

"손건, 미축, 간옹 등은 틀림없는 문장가요. 허나 세상을 다스릴 수 있는 경륜지재(經綸之才)는 못 되지요. 또한 관운장, 장비, 조운 등은 세인들의 눈에는 깜짝 놀랄 만한 장수들이나 역시 경륜지재로서는 부족하지요. 사실이 이러한데 그 어찌 천하대업을 할 수 있단 말이오. 안 되오, 안 돼."

수경 도인의 말이 끝나고 무거운 침묵이 계속되었다. 이 침묵을 깨고 유비 자신이 현자를 찾으려고 심산유곡을 헤맸으나 찾지 못했다고 했다. 이때 수경 도인이 고개를 좌우로 흔들었다.

"유공, 춘추시대에 공자께서 이러한 말씀을 하였소. 십실지읍 필유충신(十實之邑 必有忠臣), 다시 말한다면 어느 시대이든간에 충신은 있다는 법, 다만 사람이 찾지를 못할 뿐이오."

유심히 듣고 있던 유비가 간곡한 어조로 말했다.

"선생님, 소신이 우매하여 현자를 찾지 못하고 있습니다. 선생님께서 심인(尋人)의 대도를 가르쳐 주십시오."

수경 도인은 백발 홍안에 미소를 지었다.

"유 장군은 요즘 형양(荊襄) 등지에서 아이들이 부르는 소리를 들어본 적이 있소?"

"아니오. 금시초문입니다."

"그래요? 그럼 내가 설명해 주지요. '팔구년부터 쇠퇴하기 시작하여 십삼 년이면 아무것도 남아나지 않고 마침내 천명은 순리하여 흙 속에 묻혀 있던 용이 하늘로 향하여 나노라(八九年間始所衰, 至十三年無子遺, 到頭天命有所歸, 中風蟠龍向天飛)'라는 내용이지요. 이 노래가 불려지기 시작한 때는 건안(建安) 초부터인데 건안 칠 년에 전처를 저세상으로 보내고 집안이 시끄러우니 그것을 일컬어 시혼쇠라 했죠. 13년이 지나면 아무것도 없게 될 것이란 말을 종합해 보면 그 것은 필시 유표 사후를 지적하는 것이고 맨 마지막에 흙 속의 용이 하늘로 난다는 용은 유 장군을 두고 하는 말이오."

유비는 당황했다.

"소신이 그 어찌 풍운조화의 상징인 용이란 말씀이십니까?"

"유 장군, 그게 아니오. 천하의 대재(大才)들이 모두 이 지방에 은 거하고 있고 시운이 유 장군을 돕고 있는데 뭐가 그렇게도 의기소침 하오."

"황송합니다. 그렇다면 선생님께서 말씀하신 천하대재는 과연 어 느 분이신지? 또한 어디에 은거하고 계신지?"

유비의 날카로운 질문이 끝나기가 무섭게 수경 도인이 말했다.

"와룡(臥龍)과 봉추(鳳雛) 이 두 기재(奇才) 중에 한 사람만 얻는다 해도 천하대세를 잡을 수 있지. 천군만마가 따로 있나 바로 그들이 지, 그들이야."

"선생님 그분들의 인품이 어떠하십니까?"

조심스런 유비의 질문이 끝나자마자 그렇게도 준엄한 모습을 하 고 있던 수경 도인이 갑자기 손뼉을 치며 웃었다.

"좋지 좋아. 그럼 좋고말고, 하하하"

순간 유비는 어리둥절할 수밖에 없었다. 수경 노인의 평상시에도 '좋아좋아(好也好)' 따위는 그의 버릇이었다. 그러한 사실을 잘 모르 는 유비가 잠시나마 당황하게 된 것은 당연했다.

어느 때인가는 친구가 찾아와 애지중지한 아들이 갑자기 죽었다 고 슬퍼할 때도 "좋지 좋아" 등을 연발하여 민망히 여긴 부인이 "아! 남의 자식이 죽었다는데 그게 웬 말씀이오신지"라고 말하자 그때도 "좋지 좋아, 음 좋고 말고"라고 대답을 한 적도 있었다.

아무튼 유비는 수경 도인의 경세담(經世談)에 낮부터 밤이 깊은 줄도 모르고 심취해 가고 있었는데 누군가가 수경 도인을 찾아 왔다.

"언제부터인가 유표가 이름난 명현(名賢)이란 소문을 듣고 만나보 았더니 사실은 그렇지 못하여 실망을 하고 돌아온 중입니다. 그는 무능지사이나 천운(天運)이 있어 구군사십여주(九君四十餘州)를 다스 릴 뿐입니다."

손님의 말이 끝나자 수경 도인이 말했다.

"원직(元直), 자네가 왕좌지재(王佐之才)인 만큼 마땅히 주인을 잘 만나야겠지. 그런데 겨우 유표 따위를 찾아갔단 말인가? 또한 영 웅호걸이 한울 안에 있건만 알아보지를 못하다니."

유비는 수경 도인의 말에 마음속으로 몹시 당황하고 있었다. 왜 냐하면 영웅호걸이란 자신을 두고 하는 말이란 직감에서였다. 하룻 밤을 수경 도인 집에서 보낸 유비는 날이 밝아오자 수경 도인에게 여쭈었다.

"선생님, 어젯밤 원직(元直)이란 내객은 어느 분이신지요. 소신이 한번 만나볼 수 없겠습니까?"

"어허, 그것 안됐구먼. 군현을 찾아보겠다고 벌써 떠나 버렸지."

"정이나 그러시면 그분의 존함이라도……."

그러나 수경 도인은 대답하지 않은 채 "좋아 좋아"라는 습관적인 말만을 연발하였다. 아침을 마친 유비가 떠나갈 무렵 수경 도인에 게 애원하는 모습으로 다가섰다.

"선생님께서 소신이 한 나라의 왕실을 바로잡아 나갈 수 있는 현 책을 가르쳐 주옵소서."

그러나 수경 도인은 겸손한 어조로 말했다.

"산야에서 무위도식한 이 늙은이가 뭘 안다고 그런 대업을 감당하겠소. 허나 나보다 몇백 배 뛰어난 대재가 있으니 그분을 찾아보시오."

대재가 누구일까 궁금한 유비가 그러시면 와룡 선생을 이름인지, 아니면 봉추 선생을 이름인지 물었지만 끝내 누구라고 지명하지는 않았다. 내심 내 스스로 알아보라는 수경 도인의 태도인 것으로 알고 집을 나서려는 순간 목동이 급히 달려와 수경 도인에게 아뢰었다.

"사부님, 사부님 큰일났어요. 웬 장수가 군사 수백여 명을 거느리고 이곳을 향해 오고 있습니다."

유비가 급히 나가보니 조운이 유비를 찾아왔다는 것이다. 유비는 감격과 함께 고마움으로 그들을 맞이했다.

유비는 그들에게 채모가 자신을 암살하려고 한 사실을 일일이 일러주자 사실을 잘 알고 있던 손건이 유표는 채모의 짓을 전혀 모르고 있기 때문에 차제에 그 사실을 알려야만이 후환이 없을 거라고 했다. 일행은 수경 도인과 인사를 나누고 신야를 향한 행군을 시작했다. 신야에 도착한 유비는 손건의 주장대로 유표에게 글을 보내 채모가 자신을 암살하려 했기 때문에 할 수 없이 피신을 하지 않으면 안되었던 절박한 사실을 알려 주었다.

유표는 유비의 이러한 사실을 알고 울분을 토하며 채모를 참형할 결심을 가졌으나 자신이 사랑하고 있던 채 부인이 이번 한번만 용서해 달라고 눈물로 간청하는 바람에 참형만은 면해 주기로 했다. 채 부인은 채모의 누나였다.

유표는 맏아들 유기(劉琦)를 사신으로 왔던 손건과 동행케하여 유비에게 정중한 사과를 전했다. 유기가 신야에 오자 유비는 큰 잔치를 베풀어 융숭한 대접을 했고, 유기는 취기가 거나해지면서 눈물을 흘리며 계모 채 부인이 그를 오해하여 못살게 하므로 마음이 항시 불안하고 초조하다면서 마음을 다잡을 비결을 일러달라고 했다. 유비는 어린 유기의 손을 잡아 주었다.

"자네가 채 부인에게 극진한 효도를 다한다면 모든 오해나 악행도 면할 걸세."

어느덧 날이 밝아와 유기는 아쉬움을 안은 채 유비 곁을 떠나갔다. 유기를 전송하고 성안으로 돌아오고 있을 때 머리에 칡으로 만든(葛巾) 두건을 쓰고 누런 도포(麻道袍) 입고 허리에는 긴 칼을 찬 낭인(浪人)이 노래를 부르며 다가오고 있었다.

산속에 현자가 어진 임금에게 몸을 바치려 하나, 명주는 어진 선비를 구한다면서도 나는 알아보지 못하네

(山谷有賢　兮投明主 明主求賢欣 去不知君)

이 노래를 듣고 유비는 저 사람이야말로 고현(高賢) 와룡이나 봉추가 아니겠는가라고 생각하고는 그 낭인의 양해를 얻어 성안으로 모셔왔다.

그러자 그 낭인이 자리에서 벌떡 일어나 깊숙이 썼던 모자를 벗고 장검을 땅에 내려놓은 순간 유비는 수경 도인댁에서 잠깐 뵌 적이 있는 원직(元直)이란 분임을 알았다.

"소신이 원직으로 얼마 전 수경 도인 댁에 갔을 때 뵙습지요."

유비는 원직을 상빈으로 모셔 극진한 대접을 베풀어 주었다. 술이 거나해진 원직이 유비에게 대뜸 말했다.

"아까 장군께서 타고 오신 말은 적로(馰盧)라 장차 주인을 해치게 될 것이오니 타지 않으시는 게 좋을 성싶습니다."

원직의 이러한 부탁에도 유비는 여유있는 모습으로 빙그레 웃었다.

"그 말을 얻고난 후부터 채모에게 죽을 뻔한 게 사실이나 또한 죽음에서 다시 살아난 것도 사실입니다. 더욱이 단계란 엄청난 개울은 인간의 힘으로나 어떠한 명마(名馬)로도 뛰어넘을 수가 없는 천애절지(天崖絶地)지만 적로는 뛰어넘어 나를 구했지 않소. 그러니 지금에 와서 흉마라고 버릴 수 있겠습니까?"

"그러한 일이 있었다고 장차 주인을 해하지 않는다는 보장이 있습니까?"

"그렇다면 생명을 구해준 말을 어떻게 해야 하는지 좋은 방도가 있으면 가르쳐 주시겠습니까?"

"방도가 전혀 없는 것도 아니오. 장군께서 원수진 사람이 있거든 그 말을 일시로 주었다가 그 사람이 해를 당하고 난 연후에 유 장군께서 타시면 무사할 것이오."

원직의 말이 끝나기도 전에 유비가 정색을 했다.

"그건 안되오. 절대로 내가 이롭사고 남을 해치는 것은 정도가 아니오. 나는 열 번 죽어도 그러한 짓은 못 하오."

그때서야 원직이 빙그레 웃었다.

"인덕(仁德)이 많으시다는 소문을 듣고 한번 시험해 보려고 했던 것입니다. 무례함을 용서하여 주옵소서. 참으로 죄송합니다."

유비는 환해졌다.

"내가 무슨 인덕이 있겠습니까. 그러니 원직께서 인도를 잘해 주옵소서."

원직은 방랑하며 들은 유비에 대한 찬가를 외우기 시작했다.

심야목 유황숙이 이곳에 오신 후부터
우리네 살림살이가 늘어만 가네
新野牧劉皇叔　自到號民農題

"장군, 이러한 노래만 들어보아도 장군께서 얼마나 인덕이 충만하
신지를 알아볼 수 있지 않겠습니까?"

유비는 원직을 만나게 된 것을 하늘이 내려준 기회로 알고 그를
군사(軍師)로 임명하여 무사들의 훈련을 총지휘하도록 하였다. 원직
이 군사들의 조련에 힘쓰자 군사들은 수족처럼 그를 따르게 되었고,
원직은 자유자재로 병사들을 움직여 눈에 띄게 정예화되고 사기가
충천했다.

한편 허도로 돌아온 조조는 반년이란 세월을 전쟁 한 번 하지 않고
태평가를 부르며 편안한 삶을 누리고 있었다. 그러나 이번에는 형
주 땅을 손아귀에 넣고야 말겠다는 야망이 서서히 일기 시작하여 조
인을 총대장으로 삼고 이전, 여광(呂曠), 여상(呂翔) 등 세 장수들을
출전시켜 우선 번성이란 곳에 진을 치게 하고 양양성을 공략하도록
군령을 내렸다.

현지에 도착한 여광과 여상이 조인에게 새로 들은 정보를 얘기
했다.

"지금 유비가 신야에서 많은 군사들을 조련하고 있어 그들을 그
대로 놔두게 되면 장차 후환이 있게 되므로 우선 유비부터 공략하는
게 선책(先策)입니다. 그리고 나서 유표를 치는 것도 늦지 않을 것
입니다."

조인은 곧바로 여광과 조인에게 오천의 군사로 유비를 공략하라고 총대장으로서의 군령을 내렸다.

조조 군사가 자신을 공략하기 위해서 행군이 시작되었다는 보고를 들은 유비가 크게 걱정했다. 그러나 군사인 원직은 태연한 모습이었다.

"장군, 너무 걱정마십시오. 우리 군사를 전부 합해봐야 고작 이천 명뿐이 아니되지만 그들 오천 명 정도야 무슨 걱정거리가 되옵니까?"

"그러시면 무슨 전술전략이라도 있습니까?"

"아닙니다. 전술전략이 아니라 묘책이지요."

"어서 말해 보시오."

"장군, 비록 내가 군사(軍師)가 된 지는 얼마 되지 않으나 소신껏 해보겠습니다."

원직은 비록 처음 펼쳐 본 군진이지만 백전노장보다도 능수능란한 대담한 군진을 펴기 시작했다. 그래서 관운장은 일지군을 거느리고 적의 중심부를 차단하고, 장비는 일지군을 거느리고 적군의 후반부를 사수하고, 유 장군은 조자룡과 같이 적이 전진하는 앞길을 막아 싸운다면 적은 단숨에 공략되고 말 것이라고 했다. 유비는 모든 전술을 원직의 주장대로 소임을 다하라고 군령을 내렸다. 적장 여광과 여성이 싱난 사자 무리처럼 맹공을 해오고 있사, 유비는 깃발을 하늘 높이 쳐들고 큰 소리로 외쳐댔다.

"네놈들이 누구길래 나의 영토를 공략하려 드느냐. 어서 덤벼 봐라, 이 못난이들아."

약이 오른 적장 여광이 유비에게 다가오면서 큰 소리로 응수했다.

"나는 여광 장군이라고 한다. 조 승상의 준엄한 군령을 받고 유비

네놈을 잡으러 왔노라."

화가 치민 유비가 조자룡에게 대답했다.

"조 장군, 저 못된 놈을 당장 처치하시오."

조자룡은 비호처럼 달려나가 단숨에 여광의 목을 내리쳐 땅바닥으로 곤두박질시키고 말았다. 이 틈에 유비가 군사를 휘몰아 물불을 가리지 않고 맹공을 퍼붓자 여상은 당할 길이 없어 급히 도망을 쳤다. 그런가 하면 앞에서는 관운장이 이끄는 군사들이 길을 가로질러 맹렬하게 공격을 해오는 통에 어찌할 줄 모르고 옆길로 말머리를 돌리려는 순간, 이제는 장비의 군사들이 큰소리를 치며 달려들어 사면초가 신세가 되고 말았다.

사방이 막혀 독 안에 든 쥐꼴이 된 여상 역시 최후의 발악을 했으나 끝내 장비의 장팔사모에 무참한 죽음을 당하고 말았다. 두 장수를 잃은 적들은 뿔뿔이 사라지기도 하고 투항을 하는 등 오천의 군사가 그 존재마저도 찾아보기 힘들었다.

싸움은 원직이 생각.했던 대로 유비가 대승을 거두었고, 적은 군사로 많은 군사를 물리쳤다는 감회로 유비 마음은 어느 때보다 즐거웠다. 그리하여 원직에게 큰 상을 내렸고 수하 군사들에게는 큰 잔치를 베풀어 주었다. 한편 조인의 진영에서는 여광과 여상 두 장수가 전사했다는 대패의 소식을 들은 조인은 미칠 듯이 날뛰며 분개했다.

"유비 따위가 무엇이길래 감히 우리에게 도전을 해. 건방진 놈, 두고 봐라. 이제는 내가 나가 두 장수의 원수를 갚아 주리라."

분개해서 날뛴 조인을 보고 이전이 말했다.

"장군, 여광과 여상은 적들을 지나치게 무시하다가 참패를 당했습니다. 그러므로 우리는 그들의 전철을 또다시 겪어서는 아니 됩니다."

"이전은 왜 그리 겁쟁이요?"

"아닙니다, 장군. 유비는 비범한 호걸입니다. 경솔하게 접전하다
가는 백전백패하고 말 것입니다."

조인은 이전에게 눈알을 부라렸다.

"무슨 속셈으로 싸움을 피하는 게요?"

"아닙니다, 장군. 정이나 그렇게 생각하신다면 나도 나가 싸우겠
소."

이전은 불리한 싸움인 줄 알면서도 조인의 고집에 못 이겨 이만오
천의 군사를 이끌고 신야로 행군을 시작했다. 싸움을 시작하고 보
니 이만의 군사들도 유비의 이천의 군사들에게 무참히 당하고 말
았다. 이전이 예상대로 대패를 하고 돌아오자, 조인은 이전에게 칼
을 들이대며 유비와 내통을 따져 물었다.

"어찌하여 이만의 군사로 좁쌀 같은 이천의 유비 군사들에게 지
고 말았단 말인가? 어서 바른 대로 대시오."

"장군, 내 목에 칼이나 떼고 이야기 합시다. 다시 말하건대 추호
도 유비하고 내통은 없었소이다. 내가 어찌 장군께 거짓을 고한단
말이오."

그러자 조인은 칼을 칼집에 쑥집어 넣고 이젠 직접 자신이 전장에
나아가서는 유비의 목을 베서 개선하리라 다짐하고는 대군을 이끌
고 신야로 달려가 새로운 군진을 펴 한판 승부를 기다리고 있었다.

그때 원직은 유비와 함께 높은 지형에 올라 적의 군진을 바라보면
서 유비에게 저들이 친 군진법이 무슨 군진법인지 알고 있는가를
묻고는 그 군진법에 관해 설명했다.

"저것은 팔문금쇄진(八門金鎖陣) 법이라 하는 것으로 그 기본 원리

는 주역팔괘에서 응용하여 하나의 병법으로 만들어진 것인데, 총괄
적으로 쉽게 설명한다면 천지간의 공간을 팔문으로 나누어 휴문(休
門)은 정북쪽에, 생문(生門)은 북동쪽에, 상문(傷門)은 정동쪽에, 두
문(杜門)은 동남쪽에, 경문(景門)은 정남쪽에, 사문(死門)은 남서쪽
에, 경문(驚門)은 정서쪽에, 그리고 하늘의 문이라고 한 서북쪽에는
개문(開門)이 각각 위치하고 있기에 소위 팔문이 되는 거지요."

"이러한 원리를 통하여 천문·지리와 인사제반(人事諸盤)의 일들
까지 예지하는 등 실로 우주 삼라만상의 원리가 함축돼 있는 것입
니다. 특히 이러한 원리를 바탕으로 인간들의 길흉화복을 심오하게
예지한 학문이 바로 기문둔갑(奇門遁甲)이라고 합니다. 따라서 길흉
문(吉凶門)을 살펴본다면 생문(生門)·경문(景門)·개문(開門) 등은
대체적으로 길한 편이고, 상문(傷門)·경문(驚文)·휴문(休門)·두문
(杜門) 등은 대체적으로 흉한 편이지요. 그러므로 병법에서도 생
문·경문·개문으로 군사가 들어가게 되면 승전북을 울릴 수가 있
고, 상문·경문·휴문 등으로 들어가면 패전의 문턱이라 하여 패전
을 면키 어렵고, 죽음의 문턱이라 한 사문(死門)으로 들어가면 살아
남기 힘들다는 게 기본원칙이지요."

유비는 원직의 이와같은 팔문금쇄법에 심취하여 말이 끝났는데도
멍하게 서 있었다. 원직이 큰 소리로 장군을 불렀다.

"내가 군사의 심오한 논설에 그만 넋을 잃었나보오. 과연 군사의
가슴 속에는 백만 대군의 병법이 있군요. 말씀은 잘 들었소만 실전
에는 어떻게 응전해야 하는지요."

그러자 원직이 적들의 군진을 다시, 한 번 살펴보았다.

"저러한 군진을 펴는 것으로 보아 천문·지리에 능한 적장이 있는
가 봅니다. 하지만 중천태극(中天太極)이라 할 수 있는 중심부가 매

우 허술한 상태입니다. 그러니 우리의 군사들은 동남쪽인 생문으로 들어가 서쪽으로 맹공하여 경문으로 나오면 대승할 것입니다."

원직의 이와같은 설명이 끝나자 유비는 조운에게 오백 명의 군사를 데리고 문으로 들어가 맹공을 하도록 군령을 내렸다. 조운은 군사를 거느리고 함성을 치며 적군들을 휘몰아쳤고, 이와 동시에 유비와 조자룡도 진군을 시작하여 주인을 비롯한 적군들은 숨도 제대로 쉬지 못하고 발만 동동 구르는 모습이 되고 말았다. 장검의 명수 조자룡은 목전에 있는 조인의 목을 칠 수도 있었다. 원직의 말대로 죽음의 문턱인 사문(死門)까지 휘몰아치며 적들을 닥치는 대로 후려쳐 적은 마치 가을 강풍에 쏘다니는 낙엽처럼 우수수 쓰러지고 사문 쪽에 있는 적들은 거의가 섬멸되고 말았다. 그러자 방향을 급변하여 경문(景門)으로 돌아나왔다. 그런가 하면 조운은 조운대로 좌충우돌하는 식으로 말을 휘몰아 적들을 혼란에 빠뜨렸으며, 유비는 때를 놓칠세라 적들을 닥치는 대로 격파하여 승리를 굳혔다.

패전의 위기감을 느낀 조인은 유비 군사들이 의외로 기세가 대단함을 실감하고서 후퇴의 북을 울리고 말았다. 패잔 병사들을 거느리고 겨우 본진으로 돌아온 조인은 할 수 없이 이전을 불러 만회책을 강구했다.

"우리의 철통 같은 팔문금쇄법을 한순간에 격파했다면 유비의 군사(軍師)는 대단한 인물임이 틀림없습니다. 그러므로 아까 조 장군께서 구상하신 야습도 그들에게는 한낱 장난에 불과할 것이오."

"이전, 당신은 왜 그다지도 겁이 많소이까, 차라리 그럴 바에야 장군복을 벗는 게 낫겠소."

이전은 조인의 이와같은 행동에 참을 수 없는 모멸감을 느끼고 있었으나 꾹 참고 조용한 어조로 말했다.

"잘못된 생각인 줄도 모르겠으나 이번 기회에 적들이 번성까지 공략을 해오지 않을까 매우 걱정됩니다. 지금 번성은 무인지경이나 다름없질 않습니까?"

그래도 조인은 이전의 말을 듣지 아니하고 이날 밤 복수의 창검을 들고 야습을 감행했다. 그러나 유비의 군사들은 원직이 적들의 야습이 있을 것이란 말에 만반의 대비를 하고 있었기 때문에 조인의 야습은 대패할 수밖에 없었다. 조인은 군사의 숫자만을 생각한 채 유비군의 진영 깊숙이 공격을 해왔으나, 원직이 재빠르게 유비 군사들의 퇴로를 사수하고 사방에 불을 놓아 불의 지옥을 만들고 말았다.

조인은 단 하나뿐인 목숨이 경각에 달려 있음을 깨닫고 몸부림을 치고 있었고, 부하들은 싸움 한번 제대로 하지 못하고 도망치는 데 급급했다. 조인은 가까스로 죽음의 늪지를 벗어나 북강(北江) 기슭으로 도망을 치고 있었다. 칠흑같이 어두운 밤인지라 한치 앞도 분간하지 못한 채 오직 살아나야 한다는 생각으로 말을 채찍하고 있을 때, 갑자기 함성과 함께 잠복하고 있던 유비의 군사들이 진격을 해왔다. 그 가운데 장비가 불쑥 나타났다.

"이놈 조인아, 내가 너를 잡으려고 여기에 왔노라. 너의 수박 같은 머리통을 내 말 안장에 달리라. 자아! 어서 내 장팔사모를 받아라."

조인은 비호같이 달려드는 장비의 장팔사모에 어찌할 줄 모르고 이리저리 몸만 피하다 몇번이고 죽을 고비를 당했으나 이전의 도움으로 간신히 본진으로 도망올 수 있었다.

그런데 이게 웬 날벼락인가? 이전이 예측한 대로 번성을 이미 유비 군사들이 점령하고 있지 않은가. 유비 군사들은 성문을 활짝 열어 주며 조인과 수하 병사들에게 들어가라고 창검을 들이댔다. 진퇴양난에 빠진 조인으로서는 지옥의 문턱을 넘어가는 심정으로 발걸음을 옮겨가고 있었다.

바로 그때 관운장이 조인을 향하여 맹수처럼 달려오자 겁에 질린 조인이 도망치려고 했으나 사방에 둘러있는 유비 군사들의 위세 때문에 발걸음이 제대로 움직일 리가 없었다. 패장의 초라한 모습은 불쌍하고 애처롭기까지 했다. 한편 원직의 기재로 삼전 전승을 한 유비가 군사를 거느리고 번성으로 들어닥치자 현령(縣令) 유필(劉必)이 몸소 머리를 숙여 영접을 했다.

유비는 성 안으로 들어와 백성들을 위한 갖가지 선택을 베풀도록 영을 내렸다. 현령 유필은 장사(長沙) 태생으로 따지고 보면 한실의 종친이 된다. 이러한 연유 때문에 유비를 환대하기도 했으나 유비의 호걸대인에 더욱 탄복한 것이었다. 그 지방에 사는 유씨 종친들은 유비를 찾아와 극찬하면서 앞으로 한실의 운명은 유비에게 있다는 격려도 아끼지 않았다. 승전의 잔치를 베푸는 자리에서 유필을 가까이 모시는 특출한 젊은이가 눈에 띄었다.

"저 젊은이는 누구입니까?"

유비가 묻자 유필이 대답했다.

"제 생질 봉구(封寇)라 하지요. 나후구씨(羅候寇氏)의 아들이었으나 부모가 안 계신 터라 지금은 제가 데리고 있지요."

"그러시다면 나의 방자(房子)로 삼으면 어떻겠소."

유필은 흔쾌히 대답했다.

"그렇게만 거두어 주신다면 참으로 영광입니다. 그러나 순서상 본인에게 한번 물어보겠습니다."

유필이 봉구에게 물어보니 유 장군의 방자가 되는 것을 영광으로 여긴다고 겸손히 받아들여 그날 밤부터 유비의 방자가 아닌 양자가 되어 이름을 유봉(劉封)으로 고쳐 부르기까지 했다.

이와같은 광경을 지켜보고 있던 관우와 장비가 반대를 표했다.

"형님, 형님 슬하에는 아들 유선이 있는데 후일에 화근이 되면 어찌 하시려고 왜 하필 양자를 삼는 겁니까?"

"내가 그를 친자식으로 대하고 믿는다면 그도 나를 친아버지처럼 여길 것 아니겠나? 그러니 걱정일랑 하지 말게."

잔치가 끝나고 며칠이 지난 뒤의 일이었다. 유비는 군사 원직의 말대로 조운으로 하여금 번성을 지키게 하고 유비 자신은 군사들을 거느리고 신야로 행군을 시작했다. 이전의 도움으로 죽다 살아난 조인은 유비의 관용으로 허도로 돌아와 조조 앞에 대죄를 기다리는 패장의 모습으로 무릎을 꿇고 앉아 조조의 행동만 주시하고 있었다. 마침내 조조가 입을 열었다.

"승패는 병가상사(兵家常事)다. 따라서 이번 패전 원인이 어찌 조장군에게만 있겠는가. 다만 유비에게 현자가 있음이오. 그러니 뭣보다도 그 현자가 어떤 인물인지 알고 싶소."

"적에게는 단복이라고도 하고 원직이라고 하는 군사(軍師)가 있는 줄로 알고 있습니다."

조조는 자기 병사 중에 단복이란 자에 대해 아는 사람이 있는지를 묻자 정욱이 아뢰었다.

"단복은 그의 본명이 아니고 본명은 서서(徐庶)입니다. 그리고 영구 태생으로 호는 원직이라 하지요. 특히 어려서부터 머리가 총명하고 칼을 잘 쓰기로 칭찬이 자자했으나 억울한 사람의 누명을 벗겨 주다가 본의 아니게 사람을 죽여 도망을 다니다가 수경 도인 사마휘의 가르침을 받아 천하의 재사가 돼 어진 주인을 섬기려고 사방 곳곳을 돌아다니다가 얼마 전 유비의 군사(軍師)가 된 것으로 알고 있습니다."

정욱의 이와같은 말이 끝나자 조조는 환한 표정을 지으며 정욱에게 물었다.

"그대의 재주에 비하면 어떻소?"

"소장 따위가 그 어찌 서서와 비교될 수 있겠습니까? 그는 천하의 대현자입니다."

"그렇다면 그를 데리고 올 비책은 없겠소?"

"원직이 비록 유비의 군사로 있기는 하나 승상께서 중용만 하신다면 불러오는 데는 그다지 어려움이 없을 듯합니다."

조조는 의아스러운 눈으로 정욱을 쳐다보며 방법을 물었다.

"원직은 효성이 대단한 사람입니다. 일찍이 아버지를 여의고 홀어머니를 동생 서강(徐康)이 봉양하고 있었는데 얼마 전 서강마저 젊은 나이에 죽어버려 어머니의 봉양에 늘 고심하고 있는 줄로 알고 있습니다. 그러니 승상께서 그의 어머니를 모셔온 후 원직에게 어머니가 이곳에 있음을 편지로 알리면 원직은 자연히 오게 될 것입니다."

"참으로 정욱다운 슬기이군."

조조는 곧바로 원직의 어머니를 급히 모셔오도록 어명을 내렸다. 며칠 후 승상부에 당도한 원직의 어머니 모습은 보통사람의 어머니와 조금도 다를 바 없이 평범했다. 조조는 원직의 노모를 극진히 대접한 후 며칠이 지나자 조심스레 찾아갔다.

"자당님, 아드님께서는 천하에 둘도 없는 기재이며 현자입니다. 그런데 어찌하여 역적 유비를 섬기고 있단 말입니까. 그러함은 마치 백옥이 진흙 속에 묻혀 빛을 발휘하지 못한 것과 같지요. 그러니 자당께서 글월을 한자 적어 원직이 이곳으로 오게 한 후에 천자에게

품하여 큰 상을 주게 한다면 광영이 아니겠습니까?"

원직의 어머니는 한참동안 조조를 바라보고 있다가 입을 열었다.

"내 자식이 섬기고 있는 유비란 인물이 누구길래 그러하오?"

"유비는 작은 마을의 태수인데 세상에서는 간혹 유황숙이라 부르기도 합니다. 참으로 못된놈이지요. 실락만한 혈연으로 유황숙 운운하고 다니는 미친 놈이지요."

조조의 말이 채 끝나기가 무섭게 원직의 어머니는 노기서린 모습으로 조조를 꾸짖었다.

"네 이놈, 감히 누구를 속이려고 하느냐? 내가 듣기로는 유황숙이란 분은 중산정왕의 후예로 인덕이 많아 산간벽지에 사는 촌부까지도 우러러받드는 어른이시다. 내 자식놈이 그러한 분을 가까이서 섬기고 있다는 것을 자랑으로 여기고 있다. 그러나 네놈은 어떤 놈인 줄 알고나 있느냐. 비록 승상이라도 역신이 아니더냐? 그런데 내가 너 같은 놈을 위해서 글월을 쓴단 말이냐? 몇번 죽어도 나는 글을 쓸 수가 없다."

노기 충천한 노모는 지필묵을 조조에게 휙던지며 호령쳤다.

"여봐라. 어서 이 못된 늙은이를 끌어내 당장 목을 쳐버려라, 어서."

조조의 화난 목청이 끝나기도 전에 병사들이 노인을 개끌고 가듯이 끌어내 계단 아래로 팽개친 후 병사 하나가 긴 칼을 들어 내리치려는 순간이었다.

"잠깐 멈추어라. 내가 승상을 만나고 오겠다."

조조에게 급히 달려간 정욱이 승상에게 아뢰었다.

"어느 경우이든간에 노파를 죽이시면 아니 됩니다. 왜냐하면 민심을 잃게 되거니와 우리가 원하던 원직마저도 데려올 수가 없기 때문입니다. 그러니 노여움을 푸시고 조금만 기다려 주십시오."

아직도 화가 가라앉지 않은 조조가 퉁명스럽게 물었다.

"그렇다면 저 못된 늙은이를 어떻게 하란 말이오?"

"살려두겠다는 약속을 하시고 조석으로 극진히 봉양해야 합니다. 그렇게 한다면 원직도 우리에 대한 적개심보다는 감사하는 마음이 들어 끝내는 우리 사람이 되고 말 것입니다."

"그렇다면 정 장군이 알아서 처리하시오. 신경만 쓰면 이놈의 편두통 때문에 골머리가 아파."

"소장이 알아서 하겠사옵니다. 나름대로 계책이 있으나 다음에 말씀드리겠습니다."

정욱은 원직의 어머니를 자신의 집으로 데려다 놓고 정중하게 봉양을 시작했다. 그리고는 마음이 누그러져 호감을 갖고 있다 싶을 때 조용히 찾아갔다.

"원직과 나는 어려서부터 친형제나 다름없이 지내왔습니다. 그러므로 어머님께서는 소신의 친어머니나 다름 없다고 생각합니다. 따라서 이렇게 모시고 있음을 용서하십시오."

어느덧 정욱의 말은 노모에게 감동을 일으켰다.

"정 장군, 고맙소. 이처럼 환대하고 있음을 우리 아들이 안다면 기쁘게 여길 것이오."

마음이 많이 누그러진 노모가 정욱에게 말했다.

"정 장군의 후대는 고마우나 나로서는 몹시 부담이 되오. 그러니 이 모두가 나의 부덕한 소치에서 오는 하나의 사치와 과분이 아니겠소. 따라서 내 분수에 맞는 조그만한 오막살이로 보내주시오."

정욱은 노파의 심경을 알고 그 이후 산수가 수려한 자리에 아담한 초당을 지어 그 곳에서 기거하게끔 하고는 여느때와 같이 정성껏 대해주며 갖가지 진기한 선물을 보내기도 하고 때로는 문안의 편지를 보내는 등 친자식인 원직이라도 더 이상 잘할 수는 없을 정도로 최대한의 정성을 쏟았다. 그러자 원직의 어머니도 마음이 완연하게 풀려 정욱이 보내준 선물의 보답을 글로 적어 보내기를 수차했지만 이것은 곧 정욱의 덫에 걸려드는 것이나 다름없었다. 왜냐하면 노파의 필적을 파악하기 위한 하나의 수단이었기 때문이다.

정욱은 원직의 노모가 보내온 답서를 몇번이고 연습한 끝에 그 글씨와 똑같이 쓸 수 있는 능력이 되자 원직의 노모가 쓴 것처럼 하여 원직에게 편지를 보냈다. 원직은 어머니가 보내온 편지라 여기고 경건한 마음으로 읽어내려갔다.

그간 별고 없느냐? 나는 네 아우 강이 죽고 나서 무척 외롭게 지내는 중 뜻밖에도 조 승상이 나를 허도로 데려다놓고 아들인 네가 조정을 배반했다 하여 옥에 가둔 것을 다행히 정욱의 도움으로 겨우 옥살이를 면하게 되었다. 이 은혜가 얼마나 크냐. 그러니 네가 마음을 고쳐먹고 나를 찾아 이곳으로 와준다면 너와 나의 목숨은 보전될 것이므로 이 글을 받는 즉시 오길 바란다.

건안 어미로부터…….

편지를 다 읽고 난 원직이 긴 한숨을 내리쉬며 유비에게로 갔다.

"장군, 저는 오늘 장군의 용서를 빌어야 할 급박한 일이 목전에 있사옵니다. 정말 죄송합니다."

원직의 이와같은 말에 유비로서는 놀라지 않을 수 없었다.

"군사(軍師), 무슨 그러한 말씀을……급박하다니요? 뭐가 말입니까?"

"장군, 말씀드리겠습니다. 지금까지 제 이름은 단복(單福)이라고 써왔으나 사실은 서서(徐庶)이옵니다. 고향에서 본의 아니게 죄를 지어 본명을 숨기고 가명을 써 왔습니다. 일찍이 진정한 영웅호걸을 만나지 못하여 천하를 돌아다니다가 수경 도인의 가르침을 받고 많은 것을 깨달았지요. 그런가 하면 수경 도인께서 장군을 만나보라는 당부가 있었기 이 자리에 있게 되었습니다. 그리고 지금껏 유 장군께선 군사란 과분한 벼슬까지 내려주어 오늘의 내가 있게 하였습니다. 하지만 이제는 유 장군 곁을 떠나가야 하니 가슴이 찢어질 것 같습니다."

"떠나가시다니, 어데로 말입니까? 아무튼 못 가오. 나를 두고 어디로 가신단 말씀이오."

원직은 유비의 상기된 얼굴을 바라보면서도 할 수 없이 말을 계속이었다.

"장군, 나는 알고 있소. 조조가 노모를 볼모로 하여 나를 끌어들이려 한 음모를 하지만 그런 줄 알면서도 가봐야 하니 더욱 가슴이 답답합니다."

원직의 구구절절한 말을 듣고 나서 유비가 입을 열었다.

"내가 군사를 떠나보내기는 죽기보다 더 어려운 일이오. 하지만 노모께서 고생하고 계신다니 별 도리가 있겠소. 가봐야지. 그러나 빨리 돌아오셔야 합니다."

유비는 쾌히 응낙을 하고 나서 성대한 잔치를 베풀어 이별의 술잔을 나누었다. 잔치가 끝나고 잠자리에 누워 있는 유비를 손건이 찾아왔다.

"유 장군, 우리의 기밀을 이미 다 알고 있는 그가 조조에게로 간다면 우리에게는 천군만마를 잃는 큰 손실이 초래될 것으로 생각됩니다. 그러니 붙잡아 두지 못할 바에야 도중에 죽여서 없애 버리는 게 상책이라 봅니다."

유비는 눈을 지그시 감은 채 도무지 대답이 없었다.

"원직을 붙들어 두면 조조가 그 노모를 반드시 죽일 것입니다. 그렇게 되면 원직은 조조에게 원한을 품어 원수를 갚기 위해서라도 유 장군에게 더욱 충성을 하게 될 것입니다."

손건의 말에 유비는 불쾌한 모습으로 고개를 좌우로 크게 내저었다.

"남의 손을 빌려 어머니를 살육케하고 그 자식을 불효자로 만들어 내 이익만 꾀하다니. 내가 그 어찌 그런 악행을 한단 말이오. 설사 이번 일로 내가 망하는 위기에 처해도 나는 그 짓을 할 수 없소이다."

손건은 유비의 이와같은 태도에 할 말이 없다는 듯이 얼굴이 붉어진 채 뒷걸음질을 쳐 나가버렸다.

뜬눈으로 하룻밤을 지샌 유비는 날이 밝아오자 무거운 심정으로 원직을 배웅하기 위해서 관운장, 장비 등 여러 병사들을 거느리고 궁성을 나왔다. 원직과 유비의 눈에는 어느덧 이별의 눈물이 흘러내렸고 수하 장수들도 서운해하는 모습들이었다.

"장군, 몸은 떠나가도 마음은 항시 유 장군 곁에 있을 것이오. 그러니 눈물을 거두어 주십시오. 그래야 내가 떠나갈 것 아니겠습니까."

두 사람은 손을 움켜잡은 채 서로의 얼굴만 바라보고 있었다. 유비가 원직의 손을 놓으며 어서 떠나라고 등을 돌려 걸어오자 원직이 큰절로 인사를 하고 나서 저 넓은 황야를 향해서 말을 달리며 사라졌다. 유비는 멀어져 가는 원직의 모습을 바라보면서 중얼거렸다.

"내가 어진 군사를 떠나보냈으니 무슨 낙으로 살리오. 차라리 입
산수도나 했으면 하는 생각뿐이오."

그러자 관운장이 나섰다.

"형님, 그게 무슨 말씀이십니까? 생사를 같이하자던 형님이 너
무 실망스럽습니다. 형님께서는 천하대업을 성취하셔야지요."

착잡한 심정으로 말에 올라 궁성으로 돌아오는 도중에 원직이 떠
나면서 은밀히 부탁한 말을 다시 한 번 생각해 보았다.

"장군, 내가 떠나거든 양양에서 서쪽으로 사십 리 안팎의 융중(隆
中)이란 마을에 대현자 한 분이 계시오니 꼭 한번 찾아뵙기 바랍
니다. 그분의 존함은 제갈량(諸葛亮)이며 자는 공명(孔明)이라 하옵
고, 세상 사람들은 그가 누워서 우주 삼라만상을 헤아린다 하여 와룡
(臥龍)이라고도 합니다. 부디 찾아 뵙소서. 꼭 부탁입니다."

원직의 이와같은 부탁을 상기하면서 궁성으로 돌아온 유비는 언
젠가 수경 도인댁을 갔을 때 "와룡과 봉추를 얻으면 천하를 다 얻은
것이나 다름없다"는 말을 생각했다. 그분도 원직과 같이 팔문금쇄
군진을 헤아리고 천문·지리에 능수능란할 거라는 생각을 하며 새
로운 현자 와룡 선생을 찾아가겠다고 작정했다.

12. 피나는 삼고초려(三顧草盧)

유비가 제갈량을 찾아가기 위해서 예물을 챙기며 채비를 하고 있을 때, 수하 병졸 하나가 아뢰었다.

"밖에 어떤 노인이 장군님을 뵙고자 합니다. "

"어떤 노인인고 ?"

"높은 외관에 손에는 긴 지팡이를 짚고 피부는 마치 복숭아 꽃처럼 홍백하여 도골선풍(道骨仙風) 상이므로 비범한 노인으로 보입니다."

유비는 혹시 와룡 선생이 찾아왔을지도 모른다는 생각에 급히 밖으로 달려나갔다. 그런데 뜻밖에도 그 노인은 수경 도인이었다.

"선생님께서 웬일로 이곳까지 오셨는지요. 진즉 찾아뵈어야 도리인 줄 알면서도 군무에 신경을 쓰다보니 마음대로 아니 됩니다. 용서하십시오."

"장군도, 오히려 내가 부끄럽소이다. 그런데 원직은 어데 갔소 ?"

"아닙니다. 원직은 조조가 모친을 볼모로 잡아놓고 편지로 불러

들여 할 수 없이 수일 전에 이곳을 떠나갔습니다.”

수경 도인은 아연실색한 모습이었다.

“뭣, 뭐요? 모친의 글을 받고 조조에게로 떠나갔다구. 그렇다면 틀림없이 조조놈 꾀에 당한 게요.”

“어찌 그렇게 생각하시는지?”

“원직의 모친은 나도 잘 알고 있기 때문이오. 그 어른이야말로 유일무이(有一無二)한 현모 중의 현모요. 편지를 보낼 분이 아닙니다.”

“그렇다면 조조의 위서가 틀림없지. 아암 틀림없구 말구. 그 조조놈이 재주는 있되 도리가 없는 놈이지.”

“선생님, 사실은 원직이 떠나가면서 융중에 사는 제갈량을 꼭 찾아보라고 했는데 그분이 어떤 분인지요. 다시 한 번 가르쳐 주셨으면 합니다.”

수경 도인은 웃음을 지으면서 혼잣말로 중얼거렸다.

“원직이 떠나갈 바에야 혼자서 떠나갈 일이지 산속에서 은거중인 대인을 왜 끌어들여 공연한 누를 끼치려고, 그것 참!”

“선생님, 그건 또 무슨 말씀이신지요.”

“공명을 생각해서 하는 말이오. 공명이야말로 나의 진정한 도우(道友) 중 하나지.”

“선생님의 도우는 한두 사람이 아니질 않습니까?”

“그렇지. 공명 이외도 박릉(博陵)에 최주평(崔州平), 영주에 석광원(石廣元), 여남에 맹공위(孟公威), 그리고 얼마 전까지만 하더라도 유 장군의 군사였던 서원직, 이들은 한결같이 비범한 인물들이지.”

“영주와 양양에서 현인이 많이 출현하는 데는 무슨 연유가 있는지요.”

“나로서는 천지대명의 심오한 뜻은 헤아리지 못하지만 그 옛날 은규(殷旭)라는 도인이 천문·지리에 능하여 인간들의 제반사는 물론 지기(地氣)를 통찰하는 데 신통력이 있어 세인들로부터 추앙을 받아 왔는데 그 분이 바로 양양과 영주에서 현인이 많이 날 거라고 예언했는데 들어맞아 가는 거야. 특히 당대 현인으로서 가장 뛰어난 현인이 제갈량으로, 주나라 때 강태공(姜太公), 그리고 한나라의 장자방(張子房) 등에 비교할 만큼 대단하지."

말을 끝낸 수경 도인은 하늘을 우러러 웃어댔다.

"와룡이 주인은 만나게 되나 때를 얻지 못하였으니 아쉽도다."

이 말을 마치고 어디론가 갑자기 사라져 버렸다.

유비는 수경 도인이 찾아온 바람에 그날은 와룡 선생을 만나러 가는 것을 포기하고 며칠이 지나서 관운장, 장비를 데리고 현자의 상봉이란 대야망과 기대를 안고 융중으로 길을 떠났다.

청명한 가을 하늘을 바라보며 널따란 들판을 가고 있을 때, 저 멀리서 농부들이 부르는 흥겨운 노랫가락이 들려와 발걸음을 멈추고 주의깊게 들었다.

푸른 하늘은 둥근 덮개와 같고
땅은 하나의 바둑판 형국이니
세상사람들은 흑과 백으로
나뉘어져 오고가며
영화로움과 고통스러움이 있도다.
영화로운 자는 편안할 것이고
고통스러운 자는 굴욕이 많아
하나의 돌멩이와 같은데
남양에서 은거한 와룡은

오늘도 잠이 부족한가?

蒼天圓蓋 陸地碁局 世人黑白 往未榮尋 榮者安安

尋者碌碌 南陽隱居 高數臥龍 常眠之小

　노래를 다 듣고 난 유비가 농부에게로 다가가 이 노래를 누가 지은 것인지를 공손히 물어보자, 농부는 대현자이신 와룡 선생이 지으신 것이며, 우주 대자연의 이치와 지금의 중원천지에서 일어나고 있는 세태를 암시하는 것이라고 설명까지 해주었다.

　"그렇다면, 와룡 선생은 어디에 계십니까?"

　"그분의 집은 저 멀리 보이는 언덕 너머 울창한 숲속의 조그마한 초당이지요."

　마음이 급해진 유비는 농부의 말이 끝나기가 무섭게 우거진 숲속을 향하여 비호처럼 말을 몰아 단숨에 숲속에 이르렀다. 숲속에 들어선 유비는 감탄을 연발했다. '아! 이곳이 무릉도원이 아닌가? 하나의 신선 마을이다.' 살아서 움직이는 듯한 저 좌청룡 우백호를 보다 어느덧 초당 앞에 당도한 유비와 그의 일행이 말에서 내렸다. 초당 앞으로 다가가자 예쁘장한 동자 하나가 달려나와 물었다.

　"손님은 누구신지요?"

　"나는 한나라 좌장군 의성정후 예주목 유비(漢左將軍宜城亭候 豫州牧 劉備)란 사람인데 현인 와룡 선생께 뵙고자 찾아왔다고 여쭈어다오."

　"아이, 여보시오. 나같은 멍청이가 어떻게 그 긴 이름을 외운단 말이오. 무슨 이름이 그렇게 길어요?"

　침묵만 지키고 있던 장비가 또 눈알을 부라렸다.

　"애야, 속히 좀 전해 주겠어. 이름이 외우기 어려우면 유비란 사람이 찾아왔다고 하면 되느니."

"손님 어떻게 하지요. 선생님은 조금 전에 출타하셨습니다."

"어디로 가신 줄은 아느냐?"

"저는 잘 모릅니다. 아무 말씀도 없으셨으니까요."

"그러면 언제쯤 돌아오신다는 말씀은 아니 계시드냐."

"그것도 저로서는 잘 모르는 일입니다. 다만 한번 나가셨다 하면 열흘이 걸리기도 하고 한 달이 걸리기도 합죠."

울화통이 터진 장비가 앞으로 걸어나오며 투덜거렸다.

"형님, 별것도 아닌 유생 하나를 만나는데 이렇게 어려워서야 되겠습니까? 형님 빨리 갑시다요."

곁에 있던 관운장도 거들었다.

"형님, 다음에 오셔서 만나뵙고 오늘은 이만 가시지요."

유비는 섭섭한 마음으로 동자에게 선생께서 귀가하시거든 유비란 사람이 찾아왔다가 뵙지 못하고 돌아갔다고 전해 달라는 부탁의 말을 남기고 숲을 나오고 있었다.

하늘이 보이지 않을 정도로 청송들이 무성한 숲속을 나오고 있을 때, 푸른 도복 차림에 소요건(逍遙巾)이란 모자를 쓰고, 손에는 청려장을 짚고 깎아내리는 절벽을 비호같이 내려오는 사람이 있었다. 유비는 저 분이 와룡 선생일지 모르겠다는 생각에 노인 앞으로 다가가서 손을 모아 공손히 머리를 숙였다.

"선생님께서 혹시 와룡 선생이 아니신지?"

그러자 그 노인은 어리둥절한 모습을 하면서 대뜸 퉁명한 언성으로 물었다.

"댁은 뉘시오? 왜 와룡을 찾소?"

"저는 신야의 유비란 사람입니다."

"아! 그래요, 반갑소. 나는 와룡이 아니라 그의 도우 최주평이
오."

"아! 그러십니까? 박릉의 ……."

"맞소, 내가 박릉 괴짜 최가요. 그런데 어떻게 내 이름을."

"존함을 들은 지는 이미 오래입니다. 이렇게 만나뵙다니 반갑습
니다."

"나 역시 유 장군에 대한 명성은 많이 들었소. 참으로 반갑소
이다."

청의고사(靑衣高士) 최주평은 유비와 같이 널찍한 바위에 앉아 정
식으로 인사를 나누었다.

"천하가 어지러워지고 사방에는 풍운이 일어 난세입니다. 이러한
시운에 와룡 선생을 찾아뵙고 보국안민(補國安民)의 묘책을 구하고
자 왔다가 뵙지 못하고 돌아가는 길입니다."

유비의 말이 끝나자 최주평이 청려장으로 바위를 몇 번 탕탕
쳤다.

"음, 치란(治亂)일수록 도리가 있는 법……."

그리고는 유비의 얼굴을 바라본다. 아마도 유비의 의중을 떠 보
려는 듯싶었다.

"그 치란의 도리가 무엇인지? 소상히 가르쳐 주옵소서."

"어허 유 장군, 나같은 조무래기가 뭘 알겠소."

"아닙니다. 선생님 가르쳐 주옵소서."

"음, 나 같은 산속 늙은이에게 뭐가 있다고 가르쳐 달라는지? …
… 그럼 가는 데까지 몇 마디 해주지. 자고로 치(治), 난(亂)은 무상
무구(無常無久)한 것, 한때의 태평성대가 존재하면 그 이후에는 필연
코 난이 있는 게 아니오. 다시 말하면 광무제로부터 태평시대가 이

백 년, 그러니까 이제는 대자연의 윤회에 따라 난의 시대가 온 게 아니겠소."

"예, 사실 그러하옵니다. 그 난세가 시작된 지 어언 이십여 년째 되지 않습니까."

최주평은 바람에 날리는 긴 수염을 가다듬었다.

"사실 인간의 한평생을 보면 이십 년은 길다고 하나 유구한 대자연의 윤회적 섭리에 비한다면 한순간에 불과하지요. 또한 대혼란의 악풍이 불어닥치는 것은 지금부터가 아니겠소."

"참으로 지당한 말씀이십니다. 이러한 시운에 소장 유비는 목숨을 걸고 한나라의 영존함을 성취하고자 와룡과 같은 현인을 찾아서 세상 만인들에게 태평을 가져다주고 싶습니다."

"유 장군, 앞으로의 시대는 순천자는 흥왕하고 역천자는 망하게 됨을 역력히 실증하게 될 것이오."

"이처럼 선생님의 가르침을 받아 감개무량합니다. 그런데 선생님 와룡께서는 언제쯤 오시는지요?"

"나도 와룡을 만나려고 오는 사람인데 알 턱이 있겠소. 나도 만나지 못한 채 가야겠구먼, 그것 참."

유비는 최주평의 설파에 감사하다는 뜻으로 두 손을 모아 머리를 숙였다.

"선생님, 감사합니다. 소장이 선생님을 모셨으면 하는데 선생님 생각은 어떠하신지?"

유비의 애타는 간청에도 최주평은 단호하게 거절했다.

"산속에 사는 유생(儒生) 따위가 어찌 공훈(功勳)의 능력이 있단 말이오. 인연 있다면 또 만나게 될 게요."

그리고는 순식간에 어디론가 사라져 버렸다. 지루하게 기다리고 있던 장비가 얼굴이 붉어지며 오늘은 만나는 사람마다 얼빠진 사람들이 잔소리해대는 통에 해를 다 보내게 됐다고 매우 못마땅하다는 듯 투덜댔다. 그러자 유비가 큰 소리로 책망했다.

"사람이 도리를 다하려면 지혜로운 현자들의 가르침을 받아야 할 게 아닌가. 자신이 혼자서 잘난 체하는 사람이 잘난 행동을 하는 것을 본 적이 있는가? 자아, 어서 가세, 장비는 기분을 풀게나. 그래 가지고야 무슨 천하를 논하겠나."

이로부터 수개월이 지나 융중에 사람을 보내 와룡이 집에 있는지 여부를 알아보도록 했다. 다행히 와룡께서는 집에 있다는 기쁜 소식을 듣고 다시 관운장과 장비를 데리고 가려고 준비를 부산하게 했다. 장비가 또다시 불만을 토로했다.

"산골에 사는 선비 따위 하나 만나려고 두 번씩이나 형님이 몸소 찾아간단 말이오. 여기 앉아서 오라고 해도 올 수 있을 텐데 뭣 하러 헛수고만 하시려고 하는지……."

장비를 주시하고 있던 유비가 장비에게 말했다.

"장비는 듣거라. 당대의 현인 중에 현인이오, 경사 중에 경사인 와룡 선생을 불러오다니 말이나 되는가. 어서 준비나 하게."

마지못해 따라서는 장비, 관운장과 같이 상봉의 희망을 안고 길을 나섰다. 일행이 융중에 도착해 보니 천지는 백설로 뒤덮여 또다른 신천지(新天地)를 이루고 있었다. 매섭게 휘몰아치는 설한풍(雪寒風)에 신발짝이나 옷엔 고드름이 맺혀 실로 참기 힘든 형편이었다. 때마침 불어닥치는 설풍에 삼 형제의 몸뚱이는 추위에 얼어붙었다. 유비는 아우들에게 미안하다는 생각이 들어 관운장과 장비에게 그들만이라도 돌아가라고 일렀다.

"나는 와룡 선생을 뵙고 뒤에 가겠다."

"형님, 우리가 어찌 고생스러워서 그럽니까. 오로지 형님이 너무 지나칠 정도로 정성을 쏟는 게 안타까워서지요."

"그게 무슨 이야기인가, 와룡 같은 현인을 만나는데 하루 이틀, 한 두 달, 일 년이 그 어찌 길다 하겠나?"

얘기를 나누며 일행은 온갖 풍파(風波)를 겪으면서 와룡 선생 초당 앞에 멈추었다. 초당 안에서 쩌렁쩌렁한 목소리로 시를 읊는 소리가 들려와 유비의 조급한 마음을 더욱 설레게 했다. 그래도 성급하게 행동하지는 않고 그 시 읊는 소리가 끝나자 정중한 음성으로 인기척을 냈다. 드디어 방문이 슬그머니 열렸고, 방안에는 주안상을 가운데 놓고 대작을 하는 두 분의 모습이 보였다. 얼굴은 홍안에 백발이 성성하여 영락없는 신선처럼 보였다. 노인 앞으로 성큼 다가간 유비가 노인에게 정중하게 인사를 올렸다.

"노인께서 혹 와룡 선생이 아니신지?"

노인은 웃으면서

"귀공은 뉘시오."

"예, 저는 신야목 유비라 합니다."

"아! 그렇다면 유황숙 유비란 말이오? 이렇게 오셨는데 어찌하나. 나는 와룡이 아니고 영주에 살고 있는 석광원(石廣元)이며, 이 사람은 여남의 현자 맹공위요."

유비는 기쁨을 감추지 못했다.

"두 분의 존함은 오래 전부터 알고 있습니다. 그리고 두 분께서는 와룡 선생과 더불어 천하의 경세론을 펴신다는 것도 잘 알고 있습니다."

때마침 초당 옆에서는 젊은 선비 하나가 화롯가에 앉아서 시를 읊었다.

봉황이 하늘을 날음에

오동이 아니면 깃들지 않는도다.

유비는 내심 저분이 바로 와룡 선생이다 싶어 그 젊은 선비에게로
다가가 물었다.

"선비께서 와룡 선생이 아니십니까?"

젊은 선비는 깜짝 놀라며 자기는 와룡이 아니라 와룡의 아우 제갈
균(諸葛均)이며, 장형인 제갈근(諸葛瑾)은 강동의 손중모(孫仲謀), 막
빈(幕賓)으로 가 계시고 중형이 바로 와룡 선생이라고 했다. 와룡
선생은 어디에 계시는지 자기도 잘 모르지만 배를 타고 강호(江湖)
에 가시기도 하고 심산유곡에 있는 산사 고승들과 세담(世談)을 하
기도 하나 어느 때에는 산간 벽촌에 있는 친구들과 시화(詩畫)를 즐
기기도 하는가 하면 거문고와 바둑으로 소일을 삼기도 한다고
했다. 유비는 자신도 모르게 긴 한숨을 내리쉬었다.

"아이구 두 번씩이나 찾아왔는데도 나의 박덕함으로 인하여 이다
지도 만날 수가 없단 말인가."

유비가 땅이 꺼져라고 걱정을 하고 있을 때 제갈균이 손님을 위해
따뜻한 차를 가져 왔다.

지금껏 지켜만 보고 답답해서 오금을 떨고 있던 장비가 큰 소리
쳤다.

"형님, 와룡이 없다면 빨리 가지 않고 무엇하시는 게요."

유비는 제갈균에게 미안하다 생각이 들어 사과했다.

"내 아우가 건성이 좀 사납습니다. 그러니 용서하십시오. 그리고
참, 와룡 선생께서는 육도삼략(六韜三略)을 통달하여 진정한 병법대
가이시란 소문을 들은 바 있습니다만 아우 어른께서는 어떻게 생각

하시는지요?"

"저로서는 잘 모릅니다."

제갈균의 대답은 한마디로 냉정했다. 어떻게 보면 유비를 완전히 무시해버린 처사였다.

그러나 유비는 재차 제갈균에게 송구스러움을 전하고 뭔가 골똘히 생각하고 나서 와룡 선생께 글을 남겨 놓고 싶은데 지필묵을 갖다 달라고 부탁했다. 제갈균은 곧바로 유비 앞에 지필묵을 갖다 주고 뒤로 물러앉았다. 유비가 붓을 들었다.

와룡대현전(臥龍大賢前)

예주목 유비는 선생의 고명을 들은 지 오랜치라 뵙고자 두 번 왔다가 소신이 부덕한 탓인지 만나지 못하고 돌아가 섭섭하옵고 돌이켜 보건대 간악한 군웅들이 국난을 자초하고 악당이 인군을 불신하여 민심이 날로 떨어져 이를 바로잡고자 선생님의 기재가 주나라 강태공을 능가한다는 세인들의 이구동성에 감읍하여 또다시 머리를 숙이며 경륜지재로 천하를 바로잡아 주옵기를 거듭 바라면서, 다음에는 목욕재계하고 근신한 연후에 찾아 뵙겠습니다.

建安 12月 12日 劉備拜書

유비는 자신이 쓴 글이지만 혹 실수가 없나 싶어 두어 번 읽어본 후 제갈균에게 주면서, 선생께서 귀가하시거든 이 서찰을 필히 전해 달라고 부탁했다.

제갈균이 문밖에까지 따라나오며 유비를 배웅하려고 할 때 뒤따라 나오던 오동자가 외쳤다.

"아! 저기 선생께서……."

유비가 눈을 번쩍이며 바라보니 머리에는 큼지막한 방한모(防寒
帽)를 쓰고 깃털 옷을 입고 당나귀를 탄 사람과 뒤에는 술병을 든
청의동자(靑衣童子)가 오고 있었다. 당나귀를 탄 노인은 한가로이 시
를 읊고 있었는데 매우 의미가 깊은 시였다.

하룻밤 북풍이 일더니
붉은 구름이 만리에 두텁게 깔려 있고
장공에는 눈발이 어지럽게 날리고 강산에는 옛모습도 변했도다

백발이 성한 늙은이가 황천객이 가까워짐을 느끼고
당나귀에 몸을 싣고 다리를 건너니
매화가지가 가엾음을 혼자서 탄식하노라
一夜北風寒 萬里舟雲厚 白髮老厚翁 盛感星天祐
騎驢過小橋 獨嘆梅花瘦

유비는 저분이야말로 진정 백발 노인으로 변신한 와룡 선생이라
는 생각에 그 노인에게로 급히 달려가 두 무릎을 꿇고 큰절로 예를
올렸다.
"선생님, 어디를 갔다 지금 오시는지요. 신야목 유비가 문안드립
니다."
노인은 너무도 뜻밖이라서 당나귀에서 급히 내려 유비에게 대례
(對禮)를 갖추려고 하자 제갈균이 급히 달려와 이 어르신은 와룡 선
생의 악부(岳父) 황승언(黃承彦)이시라고 말해 주었다. 유비는 하마
터면 더 큰 실수를 했을지도 모른다는 생각에서 가슴이 두근거리기
도 했으나 겉으로는 태연한 척했다.

"아 ! 그러십니까. 제가 사람을 보는 안목이 없어 그만 실수를 했습니다. 용서하옵소서. "

"그 유명한 유예주라고, 영웅호걸이지. 암 영웅호걸이야. "

그리고는 다시 당나귀를 타고 저멀리 총총 사라져 버렸다.

이번에도 와룡을 만나지 못한 채 신야로 돌아온 유비는 자나깨나 와룡 선생 생각에 이젠 얼굴까지 수척해 마치 상사병이라도 앓는 사람같이 보였다. 그러면서도 마음 속으로는 이번이야말로 생사를 걸고 만나야지 만약 만나지 못하거나 만나고서도 스승으로 모시지 못하면 돌아오지 않을 것이라고 생각했다. 유비의 결심은 대단했다. 이렇게 세월은 흘러 눈보라가 휘날리는 겨울이 지나고 만물이 소생하는 따뜻한 봄을 맞이했다. 여러 가지 일이 산적해 있었으나 모두 뒤로 미루고 오직 와룡 선생을 어떻게 하면 만날 수 있을까 하는 궁리에 몰두하고 있었다.

그러던 어느 날 유명한 역학자(易學者)를 찾아가 앞으로의 천하대세는 물론 자신의 미래를 물어보고 나서, 자칫하면 죽음의 해를 입는다는 수사(受死)·피마(披麻)·살일(殺日) 등을 피하고 하늘이 스스로 도와주고 악귀를 저주한다는 천을귀인(天乙貴人)이란 길일(吉日)을 택일하여 목욕재계하고 사흘간의 기도에 들어갔다. 사흘간의 기도를 끝내고 비장한 각오로 세 번째 길을 떠나기 위해서 준비를 하고 있자 장비는 물론 관운장까지도 못마땅한 태도였다.

"형님, 두 번씩이나 찾아가서 허탕을 치고 돌아왔는데 또다시 가시려고 한단 말이오. 그건 형님이 지나치십니다. 정말 답답하십니다. 그 동안 와룡이 형님을 두 번씩이나 피할 때에는 필시 그럴 만한 이유가 있겠으나 짐작컨대 유명무실한 위선자라 막상 만나면 할 말이 없어서 그러할 겁니다. 모르기는 하나 이번에 가서도 만나지 못한다면 세인들은 형님을 보고 웃게 될 것입니다."

그러나 유비는 뜻을 굽히지 않고 두 아우를 타일렀다.

"옛날 제(齊)나라의 환공(桓公)은 동곽(東郭)이란 하잘것없는 초야인(草野人)을 만나기 위해서 무려 다섯 번이나 찾아갔지를 않았느냐,하물며 당대 현인을 만나는데 세 번쯤이야 당연하질 않겠는가."

이 말에 관운장은 이해가 되는 듯 잠자코 있었으나 장비는 아직도 반항적이었다.

"형님, 이번에도 또 직접 가시겠다면 그건 참으로 잘못입니다. 그 까짓 촌놈이 무슨 경륜대재(經綸大才)인이길래 형님이 몸소 세 번씩이나 찾아간단 말입니까? 사람을 보내 불러와도 되는 것을. 만약 오지 않겠다면 꽁꽁 묶어서 형님 앞에 끌어오면 될 것을. 그러니 내가 잡아오겠습니다."

유비는 장비의 말이 끝나기도 전에 노기서린 모습을 지었다.

"이놈 장비야, 말이라고 하면 다 말이 아니다. 네놈은 어찌하여 성깔이 그토록 난폭한가. 주나라 때 문왕이 위수란 강가로 강태공을 찾아갔을 때의 이야기도 모르느냐? 강태공은 문왕이 찾아왔는데 돌아보지도 않고 낚시질만 하고 있었다. 오히려 문왕은 미안하게 생각하여 해가 지고 낚시질이 끝날 때까지 두 손을 모으고 선 채로 기다렸다. 역사에 빛나는 대왕도 그러했는데 별것아닌 신야 목인 내가 그분을 오라가라 하다니 밀이나 될 법하나? 그치럼 못마땅하고 불만스러우면 너는 오지 마라."

그제서야 장비가 누그러진 모습으로 말했다.

"두 형님이 가신다면 저야 당연히 가야지요. 오지말라는 말씀이 무슨 말씀이시옵니까."

세 사람은 다시 와룡 상봉이란 대망을 안고 장도에 올랐다. 봄이라곤 하나 아직 음지에는 하얀 잔설이 있어 화창한 태양빛에 또다른 은빛이 반짝이고 있었다. 일행이 와룡장에 도착하여 인기척을 하자 와룡의 아우 제갈균이 문밖으로 달려나왔다.

"장군, 어서 오십시오. 몸소 세 번씩이나 오시다니 그 정성 대단합니다."

유비는 말에서 내려 제갈균에게 정중하게 인사를 하고 나서

"와룡 선생께서는 계시는지?"

라고 물었다.

"네, 어제 저녁녘에 돌아오셨지요."

순간 유비는 온몸에 전율을 느낄 정도로 반갑다는 생각이 들었다.

"예? 돌아오셨다고요. 그러시면 지금 좀 만나 뵈었으면 합니다만……."

"계신 모양이니 유 장군 의향대로 하십시오."

제갈균은 이 말을 남기고 어디론가 홀연히 사라졌다.

유비가 와룡이 거처하는 초당으로 가 인기척을 하자 때마침 동자가 나왔다.

"장군님, 세 번씩이나 오시다니 대단하십니다."

"음, 그 동안 잘 있었느냐? 많이 숙성했구나."

"와룡 선생께서 지금 주무시고 계시는데 깨워 드릴까요?"

동자는 말을 마치고 뛰어갈 자세였다. 때를 놓칠세라 유비가 제지했다.

"애야 됐다. 그만두어라. 주무시는데 방해가 되어 깨우지 마라. 그리고 관운장과 장비, 너희들은 문밖에서 기다려라. 나는 안마당으로 들어가 기다릴 것이다."

초당 앞에는 이름조차 알 수 없는 수많은 화초목들이 즐비하게 서 있었고 따사로운 봄빛이 와룡이 잠을 자고 있는 대청마루에도 환하게 비춰주고 있었다. 유비는 처마 밑에서 두 손을 모은 채 경건한 마음으로 와룡이 깨어나기만을 기다리고 있었다.

상당한 시간이 지나도 와룡이 깨어나지를 않자 유비는 머리를 들어 와룡이 자고 있던 방을 슬쩍 보는 순간 깜짝 놀라지 않을 수 없었다. 그렇게도 흠모하던 와룡이 큰대(大)자로 네 활개를 활짝 편 자세로 자고 있기 때문이다. 그러나 유비로서는 와룡이 어떻게 잠을 자든간에 그 따위는 문제가 될 수 없었다. 다만 꿈에도 그리던 와룡 선생의 실체 모습을 본 것만으로도 그 기쁨 비길 데가 없을 정도였다. 두근거리는 가슴을 억제하면서 와룡 선생이 잠에서 깨어나기만을 기다리고 있었다.

어느덧 중천에 가던 해는 석양으로 점점 다가오고 있었으나 와룡이 좀처럼 깨어나질 않자, 밖에서 기다리고 있던 관운장과 장비는 밥도 먹지 못하고 쫄쫄 굶고 있는 처지라 또다시 신경질이 날 수밖에 없었다. 속이 탄 장비가 샛문 사이로 안마당에 있는 유비의 모습을 훔쳐보다가 더욱 더 화가 치밀고 말았다. 왜냐하면 유비의 모습이 마치 큰 죄나 지은 사람처럼 두 손을 모으고 우뚝하게 서 있기 때문이었다. 드디어 장비의 입에서 험상궂은 폭언이 터져나오기 시작한다.

"아이구 형님, 불쌍해라 불쌍해. 저꼴이 뭐람. 와룡이란 놈이 도대체 어떤 놈이길래 언제까지 우리 형님을 저토록 세워 놓을 것인가. 잠 못자다 죽은 귀신을 보았나, 웬 잠을 저렇게 퍼자는가. 저놈을 당장 혼쭐을 내줄 테다."

보다 못한 관운장이 만류했다.

"이 사람아, 너무 지나치지를 않나."

"형님, 내가 잘못이오?"

"어허 이 사람아, 잘하고 잘못하고를 떠나서 조용히 하게나. 너무 지나친 행동은 화근이 되는 법이야."

해가 지고 어둠이 깔린 무렵에야 겨우 일어난 와룡 선생은 그 자리에서 시 한 수를 읊었다.

큰 꿈은 누가 먼저 깨닫는고

일생은 내 스스로를 아노라

초당에 봄잠이 만족한데

창밖에 해는 길기도 하구나

大夢誰先覺 平生我自知 草堂春睡足 窓外日遲遲

시를 다 읊고 나서 동자에게 물었다.

"동자야, 밖에 누가 날 찾아왔느냐."

"예, 신야에서 오신 유황숙 장군께서 벌써부터 기다리고 계십니다."

와룡은 아무 말없이 안으로 들어가 의관을 정제한 후에 내객을 맞이할 눈치였다.

유비가 와룡을 실눈으로 슬쩍 살펴보니 팔척 장신에 얼굴은 빛나고 있는 하나의 옥(玉)과 같았고 머리에는 윤건(綸巾)을 썼으며 학창의(鶴氅衣)를 입어 틀림없는 신선같이 보였다. 유비는 예의에 어긋날세라 조심조심 걸어와 와룡에게 큰절을 올렸다.

"우부(愚夫)가 선생님 존함을 듣자온 지 오래입니다. 그런데 오늘 이렇게 뵙게 됨은 비할 수 없는 영광입니다."

유비가 그렇게도 그리워했던 와룡 선생인지라 숨을 죽여가며 와룡 선생의 일성을 기다리고 있던 차에, 와룡 선생이 나지막한 소리로 입을 열었다.

"수차에 걸쳐 찾아오셨다는 얘기 들었습니다. 이 못난 야인이 부족한 탓에 예의를 지키지 못하여 부끄러움이 그지 없습니다."

와룡 선생과 유비의 초면 예의가 끝나자 동자가 차를 가지고 왔다.

"어서 차를 드시지요. 지난번에도 두 번이나 오셨다가 뒷서(편지)를 놓고 가셨지요. 정말 황송합니다. 장군께서 나라와 백성을 걱정하시는 충정도 이해하고 남음이 있지만 내가 워낙 재주가 없어 수차에 찾아오셨는데도 불구하고 보답할 능력이 없어 죄송하외다."

"와룡 선생님에 대해서는 도우이신 사마휘, 서원직 선생님 등으로부터 들은 바 있어 잘 알고 있는 터입니다. 그러므로 앞으로 부족한 이 사람을 마음에서 지우지 마시고 인도하여 주십시오."

"어허 장군, 장군은 어찌하여 빛나는 옥돌을 버리고 썩어서 푸석거리는 돌멩이를 원하시는지 ……."

물처럼 부드러우면서도 금강석같이 강한 인삿말이 끝났다. 유비가 와룡 선생에게 먼저 물었다.

"선생님께서는 난세를 치세로 평정할 수 있는 경륜과 기재를 흉중에 갖고 계시면서도 어찌하여 이곳에 은거만 하고 계시는지요. 이 부덕한 유비에게 하교하여 주옵소서. 제가 생각컨대 한나라(漢室)가 기울고 백성이 어려움을 겪고 있는데 산중에서 은거하시는 게 어찌하여 묘책이며 현자라 하겠습니까? 소신 같은 사람은 덕도 재주도 없으나(無德無才) 큰 뜻을 펴보고자 하나 경륜대재가 없사온지라 선생님의 도움을 받고자 불원천리 세 번씩이나 왔습니다. 부디

이 점을 살펴 주옵소서."

유비의 우국충정이 끝나자 와룡이 자세를 더욱 바르게 하고 얘기
했다.

"장군께서 저 같은 야인을 그처럼 생각하고 계시다니 평소의 나의
생각을 말씀드리겠습니다."

그러자 유비가 자리에서 자신도 모르게 절을 올렸다.

"아! 정말 광영입니다. 선생님께 하교를 받는 이 기쁨은."

"장군께서는 장차 천하대세에 대한 경륜이 어떠하신지?"

"예, 경륜이라고 할 것까지야 없지만 선생님께서 물으시니 말씀
드리겠습니다. 사람이 살아가는 데는 흥망성쇠가 있고 그 흥망성쇠
는 천도윤회에 있다고 하나, 한실이 쇠운으로 치닫자 사방에서 군웅
할거가 일어나고 간신배들이 날뛰고 있어 천자께서는 낙양을 두 번
씩이나 버리고 피난을 하지 않았습니까. 이러한 난국시대(亂國時代)
에 무능한 유비는 기재가 없는 탓으로 마음으로만 걱정하고 있으니
이 또한 더욱 큰 걱정입니다. 생각해 보면 동탁의 혼변사가 있고 나
서 크고 작은 호걸들이 수없이 날뛰고 있는 게 사실입니다. 그중에
서도 하북(河北)의 원소야말로 천하 제일의 막강한 힘을 가졌던 인
물이었으나 그는 자신의 힘보다도 몇 배 미약한 조조에게 종말을 고
하고 말았지 않습니까. 생각해 보면 이해하기 힘든 일들이지요. 따
라서 고명하신 선생님께서는 이러한 괴변을 하나의 천시(天時)라고
생각하시는지? 아니면 지리(地理)라고 보시는지?"

듣고만 있던 제갈량은 유비의 날카로운 질문에 반색했다.

"어허, 장군. 내가 유 장군의 생각을 물었던 게지 언제 나에게 그
런 질문을 하라고 했소."

"선생님, 죄송합니다."

"아무튼 나의 생각을 말씀드리리다. 인간세사와 우주만상에는 필히 삼원(三元)이란 대계(大界)가 존재하는 것으로 천원(天元)·지원(地元)·인원(人元)이 바로 그것이지요. 그래서 천원은 천시를, 지원은 지리를, 인원은 인력(人力)과 역리상통(易理相通) 하는 것으로서 때에 따라서는 천지양원(天地兩元)보다 인력이 우위에 머물기도 하지요. 천자를 앞세워 자신의 영달을 위하여 백성과 제후(諸侯)들을 호령하고 있으므로 그러한 무리를 꺾는다는 것은 대단히 어려울 뿐만 아니라 이미 꺾어버릴 수 없는 난국으로 치닫고 있음이 사실이외다."

와룡의 진지한 경설(経說)에도 유비는 긴 한숨을 내리쉬었다.

"그러시면 이미 대세가 기울어 구할 수 없다는 말씀이오신지?"

"그건 반드시 그러하다는 것은 절대 아니오. 더욱이 조조와 같은 무리는 천자를 앞세워 백만 대군을 거느리고 있어 그를 일시에 꺾을 수가 없고 강동의 손권은 삼대가 뿌리 깊게 조업을 이어오고 있으니 그 역시 도모하기가 불가능할 것이오. 대세가 이러하므로 지금 천하는 조조와 손권 두 사람으로 양분돼 있어 남북 어디로 가나 세력을 뻗쳐 나갈 만한 곳이 없고 오직 형주와 익주뿐이라고 봅니다."

"선생님의 탁견을 듣고 보니 참으로 그렇습니다. 형주와 익주는 천하 제일의 험새지(險塞地)로 전술 전력면으로만 봐도 제일가는 요새이며 그 가운데 광활한 들판은 또 하나의 신천지를 이루고 있어 그 옛날 고조(高祖)께서도 그곳에서 왕업을 성취하였으나 우유부단한 유표는 인간의 황혼길에 접어들었고, 아들 유기·유종에게 대업을 물려준다 해도 지키지 못할 게고, 익주의 유장(劉璋) 역시 익주를 사수하지 못할 것이오. 그렇다면 유 장군께서는 어찌해야겠소? 이러한 난국의 기회에 형주를 본바탕으로 하고 익주를 정복 통합 후 조조와 대적을 한다면 견주어볼 만할 것이오. 이렇게 해서 한나라를 부흥시키고 백성을 편안하게 한다면 결코 우자(愚者)의 생각이 하나의 공상이 아니라고 믿게 될 것이오."

와룡의 이와같이 진지하고 천하대세를 바둑판처럼 훤히 들여다본 것 같은 경세론을 같은 도우(道友)가 아닌 처음 만난 사람에게 털어놓은 경우는 유비에게 처음이다. 아마도 와룡의 생각으로는 아무리 천군만마의 힘이나 군현운집(群賢雲集)된 지혜가 있어도 지금의 중원천지는 삼분정립(三分鼎立)이 될 수밖에 없고, 이러한 천도적 운명을 아무도 바꾸어 놓을 수 없는 미래를 예측하고 있었던 것이다.

유비가 마음 속으로 감탄을 연발하며 고마움을 표시하자, 와룡은 천장을 바라보며 뭣인가 골똘히 생각하고 나서 동자를 불러 족자를 벽에 걸게 하고 유비에게 말했다.

"유 장군, 이것은 서촉오십사주(西蜀五十四州)의 비도(秘圖)요. 북쪽에는 조조가, 남쪽에는 손권이 각각 대치하고 있어 마치 수화상극(水火相克)한 주역의 원리와 같아 당연히 불화하므로, 장군께서는 무엇보다 인화(人和)를 도모하여 서쪽을 근거지로 중원(中原) 천지를 도모하는 게 묘책의 순서라 생각합니다."

유비는 와룡에 대한 흠모는 말할 것도 없이 오늘과 같이 천하대세를 손바닥처럼 명쾌하게 판단하고 있는 와룡의 탁견에 또 한번 감탄했다.

"선생님의 말씀을 듣고나니 신선이 구름을 타고 하늘을 마음대로 나는 듯하여 가슴이 트인 것 같습니다."

와룡이 별말이 없자 한동안 침묵이 흐르고 있었다. 유비는 자리에서 조심스럽게 일어나 와룡에게 큰절을 올렸다.

"선생님, 하산을 하셔서 저에게 조석으로 하교하여 주실 수는 없는지요?"

그러자 지금껏 그렇게 부드러웠던 모습은 어디론가 사라지고 강한 어조로 정색을 하였다.

"그것만은 아니 되오. 초야에서 잡초에 묻혀 사는 게 나의 꿈인데 어디로 하산을 한단 말이오. 나는 추호도 세상에 나갈 생각이 없소이다."

유비도 와룡이 강한 의지로 거절한 것에 상응할 만큼 강한 의지로 나갔다.

"선생님이나 나 같은 사람이 이 나라의 운명을 바로잡지 못한다면 장차 누가 무거운 짐을 진단 말이오."

그런데도 와룡이 조금도 누그러지지 않자 유비는 와룡 앞에서 하염없는 눈물을 흘리며 비통해 하고 있었다.

"선생님, 정말 너무하십니다. 내 개인의 영달을 위해서도 아니고 오로지 우국충정에서 모시고자 하는데 그렇게 일언지하 거절하시다니 참으로 냉정하십니다."

유비의 모습은 오열과 절규, 그리고 와룡에 대한 원망으로 꽉 차 있었다. 이러한 유비의 모습을 바라만 보고 있던 와룡이 무엇인가 결심한 듯 비장하게 말했다.

"장군, 장군께서 초야에 묻혀 있는 이 사람이 그렇게도 절실히 필요하다면 전력을 다해 돕겠습니다."

"예엣! 선생님께서 저를……그러면 응락하신 거지요."

그리고는 미소를 지으며 긴 한숨을 내리쉬었다. 어찌할 줄 모르고 즐거워하는 유비의 모습은 마치 어린아이같이 보일 정도였다.

"선생님, 이 은혜 하늘이 다하고 땅이 다한들 어찌 다 갚겠습니까? 정말이지 꿈만 같습니다."

"이것도 하늘에서 주어진 인연인 것을 그 어찌 인력으로 막겠소. 장군께서는 이 못난 사람을 만나려고 혼신의 힘을 기울여 세 번이나 찾아왔고 어쩌면 나 역시 찾아주기를 기다렸는지도 모른 일, 이러한 것으로만 보아도 인연인가 싶소이다."

유비는 관우와 장비를 불러들여 와룡에게 큰절로 예를 올리게 했다. 그리고 준비해온 예물을 조심스럽게 와룡에게 바쳤다. 와룡이 극구 사양하고 받으려 하지 않았다.

"이것은 저의 조그마한 성의이므로 받아주셨으면 합니다."

와룡은 고맙다는 예를 표하고 조심조심 예물을 받아들였다. 어느덧 밤이 깊어 돌아갈 수 없게 되자 할 수 없이 와룡장에서 하룻밤을 보내야만 했다. 날이 밝자 와룡은 약속한 대로 길 떠날 준비를 하고 나서 아우 제갈균에게 부탁했다.

"나는 유 장군께서 세 번이나 찾아주신 뜻을 저버릴 수가 없어 집을 떠나기로 결정했으니 앞으로 너는 내가 없는 동안 농사 일에 게으르지 말고 충실히 하라."

가사 하나하나를 섬세하게 가르쳐 주고 난 다음 아우 균으로부터 인사를 받고서 유비 일행과 치국의 대야망을 안고 신야를 향하여 행군을 시작했다.

신야로 돌아온 유비는 와룡을 스승의 예로 대하여 조석으로 문안 인사는 물론 침식까지 같이하면서 사제지간의 정을 더욱 돈독히 해나갔다. 어쨌던 와룡을 스승으로 모시고자 어려운 역경에도 불구하고 세 번이나 찾아가 간청하여 끝내 설득을 한 유비의 포용력에 세인들은 감탄을 자아냈고, 이를 삼고초려(三顧草盧)라 부르게 되었던 것이다.

13. 남편의 불길함을 예언한 서씨 부인

　조조가 천자를 앞세워 천하를 통일하여 강대무비한 강자 중의 강자로 군림하고자 온갖 전략전술을 도모하고 있을 때 조조에 비하여 무력하기 그지 없는 유비가 천하 통일의 이상과 야망을 실현코자 와룡 선생에게 삼고초려를 달성시키는 동안, 천애보고(天涯宝庫)라고 일컫는 요지인 강동의 손권은 날이 가면 갈수록 오나라의 국기를 튼튼히 하여 만방에 과시하고 있었다. 손권은 손책의 뜻을 이어받아 거국적인 차원에서 문화·산업 등을 크게 발전시켜 나가고 있었다.

　한편으로는 국가를 경영한 데 있어서 지혜의 원천이라고 할 수 있는 모든 것을 육성하고 포용하는 데도 최선을 다하고 있었다. 특히 오나라의 뛰어난 인물로는 장굉, 주유, 노숙(魯肅), 숙장(宿將), 팽성(彭城), 만재(蔓才), 덕윤(德潤), 경문(敬文), 덕추(德樞), 휴목(休穆), 공기(公紀), 오정(烏程), 공휴(孔休) 등 그야말로 기라성 같은 인재들을 등용하여 선정을 베풀고 있었다. 특히 무장으로 뛰어난 인물은 여몽(呂蒙), 육손(陸遜), 서성(徐盛) 등의 맹장들이 외곽의 방비를 튼튼히 하고 있어 오나라의 기세는 하늘 높이 치닫고 있었다.

이때가 건안 칠 년쯤 전이다. 조조는 권세를 세워 반 협박조로 오나라 손권에게 편지를 보내 손권의 아들로 하여금 허도로 와서 벼슬을 하게 하라는 명령 아닌 협박을 하였다. 조조의 변명으로는 서로 간의 유대를 위해서라고 하지만, 사실은 손권의 세력이 일취월장(日就月將)으로 급성장하고 있어 이를 사전에 막아 볼 목적으로 인질로 잡아두자는 밀계였다. 하지만 영특한 손권은 조조의 밀계를 짐작하고, 승상의 은혜는 헤아릴 수 없는 대은이오나 위탁중대한 일이므로 여러 중신들과 상의한 연후에 결정하겠노라고 정중히 거절의 답서를 전했다.

이런 일이 있고 나서도 조조는 수시로 손권에게 아들을 허도로 보낼 것을 은연중 계속 협박하고 있었다. 절대 권자인 조조가 이렇게 나오자 당사자인 손권은 내심 불안하여 고뇌와 번민으로 나날을 보내고 있던 어느날, 어머니 오대 부인(吳太夫人)에게 자신이 고민하고 있는 일에 대해서 은밀히 물어보았다.

"어머니, 조조가 아들을 허도로 보내라는 협박을 하는 것으로 보아 이는 볼모로 삼자는 것이 뻔한 일인데 어찌하면 좋겠습니까?"

"손권아, 이 어미가 무엇을 알겠느냐. 너에게는 지혜로운 인재들이 많이 있으니 그들의 뜻에 따라 결정하라."

손권은 오대 부인 의향에 따라 수하 참모들을 모아 놓고 그들의 의견을 들어보기로 했다. 그 자리에서 장소가 조심스럽게 입을 열었다.

"조조가 그러한 청을 해온 것은 우리 오나라를 견제하기 위한 밀계임에 틀림없다고 생각됩니다. 따라서 그 이면에는 두 가지 중대한 문제가 있는데, 그 하나 왕자를 보내지 않을 경우 우리를 적대시하여 강동을 침공할 것이고, 두 번째로는 보내게 되면 결과적으로 굴복하는 것이 돼 조조에게 예속하는 오류를 초래할 것이외다. 사실이 이러하므로 여러분께서는 신중히 토론해야 됩니다."

장소의 말이 끝나자 주유가 말을 이었다.

"주공께서 부업(父業)을 이어받아 육군(六郡)을 통합한 지 이미 오래되었음을 만천하가 다 알고 있는 사실이온대 조조에게 인질을 보내는 것은 절대 아니 되옵니다. 그렇다고 조조의 청을 공식화해서 거절하게 되면 오히려 혼란만 있으므로 차라리 은연중에 묵살해 버린 채 관망하는 게 상책이라 생각됩니다."

손권을 비롯한 중신들은 주유의 의견이 합당하다 믿고 일단 묵살하기로 결정을 내렸다. 그러나 일이 근본적으로 해결된 게 아니라서 역시 조조의 손권의 행동에 대한 불만과 증오와 복수심이 날로 더하고 있을 때 변방에서는 크고 작은 병란이 일어나 조조로서는 남정(南征)을 도모할 기회가 없었다.

그러나 변방은 큰 어려움 없이 평정되어 조조는 손권을 쳐부숴야 한다는 마음에서 침공의 명분이 없어 고심하고 있을 뿐이었다. 그런데 건안 8년에 손권이 군사를 일으켜 강하(江夏)의 황조(黃祖)를 불시에 침공하기로 결정을 했다. 여러 가지 여건으로 보아 황조 정도야 홀가분하게 칠 수 있다고 판단했기 때문이다. 그래서 모든 장수들은 이번 기회에야말로 자신만만한 태도였다. 하지만 막상 싸움이 시작되자 손권의 군사들은 힘 한번 제대로 써보지 못하고 어이없이 지고 말았다. 더욱이 대장 능조(凌操)까지 전사한 치욕적인 참패를 당한 것이다.

강하의 전쟁에서의 새로운 발견은 불과 열다섯 살밖에 안된 능조의 아들이 용맹을 과시하여 여러 사람들로부터 칭찬을 받는 모습이었다. 손권은 어이없는 패전에 울분을 참지 못하고 군사를 정비하여 재도전을 시도했으나 역시 또 참패하고 말았다. 손권의 아우 손익(孫翊)은 그 천성이 잔악무도한 데다가 두주(斗酒)를 불사할 정도로 술을 잘 먹어 부하들에게 매질하기가 일쑤였다. 그러므로 많은 부하들로부터 원성을 사고 있었다. 날이 갈수록 악명은 높아지고 심지어는 수하 장수들의 뺨을 치는 등 갖가지 악행을 서슴지 않고 있었다. 그 가운데서도 독장위람(督將嬀覽), 군승대원(郡丞戴員), 종인변홍(從人邊洪) 등은 여러 차례 매질을 당한 처지라서 증오 아닌 복수심으로까지 치닫고 있었다.

그러던 어느 날 이 세 사람은 은밀한 장소에 모여 손익을 귀신도 모르게 해치우자는 무서운 음모에 뜻을 같이하기로 결정을 보았다. 특히 당대의 오주(吳主) 손권의 아우를 죽인다는 것은 목숨이 열이라도 살아남지 못하기 때문에 아주 은밀히 진행되고 있었다. 이미 결정을 본 세 사람은 우선 고을 현령과 장수들을 한자리에 모아놓고 주연을 베풀어 그 자리에 손익도 참석하도록 전갈을 보냈다. 술이라면 죽고 못 사는 손익은 아무 영문도 모르고 주연에 참석하려고 방문을 나서려고 할 때 천하에 미모이며 주역팔괘(周易八卦)에 능통한 부인 서씨(徐氏)가 손익을 말렸다.

"서방님 오늘 아침에 주역팔괘로 서방님의 일진을 예단(豫斷)해보니 공교롭게도 대단히 불길한 운수로 판명됩니다. 그러니 주연에 참석하지 마시고 오늘은 두문불출하는 게 상책이라고 생각됩니다. 이 점 통촉하시옵소서."

"부인, 당신이 제일가는 미모요, 제일가는 학덕에다가 주역에 능통하시다는 것을 내가 어찌 모르겠소. 하지만 사나이 대장부가 여자가 예단한 점괘 따위를 믿고 이미 가기로 정해놓은 주연에 참석하지 않는다면 졸장부란 오명을 피하지 못할 것이오. 더욱이 나는 수하를 거느린 장군이 아니오."

"서방님, 늦지는 않았사오니 잠깐 이리로 좌정을 하시오소서. 그리고 내 말을 듣고 난 연후에 결정하옵소서."

마지못해 앉은 손익에게 부인이 말했다.

"서방님, 서방님께서는 왜 하나만 알고 둘은 모르십니까? 주나라의 문왕도 주역팔괘로 위수란 강가에서 강태공을 만나게 되었고 진시 황제께서도 수덕(水德)으로 인하여 황위에 올랐다 하여 모든 복제(服製)를 물의 상징인 검정으로 바꾸었고, 화덕(火德)으로 제왕이 된 유방(劉邦)은 불의 상징인 붉은 색으로 복제를 바꾸었으며, 지금은 토기(土氣)가 도래했다 하여 흙의 상징 색깔인 황색을 도처에서 사용하고 있지 않은가요? 황건적의 난이 바로 그것입니다. 온 천지의 기운과 제왕들의 역사에서도 실증하고 있는 괘이거늘 오늘의 일진이 불길하다는 나의 간곡한 부탁을 저버리신다면 섭섭합니다."

부인의 이와같은 논리정연한 간청에도 불구하고 손익은 문밖을 나서 주연장으로 죽음의 발걸음을 옮겨가고 있었다.

주연에 참석하여 몸을 가누지 못할 정도로 만취하여 갈지(之)자 걸음으로 흐느적거리며 돌아오고 있었다. 오는 도중에도 사람만 지나가면 갖은 욕설을 퍼부었다.

"이놈들아, 내가 오나라 임금 손권의 아우 손익이다. 나를 몰라본 놈은 가차 없어. 어서 길을 비켜. 음, 취한다 취해."

어둠 속을 이렇게 가고 있을 때 길을 가로막으며 창검이 번쩍이었다.

"네놈은 누구냐? 난 태수 손익이다. 손권 동생말이다."

이 말이 끝나기도 전에 뒤따라오던 변홍의 장검이 손익의 목을 내리쳤다. 손익은 단숨에 황천객이 되고 잘라진 그의 머리통은 길바닥에 내동댕이쳐진 채로 붉은 피를 흘리고 있었다. 원소, 손익은 죽었으나 그 일은 그다지 간단하게 끝나지 않았다. 변홍은 위람과 대원의 사주를 받아 손익을 죽였는데 막상 일이 터지자 위람과 대원은 모든 책임을 변홍에게 뒤집어씌워 참형을 하여 그의 머리통을 길거리에 매달아 뭇사람이 보도록 했다. 그런가 하면 손익의 처가 절세미인 것을 알고 겁탈까지 하려고 대들었다. 그러나 그럴 때마다 서씨의 슬기로 무사하곤 했다. 모든 가제도구와 귀중한 문서를 빼앗아 간 위람은 서씨를 어떻게 하면 자신의 애첩으로 만들 수 있을까 하는 생각에서 어느 날 깊은 밤을 이용하여 서씨가 자고 있는방을 침입하였다. 그리고는 서씨에게 강요했다.

"내가 그대의 남편 원수를 갚아 주었으니 그대는 당연히 나를 남편으로 섬겨야 한다."

서씨는 눈물을 흘리며 말했다.

"지아비 시신이 아직 식지도 않은 마당에 다른 남자와 몸을 섞는 것은 결코 도리가 아니오니 제발 상복이라도 벗는 연후에 모시겠으니 이번만 살려 주시와요."

여인의 애달픈 애원에 금수같은 위람도 풀었던 허리끈을 다시 매고 팽창할 대로 팽창해진 옥근(玉根)을 손으로 억누르며 밖으로 나갔다. 서씨는 남편의 장례를 치르고 전에 남편의 심복이었던 손고(孫高), 부영(傅嬰) 두 장수를 극비리에 불러 눈물로 사실을 털어놓았다.

"주인 어른을 직접 죽인 사람은 변홍이지만 그 뒤에서 조절한 사람은 위람과 대원이며 그러한 심증을 하게 된 것은 입에 담기 어렵지만 사실을 밝힌다. 위람은 우리집에 있는 모든 가재도구를 강탈해 가고 나에게 자신의 애첩이 돼 달라는 협박을 하여 내가 응하지 않자 깊은 밤을 이용하여 나를 겁탈하려고 허리끈까지 풀고 대드는 것을 남편의 장례가 끝나면 그러하겠다고 했는데 그 약속 날짜가 어언 이 달 그믐으로 다가온다. 그러니 두 분께서는 이 처절하고 비참한 사실을 오후 손권(吳侯孫權)에게 급히 알려 주시고, 또다른 한편으로는 그믐날 위람이 찾아올 것이므로 이부자리를 깔아놓고 잠옷으로 갈아 입고서 기다리고 있을 테니 두 분께서는 어둠 속에 숨어 있다가 위람을 죽여 남편의 원수를 갚아주시오."

며칠이 지나 약속 날 그믐이 되자, 서씨는 술상을 잘 차려 놓고 야한 홑치마만을 입고 화장을 한 다음 위람을 기다리고 있었다. 밤이 깊어지고 사람들의 왕래가 뜸하자 위람이 헐레벌떡 서씨의 방문을 열고 들어왔다. 서씨는 마음 속에 복수의 독기를 품고 있었으나 겉으로는 빙그레 웃으면서 맞이했다. 위람은 서씨가 권하는 술잔을 계속 받아 마시고는 마음이 급해서인지 숨소리가 거칠어지며 서씨를 껴안으려고 몇번을 시도했지만 그때마다 서씨는 거짓 몸놀림으로 넘기고 계속 술을 권했다. 시간이 갈수록 몸이 달아오른 위람이 계속 몸을 요구해 오자 서씨가 말했다.

"장군님, 그것만은 아직 아니 되옵니다. 생명과 같은 정조를 그 어찌 함부로 한단 말씀이오. 그리고 남녀간의 정분이 그 어찌 몸으로만 맺어진단 말이오."

얼굴이 붉어지고 숨소리까지 변해 버린 위람은 도저히 아니 되겠다는 생각에서 장검을 쑥 뽑아 서씨 목에 들이댔다. 순간 서씨가 위람을 결사적으로 껴안으며 큰 소리를 쳤다.

"두 장수는 뭘 하는가? 어서 지아비의 원수를 갚아다오. 어서."

그러자 병풍 뒤에 숨어 있던 두 장수가 비호처럼 달려와 위람의 목을 단숨에 쳐버렸다. 그리고 나서 이번에는 위람의 명이라고 속인 후 집에 있던 대원을 칼로 찔러 죽여 서씨의 한을 풀어 주었다.

서씨는 눈물로 상복을 다시 갈아입고 위람과 대원의 머리통을 남편 젯상 앞에 놓고 오열을 토하며 그의 명복을 빌었다. 소식을 들은 손권은 몸소 군사를 거느리고 와 원수를 갚아준 두 장수에게 아문장(牙門長)이란 벼슬을 내려 서씨가 있는 단양을 물샐 틈없이 지키게 했다. 그리고 제수인 서씨 부인에게는 정열(貞烈)을 높이 치하하고 많은 논밭 등을 하사하여 편히 살게 해주었다. 서씨 부인이 악몽을 씻고 새로운 삶을 영위하고 있던 어느 날 청명한 하늘을 바라보며 중얼거렸다.

"남편이 살아 생전 내가 생사를 걸고 주연을 가지 못하도록 막았다면 객사는 면했을텐데. 주역팔괘를 알아 하늘의 도수(度數)를 헤아린다 해도 그것을 지키기는 어렵구면, 어려워."

이후부터 서씨는 무지로 인해서 닥쳐오는 재앙(災殃)을 피하지 못한 백성들을 수없이 구해주는 덕도(德道)를 몸소 실천했던 것이다.

14. 중원 대륙은 와룡의 가슴 속에

　조조는 오나라 군주 손권의 아들을 볼모로 하는 것이 실패로 돌아가자 이젠 더 기다릴 필요성이 없다고 판단, 팔십만이란 군사력을 백만이라고 과대한 소문을 퍼뜨린 후 국경 인접 지역 요소요소에 배치하여 만약의 경우 실력 행사도 불사하겠다는 침묵의 위협을 하고 있었다.

　그러자 조조의 세력에 비하여 힘이 열세인 손권은 조조가 형주를 침공점령하고 난 다음에는 틀림없이 오나라까지 침공해 올 수 있다는 걱정에 시상성(柴桑城)이란 곳에 별도의 군영(軍塋)을 설치하고 침공 대비에 고심하고 있었다. 이때 노숙이 손권에게 말했다.

　"유표가 황천객이 된 지가 얼마 되지 않았으므로 조문(吊問)을 빙자하여 바깥 정세를 한번 살피고 오는 것이 좋을 것 같습니다. 따라서 유비가 우리와 동맹을 맺어 힘을 합한다면 조조를 두려워할 것이 없다고 생각됩니다."

　손권은 즉석에서 노숙의 의견을 받아들여 예물을 준비하고 노숙을 조문사(弔問使)로 하여 강하(江夏)로 떠나 보냈다.

그러한 시기에 강하에서는 유비와 그의 군사(軍師)인 와룡이 천하
대세를 논하고 있었다. 그 자리에서 와룡은 지금의 천하대세는 아
무래도 삼국지세(三國之勢)가 될 수밖에 없는 천도적(天道的) 운명에
처해 있음을 알고 삼국이상론(三國理想論)을 주장하고 있었다.

다시 말한다면 조조와 손권이 싸워 국력이 약화되면 그 기회를 최
대한으로 이용하여 천하통일을 이루어보자는 이른바 선삼국분립 후
천하통일(先三國分立 後天下統一)이 와룡의 구상이었던 것이다. 와룡
의 이와같은 주장에 유비는 고개를 끄덕이면서도 그렇다면 군사의
주장대로 이루어질 수가 있을지 궁금해했다. 와룡은 머지않아 닥
쳐 올 미래사를 훤히 내다보듯이 말했다.

"두고 보시오. 머지않아 오나라에서 조문사를 빙자한 염탐꾼이
올 겁니다. 그렇게 되면 내가 직접 오나라로 가 손권이 조조와 싸
움을 하게끔 밀계를 쓸 예정입니다. 그리하여 손권이 승전하게 되
면 조조를 치고, 조조가 승전하는 경우에는 강남을 치는 것이 상책일
것입니다."

유비는 너무도 생각밖의 이야기가 되므로 의아스러워 물었다.

"군사께서 방금 조문사가 올 것이라고 말씀하셨는데 그들이 우리
들에게 그런 식으로 대한 연유는 무엇일까요?"

유비의 물음이 끝나자 밖에서 수하 장수 하나가 헐레벌떡 들어
왔다.

"장군, 방금 강동에서 손권이 노숙이란 사람을 보내 왔습니다."

유비는 와룡의 얼굴을 다시 한 번 쳐다보고는 깜짝 놀랐다.

"아무튼 계획은 군사께서 말씀하신 대로 돼 가는가 봅니다."

와룡은 유비에게 손권이 노숙을 보내온 까닭은 조문사를 빙자로

우리의 군사력을 염탐하러 왔을 것이라고 했다.

"만약 노숙이 조조의 군사력에 대해서 묻거든 아무 말씀도 하시지 마시고 나를 만나보라고 하시면서 피하십시오."

그리고는 와룡은 밖으로 나가 버렸다. 얼마 후 노숙이 들어오자 문상의 예를 나누었다.

"유표 장군께서 작고하셔서 얼마나 마음이 아프십니까?"

"글쎄 올시다. 유표 장군은 영웅호걸이셨는데 이렇게 갑자기 별세하실 줄은 꿈에도 몰랐습니다. 아들 유기가 있다 하나 아직 나이가 어려 여러 가지로 걱정입니다."

"소신은 이미 황숙의 존함을 듣자온 지 오래 된 바 이처럼 만나뵙게 돼 감개무량합니다."

"원로에 이곳까지 오시느라 수고하셨습니다."

"황숙께서는 이미 조조와 싸워 본 적이 있어 조조의 군사력을 대략 알고 계시지요?"

순간 유비의 뇌리에서는 와룡이 당부한 말이 떠올랐다.

"그러한 군사력에 대해서는 나보다 와룡 선생께서 소상히 알고 있지요. 나는 잘 모르오."

"하지만 소문에는 조조의 대군도 장군의 화공법에는 혼비백산하여 도망쳤다는데요."

"그것 또한 와룡 선생의 계책이었소. 그러니 모든 것을 아시고 싶거든 와룡 선생을 직접 만나보시는 게 좋을 듯싶소이다."

"저 역시 와룡 선생을 한번 만나 뵈었으면 했는데 마침 잘 되었군요."

"그러시면 지금 당장 와룡 선생을 모셔 오겠습니다."

와룡 선생을 모셔오라는 명령이 떨어지자 잠시 후 와룡이 들어와 노숙과 인사를 나누었다.

"세인들이 흠모하는 와룡 선생을 이렇게 뵙다니 광영입니다."

"내가 세인의 흠모가 되다니요, 그러한 인물이 못 되오."

"별말씀을, 오죽하면 천하호걸 유 장군께서 삼고초려 끝에 모셔 왔겠습니까? 앗하하하. 초면에 죄송한 말씀이오나 와룡 선생께서 는 지금의 천하대세를 어떻게 보시는지요? 말씀해 주셨으면 합 니다."

"내가 뭘 압니까?"

"유 장군께 다 말씀들었습니다. 가르쳐 주십시오."

"정이나 그러시면 할 수 없지요. 조조의 간계나 군사력은 이미 짐 작하고 있어서 거기에 대비한 묘책을 생각해온 게 있지요. 그러나 애석하게도 우리의 힘은 너무도 약해 때를 기다리고 있는 중이오."

노숙이 자세를 고쳐 앉았다.

"그러시면 유 장군께서는 언제까지나……."

순간 와룡이 재빠르게 가로챘다.

"유 장군께서는 오나라와 힘을 합세하여 조조를 정복한다면 별 어려움이 없다고 생각하나 노숙의 의향은 어떠신지?"

"그런 중대한 이야기를 소신이 어떻게…… 오나라가 우리와 손 을 잡지 않으면 조조의 침공을 막기 힘들 것이외다."

와룡의 이와 같은 주장은 예의바르고 정중하게 보였지만 반 협박 이나 다름없었다. 오숙은 마음 속으로 만약 유비가 조조와 동맹이 라도 맺는 날에는 오나라는 어떻게 되는가 생각하고는 옷깃을 다시 정리했다.

"나는 오나라의 소산에 지나지 않으므로 결정적인 말씀은 드리 기 어려우나 우리 주군이신 손 장군께서도 유예주와 손잡는 것을 절

대 반대하지는 않으리라 생각됩니다. 그러시면 동맹의 여지는 있다
고 보시는지?"

"그렇습니다. 다만 동맹이 이루어지기까지는 와룡 선생의 슬기로
운 도움이 필요할 것 같소이다."

"하필이면 왜? 나를."

"그 이유로는 와룡 선생님의 형님께서는 오나라의 경사(経士)가
아니십니까? 그러니 두 분의 지혜만 빌린다면 가능하지 않겠습니
까? 그러니 이번 기회에 선생께서 저와 같이 동행하시면 일이 성큼
앞서 이루어질 수 있다고 생각하기 때문입니다."

노숙의 이러한 제안에 마음 속으로 깜짝 놀란 사람은 유비이다.

그리고는 와룡 선생을 오나라 사람으로 만들려고 위계를 쓰는데
와룡을 잃는 것은 백만 대군을 잃는 것보다도 더 큰 손실이므로 자
신도 모르게 격한 어조가 되어 노숙에게 말했다.

"와룡 선생께서는 내 스승이자 군무의 총책임자요. 따라서 그러
한 자리를 한시도 비워 둘 수가 없소이다. 그런데 감히 오나라까지
가시다니 안될 말이오."

"천하통일의 대업을 성취하기 위해서는 우리 주군과 와룡 선생을
만나게 해주는 것이 도리이며 순서라 생각됩니다. 그러니 유 장군
께서 도와 주셔야지요."

노숙은 유비의 속마음을 꿰뚫어보듯이 유비에게 일격을 가했다.
와룡은 두 사람의 언성이 높아지자 무슨 생각에서인지 유비에게 말
했다.

"노숙이 이렇게 간청하는데 거절하는 것도 도리가 아니오니 성의
를 보입시다. 따라서 내가 신념을 갖고 다녀올 터이니 승락을 해주
시면 합니다."

그런데도 유비는 마음이 내키지 않는 표정이었다. 유비로서는 금세 와룡을 빼앗기지는 않을까 하는 걱정이 앞섰으나 그렇다고 승낙하지 않을 수 없었다.

"그럼, 좋소이다. 군사께서 잘 알아서 하시도록 하시오."

유비의 승낙이 떨어지자 와룡은 천장을 멍하게 바라보고 뭣인가 구상하는 모습이었다.

날이 밝아지자 노숙과 와룡은 긴 강의 수평선을 바라보며 수천 리나 되는 먼 길 오나라를 향해서 출발했다. 미래사를 손바닥처럼 들여다보는 와룡 선생이 오나라까지 가서 어떻게 통일비책을 구상할지에 관한 것은 와룡 선생 이외에는 예측할 수 없는 와룡만의 비밀이었고 그 비밀 속에 중원 대륙의 운명이 좌우될 수밖에 없었다.

수천 리나 되는 망망대해를 가고 있던 노숙과 와룡은 서로의 마음속을 들여다 보기 위해 겉으로는 웃음을 띠면서도 예의 주시하는 것은 당연했다. 노숙은 와룡이 홀홀단신 오나라까지 가는 것을 보고 마음 속으로는 무서운 생각마저 들었다.

'와룡은 겉으로는 솜처럼 부드러운 모습이지만 그의 가슴 속에는 비장한 비책을 안고 있겠지?'

노숙이 와룡에게 다가왔다.

"와룡 선생, 손 장군을 만나시더라도 조조가 백만 대군을 이끌고 있다는 말씀은 하지 않는 게 좋을 것 같소이다."

"그것은 염려마시오. 나도 짐작이 있소이다."

이러한 여담(旅談)이 오고가는 사이에 어느덧 긴 여로가 끝나고 오나라의 시상성에 도착했다. 노숙은 와룡을 역관(驛館)에 쉬도록 하고 손권에게로 달려갔다. 마침 모든 중신들이 한자리에 모여 천하대세를 논하고 있던 차였다. 손권은 노숙을 보자 위로했다.

"먼 여로에 수고하셨소. 이렇게 무사히 돌아오시다니 참으로 대단하오. 역시 노숙이오. 그래 유비의 군사력은 어떠하오?"

"글쎄요. 우선 숨을 돌리고 나서 말씀드리겠습니다."

손권은 노숙이 뭔가 긴요한 밀담이 있다고 생각돼 더 이상 묻지 않고 격문 한 장을 노숙에게 건네주었다. 노숙은 그 격문을 읽고 나서 깜짝 놀라지 않을 수 없었다.

왜냐하면 조조가, 손권이 항복을 하지 않으면 백만 대군으로 오나라를 침공하겠다는 최후의 통첩이었기 때문이다.

"이 격문에 대해서 중신들의 결론은 어떻습니까?"

"아직 결론은 나지 않았으나 대충은 싸우는 것보다 화해하는 게 좋다고들 합니다."

손권의 이와같은 말에 곁에 있던 장소가 큰 소리로 의견을 말했다.

"천하를 정복하고자 최후의 통첩을 보낸 조조인 만큼 거역하는 날에는 후환이 더 클 성싶으니 차라리 일단 강화를 맺어 강동육군(江東六郡)을 보존하면서 후일을 도모하는 게 묘책이라고 생각됩니다."

여러 중신들 중 대부분이 찬동하는 모습들이었으며, 손권은 고개를 떨군 채 묵묵부답하고 있어 매우 침통한 기운마저 감돌고 있었다. 답답하다 못해 손권이 자리를 박차고 밖으로 나가 버렸다. 그러자 노숙이 손권의 뒤를 따라나왔다. 손권은 긴 한숨을 몰아쉬고서 노숙을 데리고 별실로 들어갔다. 노숙과 단둘만 있자 손권이 노숙에게 물었다.

"이 일을 어떻게 결단을 내려야겠소? 나라의 운명을 정하는 결단인데 중신들의 주장은 오나라를 위해서보다는 자신들의 영달을

위하여 충심 아닌 충심을 보인 듯합니다. 그러므로 결국 오나라와
장군을 위한 것은 아니라 봅니다. 주공은 어떠한 진퇴양난에 처하
더라도 항복만은 하지 말아야 합니다. 만약 항복을 하는 날에는 천
하통일의 대업은 물거품이 되고 맙니다."

손권은 자신도 모르게 노숙의 손을 덥석 잡으며 감격의 눈물을 흘
렸다.

"내가 갈망하던 말은 바로 그 같은 말이었소. 그렇지만 조조의 백
만 대군의 말발굽을 어떻게 피한단 말이오. 더욱이 조조는 우리를
치려고 진작부터 수군(水軍)까지 양성하고 배도 수천 척을 만들었다
는데 ……."

"그건 너무 염려마십시오. 그럴 줄 알고 제갈근의 아우 와룡을 데
리고 왔으니 그의 경륜을 믿어 한번 만나보십시오."

손권은 기쁜 모습이었다.

"그 유명한 와룡 선생이 와 계시다니, 노경 그게 사실이오."

"물론입니다. 내가 어떻게 거짓으로 ……."

"못 믿어서가 아니고 그렇게도 고명하신 분이 어떻게 이곳 오나
라까지. 그렇다면 내일 아침 당장 만나겠소."

손권은 밤잠을 설치고 나서 다음날, 장소, 고옹(顧雍) 등을 와룡
에게 미리 보내 인사하는 척하면서 뭔가 와룡의 의중을 알아보도록
했다. 와룡과 중신들간에 인사가 끝나자 장소가 와룡에게 여쭈
었다.

"와룡 선생께서는 유비가 세 번이나 초당을 찾아가 간청하여 세
상을 제도하고자 나오신 것으로 알고 있으나 사실이 그러한 연후에
형양 하나도 빼앗지 못하고 쫓겨만 다니고 있으니 무슨 연유입니
까?"

장소의 이와같은 말은 와룡을 꺾어주기 위한 인사로 와룡이 자칫 잘못하다가는 둘러앉아 있는 기라성같은 중신들에게 웃음거리가 되고 말 처지였다. 그러나 와룡은 이미 장소의 마음을 꿰뚫어보고는 마음 속으로 손권의 최고의 모사꾼인 그의 기를 꺾어놔야겠다고 생각하고는 엄중한 모습으로 말했다.

"유예주께서 형주쯤 뺏는 것은 손바닥 뒤집기와 다를 바가 없으나 이미 세상을 떠나간 유표 장군과는 종친관계였으므로 도리를 지킬 줄 아는 현자의 자세가 아니겠소. 상대가 약하다고 도리까지 저버리는 철면피가 돼서야 어디 사람이라 하겠소."

장소 역시 당대의 모사답게 와룡을 설복하려고 몰아붙였다.

"그렇다면 와룡 선생께서 세상에 나오시면서 중생운운하는 뜻과는 전혀 다르지를 않습니까? 선생께서는 춘추시대 관중(管仲)이나 악의(樂毅)에 비유되는 현자 중에 현자로서 그 어찌 사사로운 정에 대를 망각한단 말이오. 더욱이 유표 따위의 사사로운 정에 그러한 졸속지책이 있기 때문에 조조에게 늘상 쫓겨다니는 애처로운 신세가 아닙니까? 그리고 보면 와룡 선생의 경륜이란 것도?"

장소의 일방적인 말에 듣고만 있던 와룡이 큰 소리로 웃어댔다.

"장군이 그렇게 보는 게 당연하지요. 허나 봉황의 큰 뜻을 하찮은 참새 따위가 알 수 없듯이 옛날 어느 고사에도 선정자(善政者)가 일국을 다스리려면 적어도 백년을 도모해야 한다고 했질 않았소. 그러므로 중병을 앓고 있는 병자에게 진수성찬보다는 죽을 먼저 먹게 해서 서서히 몸을 추스린 후에 진수성찬을 먹는 게 순서가 아니겠소. 요즘 백성들은 헐벗고 굶주림에 허덕이고 있어 마치 중병자들이나 다를 바가 없소이다. 이렇게 병이 들어 있는 세상을 태평시대, 즉 회복시키는 데는 조급히 약을 쓸 수도 없듯이 유 장군께서는 여

남(汝南) 신야 싸움에서 패전을 하여 군사력이 쇠약한데 조조의 백만 대군과 싸운다면 화약을 지고 활화산(活火山)의 깊은 계곡으로 뛰어들어가는 것과 뭐가 다르겠소. 따라서 시운을 관망하는 게요. 그렇다고 유 장군이 패전한 것만은 아니질 않습니까? 비록 중과부적으로 퇴군은 했어도 백하(白河) 같은 격전지에서는 하후돈과 조인 같은 명장들도 고전을 면치 못하도록 했고 박망대전(博望大戰)에서는 조조의 중심부를 일격에 분쇄하지 않았습니까? 물론 당양(當陽), 광야(曠野)에서는 처참한 패전을 한 게 사실이나 그 어찌 승전만이 능사입니까?"

이 말에 장소는 의아스런 모습이었다.

"아니 전쟁에서 승전이 능사가 아니라면 무엇이 능사인지?"

와룡은 앞에 놓인 물 한 사발을 마신 후 다시 입을 열었다.

"유 장군이 패전을 했음은 절대 부인할 수 없는 사실이로대, 그것은 백성들을 구하기 위한 패전이었소. 그 옛날 초나라의 항우는 백전백승의 명장이었고 한나라의 유방(劉邦)은 백전백패를 했지만 결국 항우를 이기고 임금이 되었고, 한신(韓信)은 명장 중에 명장이었으나 전쟁에서 그다지 이겨 본 일이 별로 없질 않았소. 이러함이 곧 원모대계(遠謀大計)라고 하는 것이오. 이러함을 이해하지 못하고 사사로운 싸움에 얽매여 웃고 우는 세월만 반복하게 된다면 그 어찌 천하내세를 운운할 수 있었는가?"

와룡의 이같은 논리정연한 설파에 기라성 같은 중신들은 묵묵부답들이었다. 그러자 맨 구석에 앉아 있던 우번(虞翻)이란 중신이 조금은 상기된 모습으로 와룡에게 물었다.

"단도직입적으로 묻게 됨을 용서하시오. 성질이 급해서요. 지금 조조놈은 백만 대군 이외도 기라성 같은 장수만도 무려 천여 명이나 돼 한마디로 강하(江河)를 주어 삼킬 듯한 기세입니다. 그렇다면 와룡 선생께서는 이에 대한 어떤 묘책이라도 갖고 계시는지?"

당돌하게 물은 우번의 태도와는 정반대로 와룡은 나지막한 소리로 대답했다.

"조조가 백만 대군이라곤 하나 그들은 원소와 유표를 칠 때 급히 형성된 오합지졸입니다. 그런데 그게 뭐가 그다지 대단하단 말이오."

우번은 불쾌하다는 듯 코웃음을 쳤다.

"와룡께서는 당양에서도 패전을 했으면서도 아직 조조가 두렵지 않다는 큰소리만 치시오. 허풍이 대단하시구면."

노골적인 우번의 불손함에도 와룡은 아랑곳하지 않았다.

"유비 장군의 군사들은 한결같이 인자하고 의리와 용맹을 갖춘 강병들이나, 조조 군사들은 잔악무도하기가 비길 바가 없는데 어찌 당해낼 수가 있겠소. 그래서 지금 우리가 물러나 방비하는 데 불과하오. 다만 때를 기다리고 있는 중이오. 하지만 강동은 무서운 군사력과 군비가 풍족하고 천애요새의 험준한 장강 등이 지리적으로 훌륭함에도 조조는 겁도 없이 손권에게 항복을 하라고 하니 이 또한 웃음을 면치 못할 일이 아니고 뭐겠소. 그러나 유예주에게는 항복하라는 조조의 통첩이 없으니 유예주를 내심 두려워하온 게 분명하나 유예주는 조조를 두려워하지 않고 있소이다."

와룡의 이와같은 말에 좌중은 조용했고 마치 와룡이 중신들을 가르치고 있는 모습과도 같았다. 우번이 아무 말을 못하고 얼굴만 붉어져 있자, 곁에 있던 보질(步質)이 날카로운 질문의 시위를 당겼다.

"와룡께서는 그 옛날 소진(蘇秦)이나 장의(張儀)를 모방하여 우리들을 설복하려고 장황한 설변을 늘어놓는 게 아니오."

와룡은 보질을 향하여 껄껄 웃었다.

"당신은 소진과 장의가 설변에 능란하다는 것만 알았지 그들이 비유할 데 없는 풍운호걸이었음은 알지 못한 모양 같소이다. 그래서 다시 한 번 말하거니와 소진은 육국상인(六國相印)을 가질 수 있을 만큼 탁견이 높았고 장의는 두 번씩이나 진나라의 정승이 돼 구국경사(救國経士)로서 심혈을 기울였던 것이오. 그들이 그렇게까지 되기 위해서는 수많은 역경과 죽음의 고비를 무릅쓰고 강한 무리들에게 겁을 내지 않았소. 더욱이 창검 따위 무력 앞에서도 의연했고 경륜을 설파했소이다. 하지만 지금의 오나라의 장수나 문신들은 어떠하오. 조조의 창검이 두려워 항복을 주장하면서 무슨 낯으로 소진과 장의를 비웃는단 말이오. 내 이야기가 잘못된 점이 있으면 말해보오."

보질은 입을 다문 채 말없이 고개를 푹 숙였다. 이번에는 설종(薛綜)이란 사람이 강한 어조로 나섰다.

"그렇다면 와룡께서는 조조를 어떤 인물로 생각하시는지?"

"조조는 세상이 다 알다시피 역적이 아니오. 그런데 그러함을 새삼 물어서 무엇하겠소."

"천만에 그건 와룡이 잘못 알고 있소이다. 한나라는 하늘의 운수가 다해서 쇠약한 것이지 결코 조조가 역적이라서 그런 건 아니오. 더욱이 민심은 이미 조조에게로 돌아섰고 유예주는 멀어져 가고 있지 않소이다. 그러한 천운인심(天運人心)을 헤아리지 못하고 유예주는 함부로 덤비는 것이오."

"이봐요 설종, 그대는 어찌하여 부모도 인군도 모르는 무지한 망언을 하시오. 신하가 불충하게 되면 죽음을 무릅쓰고 그 역도를 척결해야 함에도 공은 오히려 조조의 불충을 천운이 어떻고 인심이 어떻고 하는 망언으로 돌리려 하는가? 그렇다면 오나라의 임금 손권이 쇠운을 만나게 되면 쇠운으로만 돌이키고 가만히 앉아서 보고만 있다는 말인가?"

"말을 삼가하시오."

설종의 얼굴이 홍당무가 된 채 몸둘 바를 모르고 불안해했다.

이번에는 육적(陸績)이 말문을 열었다.

"조조가 비록 천자를 무시하고 대권을 장악하고 있으나 상국조참(相國曹參)의 후예이고, 유비는 중산정왕(中山靖王)의 후예라곤 하나 돗자리를 짜고 짚신을 삼던 천부 중에 천부임은 속일 수가 없질 않소이까? 그러한 상황에서 우리는 누구를 내세워야 도리이며 정당하겠소이까?"

와룡은 미소를 지었다.

"오! 그대는 원소의 수하였던 육랑(陸郎)이구려. 우선 내 이야기를 들어주시오. 옛날 주나라의 문왕은 천하를 삼분이나 점유하고 있었으나 비유도 되지 않는 은나라를 섬기는 데 소홀히하지 않았기 때문에 공자는 그 인덕을 높이 격찬했던 것이오. 조조가 오늘과 같은 대권을 잡았다고 해서 천자를 무시한 행위를 서슴지 않는다면 그 어찌 충신이라 하겠소. 또한 유예주가 한때 돗자리를 짜고 짚신을 삼아 신었던 게 지나치게 못마땅한 모양인데 한나라 고조께서도 하찮은 궁장(弯長)으로부터 시작했음을 잊지 마시오. 따라서 귀공이 세상 만사를 모두 그런 식으로 보면 너무도 어리석은 소견이오."

육적 역시 무색한 표정으로 슬그머니 뒤로 물러나 앉았다.

다음으로 눈알이 유별나게 부리부리한 엄준(嚴畯)이 비웃는 언사로 덤볐다.

"와룡 선생의 궤변이야말로 천하 제일이구려. 도대체 무슨 경전을 읽었길래 그렇게도 능하시오."

와룡은 근엄한 자세로 눈 하나 깜짝하지 않았다.

"글귀 따위를 알고 구국경사(救國経士)라 하겠소. 장량(張良), 진평(陳平)은 경전이나 시문에 능통하지 않았어도 흥국지도(興國之道)에 능통한 바가 있었지 않소. 나 역시 구차스럽게 책을 끼고 다니며 귀중한 세월을 보내지 않았소."

엄준이 말을 못하고 고개를 떨구고 있자 정병(程秉)이 반박하고 나섰다.

"그 존귀한 학문은 나라를 다스리는 데 쓸모없다는 순전히 와룡 혼자만의 궤변이 아니오."

"공은 너무 속단하지 마시오. 글을 읽은 선비에는 군자가 있고 소인배가 있소. 그래서 군자는 충신이 되고 소인배는 사악의 무리에 지나지 않아 불충이 있게 되오."

와룡의 이와같은 능변에 문무 중신들은 무색하다는 듯이 아무 말들을 하지 못하고 무거운 표정들이었다. 침묵이 흐르는 동안 중신 하나가 문을 열고 들어와 좌중을 훑어보며 큰 소리로 외쳐댔다.

"와룡 선생께서는 당대의 현인이며 경사이신데 여러분들은 감정에 앞서 어려운 질문만 퍼붓고 있으니 이는 손님에 대한 예우가 아니지를 않소. 더욱이 변방에는 조조군이 날로 침공을 해오고 있다는데 부질없는 입씨름만 한단 말이오?"

와룡이 고개를 들어 그를 자세히 살펴보니 오나라의 군량과 군수품을 책임맡고 있는 황개(黃蓋)란 장수였다. 황개는 목소리를 낮추어 와룡에게 주공께서 기다리고 계시니 같이 가자고 했다. 와룡이 노숙의 안내를 받으며 황개와 함께 안으로 들어가 보니 마침 와룡의 장형인 제갈근이 와룡에게 다가왔다.

"네가 이 먼 오나라까지 왔으면서 어찌 형인 나를 만나볼 생각도 하지 않고 있는고?"

와룡은 공손하게 인사했다.

"제가 유비 장군의 명으로 왔기 때문에 먼저 손 장군을 뵙고 나서 형님을 찾아뵐 생각이었습니다."

"그러면 손 장군을 만나고 나서 내게로 오도록 하라."

"예, 형님. 그대로 따르겠습니다."

"그러면 어서 가 봐라. 나는 잠깐 볼일이 있어서……."

제갈근은 이 말을 남기고 밖으로 나가 버렸다. 와룡이 노숙을 따라 당상에 오르려 하자 손권이 계단 아래로 내려오면서 기꺼이 맞았다. 와룡은 인사를 끝내고 유비의 친필을 손권에게 전하고 손권의 얼굴을 유심히 살펴보았다. 청안(靑眼)에 자줏빛 수염 그리고 우뚝 솟은 코 등 오관이 상응한 듯이 관상으로 비범한 인물임이 틀림없었음을 내심 판단하고 있었다.

'역학(易學)에서 만상(萬相)이 불여심상(不如心相)이라 했으니 이제는 심상을 봐야지. 평평하면서도 날카로운 부분이 많아 감정이 풍부하게 잠재하는 게 특징이구먼. 따라서 충동을 시켜주면 감동에 사로잡혀 있겠구먼, 고집은 대단해.

와룡은 손권의 관상을 통하여 손권의 마음까지 헤아리고 있었다. 잠시 후 손권은 진귀한 차를 와룡에게 권했다.

"선생의 명성은 오래 전부터 들은 바 있었으나 오늘에야 이렇게 뵙고 보니 광영입니다. 그러니 좋으신 말씀 많이 들려주시오."

"제가 뭘 얼마나 알겠습니까마는 성심껏 대답해 올리겠습니다."

"선생께서 유비 장군을 도와 신야에서 조조와 일전을 감행하셨는데 조조의 군사력은 어떠했는지요?"

"유비 장군은 군사라고 해야 고작 수천 명에 불과하고 장수도 몇 명 되지 못한 데다가 신야는 지형상 수비하기 아주 어려운 난지(亂地) 중에 난지라서 결국 패하고 말았습니다."

"와룡 선생, 그렇다면 조조군의 병력을 숫자로 언급한다면 얼마나 되는지?"

"아! 그야 백만 명은 족히 됩니다. 하지만 그러한 병력수는 조조가 전략상 겉으로 내세운 것이고 실상은 그보다 훨씬 많을 것입니다. 그 이유 중에 하나가 청주를 통합하고 수십만을 모병을 했고 형주, 양주 등을 총합했으므로 아마 일백하고도 오륙십만은 족히 될 것입니다."

노숙은 와룡의 이처럼 엄청난 말에 얼굴이 창백해지며 그에게 눈짓을 했으나 그는 의식적으로 본 체 만 체하고 마는 것이었다. 어느덧 손권의 얼굴에는 먹구름이 깔려 있었다.

"조조에게는 명장・용장들이 수없이 많다는데 도대체 그 수가 얼마나 되는지?"

와룡은 목소리를 약간 높였다.

"양장(良將)과 지장(智將), 용장(勇將) 등을 합산하면 이삼천 명은 됩니다."

"그렇다면 그 막강한 군사력으로 형주, 양주 등을 정복했으니 앞으로는 어느 곳을 정복할 것 같소?"

"죄송한 이야기입니다만 앞으로 조조가 칠 땅은 오나라가 아니고 또 어디 있겠소."

손권은 긴 한숨을 내리쉬고는 침울한 모습으로 침묵을 지켰다.

"그렇다면 어차피 싸우게 될 것 생사를 걸고 싸워야 할지, 아니

면 화친으로 조조에게 예속되는 게 나을지? 선생께서는 이 오나라
의 운명이 걸린 일이라고 생각하시고 허심탄회한 경륜을 펴 주십시
오."

"장군께서 그렇게 말씀하시니 소신껏 말씀을 드리겠습니다. 조
조가 여러 제후들을 침공하여 근자에는 형주까지 점유하고 있어 그
위력은 천하제일이라고 해도 결코 과언은 아닙니다. 따라서 어떤
영웅호걸인들 조조를 칠 수가 있겠습니까. 그러므로 천하호걸 유비
장군께서도 시운을 바라보고 강하(江河)에 의지한 것도 바로 그런
연유에서입니다. 그러나 손 장군께서 선대의 웅지를 이어받아 천하
를 도모할 굳건한 의지가 계신다면 지금 당장 조조와 절교를 하고
유비 장군과 손을 잡으시고 이와는 반대로 정이나 조조와 대항할 웅
지를 갖지 못하실 바에야 조조에게 항복을 해버려야지요. 어찌 하
겠습니까?"

와룡의 이처럼 진지한 이야기에도 손권은 무거운 표정으로 고개
를 떨구고 있을 뿐 말이 없었다. 와룡은 손권을 살짝 살펴보고는 마
음 속으로 바로 손권을 충동하니 감동을 강하게 받는 모양이라고 생
각하고는 다시 입을 열었다.

"장군께서 사내 대장부로 이 세상에 존재한 이상 천하통일의 대
업에 승부를 걸고 싶은 웅지가 충만하리라 생각합니다. 그러나 수
하 장수들이 생사를 건 열전보다는 화친을 하자는 쪽이 많아 대단한
번민을 하고 계심이 역력히 보입니다. 하지만 가부간에 결단을 해
야 하는 시기가 바로 지금이 아니겠습니까. 만약 이때를 놓치면 기
필코 후환이 닥쳐올 게 분명합니다."

와룡의 이와같은 말이 끝나자 손권이 의아스러운 모습으로 물
었다.

"와룡 선생의 말을 불신한 것은 아니나 유비 장군께서는 항복을 하지 않고 왜 나에게만은 항복과 결전을 택일하라고 하시는지?"

"손 장군, 그게 아니오. 내 말을 다시 들어보시오. 옛날 전횡(田橫)이란 사람은 제(齊)나라의 장수에 불과했지요. 하지만 대신들이 항복을 하여 목숨을 구걸할 때에 그 장수는 끝내 항복을 하지 않고 목숨을 초개와 같이 던졌습니다. 유비 장군은 황실의 후예이고 그 재주가 세상을 덮을 만큼 선비와 만 백성들이 한결같이 우러러 흠모하는 터에 조조 같은 역신에게 머리를 숙여 항복을 한다는 것은 만 백성이 조조에게 항복한 것이나 다름없어 그러합니다."

손권은 기분이 언짢아서인지 자리를 박차고 안으로 들어가 버렸다. 시립해 있던 중신들이 손권을 뒤따르고 와룡과 노숙 단둘만 남아있게 되자, 노숙이 입을 열었다.

"선생께서는 무슨 속셈으로 그런 모욕적인 말씀을 하시는지? 다행히 주공께서 도량이 넓은지라 면전에서 책망을 하지 않았소마는 도대체 그런 모욕을 주시다니……."

와룡은 큰 소리로 웃었다.

"손 장군이 사람을 그렇게도 용납을 못하시다니 섭섭하오. 조조의 침략을 막아낼 비책을 물어보지도 아니하고 일신상의 기분 때문에 자리를 박차고 일어나다니. 그런 분이 무슨 천하대업을……."

"그러시면 선생께서는 조조를 칠 수 있는 비책을 갖고 있단 말씀이오?"

"그러한 비책도 없이 이역(異域) 나라 이곳까지 뭘 하러 찾아왔겠소?"

"그러시다면 제가 다시 주공을 모셔오리다."

와룡은 노숙이나 손권의 마음을 이미 꿰뚫어보고 있는 터라 자신만만한 모습이었다.

"사실 나는 조조의 백만 대군쯤은 하찮은 개미떼 정도로밖에 보지 않아. 내가 손 한 번 들면 가루가 돼 먼지로 사라지고 말 것이오."

노숙이 손권에게 다가가 와룡을 다시 한 번 만나보는 게 유익하다는 말로 설득을 했다. 그러자 손권이 말했다.

"와룡은 나를 지나치게 업신여기고 있소. 어디 그럴 수가 있소. 일국의 왕인 나를."

"그러한 점은 소신도 잘 알고 와룡을 방금 크게 꾸짖고 오는 중입니다. 하지만 와룡은 적반하장으로 주공께서 도량이 좁다며 비웃으면서 조조의 침공을 막을 수 있는 비책을 들어보지도 않고 자리를 떠버렸다고 섭섭해합니다. 그러니 국익을 위해서 주공께서 먼저 노여움을 푸시고 와룡에게 가셔서 그 비책을 들어보시는 게 어떨까요."

노숙의 간곡한 설득에 마음이 다소 풀린 손권이 비책을 얻기 위해 사소한 감정을 죽이고 와룡을 만났다. 노숙의 끈질긴 노력으로 손권과 와룡은 후원에서 다시 만나 술을 나누며 천하통일의 진지한 대화에 들어갔다. 손권은 아까와는 달리 정중한 태도로 와룡에게 말했다.

"조조가 적으로 생각했던 여포, 유표, 원소 등 영웅호걸들이 이미 조조 손에 황천객이 되었기 때문에 이젠 조조가 숙적으로 생각하고 있는 사람은 아무래도 나와 유비 장군일 것이오. 이런 점에 대한 와룡 선생의 견해는 어떠하신지?"

"장군께서도 그 점을 알고 계시는군요."

"오 나라의 군주인 내가 그것을 모를 까닭이 없지않소. 그런데 우리의 십만 군사들은 아시다시피 전쟁이 없는 태평의 시대로 인하여 다소 해이한 게 사실이오. 따라서 조조 같은 난폭한 강병들을 대적할 영웅은 유비 장군인데 유비 장군마저 조조에게 참패를 했으니 어찌하면 좋겠소."

"장군, 그점은 염려마시오. 유비 장군이 참패는 했지만 관운장이란 대명장이 장병 만여 명을 거느리고 있고 유기의 수하 병사가 만여 명이 돼 비록 조조의 군사에 비하여 수적으로는 적지만 모두가 용감무쌍합니다. 그러나 조조의 군사들은 오합지졸인 데다가 강한 행군과 군율에 지쳐 있어 수효만 가지고는 견줄 바가 못됩니다. 더욱이 형주에 있는 군사들은 얼마 전 마지못해 통합했기 때문에 내분이 심하여 제대로 싸우지도 못할 것입니다. 그러므로 손 장군께서 유비 장군과 협동작전을 편다면 조조의 백만대군도 물리칠 것이오. 그러다보면 조조는 틀림없이 북쪽으로 퇴군할 것이 분명하므로, 손 장군과 유비 장군의 영역이 넓어짐은 말할 것도 없고 그 기틀이 확고해져 천하는 마치 삼분지국(三分之國)이 될 것이오. 이러한 것도 역시 손 장군의 결단 하나에 달려 있으니 장군의 책임이 태산같이 크고 무겁습니다."

와룡의 이와같은 천하 삼분설에 손권은 들뜬 모습이었다.

"와룡 선생, 정말 천하제일의 현자이시며 군자이십니다. 이제 답답했던 가슴이 툭 트인 것 같소이다. 그리고 내심 결정한 바가 있으니 그리 알아주기 바라오."

"그러시면 오늘 당장 군사를 일으켜야 할 것입니다. 왜냐하면 조조의 대군은 문전에 육박한 것이나 다름없으니 빨리 손을 써야 유익합니다."

"아! 그건 너무 염려마시오. 나도 그렇게 생각하고 있었던 게 이미 오래요."

손권은 즉석에서 노숙을 불러들여 지금 모든 중신들을 소집해 놓고 출전태세를 갖추도록 지시를 내렸다.

"음, 강동 제일의 손권이 그 어찌 조조 따위에게 항복을 한단 말이오."

노숙은 즉석에서 모든 관료와 장수들에게 손권의 명을 하달했다. 그러자 장소(張昭)를 비롯한 여러 장수들이 의견을 물었다.

"주공께서 와룡의 사슬에 걸려들어 싸움을 할 모양인데 여러분의 의향은 어떻소."

장소는 감정이 복받쳐 이성을 잃은 듯 손권에게로 다가와 눈물을 흘렸다.

"소장이 주공께 드릴 말씀이 있어 이렇게 달려왔습니다. 용서하옵소서. 주공께서는 지난날 원소를 한번 생각하셔야 합니다. 그처럼 막강하여 천하를 뒤흔들었던 그도 결국 조조에게 패망하고 말았습니다. 하지만 지금의 조조의 힘은 그때와는 비교도 아니될 정도로 막강해졌습니다. 그런데 우리가 무슨 힘으로 조조를 맞아 싸운단 말이오. 따라서 우리가 조조와 싸우려고 하는 것은 화약을 지고 불속으로 뛰어드는 것과 같아 꼭 죽음을 자초합니다. 그러므로 주공께서는 부디 와룡의 속임수에 넘어가시지 마십시오. 부디 통촉하옵소서."

손권은 고개를 숙인 채 말없이 듣고만 있었다.

그러자 이번에는 고옹이 손권에게 아뢰었다.

"유비란 놈이 우리의 힘을 빌려 조조를 치려고 와룡을 보내와 주공을 꼬이고 있는데 주공께서는 어찌하여 그 함정을 헤아리지 못하시는지? 소장도 죽도록 답답합니다."

"잘 알았소. 내가 다시 한 번 생각할 테니 모두들 물러가시오."

장소와 고옹이 나가자 노숙이 손권의 귀에다 대고 속삭였다.

"손 장군, 장소와 고옹이 반대하고 나선 까닭은 그들의 안전을 생각한 연유로 봐집니다. 주공께서는 이럴 때일수록 용단을 내리셔서 조상님네들에게 누가 되지 않도록 해야 할 것이오."

"잘 알겠소. 경의 충심을 내가 생각한 바가 있으니 경도 물러가시오."

이러한 동안 또다른 방에서는 출전을 하느냐 항복을 하느냐를 놓고 불꽃튀는 논란이 일고 있어 손권으로서는 더욱 심한 번민과 갈등에 빠져 있을 수밖에 없었다.

손권이 며칠을 두고 얼굴이 수척해가며 고뇌에 빠져 있자, 노모(老母)가 손권에게 물었다.

"애야, 요즘 무슨 연유로 얼굴이 그토록 수척해지느냐?"

"예, 어머님, 조조가 백만 대군으로 우리를 치려고 진격해 오고 있어 중신들 사이에도 그 문제를 놓고 한편에서는 목숨을 건 결전을, 또 다른 한편에서는 조조에게 항복을 해야 한다는 주장이 맞서 있기에 고뇌하고 있습니다. 소자 역시 싸우자는 의견이나 위험한 것은 말할 수 없사옵니다. 왜냐하면 조조와의 결전에서 단 한 번만이라도 참패를 하게 되면 패망을 면키 어렵기 때문입니다. 이렇게 급박하고 중대한 상황에서 뚜렷한 용단을 내리기란 참으로 어렵습니다."

노모는 손권을 꾸짖었다.

"권아! 너는 형 손책이 일러준 말을 기억하지 못하느냐? 너 혼자서 결정하기 힘든 일, 내사(內事)는 장소에게, 외사(外事) 즉 네가 고민하고 있는 일 같은 것은 주유에게 물어보라고 했지 않느냐?"

"예, 어머님. 잘 알겠습니다. 곧 시행하겠습니다."

손권은 파양호로 급사를 보내 주유 장군에게 입성하라는 명을 내렸다. 주유 장군은 죽은 손책의 동서간(同婿間)으로, 손권으로서는 외숙질간이 된다.

오나라에서는 주유의 모사를 따를 자가 없다고 할 정도로 능수능란한 모사이자 명장이었다. 급보를 받고 달려온 주유는 정세를 알아보기 위해서 먼저 노숙을 만나보았다. 노숙은 자신보다도 또는 주공보다도 와룡을 먼저 만나보라고 은근히 권했다.

주유가 와룡을 만나기 위해서 객관(客舘)에 머무르고 있을 때 장소, 장광, 보길 등 소위 비전파(非戰波)들이 몰려와 주유에게 노숙을 비난하고 나섰다.

"지금 조조는 백만이란 대군으로 우리를 진격해 오고 있는 중이오. 따라서 우리로서는 조조의 백만 대군의 힘을 도저히 막아낼 수가 없소. 그런데도 미련한 노숙은 와룡의 꾀에 넘어가 싸우기를 주장하고 있습니다. 주 장군께서는 기필코 이를 막아 주셔야만 합니다."

주유는 그들의 말을 조용히 듣고 나서 물었다.

"공들의 의견은 한결같소.?"

"그럼요. 여부가 있겠습니까. 다 같소이다."

"알겠소. 지금 나의 생각도 그러하니 내일 아침 주공께 말씀드리겠소."

그들이 주유의 말을 믿고 돌아가고 얼마 되지 않아서 주전파(主戰派)로 불리는 한당, 정보, 황개 등이 찾아왔다.

"우리들은 선군이 이루어 놓은 대업을 지키기 위해서 목숨을 바쳐 충성을 다 해왔소. 그런데 비전파인 장소, 장광 등은 조조에게 항복을 주장하고 있어 실로 실망이 큽니다. 주 장군께서는 이점을 감안하여 주공께 조조와 대항해서 싸운다면 우리가 승리할 것이라고 주청하여 주옵소서."

"잘 알겠소. 내일 아침 손 장군에게 말씀 드릴 테니 물러들 가시오."

그들이 물러가고 잠자리에 누우려고 할 때 제갈근, 여범, 광택, 주치 등이 찾아왔다.

"와룡이 주공을 상면하고 유비와 동맹을 맺어 조조를 맞아 싸울 것을 주장했으니 주 장군께서도 이 점 깊이 생각하시고 결단해 주시오."

주유는 제갈근에게 물었다.

"공은 어떻게 생각하시오."

"예, 주 장군님. 저의 소신은 항복을 하게 되면 안전하기는 하나 역사에 오명이 두렵고 그렇다고 싸우게 되면 위험할 것으로 생각됩니다."

"그렇다면 공은 아우인 와룡과는 상반된 의견이군요. 아무튼 내일 아침 이야기 합시다."

주유는 그들이 물러간 연후에 상황이 급박함을 깨닫고 노숙의 안내로 와룡을 만나보았다. 서로 상면 인사가 끝나고 술잔을 돌려가는 등 진지한 분위기가 흐르고 있었다. 그러자 주유가 와룡에게 술잔을 권하며 먼저 물었다.

"조조가 백만이란 엄청난 강병으로 우리를 향하여 진격해 오고 있다니 우리로서는 도저히 막을 수가 없소. 차라리 화를 면하려면 항복을 하는 게 상책인 듯싶소. 따라서 나는 내일 아침 주공을 만나 항복을 권할 것이오."

그러자 노숙이 깜짝 놀란 모습으로 입을 열었다.

"그게 무슨 말씀이시오. 오나라야말로 삼대에 걸쳐 반석처럼 튼튼한 나라인데 싸워보지도 않고 항복을 하다니, 아니 그것이 무슨 말씀이십니까?"

"공의 충정은 이해하나 만일 싸움을 할 경우, 참패는 뻔한데 굳이 화를 자초할 필요가 있소."

"주 장군, 그렇지 않소이다. 아무리 조조의 백만 대군이라도 오나라의 충성어린 군사들의 결전과 특수한 지형으로 본다면 오히려 조조 군사들은 맥도 못출텐데 뭐가 무서워 항복을 한단 말이오."

주유와 노숙은 시간이 갈수록 불꽃 튀는 논쟁을 했고 와룡은 아무 말도 하지 않고 그들 이야기만 귀담아 듣고 있으면서 가끔 미소를 짓기도 했다.

그러자 다소 못마땅하게 생각하고 있던 주유가 와룡에게 물었다.

"와룡 선생께서는 우리의 중대사 논쟁을 비웃기라도 하는 양 웃고만 계시오."

와룡은 지금껏 볼 수 없었던 준엄한 자세를 취했다.

"내가 웃고 있는 까닭은 노숙 공이 너무도 세사에 어두워 불분명한 이야기를 하고 있어 웃지 않을 수가 없소이다."

"아니! 와룡 선생께서는 어찌하여 내가 세상일을 모른다고 하시오. 그러한 단어를 함부로 할 수 있습니까?"

"노 장군, 그러시면 내 이야기를 들어보시오. 그리고 나서 따져도 늦지는 않을 게요. 주유 장군께서 조조에게 항복하려고 결심한 데 대해서는 매우 지당한 생각이라고 생각하오. 왜냐하면 조조는 용병술이 뛰어나 여포, 원소, 원술, 유표 등 천하 제일가는 장수들을 죽였소. 그런데 오나라라고 해서 무슨 재주로 조조의 엄청난 말발굽

242

을 피하겠소. 오직 유비 장군 한 사람뿐이오. 그런데 그 분이 지금
은 강하란 곳에서 시운(時運)을 기다리고 있으니 그의 능력이 세상
에 발휘되기까지는 아직 이르오. 그러나 한번 칼을 뽑게 되면 조조
따위는 문제가 되지 않을 것이오. 하지만 오나라의 장수들은 오나
라에 있으나 항복하여 조조에게 있으나 일신상의 영달은 마치 한
가지니 누가 애써 싸우려고 한단 말이오. 이러한 장수들의 내심을
알지 못하고 노숙 장군 혼자서 구국일념으로 충정을 다하려고 심혈
을 쏟고 있으니 이거야말로 세사를 모르는 소리가 아니고 뭐란 말이
오."

와룡의 추상 같은 반론에 노숙은 두 주먹을 불끈 쥐고는 와들와들
떨었다.

"그래 와룡께서는 우리 손 장군이 조조에게 무릎 꿇고 항복을 하
란 말이오. 와룡 선생, 생명을 보전하려면 말을 삼가하시오. 여기는
신야가 아니고 오나라요."

노숙은 금방이라도 칼을 뽑아 와룡의 목을 칠 것만 같았다. 그런
데도 와룡은 못 들은 체하고서는 혼자 중얼댔다.

"싸우지 아니하고 오나라를 굳게 보전할 비책이 있기는 있을 것
이오."

순간 주유가 눈을 번쩍였다.

"선생께서 말씀하신 부전보국지책(不戰保國之策)이 어떤 것인지 알
려 주실 수는 없는지요."

"조조에게 절세미인 두 여자만 보내준다면 백만 대군도 철군하고
말 것이오."

주유는 더욱 놀란 모습이었다.

"와룡 선생, 무슨 농담을 그렇게 하시오. 너무 지나치십니다. 이

자리가 농담이나 할 좌석입니까?"

와룡이 주유의 말을 맞받아쳤다.

"천만의 말씀입니다. 내가 농담 따위를 하려고 이곳까지 왔겠소. 사실 그 두 여자만 보내준다면 조조의 대란음모(大亂陰謀)는 바람이 그친 듯이 그치고 말 것이오."

"그렇다면 조조가 바라고 있는 절세미인 그 두 여인이 누구란 말입니까?"

와룡은 기다렸다는 듯 재빠르게 말했다.

"내가 융중 고향에 있을 때 일이었는데 그때 조조는 하북을 찬탈하고 장하(漳河) 강변에 동작(銅雀)이란 화려한 누각을 짓고 아름다운 여자들을 수없이 불러들여 온갖 음탕한 짓을 다했는데 그래도 만족하지 못하여 강동에서 절세미인으로 알려진 공교(公喬)의 두 딸 대교(大喬)와 소교(小喬)와 같이만 살아간다면 죽어도 여한이 없겠다고 늘상 입버릇처럼 말한 적이 있는 것으로 보아 조조가 백만 대군을 강동으로 휘몰아쳐 오려는 것도 사실 그 두 여자 때문일 것입니다. 그러니 그 두 여자만 보내면 되지 않겠소."

주유는 노기가 충천한 모습으로 사지를 달달 떨고 있었다.

"그 죽일놈, 이 조조놈을 내가 죽일 테다. 그 못된 놈이 감히 그런 만행을……."

주유가 울분을 토하는 데는 그럴 만한 까닭이 있다. 왜냐하면 공교롭게도 대교는 죽은 손책의 아내였고 작은딸인 소교는 주유 자신의 아내였기 때문이다. 실로 충격적이고 뜻밖의 일이라 주유는 분함을 감추지 못하고 와룡에게 물었다.

"와룡 선생, 그것은 아마도 세간에 떠도는 소문이 아니오. 그러므로 선생께서는 무슨 확증을 갖고 있는 것은 아니지 않소이까?"

"물론 증거가 있지요. 암 있고말고요."

"뭐라고요? 증거가 있다고요? .어디 그 증거를 대보시구려."

와룡은 눈을 지그시 감고 나서 주유를 향하여 말했다.

"조조의 둘째아들 조식은 천하의 명문대가(名文大家)요, 따라서 조조는 그 아들에게 동작대부(銅雀臺賦)라는 시(詩)를 짓도록 명한 바 그 시에 나타나 있소."

"그렇다면 와룡께서는 그 시구를 외우고 계시는지?"

"물론 다는 못 외우지만 조조가 그 두 여인에 대해서 얼마만큼 사모하고 있는가를 알 수 있는 대목만은 외웁니다. 한번 외워드릴까요?"

　　장수 강변에 와서

　　동산의 과일이 생생함을 바라보고

　　좌우쌍대를 세우니

　　옥룡각과 금봉각이라

　　이교를 동서에 있게 하고

　　아침저녁으로 같이 즐길까 하노라

　　臨漳水之長流兮 望園果之滋榮 立臺台於左右兮

　　有玉龍與金鳳 攬二喬於東西兮 樂朝夕之與共

　물 흐르듯이 막힘 없이 시구를 다 외운 와룡은 주유의 얼굴을 다시 한 번 살펴보았다. 와룡의 내심은 의도적으로 주유를 분통나게끔 하여 조조에게 복수심을 갖도록 하기 위해서 시구를 슬쩍 바꾸어 외웠었다.

　본시 원문에는 두 다리(二橋)를 동서에 매어 연결한 모습이 마치 허공에 무지개를 매어 놓은 것 같도다(連二橋於東西兮 若長空之蝃蝀)를 마치 두 여인을 지적한 것처럼 이교(二橋)가 아닌 이교(二喬 ; 대교, 소교) 등으로 변조해서 외웠다.

만약 주유가 이 시의 원문을 알고 있었다면 와룡의 목숨은 지탱하기가 힘들 처지이기 때문에 가끔씩 주유의 얼굴이나 행동을 살펴보는 것은 와룡으로서는 당연했다. 하지만 주유는 이교(二橋 ; 두 다리란 뜻)를 이교(二喬 ; 대교와 소교란 뜻)로 변조한 것을 전혀 눈치채지 못한 모습이었다. 그런데 주유가 들고 있던 술잔이 쨍그랑하고 상위로 떨어지면서 박살이 나버렸다.

"와룡 선생, 그 조조란 역적놈이 나를 너무도 무시해 내가 분통이 나 사지가 이처럼 떨리고 있소. 이 죽일놈."

와룡은 자신이 쓰고 있는 계책이 먹혀 들어감을 짐작했다.

"주 장군, 천하를 논하는 거사에 여자 두 명 보내는 게 뭐가 그다지 어렵소이까? 그 옛날 선우(鮮于)가 중국을 침략했을 때 한나라(漢) 천자께서는 사랑하는 딸을 눈물로 내주며 화친을 도모한 일도 있었소. 그런데 하물며 백성의 딸 두 명 보내는 것이 그다지도 안타깝단 말이오."

주유는 터져나오는 감정을 억눌렀다.

"와룡 선생께서는 사실을 잘 모르시고 하시는 말씀이오. 사실 공교롭게도 그 두 여인 중에서 큰딸 대교는 손책 장군의 미망인이시고 동생인 소교는…… 죄송합니다마는…… 저의 아내요."

와룡은 사실을 이미 다 알고 있었지만 시치미를 딱 떼고는 놀란 모습을 지었다.

"아! 내가 큰죄를 졌소이다. 이 죄의 대가를 뭣으로 받사오리까? 아! 내가 큰죄를 졌소이다. 이 불미한 내게 큰벌을 주옵소

246

서.”

주유는 와룡이 몸둘 바를 모르는 태도에 마음이 다소 풀린 듯
했다.

“선생께서야 무슨 잘못이 있겠소이까? 다만 조조 그놈이 그런
못된 야심을 품고 있다면 나는 죽어도 싸움을 할 것이오. 나아가서
항복이란 있을 수 없소이다. 아암 없고말고. 그러니 와룡 선생께서
도 우리 오나라를 도와주시오. 오늘밤은 너무 늦고 내일 아침 주공
을 찾아가 군사를 일으켜 조조를 쳐부수라고 주청하겠소. 일이 이
렇게 되니 와룡께서는 훌륭한 계책을 세워 주십시오.”

두 사람의 이야기가 오고가는 것을 듣고만 있던 노숙은 와룡의 심
오한 계책을 알았다. 그리고는 마음 속으로 아! 와룡이야말로 천
하제일의 모사이자 경사 그리고 군사(軍師)이구나 하는 생각에 감탄
을 연발하고 있었다. 그런가 하면 또다른 한편으로는 와룡이 두
렵다는 공포감도 갖고 있었다.

드디어 날이 밝아오자 주유가 손권을 만나기 위해 부중(府中)으로
들어가보니 좌우에는 기라성 같은 문무백관들이 즐비하게 서 있었는
데, 좌측에는 장소, 고옹, 장굉, 우번, 제갈근, 방통, 건무, 정봉
등 항복을 주장한 비전파가, 반대 편에는 일전을 불사하여 오나라
를 사수하겠다는 주전파인 장료, 황개, 한당, 주태, 여몽, 반장, 육
손 등이 손권과 주유의 마지막 결정을 기다리고 있었다. 손권은 주
유가 들어오자 기다렸다는 듯이 조조가 보내온 격문을 보여주었다.

“조조가 무려 백만이란 대군을 거느리고 와서 우리를 위협적으로
몰아붙이고 있으니 이를 어찌하면 좋겠소. 어서 주 장군의 의견을
말해보오.”

격문을 다 읽고 난 주유가 손권에게 물었다.

"주공께서는 문무백관들의 의견을 들어보셨는지요? 그러나 전쟁이냐 항복이냐의 주장이 팽팽하게 맞서 있어 자칫하다가는 내분까지 일 기미가 보여 결단을 내리지 못하고 있소. 주 장군의 의견을 듣고 나서 최후의 결정을 내릴까 하오."

"그러시면 항복을 주장하고 있는 중신들은 누구누구인지?"

"저기 왼편에 서있는 장소, 장굉, 고옹 등이오."

스스로 근엄하고 신중한 태도를 과시한 주유가 장소에게 물었다.

"장 장군, 장군께서는 조조에게 항복을 해야 한다고 주공께 강력히 권했다는데 그 연유를 말씀해 주시겠소. 내가 보기에는 우리 오나라는 삼대를 걸쳐 내려오는 동안 유일한 강대국이며 조조는 어쩌다 시운이 좋아 일시적으로 날뛴 것뿐이오. 그러니 장소께서 항복의 연유를 말씀해 주셔야지요."

장소는 내심 크게 당황하지 않을 수 없었다. 왜냐하면 어젯밤에까지만 하더라도 항복을 주장했던 주유가 갑자기 싸우자는 강경한 태도로 돌변하고 있음을 역력히 보고 있기 때문이다. 그렇다고 묵묵부답할 수도 없었다.

"조조가 천자를 무시경멸한 채 바다와 대륙으로 백만 대군으로 도도하게 몰아쳐 오고 있는데 무슨 힘으로 막아낼 수가 있겠소이까?"

주유는 다소 못마땅한 태도로 껄껄껄 웃고 있었다.

"오합지졸로 급조된 백만 대군이 뭐가 그렇게 무섭단 말이오. 그러한 오합지졸들은 백만이나 천만이나 무서워할 게 없소이다."

장소의 주장을 애써 과소평가해 버린 주유가 손권에게 아뢰었다.

"조조의 군사가 훈련이 잘된 정병(精兵)들임에는 틀림없사오나 수천 리나 되는 길고 긴 머나먼 행군을 했으니 아무렴 우리 수군을 침

공할 수 있겠습니까? 더욱이 우리는 남쪽과 동쪽에는 험준한 강하
(江河)로 막혀 있는 등 난공불락와 요새지이므로 조조가 함부로 침
공하지는 못할 것입니다. 그런가 하면 조조가 여러 곳을 정복해서
힘이 강대해졌다고 하지만 사실 마등이나 한당 등의 무리는 기회만
노리고 있는 반 조조파 장수들이어서 우리를 섣불리 침공하려다가
는 스스로 파멸을 하고 말 것입니다. 사정이 이러하므로 이번 기회
에야말로 우리의 숙적 조조놈을 칠 수 있는 절호입니다. 만약 이러
한 천하대세를 잘 알지 못하고 항복을 한다는 것은 참으로 불충한
생각이라고 판단됩니다."

장소를 비롯한 항복파 중신들은 돌변한 주유의 출전 주장에 놀라
움을 금치 못하고 멍하게 있을 뿐 아무 말이 없었다. 무거운 침묵이
계속되자 손권이 자리에서 일어서면서 좌우를 살폈다.

"주 장군, 나의 오판을 진심으로 깨쳐 주셨소. 조조란 간신 역적
놈은 늘상 조정을 무시하고 천자의 자리까지 탐이나 원소, 원술, 유
표 등 영웅호걸들을 죽이고 이제는 마지막 남은 이 손권을 치려고
하니 내가 그 어찌 역적 간신에게 항복을 할 수 있단 말이오. 그러
시면 주공께서는 생사의 한판 승부를 결심하셨단 말씀이오신지?"

"그렇소. 이 시점에서 용단을 내리오니 문무백관들은 잘들 들으
시오. 주 장군은 전군을 총지휘하고, 노숙은 육군을 지휘하여 무지
막지한 조조를 쳐부숴 주시오."

주유는 소원이라도 푼 듯 기쁜 모습이었다.

"주공을 위해서라면 물불을 가리지 않고 싸워 백골이 진퇴된다
하더라도 여한이 없겠습니다. 모든 중신들은 막상 싸움으로 급진한
결정이 내려지자 무거운 표정으로 침묵만 지키고 있었다.

이때 손권이 갑자기 "으아악!" 소리와 함께 자신의 보검으로 앞

에 놓인 책상을 힘껏 내리쳐 두 동강을 냈다. 그리고는 앞으로 걸어
나왔다.

"어느 누구든지 항복을 입에 담는 사람은 이 책상과 같은 몰골이
될 것이다."

엄중한 군령을 선포했다. 이렇게 해서 길고 긴 천하대세의 논쟁
은 일단 막을 내리고 조조의 백만 대군과 싸우기 위해서 모든 장수
가 운명을 걸고 전쟁터로 나가야만 했다. 이로써 와룡이 애초에 구
상했던 오나라와 조조간의 격전이 시작돼 천하대세는 오직 와룡의
큰 기재(大奇智)에 좌우되고 있는 실정이었다.

15. 풍운의 대용단

주유는 손권이 내려주는 보검을 두 손으로 받아들고 하늘 높이 휘두르며 명령했다.

"모든 장수들은 들으시오. 내가 대도독으로서 군령을 받아 제장들과 함께 역적 조조놈을 칠 것이오. 싸움에 이기기 위해선 군기의 확립이 무엇보다도 중요하고 충성을 발휘할 때요. 따라서 만약 군령을 어기는 자는 군율에 의하여 엄벌할 것이오."

추상 같은 주유의 군령이 떨어지자 모든 장수와 군사들은 몸을 움츠리며 떨고 있는 모습들이었다. 주유는 와룡을 찾아갔다.

"와룡 선생, 방금 조조와 결전할 것을 확정하고 돌아오는 길이오. 그러니 선생께서는 우리가 승리할 수 있는 계책을 알려주시오."

와룡은 마음 속으로 모든 게 자기의 계책대로 돼가고 있다고 생각하고 혼자만의 쾌재를 불렀다. 그러나 겉으로는 태연한 모습으로 입을 열었다.

"손 장군께서 용단은 내렸다고 하나 내가 보건대 손 장군 마음 속

에는 뭔가 시원치 않는 난마들이 도사리고 있으니 주 도독께서 수고
스러우시더라도 내일 출전하기 앞서 손 장군의 의중을 다시 한 번
헤아려 보시도록 하시오."

주유는 와룡의 말대로 새벽에 손권을 찾아갔다.

"주 장군, 새벽에 무슨 일로?"

"이제 군사들을 이끌고 싸움터로 진군을 해야 하는데 밤 사이에
주공의 마음이 달라지지는 않으셨는지 여쭈어보러 왔습니다."

"음, 사실 그 일 때문에 한잠도 눈을 붙여 보지 못했소. 적의 백
만 대군에 비하여 우리 군사들은 너무나 소수라서 말이오."

"그러한 걱정은 당연하나 과히 염려마십시오. 조조의 군사가 백
만이란 것은 과장이지 사실이 아니옵니다."

"그러면 주 장군께서는 실수효를 얼마로 보시는지?"

"예, 아는 대로 말씀드리겠습니다. 조조의 직계 군사는 오륙십만
에 불과하옵고 원소, 원술, 유표 수하 군사들을 흡수한 군사를 도합
하면 삼사십만에 불과합니다. 이러한 까닭에 이들은 모두가 오합
지졸에 지나지 않습니다."

"그러나 우리 군사들은 오만뿐이 안 되지 않소."

"그 또한 너무 염려마십시오. 앞으로 삼만을 더 모집할 계획이니
소장이 오만의 병력으로 출군을 하면, 주공께서는 삼만을 모병하여
이곳을 수비하시면 됩니다."

주유의 이와같은 말에 손권의 불안했던 마음이 다소 가라앉은 눈
치였다. 부중에서 나오던 주유가 발걸음을 멈추었다.

'아! 와룡, 어쩌면 그토록 손 장군의 속마음을 불보듯 훤히 들
여다 볼 수 있을까? 그러한 인물을 살려둔다면 후일에 화근이 되지
않을까?'

불안해진 주유가 노숙을 만났다.

"주공께서 결전(決戰)하기로· 용단을 내렸으나 와룡 같은 현인을 살려 두었다가는 후환이 있을 것 같소. 그러니 아예 쥐도새도 모르게 죽여 버립시다."

"뭣이요. 원 주장도 무슨 농담을."

"노숙, 농담이 아니오."

"그럼 진담이란 말씀이시오."

"그렇소. 와룡을 지금 죽이지 아니하면 유비를 도와 후일 우리에게 큰 화근이 될 게 뻔해요."

"그것은 아니 됩니다."

"안 된다니. 그 연유가 무엇이오."

"조조와 싸움을 시작하려는 마당에 우리를 도와주고 있는 사람을 암살하다니 하늘이 두렵소이다. 차라리 그의 형인 제갈근을 시켜 우리 사람으로 만들어 버립시다."

주유는 곧장 노숙에게 제갈근을 만나보도록 했다. 노숙으로부터 주유의 밀명을 받은 제갈근이 아우 와룡을 만났다.

"너는 백이(白夷)와 숙제(叔齊)를 아느냐?"

"형님께서 친히 이곳까지 오신 뜻을 알겠습니다. 제가 어찌 백이와 숙제 같은 현사(賢士)들을 모르겠습니까? 백이와 숙제는 수양산(首陽山)에서 초근목피(草根木皮)로 동고동락을 하여 후세에 모범이 되었지요. 그러므로 형님과 내가 한곳에 있어야지 않겠느냐는 말씀이시지요?"

와룡은 형인 제갈근의 뜻을 꿰뚫어보고 있었기 때문에 제갈근이 더 이상 권할 바가 못 된다고 생각하여 말없이 앉아만 있자 와룡이 조용한 목소리로 말을 이었다.

"형님께서 말씀하신 뜻은 하나의 정리(情理)이시고 내가 하고자 하는 일은 의리(義理)입니다. 더욱이 형님이나 나는 한나라(漢室) 사람이고 유비 장군은 한나라의 황숙이니 오히려 형님과 내가 유비 장군을 돕는 게 의리와 정리가 아니겠습니까?"

제갈근은 아우의 이와같은 말에 오히려 설득을 당한 꼴이 되어 아무 말없이 밖으로 나왔다. 그리고 주유를 만나 사실대로 전했다. 주유는 와룡의 설득을 일소에 붙여버리고 전군에게 출동명령을 내렸다. 그리하여 황개, 한당을 강의 어귀를 수비케한 선봉장으로 하고, 장흠(莊欽), 주태(周泰)는 제2군에, 능통(凌統), 반장(潘璋)은 제4군에, 육손, 동습을 제5군에, 그리고 여범, 주치 등으로 사방을 순찰하는 임무를 주어 수륙양전(水陸兩戰)에 대비케 했다.

오나라의 전군이 전장으로 행군을 시작하자 와룡도 그들과 같이 동행했다. 그런데도 주유는 와룡을 죽여야 한다는 음모를 단념하지 않고 있었다. 전군이 삼강(三江)의 어귀에 도착하자 주유는 와룡에게 사람을 보내 만나기를 청했다. 주유가 사람을 보내 만날 것을 청해오자 와룡은 이미 천안통(天眼通)이라도 되듯 주유의 마음 속을 읽고 있었다.

주 장군이 나를 화근덩어리라고 죽이려고 하다니 배은망덕한 사람, 그런데도 와룡은 서슴없이 달려가 주유를 만났다.

"선생에게 묻고자 하는 바가 있소이다."

"무슨 말씀이신지?"

"지난번 조조는 아주 작은 군사로 원소의 대군을 이긴 바가 있지 않았소. 선생께서는 그 비결을 알고 계실 터이니 잘좀 알려 주시겠소."

"아! 물론이지요. 그 당시 승리는 그 비결이 많지만 그중 하나가

조조의 군사가 원소의 군량미를 불타게 했던 것이 결정적이라 생각
하오."

"선생 생각이나 나의 생각이 일치하는군요. 따라서 우리의 적은
군사로 대군과 대항하려면 무엇보다도 조조의 군량미를 먼저 쳐부
수는 게 상책이라고 판단됩니다. 허나 선생 생각은 어떠하신지, 조
조의 군량미 창고가 어디에 있는지 혹 선생께서는 알고 계시는지?"

"내가 백방으로 알아본 바 취철산(取鐵山)에 있는 것으로 알고 있
습니다만."

"헌데 그곳은 선생께서 어릴 때 사시던 형주 땅이니 선생이야말
로 그곳 지리를 잘 아시질 않습니까? 그러므로 수고스럽지만 선생
께서 천여 명의 군사로 야습을 감행하여 그 창고를 쳐부숴 주시오."

듣고만 있던 와룡은 주유의 이같은 말은 적의 손을 대신해서 자신
을 죽이려고 하는 술책 중에서도 비열한 술책임을 알고 있었으나 응
낙하지 않을 수 없었다.

"주 장군이 그러하시다면 제가 그 일을 맡겠소이다. 그러니 염려
마십시오."

의외로 쾌히 승낙을 하고 와룡이 돌아가자 노숙이 눈알을 부라
렸다.

"장군, 왜 하필이면 와룡에게 그런 위험한 임무를?"

"와룡을 지금 죽이지 않으면 후환이 있을 것이므로 적들의 손에
죽게끔 하는 것이오."

노숙이 놀란 와룡에게 부리나케 달려와 보니 와룡은 이미 주유의
흉계를 알고 무장을 하고 있었다.

"선생께서 그곳에 가시면 승전하리라 보십니까?"

"으하하하하, 나는 수륙양전(水陸兩戰)은 물론 마전(馬戰)이나 차

전(車戰)에도 모두 능하고 지략도 있소. 그런데 어찌 패전이 있겠소. 노숙 장군이나 주유 장군처럼 한 가지에만 능숙한 편장(片將)이 아니오."

"선생께서는 어찌하여 우리 두 사람을 편장이라 하시는지?"

"음, 강동 사람들이 자랑삼아 하는 말들이 육전에는 노숙, 수전에는 주유라고 하더군요. 죄송하지만 그래 가지고야 무슨 명장이라 하겠소. 다만 편장일 뿐이지요."

"선생께서 너무 지나치게 호언장담을 하시는 게 아니십니까?"

"물론이지. 암, 그렇고말고, 생각해 보시오. 주유 장군이 육전에 능통하다면 기껏 군사 천여 명으로 군량미 창고를 부수도록 나에게 명령하지 않았을 것이고, 내가 만약 전사라도 하는 날에는 온 세상 사람들은 주 장군을 육전도 모르는 어리석은 장군(愚將)이라고 할 테니 얼마나 우장 중에 우장이며, 편장이오."

노숙은 와룡이 말한 대로 주유에게 그대로 전했다. 그러자 주유는 오늘밤 일만의 군사로 그가 직접 그 임무를 하겠다고 나섰다. 노숙이 와룡에게 급히 전하자 와룡은 또 한바탕 웃어댔다.

"노숙 장군, 내 말을 들으시오. 겨우 천여 명으로 조조의 방대한 군량미 창고를 쳐부수라고 하는 주 장군의 속셈은 결국 조조의 손으로 내 생명을 앗아가게 하려는 것이 아니오. 내 이야기야말로 정녕 헛된 말은 아닐 게요. 조조가 얼마나 지혜가 많은 간사한 무리인데 기껏 천여 명으로 군량미를 쳐부수도록 놓아두겠소. 만약 주 장군이 취철산으로 들어가는 날에는 사로잡혀 조조의 밥이 되고 말 것이오. 오나라를 위하고 유비 장군을 위해서 인재가 필요한 마당에 인명을 헛되게 하다니 말이나 되오. 만일 주 장군이 그런 행위를 한다면 참으로 우장이오. 따라서 지금 조조의 군량미 창고를 침략하는 것은 포기해야 하고 수전으로 조조에게 겁을 주어야 할 때요."

노숙이 주유에게 달려와 그대로 전하자 주유는 더욱더 놀란 모습이었다.

"아! 와룡은 천하제일의 대기재이구려. 그러니 지금 죽이지 아니하면 아니 되오."

"와룡을 죽이더라도 조조를 제압한 연후에 거행하셔도 늦지는 않을 게 아닙니까?"

말없이 고개만 끄덕인 주유의 눈에는 어느덧 살기가 등등했다.

한편 유비는 유기에게 강하를 수비하게 하고 자신은 강하 입구쪽을 지키면서 오나라로 간 와룡의 소식만을 애타게 기다리고 있었다. 염탐꾼에 의하여 오나라가 조조와 대판승부를 걸고 대이동을 하고 있다는 사실을 알게 된 유비는 모든 군사들을 번구(樊口)란 곳으로 이동시켜 놓고 부하들에게 급변하고 있는 이 어려운 시기에 와룡 선생께서 소식이 없으니 누가 찾아가 볼 용기는 없는가 하고 물었다. 그러자 미축이 다녀오겠다고 나섰다. 유비의 명을 받고 오군의 진영에 도착한 미축은 곧바로 주유를 만났다. 주유는 미축에게 진기한 예물을 받고 어린애처럼 기뻐했다. 미축이 주유에게 와룡 선생이 너무 오래 나와 계신지라 모시고 가고자 한다고 했다. 그러자 주유가 단호하게 거절했다.

"와룡은 지금 나와 조조를 쳐부숴야 할 중차제한 시점에 놓여 있소. 그런데 가다니 말도 안되오. 와룡이 돌아가는 게 문제가 아니라 유비 장군을 내가 직접 만나 협동작전을 의논코자 하니 미축 장군께서는 그리 전하시오."

미축은 그 길로 돌아와야만 했고 그런 사실을 알게 된 노숙이 주유를 설득시키고자 했다.

"유비를 왜 이곳까지 오라시는지? 유비는 천하 제일의 호걸이며 덕장이오."

그러나 주유는 변함이 없었다. 미축의 보고를 받은 유비가 주유를 만나기 위해 준비를 하자 관운장이 입을 열었다.

"미축 공이 와룡 선생을 직접 만나보지 못하고 돌아온 것으로 보아 무슨 음모가 아닌가 싶습니다."

"아우는 말을 삼가하라. 와룡으로 하여금 오나라와 동맹을 맺으려는 중요한 시기에 의심을 하다니…….."

"형님, 이왕 가신다면 제가 모시고 가겠습니다."

그러자 장비도 퉁명스럽게 말했다.

"형님, 저도 가겠습니다."

"잠시 갔다 오는데 장비 아우까지 갈 필요가 있는가? 그러지 말고 관운장만 가도록 하라. 장비, 너는 조운과 이곳을 수비하도록 하라."

유비는 관운장을 비롯한 이십여 명의 군사를 거느리고 길을 떠나갔다.

유비가 주유의 진영에 도착하자 수하 병사 하나가 주유에게 달려가 유비 장군이 이십 명의 수하 병사를 거느리고 왔다고 알렸다. 주유는 유비를 만나자 주연을 베풀어 유비가 술이 취해가자 마음 속으로 그가 유비를 죽일 거라고 생각했다. 이때 와룡은 강변을 산책하며 밤하늘을 바라보고 천기를 헤아리고 있는데 병사 하나가 다가와 유비가 방금 도착했다는 소식을 전했다. 급히 부중으로 들어와 멀리 잔칫자리를 바라보니 유비가 주유와 깊은 이야기를 하는 것같이 보였다. 그리고 그 뒤에는 장검을 찬 관운장이 서 있어 안도의 한숨을 쉬고 아무도 모르게 밖으로 나와 버렸다. 주유는 유비가 점점 취해 가자 유비에게 그를 보필하며 서있는 큰 장수가 누구인가를 물었다. 유비가 아우 관운장이라고 말하자 주유는 내심 깜짝 놀라며 언젠가 안량과 문추를 죽인 사람임을 알고 자신도 모르게 등골이 오싹하여 마음이 불안했다. 유비가 노숙을 돌아보며 와룡 선생은 어디 계시기에 이곳에 아니 오시는지 물었다.

그러자 주유가 대답했다.

"조조놈을 죽인 뒤에 축하연에서 만나보시지요."

영문을 모른 유비가 다시 말을 하려고 하자 관운장이 나섰다.

"어서 일어나십시오."

유비가 자연스럽게 일어나면서 주유에게 말을 던졌다.

"그러시면 다음 조조를 공략한 후에 축하를 합시다."

이 말을 던지고 유비 일행은 그곳을 빠져 나왔다. 주유는 이미 유비가 나가는 문 요소요소에 수십 명의 병사들을 매복시켜 놓았으나 그들은 관운장의 위세에 눌려 감히 덤벼들지를 못하고 말았다.

유비가 관운장과 선창가로 무사히 돌아와 보니 와룡이 먼저 와 있었다.

"주공께서 이 호랑이 입 속에 와 계시니 어찌 된 일입니까? 주유가 주공을 암살하려고 하오. 그러니 어서 돌아가시오."

유비는 반가워하며 와룡 선생의 애기는 귓전에 두고 우선 와룡에게 인삿말을 전했다.

"선생께서는 그동안 어떠하셨는지요?"

"저는 비록 호랑이 입속에 있기는 하나 마음은 편하오니 염려하지 마십시오. 주공께서 돌아가시거든 모든 군선군마 등을 수습하셔서 동짓달 스무날, 바로 그날이 만물이 새롭게 열린다는 갑자일(甲子日)을 기하여 조자룡에게 배를 가지고 와서 남쪽 강가에서 저를 기다리도록 명령을 내려주시오."

유비는 의아스러운 모습이었다.

"군사께서는 왜 하필이면 갑자일에?"

오늘밤 내가 천기(天機)를 보니 그 날은 틀림없이 동남풍이 불 것으로 예지판단됩니다."

유비가 와룡의 손을 잡았다.

"지금 나와 같이 떠나가시면 어떻겠습니까?"

"그건 아니 되옵니다. 지금 시각이 급급합니다. 어서 떠나시지요."

그리고 와룡은 금세 어디론가 가버렸다. 유비가 아무 탈없이 죽음의 늪지를 빠져나오고 있을 때 장비가 오십여 척의 배에 군사를 이끌고 마중을 나오고 있었다.

한편 주유의 진영에서는 조조가 주유에게 사신을 통해 서신을 보내 왔다. 주유가 사신이 건네 준 서신의 겉봉을 보니 〈한나라 새 승상이 주 도독에게〉란 문구가 씌어져 있는 것을 보고 화가 머리끝까지 치솟아 뜯어보지도 아니하고 찢어 내동댕이쳐 버렸다. 그리고는 조조가 보낸 사신을 가리키며 당장 목을 베라고 호령을 쳤다. 노숙이 그 광경을 보고 아무리 난전을 펴도 사신만은 함부로 죽이지 않는 법이라고 간곡히 부탁했음에도 불구하고 단칼에 사신의 목을 베어 소소에게 보내고 말았다. 그리고는 모는 상수늘에게 나시 한번 임전태세를 갖추라고 외쳐대며 감영(甘寧)을 선봉장으로, 한당과 장흠을 좌우로 하여 새벽 오경이 되자 드디어 진군의 북을 울렸다.

조조는 주유가 사신을 죽여 말에 매달아 보내오자 크게 분노하며 모든 군사들에게 즉각 전투준비를 하라고 명령했다. 채모와 장윤을 선봉으로 하고 조조 자신은 진군을 지휘 독려했다. 급히 병선을 몰아 삼강구(三江口)에 이르니, 오나라의 병선들이 개미떼처럼 몰려오고 있었다. 두 군진에서는 숨돌릴 여유도 없이 활을 쏘아대고 창검을 휘둘러 사람 목숨이 마치 파리 목숨같이 수없이 잘라지는 혈전이 전개되고 있었다. 오나라의 장수 감영은 조조 군사들을 향해 빗발치는 화살을 쏘아대는 등 맹공을 퍼부었고 좌우에서도 맹공에 맹공을 다한 까닭에 조조 군사들은 생각지 못한 고전을 당해야만 했다. 더욱이 조조의 군사들은 수전에는 능숙하지 못한 데다가 적군인 오나라 군사들은 수전에 능수능란한 까닭에 힘 한번 제대로 써보지 못하고 패전을 하고 만 것이다.

이 전투에서 채모의 아우 채훈(蔡壎)이 전사하여 하늘 높은 줄 모르고 치솟았던 조조의 기세를 꺾어 놓았다. 패전의 비보에 접한 조조가 적이 놀란 모습으로 채모와 장윤을 불러들였다. 고양이 앞의 쥐새끼 모양으로 조조 앞에 나온 그들을 보고 조조가 눈알을 부라리며 분노했다.

"우리는 군사가 많고 오 나라는 군사가 적은데 왜 패전을 하고 그 모양인가? 너희들 중에 싸울 의사가 없어서 일부러 져준 게 아닌가?"

채모가 대답했다.

"우리 수군은 조련이 잘 되지 않았던지라 그러했던 것으로 아옵니다. 그러므로 앞으로 조련을 더 강하게 연마한다면 반드시 승전할 것입니다."

"어째 내가 네놈들을 도독으로 임명한 지가 오래인데 이제와서 그런 소리를 해. 아무튼 이번만큼은 용서해 주겠다. 다만 앞으로는 엄한 군법으로 다스릴 테니 정신들 차려. 어서 나가 봐. 보기도 싫어."

　조심스럽게 물러나온 채모와 장윤은 마흔두 군데에 달하는 수문 (水門)에 수상 진영을 설치하고 큰 배로는 수상 성곽을 만들고 그 가운데는 작은 배가 다닐 수 있는 통로를 협성하여 배마다 불을 켜도록 한 괴이한 군진을 폈다. 바다는 마치 불의 나라처럼 별천지를 이루고 있었다. 화광이 수백 리까지 치솟아 호화찬란하기까지 했다. 수전에는 추종을 불허한 주유가 그 광경을 보고는 무척 놀라워했다.

　"적군 중에도 수전에 능한 명장이 있다니……."

　그러자 곁에 있던 장수가 말했다.

　"적장은 채모와 장윤이라고 하옵니다."

　"음, 그래. 나도 그들이 수전에 능란함은 잘 알고 있지. 그렇다면 무슨 수를 써서라도 조조의 기세를 꺾어 놓아야지."

　밤이 깊어지자 주유는 배를 타고 일부러 적진 중심부까지 깊숙이 들어갔다. 뜻밖의 보고를 받은 조조가 주유를 생포하라는 영이 내리자 군사들은 주유를 생포하기에 혈안이 되었으나 주유는 미리 눈치를 채고는 곧바로 본진으로 돌아와 버렸다.

　뒤늦게 이런 보고를 받은 조조가 수하 장수들을 모아놓고 얘기했다.

　"어제의 패전에 이어 오늘은 주유가 우리 군진까지 들어와 염탐을 하고 갔기에 우리 군사들은 사기가 말이 아니다. 그러니 앞으로 어떠한 계책이 있어야 하는가?"

　그러자 막빈 장간(幕賓莊幹)이 나섰다.

　"장군, 제가 나서서 주유를 설복하여 우리편으로 만들어 보겠습니다. 주유는 저와는 죽마고우입니다."

　조조가 상의 끝에 오나라 대도독 주유를 설복하기 위하여 동자

하나만 데리고 길을 떠나갔다. 푸른 바다를 헤치며 오나라 진영에 도착하자 적군들이 창검으로 가로막았다. 본시 엉뚱하고 대담하기 이를 데 없는 장간이 호령을 해댔다.

"어서 창검을 치워라. 나는 주 도독과는 죽마고우로 그분을 만나러 왔느니라. 그리고 안내하게."

이렇게 갑자기 죽마고우를 만난 두 사람은 오래된 회포를 풀었다.

"자네, 참 오랜만일세. 장간, 자네가 조조의 막빈으로 있다는 소식은 들었지만 이곳까지 올 줄이야. 모르긴 하나 자네는 아마도 나를 설복코자 왔을걸세."

장간은 깜짝 놀랐다.

"나는 자네가 그리워 정을 나누고자 왔는데 일종의 설객으로 봐주다니……."

주유는 언제 그랬느냐는 식으로 농담으로 흔쾌히 받아들이고 수하 제장들을 모아놓고 장간을 소개시키며 큰 잔치를 베풀었다.

"이분은 천하 제일가는 설객으로 나와 죽마고우요. 그러니 여러분께서는 혹시라도 적의를 갖지 않도록 해야 할 것이오."

그리고는 검은 태사자에게 맡겼다.

"오늘밤만은 옛 친구와 술을 마음껏 마실 것이오. 그러므로 오늘밤에는 어느 누구를 막론하고 조조나 전쟁에 관한 이야기를 하는 사람이 있다면 내가 용서치 않을 것이외다."

그러나 장간은 검을 받쳐들고 있는 태사자가 바로 옆에 있으므로 바늘 방석에 앉아 있는 것처럼 불안하고 초조했다. 두 사람은 밤이 깊어진 줄도 모르고 계속해서 술을 마셨다. 취기가 더해가자 주유가 장간을 밖으로 데리고 나와 무기고를 열어보이며 은근히 군사력을 과시했다.

"나의 군사력이 자네 보기에는 어떠한가? 이 무기뿐만 아니라 군량미도 십 년분은 충분할 걸세. 나의 장수들은 한결같이 영웅호걸들일세. 그러므로 이러한 모임을 군영회(群英會)라고 부른다네."

장간은 마음 속으로 지금 이 분위기로 봐서 만약 눈꼽만한 실수라도 하는 날에는 목이 열이라도 붙어나지 못하겠다는 판단이 들어 자리를 박차고 일어났다.

"주 도독, 나는 술이 몹시 취하므로 이만 자야겠네."

"아! 장공, 그렇다면 오늘밤만은 어린시절로 돌아가 한방에서 같이 자세."

주유는 원래 두주를 불사한 애주가라서 장간에 비하면 술이 취하지 않았으나 일부러 취한 척하면서 장간을 자신의 방으로 데리고 가 자리에 눕자마자 코를 요란스럽게 끓고 있었다. 장간은 바로 누워 있었으나 마음이 초조해져 눈을 붙일 수가 없었다. 그래서 불을 다시 켜고는 방안을 두루 살펴 보았다. 그런데 뜻밖에도 기밀문서가 있었다. 겉봉을 살펴보니 채모, 장윤, 근봉(謹封)이라 씌어져 있었다. 가슴을 조이며 속 내용을 살펴보았다.

'우리 두 사람이 조조에게 항복한 것은 우리 개인의 영화를 얻기 위함이 아니라 다만 시운에 따라 잠깐 멈추어 있을 뿐입니다. 그러니 저희들을 믿어 주옵소서.'

순간 주유가 잠꼬대를 하는 듯 몸을 움직였다. 가슴이 철렁한 장간이 잽싸게 불을 꺼버리고 자리에 누워 자는 척하고 있을 때 누군가가 문을 두들기면서 들어오더니 주유를 흔들어 깨웠다.

주유는 잠시 후 잠에서 깨어나 몸을 일으키고서 옆에서 장간이 자는 것을 보고 깜짝 놀랐다.

"그래 무슨 일로 나를 깨웠느냐"

"강북에서 또 사람이 왔습니다."

"앗! 그래, 하는 일은 잘되고."

주유는 일부러 나지막한 소리로 물었다.

"경계가 심하여 단시일 내에 목적을 달성하기는 어렵다고 합니다."

"음, 알았다. 내일 아침 내가 그 사람을 직접 만나지."

부하가 밖으로 나가자 주유가 장간을 불러 보았다. 그러나 장간은 깊은 잠에 곯아 떨어져 자는 척하고는 아무 말이 없이 코만 곯고 있었다. 주유는 그제서야 옷을 벗고 재차 잠을 청했다. 장간은 내심 불안하고 초조하여 잠을 이룰 수가 없었다. 왜냐하면 자신이 채모, 장윤의 밀서를 보았던 게 발각되는 날에는 죽을 게 뻔해서이다. 생각다 못한 장간이 그가 살 길은 이곳에서 탈출하는 수밖에 없다고 느끼고는 몸을 움츠리고 방을 빠져나와 어둠을 뚫고 강가로 나왔을 때였다.

"누구냐?"

파수병이 창검으로 가로막았다. 장간은 초조한 심정을 억누르고 대답했다.

"나는 주 도독 친구이니라."

"아, 그러십니까? 그런데 새벽에 어딜?"

"그야 보면 모르겠는가? 새벽 산책일세."

"예, 알겠습니다. 어서 다녀 오시지요."

이러한 고비를 넘기고 천신만고 끝에 기다리고 있던 배에 올라 새벽의 푸른 물줄기를 가르며 돌아왔다. 본진에 돌아오기가 무섭게 조조를 만났으나 조조는 서운한 표정으로 장간을 주시하고 있었다.

"죄송합니다. 주유는 설복하지는 못했으나 더 중요한 기밀을 알아 왔습니다."

"그보다 더 중요한 기밀이란 무슨 기밀이오? 어서 말해보오."

"저어, 사실은 수군도독 채모와 장윤이 적과 내통하여 승상을 칠 기회만을 노리고 있음을 알아 왔습니다."

"무엇이 채모와 장윤이란 놈이 적과 내통을 해. 이 못된 놈들. 장공은 그 사실을 어떻게 알게 되었는고?"

"주유와 잠자리를 같이하여 내 눈으로 똑똑히 봤습니다."

"여봐라. 두 놈을 불러다 당장 목을 쳐라"

불호령이 떨어지자 채모와 장윤이 조조 앞에 나왔다.

"네 두 놈들이 적과 내통하고 나를 배반하다니 이 못된 놈들!"

"승상께서 왜 이다지도 분노하고 계십니까? 저희들로서는 알 수가 없습니다."

"이놈들아 양심이 있으면 먼저 알 게 아니냐? 여봐라 어서 이놈들 목을 쳐라."

어느덧 채모와 장윤의 머리통이 땅바닥으로 내동댕이쳐졌다. 순간 조조가 두 장수의 베진 목을 쳐다보고는 그가 주유에게 속았음을 알았으나 아무리 번개같이 깨달은 조조라도 이미 때는 늦었다.

한편 이러한 사실을 알게 된 주유는 웃음을 감추지 못했다.

"내가 제일 꺼리고 있던 적장이 바로 그자들이었는데 조조가 스스로 제거해 주다니. 으하하하, 이젠 두려울 게 없어."

"도독의 그러한 술책은 참으로 놀랍습니다. 아마 조조도 간담이 서늘할 것입니다."

노숙이 거들었다. 주유는 달콤한 미소를 지었다.

"그렇다면 내가 이러한 계책을 써서 그자들의 목을 치게 한 것은 나와 노숙 단둘뿐인데 사람인지 귀신인지 매사를 손바닥 안을 들여다보고 있는 와룡이 이번 일도 혹 알고 있는지? 노숙이 찾아가 한번 살펴보시오."

노숙은 주유가 시키는 대로 와룡을 불시에 찾아갔다.

와룡은 노숙을 반가이 맞이하면서 그렇지 않아도 주 도독을 찾아가 축하를 해주려던 참이었노라고 했다.

"아니 축하의 말씀이라니요.?"

노숙은 시치미를 뚝 뗀 체 반문만 계속했다. 그러자 와룡은 미소 띤 모습으로 말했다.

"주 도독께서 노숙을 시켜 알아보라는 일에 대해서 내가 알고 있는지를 말하는 것이오."

아연실색한 노숙의 얼굴이 새파래졌다.

"와룡 선생은 어떤 일을 말씀하시는지?"

"그러면 내 입으로 말하리다. 주 도독이 장간을 꾀어 두 장군을 조조 스스로 죽이게 한 흉계를 내가 알고 있는지 모르고 있는지를 알아보러 오신 게 아니오? 이만하면 됐지요? 하지만 조조는 그 두 장수를 베고난 직후 속았다는 것을 알고 아차 했을 것이오. 아무튼 두 장수가 제거되었으니 오 나라로서는 천만다행이고 필승이 다가오고 있소이다. 또한 조조는 모개(毛玠)와 우금(于禁)을 새 도독으로 선입하였지만 주유 장군을 당해내지는 못할 게요."

노숙은 와룡의 이와같은 말에 넋나간 사람처럼 와룡을 바라보고 있을 뿐이었다. 자신들의 군사기밀이나 조조의 군 동태까지를 명경지수(明鏡之水) 들여다 보듯 훤히 알고 있으니 그도 겁이 났다. 그

정도가 너무 심하다 싶어 와룡이 무섭다는 생각까지 들었다. 노숙
이 방을 나서자 와룡은 문전까지 배웅하며 주 도독에게 가서는 그러
한 일을 모르고 있다고 전해달라고 부탁했다.

"만약 주 도독께서 내가 모든 것을 알고 있을 줄 알게 되는 날에
는 나를 당장 죽이려고 할 것이오."

노숙은 와룡과 약속을 단단히 했으나 실상 주유에게는 모든 것을
다 털어놓고 말았다. 주유는 소스라치며 경색된 모습으로 와룡을
그대로 살려두면 큰일이라고 생각하고는 무슨 계책을 세웠다. 그
리고는 다음날 모든 수하 장수들을 모아놓고 그 자리에 와룡도 초대
했다.

16. 와룡의 묘책과 화살

"수전에는 어떤 무기가 필요하오?"

"아무래도 많은 화살이 필요할 것입니다."

"아! 나도 동감이오. 옛날 강태공은 진중에 많은 무기를 만들어서 사용했는데, 선생께서는 우리 오나라를 위하여 화살 십만 개만 만들어 주지 않겠습니까?"

와룡은 주유의 이와같은 청이 자신을 죽이려는 명분임을 알면서도 의연한 자세로 맞섰다.

"주 도독의 하늘과 같은 명령이라면 사력을 다해 보겠습니다. 그런데 화살은 언제까지 쓰시려고요?"

"열흘 만에만 만들어 주시면 합니다."

와룡은 마치 화살 십만 개를 쌓아둔 것처럼 얼굴에 웃음을 띠었다.

"주 장군, 조조가 언제 쳐들어올지 모르는 급박한 전쟁중에 그토록 날짜가 늦어서야 되겠소."

그 자리에 앉아 있던 여러 장수들과 조정 중신들은 와룡의 말에 술렁거렸다. 주유는 얼굴이 붉어지면서

"선생께서 그 많은 화살을 하루에 천 개씩만 만든다 해도 100일 정도 걸려야 하는데 단 며칠 만에 만들어 내겠소?"

그리고는 자신도 모르게 염치가 없다는 듯 머리를 긁적댔다.

"화살 십만 개를 위해 열흘간이란 긴 세월을 보내고서야 무슨 천하통일을 하겠소. 한 사흘 안에 만들어 올리겠소. 덤으로 일만여 개쯤 더 보태서 말입니다."

주유는 망신을 당한다는 기분이 들어 화가 났지만 억눌렀다. 와룡의 이와같은 장담에 좌중의 모든 사람이 입을 벌리고 놀란 모습들이었다. 그 가운데는 와룡이 살기 위해서 거짓말을 하고 있다며 믿지 않은 사람도 있었다. 주유는 주위의 분위기를 환기시킬 필요가 있다고 판단했다.

"여보세요, 와룡 선생. 농담은 아니겠지요?"

"저 역시 농담이면 얼마나 좋겠소. 하지만 농담이 아니오. 내가 어찌 주 도독에게 거짓말을……."

와룡은 사흘 안에 화살 십만 개를 만들지 못할 경우 죽음으로 벌을 받겠다는 각서를 주유에게 손수 써주었다. 주유, 노숙 등 여러 장수들은 사흘 안에 화살 십만 개를 만들기란 귀신이 아니고서는 불가능하기 때문에 와룡이 밤 사이에 자살을 하거나 도망을 칠 거라는 등 별별 말들이 난무했다. 그러나 정작 와룡은 그 이튿날 아침 강가에서 세수를 하고 있는 등 평소때와 조금도 변함이 없었다. 와룡은 노숙에게 군사 오륙백 명과 배 이십여 척을 잠시 빌려 달라고 했다. 노숙은 의아해했다.

"배마다 몇십 명의 군사들을 태우고 푸른 천으로 휘장을 한 다음

강기슭으로 보내만 주시오. 그렇게만 해주시면 십만 개란 화살이
사흘 안에 만들어질 게요."

노숙이 와룡의 부탁을 주유에게 알리자, 주유는 고개를 갸웃거리
면서도 마지 못해 군사와 배를 내주었다. 그리고는 노숙에게 와룡
이 도망칠지도 모르니 경계를 단단히하라고 군령까지 내렸다. 노숙
은 와룡이 시키는 대로 배 이십 척에 각각 휘장을 두르고 군사들을
완비해 주었다.

군사와 배를 빌려 받은 와룡은 첫날에도 그 이튿날에도 하는 일
없이 산기슭에 배와 군사들을 대기한 채 그 귀중한 시간을 소비하고
있었다. 이틀간을 하는 일 없이 보낸 와룡이 삼 일째가 되던 날에도
선상에서 술을 마시고 거문고를 튕기는 것으로 소비했다. 주유나
군사들은 내심 와룡도 별 수 없이 죽을 날만 속수무책 기다리고 있
구나 하는 아쉬움이 있기도 했다. 그중에서 주유만은 이젠 와룡이
죽게 되어 후환거리가 하나 없어지겠다는 생각에 웃음을 지었다.
드디어 숙명의 마지막 날 사흘째가 되던 날, 와룡이 노숙에게 말
했다.

"약속대로 나와 같이 화살 십만 개를 가져옵시다."

노숙은 눈이 휘둥그래졌다.

"화살을 어디로 가지러 간단 말입니까?"

"어허 노 숙공, 말이 너무 많소. 아무 소리 말고 나만 따라오시오.
자연히 알게 될 것이오."

와룡은 이십 척의 배 모두를 연결시켜 묶고 나서 노숙과 같이 한배
에 올랐다. 그리고는 뜻밖에도 조조의 진영을 향해 배를 몰았다.

안개가 자욱한 강상에 불빛 하나 없이 적진으로 점점 다가가고 있
자, 노숙은 겁먹은 모습이 되어 어찌할 줄 몰랐다. 그런데도 와룡은

적이 볼 수 없는 배의 맨 밑바닥에 작은 불을 켜놓고 술만 마시고 있었다. 답답하다 못한 노숙이 와룡에게 물었다.

"선생, 무장도 하지 않고 이처럼 적진 속으로 들어오다니 습격이라도 당하면 어찌하시려고 이렇게 무모한 짓을 하십니까?"

"노숙 장군, 아무 걱정 마시고 어서 술이나 한잔 들어요. 아무리 영악한 조조이지만 이런 안개 속에 우리를 알아보겠소. 자아, 걱정일랑 이 강물 속에 버리고 어서 내 술잔이나 받으시오. 그래서 안개가 걷히면 돌아갑시다."

조조의 진영에서는 여느때와는 달리 안개가 짙게 끼어 있어 특별 경계를 하고 있었다.

그래서 조조 자신도 잠을 자지 아니하고 비상근무에 들어갔다. 그런데 밤이 깊어지자 강상에 난데없는 함성이 들려오며 괴물처럼 생긴 거창한 괴선(怪船)이 오고 있는 게 아닌가. 조조 군사들은 숨을 돌릴 사이도 없이 그 괴선을 향하여 활을 쏘아댔다. 물론 괴선으로 보는 것은 와룡이 타고 있는 이십 척의 배를 함께 묶어 울긋불긋한 휘장을 둘러쳐 괴선으로 보일 수밖에 없었다. 또한 태산처럼 크게 보이는 괴선을 어찌할 바를 모른 조조는 만여 명의 군사를 직접 지휘하는 등 총공격령을 내렸다. 수많은 조조 군사들이 마구 쏘아대는 화살은 여지없이 와룡이 타고 있는 괴선에 착착 꽂혔다. 수많은 군사들이 수없이 쏘아대는 화살은 순식간에 화일 베리고 해도 과언이 아닐 정도로 많이 꽂혔다. 드디어 안개가 개이고 날이 밝아지자 와룡은 본진으로 돌아오기 시작했다. 그러면서 군사들에게 조조를 향해서 소리지르라고 명령을 내렸다.

"화살을 많이 주어 감사하다. 우리는 이만 가보겠다."

이 소리를 듣고 조조는 헐레벌떡 뒤쫓아 가려고 했지만 이미 때가 늦어 추적을 포기하고 말았다. 돌아오는 길에 와룡과 노숙이 얘길 나누었다.

"장군, 아마 우리 배에 꽂혀져 있는 화살이 줄잡아 십만 개는 넘겠지요?"

노숙은 와룡의 기재(奇才)에 눌려 일국의 장군의 모습이 아니라 고양이 앞에 쥐모양으로 와룡에게 고백했다.

"선생께서는 참으로 신과 사람을 겸비한 신인(神人)입니다."

"신인 소장은 오늘 또한 감탄했습니다."

"그런데 선생님 사흘 후면 안개가 짙게 낄 것을 어떻게 아실 수가 있었는지? 정말 귀신도 못할 일을 와룡께서 해냈습니다."

"장수가 천문·지리 등 역학(易學)을 알지 못한다면 명장이 될 수 없을 게요. 우리가 싣고 오는 이 화살은 화살만 만드는 장공(匠工)이라도 수십 일이 걸릴 게요. 더욱이 주 장군은 나를 죽일 구실을 찾기 위해서 사람도 물자도 제대로 대줄 턱이 있겠소."

노숙은 자신도 모르게 몸을 움츠렸다.

"선생께서 그렇게까지 내다보고 계십니까?"

"짐승들도 직감으로 자신의 죽음은 예감한다는데 내가 어찌 그걸 모르겠소."

와룡이 오나라 군진으로 돌아와 화살을 세어 보니 십만여 개가 넘어 모든 사람들이 입을 열고 다물지를 못하고 깜짝 놀랐다. 곧바로 주유는 와룡을 만났다.

"아! 와룡 선생. 선생의 기재나 미래사를 예견예지(豫見豫智)하는 힘에 또 한번 감탄했습니다."

주유는 큰 잔치를 베풀어 와룡에게 술잔을 권하면서 정중한 자세로 사실을 얘기했다.

"이 주유가 이제 말씀 드리오나 선생의 천문·지리와 능수능란한 예견에도 불구하고 죽으려고 했소이다. 그러나 지금 생각해 보니, 그같은 나의 생각이 얼마나 어리석은 행동이었는지를 알게 되었습니다. 모든 것을 용서하옵소서. 그리고 앞으로 많은 도움을 주옵소서. 자아, 그런 뜻에서 내 술 한 잔을 더 받으시지요…… 사실은 주공께서 사람을 보내 조조를 빨리 쳐부수지 않고 뭣 하느냐는 책망이 왔습니다. 헌데 변변치 못한 제가 뭘 압니까? 그러니 선생께서 묘책을 가르쳐 주옵소서."

"나 역시 묘책이 전혀 없는 것은 아니나 그 묘책이 살아있는 묘책 (妙策)이 될지 쓸모없는 죽음의 묘책이 될지는 의문입니다."

주유의 말을 듣고만 있던 와룡이 정이나 주 장군이 그렇다면 주 장군의 묘책과 그의 묘책이 일치되는가를 알아보기 위해서 각자 손바닥에 자신의 묘책을 나타내는 글자를 한 자씩 쓰기로 했다. 두 사람은 붓을 들어 자신들의 손바닥에 묘책에 해당하는 글자를 썼다.

"자아, 그러시면 한번 맞추어 보시지요."

두 사람은 뒤로 돌려진 손을 하나 둘 셋 하는 소리와 함께 손바닥을 번쩍 펴보였다. 그런데 두 사람의 손에는 놀랍게도 불화(火)자가 씌어져 있었다. 조조를 치려면 화공법이어야 한다는 묘책들이었다. 그러자 주유가 입을 열었다.

"선생의 묘책과 나의 묘책이 같이 나는 나아 화공법에 대한 전법에 자신을 갖게 되었습니다. 이 일은 비밀로 하고 우선 축배를 듭시다."

조조가 와룡의 술수에 화살 십만여 개를 빼앗기고 의기소침하여 있을 때였다. 순유가 조조에게 지금 강동은 주유와 와룡이 있기 때문에 성급히 공략할 수는 없을 것이므로 최상의 계책으로 누군가가

거짓 항복을 하여 적군의 정세를 정확하게 알아내야 한다고 묘책을
알렸다.

"그 참 가당한 생각이오. 그렇다면 누구를 보내는 게 좋겠소?"

"채모가 죽은 후로 그의 아우 채중(蔡仲), 채화(蔡和)가 근신중입
니다. 따라서 그들을 보내시는 게 어떨지요?"

"만에 하나 그들이 오나라에 눌러앉아 버리는 날에는?"

"가족들을 붙들어 두었다가 성공하고 돌아오면 높은 벼슬을 내리
기로 약속한다면 꼭 돌아올 것입니다."

이리하여 채중과 채화 형제는 군사 오백 명과 같이 오나라로 떠
나갔다. 주유는 그들이 조조를 배반하고 항복을 해왔다 하여 기뻐
했다. 그리고는 두 사람을 불러들여 조조를 배반하고 그에게 항복
한 연유를 물었다.

"장수가 항복을 한다는 것은 치욕중의 치욕이지만 저희 두 사람
은 죄없이 죽은 형님의 원수를 갚고자 항복을 했습니다."

주유가 그들을 의심하지 않고 받아들이자 그들은 자신들의 거짓
항복이 탄로나지 않고 잘 진행되는 것으로 믿었다. 두 사람을 내보
고 난 주유가 수하 장수 감영(甘寧)에게 일렀다.

"저들이 가족을 내버려두고 온 것으로 보아 첩자로 온 게 분명하
오. 그러므로 나는 그들을 이용하여 조조를 칠 것이니 감영 장군은
그들의 행동을 지켜보다가 출병 즉시 목을 베어 버리도록 하시오.
이건 군령이요, 명심하시오."

"예, 잘 알겠습니다. 그럼 이만 물러가겠습니다."

감영이 나가고 잠시 후에 노숙이 들어와 주유의 내심을 알지 못하
고 장군 채모, 채화 그들이 정녕 거짓항복을 한 게 분명한데 어찌하
여 중용하시려고 하시는지를 물었다. 주유가 시치미를 떼고서 큰 소

리로 말했다.

"조조가 그들의 형을 죽였으니 증오와 복수심에 그런 게 아니오. 노숙처럼 의심을 한다면 누가 항복을 하겠소."

노숙이 더 이상 말을 하지 않고 곧바로 달려가 와룡에게 그런 사실을 털어놓자 와룡은 말없이 웃고만 있었다.

"선생께서는 왜 웃고만 계시는지?"

"노숙 장군, 장군은 주 도독의 계책을 그렇게도 모르십니까? 채모, 채화의 항복은 분명 거짓이오. 그들이 처자식을 데리고 오지 않았기 때문이오. 그리하여 그러한 점을 잘 알고 있는 주 도독이 그들의 속셈을 계산하고 그 점을 역이용하려고 하고 있소. 말하자면 일부러 속아주고 승리의 기틀을 마련코자 하는 것이오."

노숙은 그때서야 고개를 끄덕였다.

한편 조조는 오나라에서 온 지략가 봉추(鳳雛), 방통(龐統)을 반갑게 맞이하여 크게 기뻐했다. 그리고는 봉추에게 말했다.

"선생께서 오나라로 돌아가시거든 주유 장군에게 원한을 품은 사람이 한둘이 아니므로 그들을 포섭해 주는 게 어떻겠소. 선생께서 내 뜻대로만 해주신다면 천자께 주청하는 삼공(三公)의 전위에 봉하겠소."

"고맙습니다. 허나 나는 만민을 구하고자 전력할 뿐 내 개인의 영달을 위해서기 아닙니다."

"선생, 그건 염려마시오. 하늘을 두고 맹세하건대 백성들만큼은 해가 없도록 하겠소이다."

"참으로 지당한 말씀이오. 그러나 백만 대군이 일시에 맹공하는데 살육 약탈 등등 목불인견(目不忍見)이 전혀 없다고 단언할 수는 없지요. 그런 최악의 경우를 생각해서 저의 가족들의 안전을 기하고자 하오니 승상께서 방문(榜文) 하나를 써주시면 합니다."

"선생의 가족들이 어디에 계시는데 그러하시오."

"예, 형주에서 쫓겨 지금은 오나라의 어느 산골짜기에 있습니다."

조조는 서슴없이 봉추가 원하는 대로 방문을 써주었다. 봉추가 오나라로 돌아가기 위해서 강변으로 나와 배에 막 오른 순간 등뒤에서 한 사람이 대나무 갓을 깊숙이 쓴 채 나타나더니 약간 큰 소리로 중얼거렸다.

"그대들은 참 대단하군. 황개 장군은 고육지계(苦肉之計)를 써서 조조에게 거짓 항복서를 바쳤고, 그대는 연환계(連環計)를 써서 조조를 속이다니 참으로 겁들도 없소이다."

봉추가 놀란 모습으로 쳐다보니 그 사람은 다름아닌 서원직(徐庶)이었다.

봉추는 주위를 한번 살펴보았다.

"공이 만약 우리의 밀계를 탄로내기라도 하는 날에는 오나라의 팔십일 주의 백성들이 조조의 발굽에 짓밟혀 죽게 될 것이오."

"하지만 그것은 봉추 선생의 생각이지. 그 계획이 달성되기까지는 조조의 군사 백만에서 약 삼십만 정도는 창검에 찔려 죽고 불에 타 죽게 될 게요."

"그럼 귀공께서는 우리 오나라의 운명이 걸린 이 엄청난 대밀계(大密計)를 발설이라도 하겠다는 말씀이시오?"

"그러나 걱정마십시오. 물론 주유 장군이 황개 장군, 감택 등이 고육지계를 통하여 거짓 항복을 했고 전술가(戰術家)이지만 지략가(知略家)인 귀공이 화공법을 쓰기 위해서 조조가 일부러 많은 배를 묶어 연결한 소위 연환계를 쓰도록 한 일들을 나는 소상히 알고 있

소. 하지만 나는 일찍이 유비 장군과는 군신의 서약을 맺고 그분의
은총을 입었소. 그래서 몸은 어머니 때문에 조조에게 있으나 마음
은 유비 장군께 있소이다. 더욱이 유비 장군과 헤어질 때에도 어떠
한 경우에도 유비 장군께 불리한 행동은 하지 않겠다고 다짐했소.
다만 이 난국을 어찌하면 해결할 수 있을까, 하는 생각뿐이오."

절대 발설을 하지 않겠다는 원직의 말이 끝나자 봉추는 고맙다며
원직의 두 손을 와락 잡고 원직의 귀에다 입을 대고 뭔가 소근대자
원직은 연신 고개만 끄덕일 뿐 말이 없었다. 두 사람이 헤어지고 며
칠이 지나서 조조의 진영에서는 난데없는 소문이 일기 시작했다.

서량에 있는 마등(馬騰)과 한수(韓遂)가 반격을 하기 위해서 오만
의 군사로 허도를 습격해 오고 있다는 것이다. 그러나 이 소문의 실
상은 언젠가 봉추가 원직의 귀에다 대고 부탁했던 것을 원직이 은연
중에 소문을 퍼뜨린 것이었다. 대야망의 보금자리라고 믿고 있던
허도로 반역의 무리가 쳐들어온다는 말에 조조는 충격일 수밖에 없
었다. 화가 치민 조조가 외쳤다.

"나는 오나라를 공략하기 전에 허도로 돌아가지는 아니할 것이
오. 그러니 나를 대신해서 그 두 역적의 무리를 평정할 자가 없
소?"

그러자 원직이 앞으로 나오면서,

"제가 책임을 다 헤보겠습니다."

그러자 조조는 원직에게 군사 삼천을 주며 평정의 길을 떠나도록
군령을 내렸다.

어느덧 세월은 건안 십일 년 설한풍이 불어닥친 동짓달, 조조는
원직을 허도로 보내놓고 강가에 나와 전군을 지휘 독려하고 있
었다. 마침 보름달이 차거운 창공에 둥실대고 구름 사이를 헤치며

지나가고 있었다. 조조는 모든 수하 장수들을 불러모아 놓고 선상에서 성대하고 화려한 잔치를 베풀었다. 여느때와는 달리 조조는 장엄하게 흐르는 광활한 강물을 바라보았다.

"아! 내가 의병(義兵)을 일으킨 지 수십 년, 나라와 백성들을 위해서 동분서주 청청한 싸움을 했건만 아직도 천하를 얻지 못하고 이제 오나라를 제패하는 날에는 여러분들은 영화를 누릴 것이오. 그러니 여러분들께서 분투 또 분투해 주시오."

조조의 의연한 결의가 끝나자 모든 장수들은 "승전, 승전"을 외치며 일제히 축배를 들었다.

"아! 승상의 건강과 승전의 개선이 있기를 축원하나이다."

흥취가 고조되고 사기가 충천되자 조조가 남쪽 언덕을 가리키면서 감상과 승전에 젖어 중얼거렸다.

"아! 주유와 노숙이 천운(天運)을 알지 못하는구나. 너희의 진영 속에는 나에게 투항코자 하는 자가 많으니 이게 바로 천시이며, 천우신조(天佑神助)로다."

순유가 승상의 말을 막았다.

"그런 말씀을 하시면 아니됩니다. 혹시 누설이라도 되는 날에는 어찌 하시려고 그러십니까?"

"으하하, 좌중에는 모두가 나의 심복들뿐이오."

그리고나서 이번에는 하구(夏口)쪽을 가리키며 소리쳤다.

"유비, 와룡아! 너희들은 개미 같은 힘을 알지 못하고 감히 태산인 나를 흔들어 보려고 하다니. 가소롭도다, 가소로워······ 내 나이 어느덧 쉰넷, 이번에 오 나라를 얻게 되면 교공(喬公)의 두 딸과 여생을 즐겁게 보내리라."

조조의 입에서 그런 말이 채 가시기도 전에 싸늘한 달빛 창공에서 난데없는 까마귀 한떼가 "까웃 까웃" 하고 남쪽으로 날아가며 음흉스럽게 울어댔다. 조조가 의아스러운 눈초리로 하늘을 쳐다보았다.

조조는 뱃머리 난간 위로 나와 도도하게 흐르는 강물에 술을 연신 부어가며 수신(水神)에게 고하고 여러 장수들에게 그가 새파랗게 젊은 나이에 그가 지닌 장검으로 황건적들을 무찌르고 여포를 사로잡았으며, 원술, 원소 등을 맹략하였으며, 요동을 평정하고 이젠 오나라를 일거에 맹략 통일천하를 이루고자 하노라고 감회어려 했다. 그리고는 시 한 수를 읊었다.

술들고 노래하세
인생이 그 얼마인가
조조와 같아 지난날이 꿈같도다
슬픔을 당할 때면 근심 풀길 없어
이 시름을 어찌 푼단 말인가?(생략)

조조의 즉흥시가 끝나자 좌중은 한결같이 축배를 들어 즐거워하고 조조를 격찬하고들 있는데 양주자사(楊州刺史) 유복(劉馥)이 자리에서 벌떡 일어서 큰 소리로 승상을 나무랐다.

"승상은 대군의 진군을 앞두고 그렇게 불길한 시를 읊으십니까?"

"이놈아! 내 시가 어째 불길하느냐?"

"'달은 밝고 별은 드문데 남으로 가는 까마귀'라는 구절과 '두루 살펴도 나뭇가지만 무성하고 의지할 가지는 없도다'라는 구절 등입니다."

"방자스런 놈, 감히 나의 흥을 깨려느냐? 이 못된 놈."

조조는 순간 검을 쓱 뽑아 유복의 머리통을 단숨에 날려버려 그 붉은 피가 곁에 있던 장수들 옷자락에 튀었다. 겁에 질린 장수들은 몸둘 바를 모르고 오돌오돌 떨었고, 잔치의 기분은 온데간데없는 무거운 분위기가 되고 말았다.

그러나 날이 밝고 취기가 가신 조조는 크게 후회하고 유복을 삼공(三公)의 지위로 추증하는 등 참회의 모범을 보이기도 했다. 수일이 지날 무렵 수군 총대장 모개와 우금이 조조를 만나는 자리에서 "우리의 병선들은 승상께서 명하신 대로 오륙십 척을 한고리로 해놓았으며 모든 것에 만전을 갖추어 놓았습니다."

"그럼 내가 직접 둘러봐야지."

조조가 군함을 타고 나와보니 수많은 병선들이 음양오행 법칙에 따라 맨 가운데는 중앙이며 최고의 지위를 나타낸 황색 깃발로 총대장 모개와 우금이, 전방에는 붉은 색 깃발로 장함이, 뒤쪽은 흑색 깃발로 여건이, 또한 좌청룡 우백호(左靑龍右白虎)의 지리적 원리에 준하여 좌우에는 문빙과 여통 등이, 그밖에 마보군(馬步軍)의 군진에는 서황을, 후군에는 이전, 악진, 하후연 들을, 그리고 수륙구응군(水陸救應軍)의 대장은 하후돈과 조홍을, 교통수호군감전사(交通守護軍監前使)에는 허저와 장료 등 그야말로 보기만 해도 천하를 금방 주위 삼킬 듯한 맹장들의 군진이 완비되어 있었다.

조조는 이러한 군진을 보고는 감탄했다.

"아! 장엄하도다. 이 기세를 누가 꺾으랴. 내가 지금까지 무수한 싸움을 해왔으나 오늘처럼 방대한 군진은 처음 봤도다."

그리고는 큰 소리로 운명의 대결을 건 군령을 내렸다.

"이제 우리는 진군으로 천하의 대세를 또 한번 이루어 중원 천지가 우리의 기세로 영원하리라. 어서 세 번의 북을 올려 진군할지어다."

북소리가 "둥둥둥" 세 번이 울려퍼지자 모든 병사들이 태산이 움직이듯 서서히 움직이기 시작했다. 이날 따라 바람이 세차게 불어왔으나 군선들이 한고리에 연결된 까닭에 조금도 위험이 없어 보였다. 그 모양을 실감한 조조가 과연 봉추는 지략의 명수라고 찬사하고 이런 묘책을 그에게 알려준 것은 정령 하늘의 도움이라며 흡족해했다. 그러나 정욱은 걱정스러운 모습으로 조조에게 이런 연환계도 일장일단이 있다고 말했다.

"여러 척의 배를 한덩어리로 연결해 놓았으니 풍랑에는 견딜 수 있으나 적이 만약 화공법으로 대응한다면 예측불허의 흉화가 있을 수 있습니다."

"아! 장군, 그것은 한갓 헛된 걱정이오. 화공법으로 대응하려면 반드시 바람이 불어야 하는데 지금과 같은 계절에는 서풍이나 북풍은 있을 수 있어도 동풍이나 남풍이 불 리가 있겠소. 또한 적들은 남쪽에 있고 우리는 서북 방향에 있어 적들이 화공법을 쓴다 하더라도 그것은 자멸을 자초하게 될 것이오. 왜냐하면 계절상·위치상으로 보아 화공법을 쓴다면 그들이 먼저 타죽게 되오. 혹 지금 계절이 봄이나 여름이라면 정 장군의 걱정이 가당하나 지금은 아니오."

조조의 이와같은 단정론에 많은 장수들은 과연 승상은 천문·지리에도 추존을 불허한다라며 격찬을 하고 나섰다. 으쓱해진 조조가 다시 입을 열어 그의 군사들은 대부분 청주·서주·연주(燕州) 출신 등이 많으므로 이런 연결전법을 쓰지 않으면 거센 강물 위에서 이처럼 자유롭게 활동할 수가 없을 거라고 했다.

조조의 말이 끝나자 원래 연소의 부장이었던 초촉(焦觸)과 장남(張南)이 나섰다.

"저희들은 비록 북방 출신이기는 하나 배를 다루는 데 있어서는 누구보다도 능합니다. 그러므로 우리 두 사람에게 병선 이십 척만 주신다면 선봉으로 출전하여 적의 간담을 써늘하게 하고 돌아오겠습니다. 하지만 만약 우리 두 사람이 실패하고 돌아오는 날에는 목숨으로 대죄를 하겠습니다. 그러니 보내 주옵소서."

그들의 충정에 더 이상 묵과할 수가 없었던 조조는 이십 척은 너무 불안하므로 문빙 장군에 소속된 배 삼십 척에 오백 명의 군사를 주어 충정을 시험해 보이라고 허락하여 두 사람은 오나라 군진을 향해 출발했다.

17. 와룡의 도술

한편 오나라에서는 적선들이 침입해 온다는 정보를 듣고 주유가 높은 산에 올라 적병선들을 바라보고는 외쳐댔다.

"적의 배 몇 척에 놀라지들 마라. 적들은 작은 일엽편주에 불과하다. 적선을 단숨에 쳐부술 병사는 없느냐? 이번이야말로 명실상부한 서전(序戰)을 장식할 좋은 기회이다."

그러자 한당과 주패가 자청하고 나섰다. 곧바로 주유의 군령을 받고 쏜살같이 강물을 가르며 적들을 향해 노를 저었다. 어느덧 적들과 접전이 시작되어 긴장이 고조되었다. 오륙십 척의 병선들이 여기저기 흩어져 조개껍질처럼 기우뚱거리며 싸움을 계속했다. 쫓기고 쫓다가 또 쫓는 등 서로의 예봉을 꺾는 초전박살이란 입장에서인지, 한치의 물러섬도 없는 팽팽한 격전이었다. 예측불허한 싸움이라서 많은 군사들이 목이 달아나고 수장되는가 하면 붉은 피가 푸른 바다를 물들이기도 했다. 결국 초록과 한당이 맞부딪혀 창검을 휘두르며 서로의 목을 치려고 했으나 좀체로 승부는 나지 않았다.

두 장수가 숨가쁜 격전을 하고 있는데 순간 주태가 달려와 초록의 등짝을 늙은 호박 찌르듯 푹 찔러 창끝이 배까지 관통되자 그 자리에 쓰러지고 말았다. 그러자 분노한 장남이 주태를 향해서 활을 힘껏 쏘아댔다. 그러나 주태는 으악 소리를 내면서 번개처럼 배 바닥에 엎드려 위기를 순간적으로 모면했다. 그리고는 비호같이 적선에 뛰어들어 장남의 목을 단칼에 베 그 머리통을 강물 저멀리 던져 버리자 붉은 피를 내뿜으며 물속으로 잠겼다. 서전(序戰)을 서전(瑞戰)으로 장식한 두 장수는 노획한 배와 무기를 이끌고 본진으로 돌아왔다.

　조조의 군사들은 서전에 참패를 해서 백만 대군의 사기가 말이 아니었고, 반면 주유는 승전의 기쁨을 감추지 못했다. 조조가 울분을 참지 못하고 이번에는 모든 병선들이 출진하여 적군의 머리통을 수장(水葬)하라는 불 같은 군령을 내리자 세상 천지 온 강을 조조 군사들이 덮은 듯 그 규모나 위세가 충천하였다. 한꺼번에 태산처럼 오는 조조 군사들을 보고 그렇게도 대담하고 호언장담하던 주유도 숨을 몰아쉬었다. 조조가 세상의 모든 힘을 강물에 깔아놓고 그 위에서 제일의 힘을 과시하며 진군을 했다. 그런데 조조가 타고 있던 깃대의 중심부가 부러져 버렸다. 아! 이게 무슨 불길한 징조인가? 언젠가 동탁이 간언한 이런 현상을 무시해 버렸고 그는 죽음을 당했지 않았던가. 조조를 비롯한 모든 장수들이 고개를 갸웃거리며 당황한 모습들이다. 그리고는 진격을 멈추고 서서히 퇴군을 하고 말았다.

　큰 태산이 머리를 억눌러 숨이 막혀 있던 주유가 하늘이 그들을 도왔다며 안도의 환호성을 치고 있는데, 이번에는 주유가 타고 있던 배의 돛대가 찌익 하는 소리를 내며 뚝 부러져 버렸다.

순간 주유의 뇌리에 뭔가 스쳐갔다. 그리고는 으악 소리와 함께 갑자기 쓰러져 버렸다. 수하 장수들은 당황하여 주유를 급히 병실에 눕혀 놓고 의사를 불러댔다. 그리고 손권에게도 급보를 보냈다.

급보를 받은 손권 이하 많은 중신들은 한결같이 백만 대군의 적들과 싸울 총독이 쓰러졌다는 소식에 걱정을 하고 있었다.

"이 일을 어찌하면 좋단 말인가?"

걱정이 태산 같은 노숙이 생각다 못해 와룡을 찾아가 사실을 그대로 털어놓았다. 그러자 와룡이 빙그레 웃고 나서 노숙을 힐끗 쳐다보았다. 그리고는 주 도독의 병환을 그가 고쳐 주겠다며 주유가 누워 있는 병석으로 안내하도록 했다. 병석에 당도한 와룡의 첫마디다.

"주 장군, 병세가 어떠하시오.?"

"예, 비위가 역겨워 약도 잘 못 먹습니다. 그러니 이번에는 내가 낫기가 어려울 성싶습니다."

"내가 약을 드릴 테니 한번 써 보시겠습니까?"

"선생께서 무슨 약을 실시하시려고 하시는지? 아무튼 한번 써 보십시오."

"제가 드리는 약은 신약(神藥) 중에 신약이므로 다른 사람이 봐서는 아니 되오."

좌우를 다 물리친 후 병실에는 와룡, 주유만 남게 되자 와룡은 뜻밖에도 붓을 들어 흰 종이 위에 다음과 같은 글을 쓰기 시작했다.

'주 장군이 조조를 공략하고자 하면 마땅히 화공법을 쓸지어다. 따라서 모든 준비는 되었지만 가장 중요한 동남풍(東南風)이 빠졌노라.'

이렇게 주유의 마음을 들여다본 처방문(處方文)을 주유에게 주고 "이 이상 무슨 만약신약(萬藥神藥)이 필요하겠소. 이것이 병의 뿌리이고 치료약이 아니겠소."

주유는 소스라치며 당혹스러운 태도를 보였다.

"과연 귀신은 속여도 선생만은 속일 수가 없소이다. 내가 이렇게 누워 있는 것도 바로 선생께서 지적한 병원(病源) 때문입니다. 선생께서는 천안통(天眼通)과 천심경(天心鏡)이십니다. 아! 참으로 겁이 납니다. 그런데 이 일을 어찌하면 좋겠소. 내가 바라는 것은 화공전법에 동남풍인데 동남풍을 만들 수도 없고, 그러니 선생께서 묘책을 가르쳐 주십시오."

와룡은 지금까지의 태도를 바꾸어 준엄하고 정중한 어조로 말했다.

"주 장군, 내가 일찍이 어떤 기이인(奇異人)으로부터 우주 삼라만상의 대도(大道)를 깨칠 때 주역 원리에 의한 기문둔갑법(奇門遁甲法)을 익힌 덕택에 바람을 부르고 비를 부르는, 소위 호풍환우(呼風喚雨)의 조화를 일으켜 볼 수가 있습니다. 따라서 주 장군께서 정이나 동남풍을 전술의 비약으로 쓰신다면 제가 그 비약(秘藥)을 만들어 드리지요."

"예~엣, 농담도 심하십니다. 어떻게 비바람을 만든단 말씀이시오."

"주 장군, 내가 농담할 사람 같소. 그렇게 생각하시면 이만……"

와룡이 자리를 일어서려고 하자 주유가 와룡의 손을 잡고 마치 배고픈 아이가 젖을 달라고 조르는 모양으로 매달렸다. 와룡이 못 이긴 체하고 자리에 앉았다.

"동남풍이 필요하면 남병산(南屛山) 아래에 칠성단(七星壇)을 만들어 주시고 필요한 사람 백여 명만 주시오. 그렇게만 해주신다면 천제(天祭)를 올리고 동남풍을 만들어 드리겠소."

주유는 풍운조화를 꼭 믿지는 않았으나 와룡의 인품을 더 믿으며 기뻐했다.

"삼일삼야(三日三夜)는 그만두고라도 단 하룻밤만 불어주어도 제 뜻이 이루어지겠습니다. 요컨대 소원을 이루어 주옵소서."

와룡은 하늘을 마음대로 움직이기라도 하듯 자신있게 말했다.

"주 장군, 십일월 이십일이 두 달 만에 한번 돌아오는 갑자일(甲子日)입니다. 이 갑자일은 모든 것이 새로 시작된다는 의미에서, 넓은 의미의 윤회에서는 60년마다 새로운 기운이 형성되기도 하고 일년으로 친다면 송구영신(送舊迎新)의 새 기운이 시작되며, 일월(日月)에도 모두 그런 영향이 미치게 되는 것으로 내가 풍운조화를 일으키는 날을 갑자일로 정한 게요. 그래서 갑자일에서 시작하여 을축(乙丑), 병인(丙寅) 일에 그치게 하면 되겠소?"

"그야 두말 할 나위가 있겠습니까? 단 하루만이라도 운명의 시운이 되지 않겠소."

주유는 와룡이 시키는 대로 남병산 아래에 칠성단을 만들기 시작했다. 그리고는 주역의 원리대로 청홍백흑황기(靑紅白黑黃旗) 등 오색기를 해당 방위에 따라 꽂아두었다. 뿐만 아니라 시퍼런 창검을 꽂아 두어 신천지(神天地)를 이룬 호화로운 제단이었다. 와룡은 십일월 이십일 갑자일에 목욕재계하고 청결한 도복을 입고 나서 노숙에게 말했다.

"지금부터 제사를 지내야 하므로 잡인의 근접을 절대 삼가도록 하시오. 그러니 노 장군께서는 어서 돌아가시오. 또한 정성드려서

신효(神效)가 보이지 않더라도 너무 책망하지 마시오."

"예, 잘 알겠습니다. 그럼 저는 이만……."

와룡은 노숙이 돌아가자 제단을 지키고 있던 군졸들에게 엄한 모습으로 명했다.

"너희들은 내가 기도를 올리는 동안 다음 몇 가지를 엄수해야 하느니라. 만약 내 영을 거역하는 날에는 참형하리라. 첫번째, 자신들이 서있는 위치를 절대 바꾸지 말 것. 두번째, 입을 봉하고 말을 하지 말 것. 세번째, 어떤 일이 있어도 놀라지 말 것이다."

엄명을 마친 와룡은 향료에 향을 한 움큼 집어넣은 걸로 해서 운명의 대 기도를 올리기 시작했다.

첫날에는 천(天)·인(人)·지(地)라는 삼원(三元)에 따라 세 번 절하고 세 번 묵원을 올렸다. 주위를 지키고 있던 군졸들은 밥을 교대로 먹으면서까지 계속 같은 인원을 유지하고 있었다. 첫날에는 아무런 응감도 없이 그대로 지나버렸다. 주유는 동남풍이 불어오기만을 초조하게 기다리며 총공격 준비를 갖추어 놓고 황개 장군에게는 만약의 경우 배에 불을 지르고 조조에게 거짓 투항을 하여 화공전법을 승리로 이끌도록 밀명을 내려 놓았다. 그러나 와룡이 그렇게도 호언장담하던 동남풍은 불어올 기미가 전혀 보이지 않았다. 애가 탄 나머지 노숙을 돌아보며 와룡이 괜히 허무맹랑한 큰소리만 친 게 아니냐며 이 썰팅힌 거울밤에 동남풍이 불어 올 리가 없다고 투덜댔다.

순간 노숙은 와룡이 부탁한 말이 생각났다. '신효가 없더라도 너무 책망하지 말라'는. 그래서 조용히 와룡 선생이 설마 거짓말을 했겠느냐며 기다려 보자고 설득했다. 이러한 의혹과 혹평 속에도 불구하고 제단 앞에 꿇어 앉아 있는 와룡은 전심전력을 쏟아가며 호풍환우(呼風喚雨)의 주문을 반복해서 외우고 있었다.

상서천문 부부용문 구천사자 수명태상 사해용문
上書天門 傳符龍門 九天使者 受命太上 四海龍門 (생략)

그리고 마지막 날에는 가슴에 품고 있던 호풍환우부(呼風喚雨符)란 부적을 꺼내 허공에 세 번 흔들고 난 다음에 제단에 조심스럽게 놓고 또 다시 주문을 외우기 시작했다. 주유와 노숙이 싸늘한 밤하늘을 바라보며 동남풍이 불어오기만을 애타게 기다리고 있을 때, 갑자기 오색기가 펄럭펄럭 소리를 내며 움직이기 시작했다.

주유가 놀라서 소리쳤다.

"아! 아! ~ 바람, 바람이 불어온다. 틀림없는 동남풍, 아! 신기하다."

모든 장수들은 말할 것도 없이 놀란 모습으로 나부끼는 깃발을 바라보고들 있었다. 바람은 점점 그 힘이 강해져 크고 작은 배들이 흔들거리고 파란 강물이 출렁거려 그 물결이 선상에 있던 군사들 몸까지 튀어올라올 정도였다.

주유는 전군에 출동명령을 내리기 앞서 와룡이 천지조화의 비법과 신출귀몰한 신인이기에 살려 두었다가는 장차 오나라에 큰 화근이 될 수밖에 없다는 생각에 미쳐 정봉, 서성을 은밀히 불러 군사 백여 명을 주어 곧 남병산으로 가 와룡의 머리통을 베어 오도록 명을 내렸다.

두 장수가 숨돌릴 사이도 없이 말을 비호같이 몰아 남병산으로 달려 갔으나 동남풍은 몸을 가누기 힘들 정도로 세차게 몰아 닥쳤고 제단 주위는 군사들이 철통같이 지키고 있을 뿐 와룡은 보이지 않는 거였다. 정봉이 살기 등등한 모습으로 병사들에게 물었다.

"와룡은 어디 갔느냐?"

"예, 막사에서 쉬고 계실 것입니다."

"음, 그래 알았다."

칼자루에서 손을 떼지 않은 채 부리나케 막사로 달려가 칼을 뽑아 막사를 단칼에 찢고 안으로 들어가 두 장수는 무의식적으로 칼을 높이 들어 힘껏 내리쳤다. 순간의 일이었다.

부록

괴사 비법을 공개함에 있어서

"아! 저저 천도(天道)가 저럴 수가 금성(金星)이 토성(土星)을 점점 범하는 상이고 화성(火星)이 역행하고 있지를 않는가?"

이것은 천하통일이 완성되기 백여 일 전 궁성 안에서 밤하늘을 보며 천기를 헤아리고 있던 시중태사령(侍中太事令) 왕립(王立)의 말이다. 몹시 심각한 표정인지라 곁에 있던 종정 유애(宗正劉艾)가 궁금해하며 물었다.

"그렇다면 그 천성들의 움직임으로 보아 무슨 일들이 있을 것 같습니까?"

"이것은 천기누설에 해당하므로 말할 수 없소이다."

단호하게 거절한 왕립은 쓴맛을 다시고 입을 다물어 버렸으나 유애의 줄기찬 간청에 못 이겨 입을 열고 말았다.

"천기라 할지라도 운명은 어차피 인간이 겪고 관리하는 것, 천기를 미리 알고 그에 상응하는 노력도 좋겠지요? 내가 보기에는 당대의 대한(大漢)이 · 쇠퇴하고 장차는 위나라(魏國)나 진나라(晉國)가

신흥국으로 발전하여 천하통일을 이룰 것 같소이다."

왕립의 이와같은 천도비담(天道秘談)은 먼훗날, 그러니까 그로부터 약 백여 년 후에 위나라가 유비가 세운 촉나라를 정복하고 오세(五世)에 이르러 사마염(司馬炎)이 진나라(晉國)를 세워 오나라를 정복하므로 천하통일의 대업이 완성되었던 것이다.

왕립의 이와같은 예언 이외에도 와룡 선생은 이름자 중 불화(火)자가 있는 사람이 천하통일을 이룩할 것이란 대예언을 했던바 사마염(司馬炎)이 통일대업을 성취했던 것이다. 이러한 사실(史實)로만 보더라도 인간만사는 두 가지 대원칙이 존재한다는 것을 암시하고 있다.

그 하나는 인간만사는 천생에서부터 정해 있다는 점(人間萬事皆有定), 두번째는 인간에게는 각자 시운(時運)이 존재한다는 점 등이다.

실례를 들면, 천하를 삼킬 듯 막강한 힘을 과시했던 조조가 통일을 못하고 황천객이 된 것이나 한나라를 부흥하여 천하평정을 부르짖었던 유비나 선천하삼분(先天下三分) 후천하통일을 주장했던 와룡이 자신들의 뜻을 이루지 못하고 죽어야만 했던 것은 인간 만사개유정에 해당한다고 볼 수 있고, 큰 힘도 들이지 않고 천하통일을 이룩한 사마염은 때를 잘 만난 것이다. 바로 시운(時運)을 만난 것이다.

이러한 까닭에 천하를 거론하고 막중대사를 거론하기 위해서는 하늘의 뜻을 먼저 헤아려 보려는 선인들의 지혜가 얼마나 귀중했던가를 알 수 있다. 손견의 죽음이나 동탁 그리고 와룡의 죽음 등은 거의가 하늘의 별(天星)을 보고 예견할 수 있었다. 다만 보통사람으로서는 이러한 천운을 알 수가 없다는 점이 매우 아쉬운 점이다. 하지만 모든 사물의 일거수 일투족이 다가올 미래사를 예견하고 있음을 알아야 한다. 그래서 일반 보통 사람이라 할지라도 전혀 미래사를 예견할 수 없는 것은 아니다.

예를들면 남녀를 불문하고 은가락지(銀指環)나 은숟갈 등이 녹이 자주 슬거나 광택이 죽어가면 필연코 부부불화, 이성피란 등이 있 거나 앞으로 있음을 예지하는 것과 같다. 하지만 어떤 종교적 아집 이나 맹신적 여러 가지 여건으로 무심하거나 무관심해 버리기 때문 에 그러한 지혜를 발견하지 못하고 있는 실정이 무척 아쉽다.

우리는 흔히 어떠한 조짐을 징조라고 하기도 하고 현상(現相), 상 (狀)이라고도 한다. 그리고 이러한 보통 차원을 넘어서 보이지 않는 천하대세나 한 개인의 운명을 겉으로 나타낸 하나의 현상을 관찰하 는 것을 관상(觀相)이라고 한다.

우리가 여기서 분명히 알고 넘어갈 것은 관상하면 개인의 모습을 보는 것에 국한할 수 있으나 징조는 거의 모든 사물에 해당한다는 사실이다. 이처럼 광범위하게 나타나거나 관찰하고 판단하는 것을 심역현기(心易玄機)라고 한다. 이 심역현기야말로 삼라만상을 정확 히 판단할 수 있는 대도(大道)이다. 그러기 위해서는 천지를 뜻한 음양(陰陽)과 천지 오방(동, 서, 남, 북, 중앙)을 뜻한 오행(五行), 그 리고 하늘의 각도를 나타낸 384효(爻) 등을 알아야 한다. 복합일언 (複合一言)하면 주역팔괘(周易八卦)를 알아야 한다. 그래야만이 세상 이치에 밝을 수 있고 어느 단계에서는 천도·지도·인도 등도 알 수 있다.

한마디로 하늘을 보고 먼훗날을 예측하고 그러한 예측을 토대로 인간만사(지도·인도)에 응용할 수 있는 것이다. 뿐만 아니라 와룡 선생이 활용했던 팔진법(八陣法), 비바람을 부르는 등의 풍운조화를 할 수도 있다. 한 가지 주의할 점은 풍운조화 같은 고차원적인 비술 (秘術)은 아무나 할 수 없으며 잘못 응용했다가는 죽음을 면치 못하므로 각별히 조심해야 한다.

어느 누구를 막론하고 시중에 있는 삼국지 등을 읽고 나서는 가장 중요한 부분이라고 할 수 있는 각종 비술, 팔진도 팔문금쇄진법(八門金鎖陣法), 와룡이 자주 부리는 비술(秘術), 명사·경사·고사 등이 헤아린 하늘의 별을 보고 어느 장수가 죽고 어느 장수가 출세를 한다는 등의 예언은 그 실체를 모르고는 이해하지 못한다.

과연 풍운조화법이나 팔진도법, 천기를 보는 법 등이 실존하고 있는지? 실존한다면 어떠한 방법으로 현대 생활에 이용할 수는 없는 것인지? 멀고 아득하여 혹자는 그러한 비술이 어디에 있느냐고 반문하며 고개를 갸웃거리기도 한다. 그러나 분명한 것은 필자의 양심을 걸고 그러한 비술이 존재한다는 것을 단언한다.

그렇지만 앞으로 밝혀낼 비술 중에는 아무나 사용할 수 없기 때문에 시행 방법과 비문(秘文) 등을 몇 군데씩 공개하지 않으므로 만에 하나 있을지도 모를 천화(天禍)를 막고자 한다. 또 하나 각자에 해당하는 비술을 알고 있다 해도 그것을 응용하기란 매우 어렵다. 예를들면 비바람을 부르는 비법이나 방법을 안다고 해서 무작정 응용한다고 비바람이 뜻대로 이루어지는 것은 아니다. 이 책 편의 구성상 모든 것을 다 공개를 하지 않고 점진적으로 각 권에 따라 공개하겠으니 성급히 생각하지 말기를 바란다. 그러면 지금부터 여러분이 가장 궁금히 생각하고 신비스럽게만 여겨왔던 비법을 공개하겠다. 여러분은 또 하나의 신비의 세계 속으로 혼신이 들어가므로 정중한 자세로 읽어주기 바란다.

1. 까마귀를 보고(鴉鳴哉鳴哭法)

고서에 이르기를 "까마귀와 까치가 울지 않은 바가 없어(鴉鵲不爲世俗所鳴) 그들은 길흉을 알려 주노라(以報吉凶)라"고 지적하고 있다. 그 가운데는 연신길조(連信吉鳥)와 연신흉조(連信凶鳥) 두 가지로 불린다. 연신길조는 까치를 말한 것으로 음양으로는 양(陽)에 해당하며, 좋은 소식을 전달하는 것을 말한다. 연신흉조란 일반적으로 흉조를 말한 것으로 음양으로 보면 음(陰)에 해당한다. 그래서 마을에 또는 어떤 가정에 경사가 있게 되면 길조인 까치가 울어대고, 불상사가 있게 되면 갈가마귀가 흉칙스럽게 울어댄다.

천칠백여 년 전 삼국시대에도 이러한 아명작 조법을 응용해서 길흉을 알아봤던 것이다. 물론 갈가마귀의 울음소리라고 해서 모두가 흉한 징조로만 볼 수 없고 까치가 울었다고 일률적으로 길조라고 판단할 수 없다. 다만 까치는 길조이고 갈가마귀는 흉조이기 때문에 대체적으로 그러한 식으로 대의를 정한 것이라고 생각된다. 까치이든 갈가마귀이든간에 날아가는 방향과 시간에는 대단한 함수관계가 있다. 우선 방향은 팔방, 동, 서, 남, 북, 북동, 북서, 남동, 남서로 시간을 밤 11시에서 새벽 3시 이전을 제외한 나머지 시간으로 기준한다. 그러면 지금부터 좀더 구체적으로 설명하겠다.

새벽 3시에서 아침 7시에 정동쪽으로 날아가거나 앉아서 울어대면 외지에서 소식과 함께 물건을 부쳐오는 일이 있게 되고, 동남쪽에서는 서로 잘났다고 다투는 일이 있게 되며, 정남쪽에서 그러하면 매사에 유익하여 웃음꽃이 핀다. 남서쪽에서도 마찬가지이다. 정서쪽에서 날거나 울어대면 외지에 있는 사람을 생각하다 얼굴이 수척해진다. 서북쪽에서 그러하면 술과 밥 등을 풍족하게 잘 먹는 날이 된다. 정북쪽이면 구설 시비가 있어 남하고 또는 친구 형제 등과 다툼이 있다. 동북쪽이면 질병이 있어 집안이 편안하지 못한다. 특히 간, 위장병을 조심해야 한다.

아침 7시 이후 11시 사이에 정동쪽에서 그러하면 그날에 비·바람·눈 등이 오거나 국가적으로 불상사가 있게 된다. 동남쪽에서는 집안에 여자 손님이 오거나 여자로 인한 경사가 있다. 정남쪽에서는 사람으로 하여금 부탁을 받거나 채무에 독촉을 받는다. 남서쪽에서 그러할 경우 수하 사람으로 인하여 분쟁이 있게 된다. 정서쪽인 경우에는 집안에 눈물을 흘리게 되고 개·돼지·소·닭 등 육축이 울어댄다. 서북쪽인 경우에는 귀인이 당도하여 도와주어 집안에 웃음이 있게 된다. 정북쪽인 경우에는 반드시 손님이 오게 되는데 대개는 낮 12~3시경이 된다. 북동쪽인 경우에는 일가친척이 찾아오게 된다.

다음은 낮 11시 이후에서 1시 이전을 알아보자. 정동쪽인 경우 다툼이 있거나 사업자는 라이벌이 있게 된다. 동남쪽인 경우 손님이 오게 되고, 정남쪽인 경우에는 밤 11시경에 싸움이 있게 된다. 남서쪽인 경우 불안초조하게 된다. 정서쪽인 경우는 외지에서 물건을 보내오고 서북쪽인 경우는 밥과 술, 기타 먹을 것이 풍족하다. 정북쪽인 경우 가축으로 인한 큰 이득이 있거나 가축의 병이 완치된다. 북동쪽인 경우에는 여자가 물건을 보내 오거나 편지나 책 등을 부쳐 온다.

낮 1시 이후 오후 5시 이전까지를 알아보자. 정동인 경우에는 가장이 아프게 되고, 동남쪽인 경우 비가 와 집안이 시끄럽고, 정남쪽인 경우에는 먼곳(외국)에서 소식이 오고, 남서쪽인 경우에는 주로 날씨가 흐리거나 비·바람·눈 등이 온다. 정서쪽인 경우에는 매사

가 길하고 서북쪽인 경우에는 기다리던 손님이 오게 되고, 정북쪽
인 경우는 잃어버린 물건을 다시 찾게 된다. 북동쪽인 경우 뜻밖에
도 손님이 오게 된다.

오후 5시 이후 7시 사이에 정동쪽인 경우에는 매사가 불길하고 몸
이 아프다. 동남쪽에서 그러하면 외갓집이나 기타 일가·친척·친
구 등이 죽게 된다. 정남쪽인 경우에는 꿈자리가 뒤숭숭하고 꿈에
죽은 사람이 보인다. 남서쪽 경우에는 상하인으로부터 청탁을 받게
되고, 서북쪽인 경우에는 잃어버린 물건이 다시 돌아오고, 정북쪽
인 경우에는 집 안이나 집 밖에서 환자가 있게 되며 특히 차마 사고
를 조심해야 한다. 북동쪽인 경우에는 가장이 아프게 된다.

이상의 설명을 여러분께서 일목요연하게 볼 수 있도록 조견표를
만들어 보겠다. 만약 근심되는 방향에 까치나 갈가마귀가 날거나
울면 그것을 소멸하는 방법으로 다음과 같은 것이 있음으로 미리
화액을 막기 바란다. 정중한 마음으로 묵념을 하고 건원형리정(乾元
亨利貞)의 주문을 일곱 번 외우고 정화수(깨끗한 물)를 입에 머금고
세 번 이(치아)를 맞부딪친다. 이렇게 하므로 전화위복이 되는 것
이다.

아작설약유우성 묵념건원형리정 고치삼통존칠편 전흉위길리정녕
鴉鵲設若有憂聲 默念乾元亨利貞 叩齒三通存七遍 轉凶爲吉理丁寧.

아명작조법(鴉鳴鵲造法) 조견표

시간 / 방향	3시부터 7시 사이	7시부터 11시 사이	11시부터 13시 사이	13시부터 17시 사이	17시부터 19시 사이
정 동	송 물 (送物)	우풍설 (雨風雪)	경 쟁 (競爭)	주인(主人) 흉(凶)	소사흉 (小事凶)
동 남	경 쟁 (競爭)	여 객 (女客)	내 객 (來客)	흉 신 (凶信)	외 복 (外服)
정 남	대 길 (大吉)	인 청 (人請)	경 쟁 (競爭)	원 신 (遠信)	고인래 (故人來)
남 서	대 길 (大吉)	인 청 (人請)	불 행 (不幸)	주 우 (主雨)	인 청 (人請)
정 서	외인상 (外人想)	내 패 (內喧)	송 물 (送物)	대 길 (大吉)	외 복 (外服)
서 북	주 식 (酒食)	귀인내조 (貴人內助)	주 식 (酒食)	내 객 (來客)	실물임 (失物臨)
정 북	구 설 (口舌)	내 객 (來客)	진 축 (進畜)	송물임 (送物臨)	주 병 (主病)
북 동	질 병 (疾病)	친인척지래 (親姻戚之來)	여송물 (女送物)	내 객 (來客)	질 병 (疾病)

※ 이상의 기준 이외에도 주역팔괘(周易八卦)로 응용한 방법도 있음을 참고.

2. 별의 신비

삼국 시대의 기본사상이 주역 원리(周易原理)라면 그 원리를 인사
(人事)에 유익하도록 실제화한 것이 천체에서의 별들의 움직임(天體
行星)이다. 별들의 동향을 보고 앞일을 예지할 수 있었던 군웅들은
실로 그 수를 헤아리기 어려울 정도로 많다.

군웅들의 탄생과 난국에 등장하여 죽음에 이르기까지 모두가 천
성(天星)은 하나의 징조를 나타내게 되었던 것이다. 유비와 와룡을
위시해서 유표·원소·원술·손견·손책·조조·여포·동탁 등 삼
국의 주류(主流)의 위치에서 천하를 종횡무진했던 이들은 한결같이
별들의 움직임에 따라 전술·전략을 짜기도 했고 자신들의 수명이
끝났음을 예지하기도 했다.

아마 달나라를 왕래하는 오늘에도 그러한 별들의 움직임이 계속
되고 있는지도 모른다. 다만 현세인들이 그러한 현상을 예지할 수
있는 안목을 갖고 있지 못하고 좀체로 믿으려 하지 않고 있을 뿐
이다.

천체의 별들을 음양오행학적인 차원에서 본다면 오행을 상징한
목성·화성·토성·금성·수성 등이 있고 천체 365도에 각각 위치
하고 있는 별들을 28개라 해서 소위 이십팔숙(二十八宿)이라고도
한다. 이 이십팔숙 이외에도 일년 열두 달을 상징한 12숙(十二宿)이
있어 천지간 조화의 일익을 담당하고 있다. 이십팔숙은 천체를 원
형 365도를 전제로 하면 균형된 거리를 두고 있는 것같이 보이나
사실은 그 위치한 각도는 그러하지 않고 오히려 천체를 동서남북으
로 사 등분하여 해당 방향마다 일곱 개의 별들이 존재하고 있다. 이
러한 구성체가 있기 때문에 일반적인 차원에서는 북쪽에 위치한 일

곱 개의 별들을 칠성(七星), 북두칠성(北斗七星)이라 하기도 한다.

그러나 알고보면, 동쪽에도, 남쪽에도, 서쪽에도, 일곱 개 별이 존재한다. 우리가 흔히 음력 칠월칠석 때가 되면 견우와 직녀가 만난다 하는 것도 북쪽에 있는 두우여허위실벽성(斗牛女虛危室壁星) 중에서 우성(牛星)과 여성(女星)을 지적하는 것이다. 칠성에 대해서는 편의상 후설하기로 하고 우선 이십팔숙 전체에 대한 설명부터 하고자 한다.

동쪽에 해당한 일곱 개 별(七星)은 각항저방심미기(角亢底房心尾箕), 남쪽에 해당한 일곱 개 별은 정귀류성장익진(井鬼柳星張翼軫), 서쪽에 해당한 일곱 개 별은 규루위앙필자삼(奎婁胃昴畢觜參) 등이다.

이상 스물여덟 개의 별들을 음양오행으로 분류하면 동쪽에 위치한 별은 목(木), 남쪽에는 화(火), 서쪽에는 금(金), 그리고 토(土)는 각 방향마다 산재하고 있다. 이밖에도 하나하나 독립시켜 보면 오행이 달라질 수도 있다. 다시 말하면 동방목(東方木)이라 하더라도 그 가운데는 다른 오행도 함축돼 있다는 것이다. 우리 선인들께서 흔히 천도(天道)를 알아야 한다고 운운했던 것도 이 스물여덟 개의 별을 포함하여 해와 달의 움직임을 지적한 것이다.

한편 일년 열두 달을 상징한 열두 개 별(12宿星)은 건(建)·제(除)·만(滿)·수(收)·평(平)·정(定)·집(執)·개(開)·피(破)·위(危)·성(成)·폐(閉) 등이다. 이상의 이십팔숙이나 이십숙은 천도운형(天道運行)은 물론 지도(地道), 인도(人道) 등 모든 것에 응용할 수 있다. 심지어는 결혼·이사·개업의 날을 고르는 데까지 사용되고 있는 실정이다.

저 유명한 손자병법 화공법(火攻法)에는 화공을 쓰려면 대체로 기벽익진(箕壁翼軫)에 해당한 날을 택일하라고 지적하고 있다. 조조의 백만 대군과 한판 승부를 앞둔·오나라 도독 주유는 너무나 심한 걱정 끝에 병을 자초하여 자리에 누워 버렸다. 그리하여 결국 와룡 선생이 화공법을 쓸 수 있는 동남풍이 불어오기를 바라는 기도를 드릴 때에도 이러한 택일을 썼을 것으로 믿어진다. 이십팔숙을 실생활에 응용하기란 극히 어려우므로 여러분께서는 성급히 생각하지 말고 하늘에 이러한 구성체도 있다는 것을 토대로 연구하길 바란다.

3. 북두칠성이란?

북두칠성은 앞에서 설명한 바와 같이 두우여허위실벽(斗牛女虛胃室璧)이다. 그러나 이러한 것은 하나의 상징성만 내포하고 있어 일반적으로 쉽게 이해하기란 매우 어렵다. 또한 사용방법이나 기능면에서도 어렵고 그 명칭도 달라진다.

예를 들면 불교에서는 칠원성군(七元星君)이라고 부르고 있고, 풍수설이나 기타 음양오행학적 측면에서는 탐랑(貪狼)·거문(巨門)·녹존(祿存)·문곡(門曲)·파군(破軍)·염정(廉貞)·무곡(武曲) 등이라고 부르며 일반적으로는 칠성·북두칠성· 칠성님네라고 부르고 있다. 그렇다면 수구한 역사 속에 왜 하필이면 북두칠성에 머리를 숙여 소원을 빌고 있는가? 도대체 북두칠성은 천상(天上)에서 하는 일이 무엇이길래 천하를 통치하는 천자(天子)도 일국에 임금 그리고 문무백관은 물론 일반 어떠한 사람도 칠성을 향해 소원을 부탁하는가에 대해 알아 볼 필요가 있다.

한마디로 북두칠성이 하는 일은 모든 인간들에게 복을 내려준다고 생각하면 된다. 다시 말하면 세인들의 길흉화복(吉凶禍福)을 총괄

한 천상원군(天上元君)인 셈이다. 그러나 이러한 것은 어디까지나 총 괄적이고 일곱 개 별(七星) 각자가 하는 일은 또 다르다. 예를들면 재물·수명·득남득녀 등에 대한 맡은 바가 다르다는 것이다. 그리 하여 그 직책에 따라 이름이 달라지기도 한다. 더욱이 이 칠성은 인 간 세상에까지 내려와 선악을 직접 눈으로 보고 승천했다가 다시 내 려오는 것을 늘상 반복하는 것이다.

대체적으로 칠성이 내려오는 횟수는 한 달에 여섯 번, 많은 때에는 아홉 번까지 내려온다고 한다. 여기에서 공통 원점이 삼칠(三七)일 은 어느 달을 막론하고 내려온다. 그러므로 어린아이가 탄생했을 경우에는 삼칠일을 중심으로 아이나 산모의 안위를 축원한다(도표 참조) 칠성 각자의 직책에 따라 붙여진 이름은 다음과 같다.

대성군(大星君)·원성군(元星君)·진성군(眞星君)·유성군(柳星 君)·회성군(回星君)·기성군(紀星君)·개성군(開星君)(하강일은 조견표 참조)

풍수설에서도 앞서 말한 탐랑·거문·녹존·문곡·염정·무곡· 파군 등을 기학(氣學)이라고도 한 구성(九星)에 혼합하여 활용하고 있는데 주로 득수(得水 ; 수문이 보는 곳, 묘자리에서 물의 첫 흐름자리) 득파(得破 ; 물의 끝자리)에 많이 쓰는 것으로 구성이 역리(易理)에 맞 도록 잘 이루어진 묘를 쓰게 되면 부귀영화가 있지만 역리에 어긋날 경우 시신이 벌레먹거나 시커멓게 타버리기도 하고 후손이 죽고 패 가망신하는 화액이 있게 된다(본문 호풍환우법 ○○쪽 참고).

칠성하강일(七星下降日)

一	二	三	四	五	六	七	八	九	十	土	士
3	3	3	3	7	7	7	3	7	7	7	3
7	7	7	7	8	8	8	7	8	8	8	7
15	15	8	15	15	15	15	8	15	15	15	15
20	20	15	19	22	22	22	11	22	22	22	22
25	25	20	20	26	22	27	15	26	26	26	26
27	27	22	22	27	27		19	27	27	27	27
		27	27				20		28	28	28
							22				

4. 바람과 비를 부르는 법(呼風喚雨法)

여러분께서는 지금부터 신비의 세계로 들어가 세상에는 이렇게도 신비한 일들(道術, 神術)이 있다는 것을 몸소 배움으로 지금껏 맹목적으로 부정해 버렸거나 일방적인 사고방식으로 거리가 먼 것으로만 여겨왔던 호풍환우법의 일면을 직접 대함으로써 사실을 사실로 받아들일 줄 아는 현자가 되는 것이다. 앞에서 지적한 바와 같이 이러한 비법은 함부로 배울 것도 가르쳐 줄 것도 없는 게 마땅하다. 그래서 방법과 주문(呪文) 등을 몇 군데씩 누락하며 불상사를 사전에 막고자 한다.

입산수도(入山修道)한 도인이 아니더라도 비·바람이 절실히 요구되는 때에는 가능하다. 다시 말하면 선용(善用)은 가능하나 악용(惡

用)은 불가능하다는 것이다. 예를 들면 비가 오지 않아 국가적으로 또는 어떤 고을에 비가 와주기를 바란다면 본법을 써도 되나 그 방법에는 엄격해야 한다. 따라서 보통 기우제 지내는 식으로 생각하면 아니된다.

• 기도방법

장소가 정해진 다음에는 경자일(庚子日 ; 달력이나 책을 보면 됨)에 벼락 맞은 대추나무로 호풍환우부(呼風喚雨符)를 음각하여(庚子日取雷木作符陰刻之)○○○○○○ ○○○ 中, 아주 오래된 묘지 앞에서 제사를 올리는데(祭古墓之下)○○ ○○ 은행 세 그릇(三器銀杏)을 제물로 써야 한다. ○○○○○○ 하늘 향하여 누런 종이를 태우고(向天門○萬紙)난 다음 풍운조화의문 손방이란 곳을 향하여(又向龍門) 왼쪽 손에 ○○, 오른쪽 손에는 퇴인(退印)을 들고 아래의 주문을 외운다.

• 주문(呪文)

상서천문 전부룡문 구천사자 수명태상 사해용문 수령태을 上書天門 傳符龍門 九天使者 受命太上 四海龍門 受令太乙(중략) 이상의 방법으로 바람이든 비든간에 소원 이루어지고 경우에 따라서 바람이 개이고 비가 멈추게 하려면(風欲掃除風雲雨則) **주문** 뢰사수령(雷師受令) 구천유유(九天油油) 오이부인(吾以符印)(중략)

이상의 비법으로 비바람이 있는 연후에 그것을 악용하면 반드시

하늘의 천벌을 받게 된다고 한다(有風有雲後, 用亡若不然別 必逢天責).
중국에 양진인(楊眞人)이란 고사(高士)는 이러한 비법을 잘못 시행하
면 이십 년 정도 수명이 단축된다고 했고(日奪天送化者 損壽二十年)
저 유명한 강태공은 정성을 다해 시행하면 해가 없지만 그렇지 못하
면 천해(天害)가 있게 되므로 법사(法士)나 술사(術士)들이 함부로 해
서는 아니 된다고 했다(古之太公 印泰天命故無害矣 後世法士 不可用二).

5. 기문둔갑비법(奇門遁甲秘法)

기문둔갑에 대해서 많은 사람들이 혼동하고 있다. 왜냐하면 기문
둔갑이란 순수하게 운명학적 차원이 있고 실제 변장을 하는 일종의
변신법(變身法)이 있기 때문이다. 그래서 일반 보통사람으로는 기문
둔갑하면 변신하는 어떠한 묘법이 아닌가 하는 연상을 먼저 떠오르
게 한다. 기문둔갑(奇門遁甲) 중에서 기문은 여덟 개의 기이한 문이
란 뜻이고, 둔갑이란 말은 육십갑자를 돌려 사용하고 또한 세사를 판
단하는 운명학적 견지에서다. 육십갑자를 응용한다는 것은 공통
이다. 다만 그 비중으로 본다면 운명학적 차원에서는 활용도가 많
고 변신법에서는 적은 편이다. 물론 이 두 가지의 근본 뿌리는 주역
팔괘에 의한 것이란 점은 두말 할 나위도 없다. 운명학적이든 변신
법의 일종에 대해서든 그 부르는 이름만도 기문둔갑 팔문(八門)·홍
기문(洪奇門)·홍형진결(洪炯眞訣) 등등 여러 가지로 표현되고 있다.
변신법하면 기문둔갑, 기문둔갑하면 곧 변신법으로 알고 있으나
사실 변신법에는 여러 가지가 있다. 태원(太元)이란 귀신을 부려 상
대방에게 다른 사람으로 보이게 한 육인기둔법(六人奇遁法), 이밖에

수다한 변신법이 있다. 본문에 나온 기문둔갑술·팔진도·팔문금쇄
진법 등을 이해하려면 본편을 참고해야 한다. 기문둔갑학(奇門遁甲
學) 그 자체는 대단히 광범위하기 때문에 생략하기로 하고 우선 팔
문부터 알아보자.

·팔문(八門)이란

팔문이란 글자 그대로 여덟 개의 문을 말한 것으로 정동쪽에는 상
문(傷門), 동남쪽에는 두문(杜門), 정서쪽에는 경문(驚門), 서북쪽에
는 개문(開門), 정북쪽에는 휴문(休門), 북동쪽에는 생문(生門)을 지
적한 것이다. 이는 마치 지상과 시공을 여덟 개의 방향으로 나누어
그 방향에 해당한 관문을 말한 것과 같다. 이 여덟 개 문은 각각 길
흉의 특성이 있는데 상문·휴문·사문·경문(驚門)은 흉문에 속하
고, 생문·두문·경문(景門)·개문(開門)은 길문이 된다. 그리고 이
팔문을 지키는 신장(神將)을 팔문신장(八門神將)이라고 하고 이들 위
에 군림한 신장은 청룡(靑龍)·주작(朱雀)·백호(白虎)·현무(玄武)·
구진(句陳)·등사(騰蛇)이다. 지금까지의 설명은 지극히 기본적이고
만분의 일도 못됨을 참고하기 바란다.

·변신법·둔갑술

변신둔갑법은 여러 가지가 있으나 우선 가장 대표적이라 할 수 있
는 글자 그대로 육인변신법(六人變身法)을 공개하고자 한다.
경자일(庚子日)에 까치집이 있는 나무를 꺾어다(庚子日○木) 길이
는 아홉 촌, 넓이는 ○촌을 깎아(周尺長九才 廣 ○○之) 놓았다가 다시

돌아온 경자일에 변신부작을 만들어 가지고 있어야 한다(再庚子日 作符如○形). ○○○○하고자 음각하여 ○○○에 주사를 중화시켜 부 작을 그린다(和朱砂○書中後). 그리고나서 세번째 경자일 고분에서 제사를 올린다(三庚子 日祭子古墓之下).

제물로는 까치포, 은행○○, 소금 세 그릇씩을 놓은다(鳥脯銀杏與 ○三○). 이때 변신하고자 하면(左印右手退印呪曰) ○○○○하고 해 당 물체를 주사로 누런 종이를 쓴다(變物字以朱砂 書于萬紙). ○○○○ ○에 동쪽 방향을 향하여 맑은 공기 세 번을 들이마신다(吸東方青 氣). ○○○○○○ 하고 왼손에는 진인, 오른쪽 손에는 퇴인을 갖 고서 주문을 외우기 시작한다.

·주문 – 음양변화 본무정처 ○○○○ ○○○○ 거무종종 태무성 음 ○○○○ ○○○○ 수집천권 신변만상 급급여율령(陰陽變化 本無 定處 ○○○○ ○○○○ 去無踪踪來無聲音 ○○○○ ○○○○ 手執天權 身 變萬象 急急如律令) 변신을 풀고자 할 때(凡欲邊形則) 왼손에 퇴인 오른 손에 진인을 가지고 주문을 외운다(左手退印右手進印呪曰). 즉지변화 귀신막측 ○○○○ ○○○○ 부인번복 환아본형 급급여율령(即地變 化 鬼神莫測 ○○○○ ○○○○ 符印翻覆 還我本形 急急如律令). 모든 물 체가 수시로 변화하고자 할 때는 주사로 그 물체를 글로 써서 ○○ ○○에 마시면 된다(凡物隨意而變 欲變人形則以朱砂 書名字飲之也). (부 작생략)

·팔진도(八陣圖)

이 팔진도법의 원명은 육무기문석진법(六戊奇門石陣法)이라고 하며 여러 가지 진법이 있다. 이 중에서 와룡 선생이 실전에 임했다고 한

어복형(魚腹形)을 중심으로 공개하겠다. 특히 이 팔진법과 혼동하기 쉬운 반폐국법(返閉局法)이었다. 어떤 면에서는 팔진도법보다 반폐국법이 그 규모가 엄청나게 큰 면이 있으니 착오없기를 바란다. 다른 팔진도법에는 해당 방향에 역리(易理)에 맞는 빛깔로 된 기(旗)를 꽃는다. 천제(天祭)를 드리지만 유독 와룡어복형법에서는 까치포·토끼·사슴·술·고기 등으로 대체한 특성이 있다.

팔진법을 하고자 할 때에는(六戊石陣法設局) 다같이 택일을 해야 하는데 생기(生氣)·복덕(福德)을 써야 한다(凡主者擇生氣福德). ○○○○○ 하되 머리에는 조사모란 것을 쓰고 몸에는 누런 색의 두루마기를 입어야 한다(頭着鳥紗帽身被萬袍). 그리고 머리에는 화살과 장검을 차야 한다(帶○矢執長○). ○○○○하고 제단에 올라(登于將○) 휴문(休門)·생문(生門)·개문(開門) 방향에 ○○○○○○○○○○○ 한 연후에 왼손에는 복숭아 나무로 깎아 만든 부작을, 오른손에는 칼을 의지하여 생왕방을 향하여 숨을 길게 내리쉰다. 그리고 나서 다시 길게 호흡한다(右手執桃靈符 右手仗○向旺方 呼○氣一口 吸氣一口 後) …… 땅바닥에 칠성을 그리고 발로 밟아 무곡(武曲 ; 칠성 중 하나)을 접하고 손으로는 두성(칠성 중에 하나)을 잡는다(畫地七星後以足 接武曲斗柄). 그러한 자세로 꼬불꼬불 걸어간다(칠성따라 걷기 때문에 그러하다) …… 자세를 바르게 하고 눈을 부릅뜨며 앞가슴(단전)에 힘주고 모든 잡념을 버린 연후에 맑은 기운을 간장 속으로 들이마신다.

단 이때 실재로 간에 영향이 미치기 어려우므로 마음 속으로 그러함을 생각해야 한다. 이러한 행위가 끝나면 북동쪽으로 걸어나와 언덕에 있는 풀을 세 움큼 움켜잡아 두 움큼은 길 좌우에, 나머지 한 움큼은 바로 아래에 내려온다(○目立心 念木肝中靑氣云云念畢 出良

方 取不○草 裁爲之片 二片路左右 分置一片人中後). 이러한 연후에 북두 칠성을 향하여 오령주를 외우기 시작한다(○北向存心五靈呪)(중략)

석진법 가상도(石陣法 假想圖)

6. 도술의 기본

어떠한 도술 또는 비술을 실연(實演)할 때에는 어느 누구를 막론하고 도술의 기본인 사육팔신장법(使六八紳將法)을 익혀야 한다. 왜냐하면 팔신장(八薪將)은 여러 신들 중에서도 실제 대권을 쥐고 수하에 많은 신들을 통솔제압하기 때문이다. 예를들면 한 기관이 결제를 하는 데 있어서 반장·계장·과장·실장·국장·차관·장관 등의 결제가 필요하듯이 어떠한 도술이나 비술을 실행하는 데도 팔신장의 범주 안에 있기 때문이다.

다시 말하면 각 분야에 해당한 도술이나 비술을 실연하려면 거기에 상응한 신들을 사용하거나 협조해야 하는데 그 신들 역시 변신법·축지법·산천퇴각법 등 그야말로 인간의 힘으로는 도저히 해낼 수 없는 것들은 팔신장의 제가가 있어야만 한다.

그러므로 어느 경우에도 팔신장을 버리고 경솔한 도술과 비술을 실연할 수 없다. 그래서 술사(術士)들은 본법을 익혀야 한다. 특히 도술을 시작할 무렵에 사용되는 진인(進印 ; 해도 좋다는 도장), 끝날 무렵에 쓰는 퇴인(退印 ; 끝나도 좋다는 도장)이나 기타 주문은 기본이며 필수불가결한 존재이므로 꼭 익혀 두어야 한다. 모든 술사가 본법을 익히려면 제일 먼저 진인과 퇴인을 새겨야 하는데 훌륭한 방법으로는 경인일이나 경자일에까지 집이 있는 나뭇가지 중 동쪽으로 뻗어난 것을 사용해야 한다(必先刻進退兩印然後 乃成功刻印之法 每庚患 又次庚子日 取○東枝). 나무를 대할 때에는 취목주(取木呪)를 일곱 번 마음 속으로 외워야 한다. 도장의 규격은 길이 2촌 5푼, 넓이는 1촌 5푼으로 하되 음각이 아닌 양각을 해야 한다. 만들어진 도장은 비단 주머니에 넣어서 천년 정도 되는 영웅묘(예 ; 김유신 장군 묘나 계백 장군 묘 능)에 묻어 놓았다 삼경일(약 30일) 후에 파낸다. 도장을 제사 계단 위에 놓고 제사를 지내는데 그때의 제물은 까마귀를 은행·대추·밤을 이용해야만 한다(까마귀포는 3그릇, 기타는 1그릇씩). 청주석란 등을 진설하고 나서 재배하며 축문을 한번만 읽는다(축문생략).

刻印長二寸五分 廣一寸五分陽刻
盛于錦襄理于古墓之下千年英碓之○可也
過三庚日後掘之 兩印盛盤後祭于古墓之下
祭物馬脯三器果銀杏○栗名一器 淸酒三盞陳設後 再拜讀祝文一遍
(중략)

귀신의 이름을 세 번 부르고 ○○을 태우고 나면 귀신이 즉시 와 자신 앞에 꿇어 앉아 있게 되고 이 귀신을 마음대로 부린다. 만약 제대로 아니되거나 하고자 하는 일을 완수했을 때에는 마음 속으로 퇴각신주(주문)를 외우면 반드시 물러간다. 기도를 잘못하면 헛것이 보이거나 귀신을 볼 수 없다. 다만 귀신 왔다는 말을 듣지 아니할 경우 무익하고 재앙이 일게 된다.

號鬼名三片 如此燒至其名卽至 伏於坐下任意使之 求事畢若渾送則 李退印揮之 念退神呪則器鬼必退 萬神消滅也 祭時愼勿令人空見 非徒 無益其禍立至也

※ 다음편에 계속

영웅들의 운명과 천기

소설 삼국지 1

1991년 11월 30일 초판발행
1995년 3월 10일 재판발행
저 자/백운곡
발행자/김동구
발행처/명문당
등록/1977년 11월 19일 제 1-148호
대체/010041-31-0516013
주소/서울시 종로구 안국동17-8
전화/734-4798(영업부), 733-4748(편집부)
팩스/734-9209

값 5,000원

＊잘못 만들어진 책은 바꾸어 드립니다.
ISBN 89-7270-398-2   03820